VILLA NUMÉRO 2

DU MÊME AUTEUR
CHEZ LE MÊME ÉDITEUR

Album de famille
La Fin de l'été
Il était une fois l'amour
Au nom du cœur
Secrets
Une autre vie
La Maison des jours heureux
La Ronde des souvenirs
Traversées
Les Promesses de la passion
La Vagabonde
Loving
La Belle Vie
Un parfait inconnu
Kaléidoscope
Zoya
Star
Cher Daddy
Souvenir du Vietnam
Coups de cœur
Un si grand amour
Joyaux
Naissances
Disparu
Le Cadeau
Accident
Plein Ciel
L'Anneau de Cassandra
Cinq Jours à Paris
Palomino
La Foudre
Malveillance
Souvenirs d'amour
Honneur et Courage
Le Ranch

Renaissance
Le Fantôme
Un rayon de lumière
Un monde de rêve
Le Klone et moi
Un si long chemin
Une saison de passion
Double Reflet
Douce Amère
Maintenant et pour toujours
Forces irrésistibles
Le Mariage
Mamie Dan
Voyage
Le Baiser
Rue de l'Espoir
L'Aigle solitaire
Le Cottage
Courage
Vœux secrets
Coucher de soleil à Saint-Tropez
Rendez-vous
A bon port
L'Ange gardien
Rançon
Les Echos du passé
Seconde Chance
Impossible
Eternels Célibataires
La Clé du bonheur
Miracle
Princesse
Sœurs et amies
Le Bal

Danielle Steel

VILLA NUMÉRO 2

Roman

*Traduit de l'anglais (Etats-Unis)
par Eveline Charlès*

Titre original : *Bungalow 2*

Le Code de la propriété intellectuelle n'autorisant, aux termes de l'article L. 122-5, 2ᵉ et 3ᵉ a), d'une part, que les « copies ou reproductions strictement réservées à l'usage privé du copiste et non destinées à une utilisation collective » et, d'autre part, que les analyses et les courtes citations dans un but d'exemple et d'illustration, « toute représentation ou reproduction intégrale ou partielle faite sans le consentement de l'auteur ou de ses ayants droit ou ayants cause est illicite » (art L. 122-4).
Cette représentation ou reproduction, par quelque procédé que ce soit, constituerait donc une contrefaçon, sanctionnée par les articles L. 335-2 et suivants du Code de la propriété intellectuelle.

© Danielle Steel, 2007
© Presses de la Cité, un département de place des éditeurs , 2009 pour la traduction française
ISBN 978-2-258-07443-9

A Beatie, Trevor, Todd, Nick, Sam, Victoria, Vanessa, Maxx et Zara, mes merveilleux enfants qui m'ont encouragée à écrire pendant toutes ces années, ont célébré mes victoires et m'ont soutenue à travers tous les défis et les défaites de la vie.
Je ne suis qu'une pièce du puzzle que constitue notre famille, vous êtes ma raison d'être et, ensemble, nous formons un tout qui n'est complet que grâce à VOUS.

Je vous aime de tout mon cœur.
Maman / d.s.

Et quand le film se termine,
la vie commence.

1

Tanya Harris habitait dans le comté de Marin, relié à San Francisco par le pont du Golden Gate. Par cette belle et chaude journée d'été, elle s'affairait dans sa cuisine. Tanya était une jeune femme extrêmement ordonnée. Elle aimait que tout soit impeccable, à sa place et prêt à être utilisé. Organisatrice-née, elle ne laissait rien au hasard et oubliait rarement ce qu'elle avait à faire. Petite, mince et respirant la santé, elle ne paraissait pas ses quarante-deux ans. Peter, son mari, en avait quarante-six. Il était avocat dans un cabinet très coté de San Francisco, mais il ne se plaignait pas de devoir faire la navette entre son bureau et Ross. Seize ans auparavant, ils avaient quitté le centre-ville pour s'installer dans cette bourgade de banlieue, prospère, bien fréquentée et très agréable. Ils avaient fait ce choix parce que les écoles y étaient excellentes, les meilleures du comté.

Tanya et Peter avaient trois enfants. A dix-huit ans, Jason allait partir pour l'université à la fin du mois d'août. Il était inscrit à Santa Barbara. Elle avait beau avoir conscience que son fils avait hâte d'y être, Tanya savait qu'il allait horriblement lui manquer. Peter et elle avaient aussi des jumelles, Megan et Molly, qui venaient de fêter leurs dix-sept ans.

Mère à plein temps, Tanya avait adoré chaque minute de ces dix-huit dernières années. Cela ne lui avait jamais pesé. Elle n'avait jamais considéré les allées et venues comme une corvée insupportable. Contrairement à d'autres mères, elle aimait être avec ses enfants, les déposer devant l'école, revenir les chercher, les emmener à leurs différents loisirs. Pendant plusieurs années, elle avait présidé l'association des parents d'élèves. Elle était heureuse de la vie qu'elle menait et adorait assister aux matches de basket-ball de Jason ou aux activités des filles. Jason avait fait partie de l'équipe sportive de son lycée et comptait bien poursuivre à l'université, dans celle de tennis ou de basket.

Megan et Molly étaient de fausses jumelles et ne se ressemblaient absolument pas. En réalité, elles étaient aussi différentes l'une de l'autre que le jour et la nuit. Megan était petite et blonde comme sa mère. Enfant, elle avait fait beaucoup de gymnastique et était tellement douée qu'elle aurait pu envisager une carrière olympique, mais elle avait préféré y renoncer lorsqu'elle s'était aperçue que son travail scolaire en pâtissait. Grande et mince, Molly ressemblait à Peter, avec ses cheveux bruns et ses jambes interminables. Elle était la seule de la famille à ne jamais avoir pratiqué de sport. Molly était une artiste. Fantasque et indépendante, elle aimait la musique et adorait la photographie. A dix-sept ans, les jumelles allaient entrer en terminale. Ensuite, Megan souhaitait aller à Berkeley, comme sa mère. Molly hésitait encore, mais elle songeait sérieusement à s'inscrire à l'université de Los Angeles pour poursuivre des études artistiques. Les jumelles avaient beau être très proches, elles ne voulaient pas se retrouver dans la même université. Elles fréquentaient les mêmes écoles depuis le primaire, mais désormais elles souhaitaient emprunter des chemins différents. Leurs parents trouvaient que c'était une attitude saine et Peter encourageait Molly à aller à Brown, où elle pourrait se spécialiser en photographie, ou encore dans une école de cinéma, à l'université de Californie.

Tanya était fière de ses enfants, qui avaient toujours été de très bons élèves ; elle aimait son mari et s'était épanouie dans le mariage. Elle avait épousé Peter à la fin de ses études, et les années avaient filé comme l'éclair. Dès l'obtention de son diplôme à l'université de droit de Stanford, Peter avait été engagé dans le cabinet pour lequel il travaillait encore aujourd'hui. Depuis, ils avaient mené l'existence dont ils rêvaient, n'avaient pas subi de surprises ni de chocs majeurs, étaient toujours heureux en ménage et leurs enfants avaient passé le cap de l'adolescence sans leur causer le moindre problème. Tanya et Peter avaient conscience de leur chance. Une fois par semaine, Tanya travaillait dans un foyer pour sans-abri et, chaque fois que c'était possible, elle emmenait les filles avec elle. Vue de l'extérieur, leur existence pouvait paraître ennuyeuse et prévisible, mais elle convenait à Tanya, qui mettait un point d'honneur à la préserver. Leur vie était agréable et sûre jusque dans les moindres détails.

L'enfance de Tanya n'avait pas été aussi ordonnée et tranquille. C'était la raison pour laquelle elle recherchait tant l'ordre et le calme. Certains auraient trouvé son existence stérile et monotone, mais Tanya, tout comme Peter, l'appréciait telle qu'elle était. L'enfance et l'adolescence de ce dernier s'étaient déroulées dans un monde apparemment parfait, semblable à celui qu'ils s'efforçaient tous deux de créer pour leurs enfants. En revanche, l'enfance de Tanya avait été douloureuse et solitaire. Son père était alcoolique et ses parents avaient divorcé lorsqu'elle avait trois ans. Par la suite, elle avait rarement vu son père, mort quand elle était âgée de quatorze ans. Sa mère était assistante d'un avocat et avait beaucoup travaillé afin qu'elle puisse poursuivre ses études dans les meilleures écoles. Elle était morte peu après la naissance des jumelles. Tanya n'avait pas de frères et sœurs. De ce fait, Peter, Jason et les filles constituaient sa seule famille. Ils étaient la prunelle de ses yeux et elle chérissait chacun des instants qu'elle passait avec eux. Après vingt ans de mariage, elle attendait chaque soir le retour de son époux avec autant d'impatience qu'au début. Elle adorait lui raconter ce qu'elle avait fait, lui rapporter des anecdotes concernant les enfants, écouter le récit qu'il lui faisait de sa journée. Aujourd'hui encore, les procès et son expérience des tribunaux la fascinaient, tout comme elle aimait parler à Peter de son propre travail. Il se montrait toujours enthousiaste et savait l'encourager.

Depuis sa sortie de l'université, Tanya n'avait jamais cessé d'écrire. Cette activité la comblait, tout en augmentant leurs revenus. Elle pouvait exercer sa profession chez elle, sans pour autant délaisser ses enfants. Elle menait en quelque sorte une double vie : mère dévouée et attentionnée le jour, elle se muait en écrivain la nuit. L'écriture lui était aussi indispensable que l'air qu'elle respirait. Les articles et les nouvelles qu'elle écrivait étaient bien accueillis par la critique. Très fier de son épouse, Peter lui apportait un soutien inconditionnel, même s'il se plaignait parfois de ses longues nuits de travail et déplorait qu'elle se couche aussi tard.

Le premier livre de Tanya avait été un essai sur les femmes. Publié en 1980 par un petit éditeur de Marin, il avait été particulièrement apprécié par les associations féministes, qui approuvaient ses idées et ses théories. Tanya n'avait pourtant rien d'une extrémiste, mais elle avait conscience des problèmes des femmes et elle faisait preuve d'indépendance d'esprit. Son livre reflétait bien la mentalité d'une jeune femme de son temps. Son deuxième ouvrage avait été publié le jour de son quarantième anniversaire, deux ans auparavant. Dix-huit années s'étaient écoulées entre les deux parutions. C'était un recueil de nouvelles, publié cette fois par un éditeur de renom. Un magazine littéraire new-yorkais en avait fait une excellente critique, qui l'avait enchantée.

Entre ces deux livres, elle avait écrit des nouvelles et des articles qui étaient parus dans différents magazines. Tanya possédait une grande capacité de travail. Lorsqu'il le fallait, elle dormait peu et parfois pas du tout. A en juger par le succès remporté par son dernier livre, ses lecteurs étaient nombreux et appréciaient ce qu'elle faisait. Parmi eux figuraient des personnalités du monde littéraire, et plusieurs écrivains célèbres lui avaient envoyé des lettres de félicitations. Tanya faisait preuve dans son travail du même soin méticuleux qu'elle mettait dans tout ce qu'elle faisait.

Depuis vingt ans, elle avait trouvé chaque jour le temps d'écrire et avait réussi à mener de front sa vie familiale et sa carrière professionnelle. Elle n'interrompait l'écriture que pendant les vacances scolaires, ou lorsque les enfants étaient malades et restaient à la maison. Ils devenaient alors sa priorité. En dehors de cela, rien ne la distrayait de sa tâche. Dès que les enfants partaient pour l'école, elle mettait le téléphone sur répondeur, éteignait son portable et s'installait à son bureau après sa seconde tasse de thé. Elle écrivait des articles pour la presse. Elle adorait rédiger des petits textes amusants et excellait dans la comédie, grâce à son style incisif et piquant. Il lui arrivait par exemple de décrire l'existence d'une mère de famille, la mettant en scène avec ses enfants. Peter trouvait que c'était particulièrement réussi et elle adorait se livrer à ce type d'exercice.

Elle rédigeait aussi des scénarios pour des séries télévisées, qui lui rapportaient plus d'argent que les articles. Au fil des ans, elle en avait écrit un grand nombre. Elle ne se faisait aucune illusion sur leur valeur littéraire, mais ils étaient extrêmement bien payés. Les producteurs appréciaient son travail et la contactaient fréquemment. Elle n'en tirait aucune fierté mais était contente que cela gonfle son compte en banque. En général, elle écrivait une douzaine de scénarios par an. Cela leur avait permis de s'offrir un break Mercedes neuf, ainsi que la location de leur maison de vacances, au bord du lac Tahoe où ils se rendaient chaque année. Elle avait pu également contribuer aux études des enfants et faire des économies. Elle avait aussi co-écrit plusieurs miniséries, bien avant que le marché n'ait été envahi par la téléréalité. Désormais, plus personne ne voulait produire des miniséries ou des téléfilms, aussi, lorsqu'elle travaillait pour la télévision, s'agissait-il exclusivement de grandes séries. Son agent l'appelait au moins une fois par mois pour lui commander un scénario. Elle le lui remettait rapidement, au prix de quelques nuits sans sommeil. Son travail ne lui rapportait pas des sommes fabuleuses, mais sa production était régulière. Et surtout il lui avait permis de rester à la maison et elle était parvenue à trouver un équilibre qui lui convenait parfaitement.

  A mesure que les enfants grandissaient, elle envisageait d'y consacrer davantage de temps. Elle rêvait d'écrire le scénario d'un film, la seule ambition qu'elle n'eût pas encore réalisée. Elle en parlait souvent à son agent, mais d'une certaine façon son travail pour la télévision la pénalisait et ses chances d'y parvenir étaient infimes, voire nulles. Elle s'en irritait, car elle se savait les qualités requises pour travailler sur un film. Jusque-là, elle n'avait reçu aucune offre et, depuis vingt ans qu'elle attendait une opportunité, elle doutait que celle-ci se présente un jour. Malgré tout, elle était satisfaite de ce qu'elle faisait et n'avait jamais manqué de travail. Elle s'en acquittait sans que sa famille en souffre. Peter ne cessait de répéter qu'elle était une femme étonnante en même temps qu'une épouse et une mère remarquables. Ses compliments comptaient davantage pour elle que les éloges des critiques littéraires. Pendant toutes ces années de mariage, sa famille avait été sa priorité. Tanya était persuadée d'avoir eu raison, même si cela impliquait de refuser un contrat de temps à autre, ce qui était rare. Généralement, elle parvenait à les honorer tous, sans pour autant délaisser Peter et les enfants. Elle aimait tous les aspects de son travail et l'avait poursuivi malgré la naissance des enfants. Très fiers de leur mère, ces derniers suivaient ses séries à la télévision. Ils se moquaient d'elle et disaient qu'elles ne valaient rien, mais cela ne les empêchait pas de s'en vanter auprès de leurs copains. Elle avait besoin de la considération de Peter et des enfants, et elle était heureuse de réussir à allier les deux.

  Elle venait de s'asseoir devant son ordinateur et revoyait le plan de la nouvelle qu'elle avait entamée la veille, quand le téléphone sonna. Aussitôt, le répondeur se mit en route. Jason avait passé la nuit à San Francisco, les filles étaient sorties avec des amis et Peter était parti travailler depuis longtemps. Il préparait un procès qui devait avoir lieu la semaine suivante. Tanya disposait donc d'une longue matinée paisible, ce qui ne lui arrivait pas souvent quand les enfants étaient en vacances. Elle écrivait moins en été qu'en hiver, car toute cette agitation autour d'elle la gênait pour travailler. Elle avait en tête une idée de nouvelle et venait de s'y atteler, lorsqu'elle reconnut la voix de son agent, qui déposait un message sur son répondeur. Elle traversa rapidement la cuisine pour décrocher. C'était la période creuse pour les séries télévisées, aussi ne s'agissait-il certainement pas de cela. Il allait sans doute lui demander un article pour un magazine.

Elle prit le récepteur au moment où son agent allait raccrocher, après lui avoir demandé de le rappeler. Walter Drucker, plus communément appelé Walt, était établi à New York et la représentait depuis quinze ans. Il avait également un bureau à Hollywood, qui donnait d'ailleurs plus de travail à Tanya que celui de New York.

— Je pensais bien que tu étais en train d'écrire, déclara Walt sitôt qu'elle eut décroché.

Tanya se hissa sur un haut tabouret, près du téléphone. Elle avait établi son bureau dans la cuisine, le centre névralgique de la maison. Son ordinateur se trouvait dans un coin, près de deux armoires remplies de dossiers.

— En effet. Je travaille sur une histoire qui pourrait faire partie d'un recueil.

Walt admirait Tanya pour la conscience qu'elle mettait en toute chose. Il savait combien ses enfants étaient importants pour elle mais, quand elle écrivait, rien ne pouvait la faire dévier du but qu'elle s'était fixé. C'était un vrai plaisir de travailler avec elle. Elle respectait les délais, honorait ses contrats et ne bâclait jamais un scénario. Elle était écrivain dans l'âme, et un écrivain de valeur. Elle avait du talent, de l'énergie et du dynamisme. Bien qu'il ne soit pas vraiment amateur de nouvelles, Walt devait reconnaître que celles de Tanya étaient bonnes. Elles comportaient toujours un coup de théâtre ou une surprise et elle avait un style tout à fait original. Au moment où le lecteur s'y attendait le moins, elle le surprenait par un retournement de situation ou une fin inattendue. Et il appréciait aussi ses comédies, qui réussissaient à le faire rire aux larmes.

— J'ai du travail pour toi, annonça-t-il sur un ton vaguement mystérieux.

Prise par son histoire, Tanya ne l'avait pas vraiment écouté.

— Hmm... Il ne s'agit pas d'un projet pour la télévision, puisque les studios sont fermés en ce moment. Jusqu'à hier, je n'ai pas eu une seule idée intéressante. Les enfants m'absorbaient trop et, en plus, nous partons pour Tahoe la semaine prochaine. Là-bas, je n'ai jamais une seconde à moi.

A Tahoe, elle s'occupait de toutes les tâches ménagères pendant que les autres nageaient, surfaient et jouaient. Les enfants amenaient des amis et elle avait beau prier, supplier ou menacer, personne ne l'aidait jamais. Elle s'y était habituée. Plus ils grandissaient, moins ils en faisaient. Peter ne valait pas beaucoup mieux. En vacances, il aimait se « la couler douce », comme il disait. Il voulait se détendre et renâclait à faire la vaisselle ou les lits. Pour Tanya, cela faisait partie des petits désagréments de la vie. A part cela, elle considérait qu'elle avait beaucoup de chance. Au lieu de prendre une femme de ménage, elle faisait tout elle-même. Perfectionniste jusqu'au bout des ongles, elle était fière de s'occuper elle-même de sa famille.

— De quel genre de travail s'agit-il ? demanda-t-elle.

— Il s'agit d'un scénario qu'il faut bâtir à partir d'un livre. Un best-seller de Jane Barney, paru l'année dernière. Tu le connais sûrement... *Mantra*. Il est resté en tête des ventes pendant des mois. Douglas Wayne vient d'en acheter les droits et il lui faut un scénario.

— Mais pourquoi moi ? L'auteur ne veut pas s'en charger elle-même ?

— Apparemment non. Elle ne l'a jamais fait et elle craint de ne pas s'en sortir. Bien entendu, elle aura un droit de regard, mais elle n'a pas envie d'écrire le scénario. Si j'ai bien compris, elle a pris trop d'engagements envers son éditeur. Son prochain livre doit sortir en automne et elle devra assurer la promotion en septembre. Par ailleurs, Douglas adore ce que tu fais et il veut discuter avec toi. Pour lui, quand une série a du succès, c'est grâce à toi. Je ne lui ai pas dit que tu travailles quand tes enfants sont couchés.

— C'est pour la télé ?

C'était surprenant, car Douglas Wayne produisait des films de cinéma et elle ne l'imaginait pas travaillant pour la télévision. Il avait beau être très connu, le marché des téléfilms était en chute libre. Ces temps-ci, la mode était aux gens lâchés sur des îles désertes ou aux caméras cachées filmant des couples en train de se tromper mutuellement, ou encore aux jeux de téléréalité. Le neveu d'une de ses amies avait ainsi gagné cinquante mille dollars lorsqu'on avait maintenu un crocodile au-dessus de sa tête et que son rythme cardiaque était resté lent... plus lent en tout cas que celui des autres candidats. C'était une façon comme une autre de gagner sa vie, mais Tanya s'y refusait. D'ailleurs, la téléréalité n'avait pas besoin de scénarios.

— Depuis quand Douglas Wayne travaille-t-il pour la télévision ? demanda-t-elle.

C'était l'un des producteurs les plus importants d'Hollywood et la renommée de l'auteur du livre était mondiale. *Mantra* était un roman extrêmement émouvant, qui avait remporté de nombreux prix littéraires.

— Il ne travaille pas pour la télévision, précisa nonchalamment Walt.

Plus le projet était important, plus il semblait décontracté. En l'occurrence, il avait même l'air à moitié endormi. Il était pourtant midi, à New York. Il allait quitter son bureau pour déjeuner. En réalité, il profitait des repas pour abattre une grande partie de son travail. Lorsqu'elle l'appelait, il se trouvait la plupart du temps au restaurant, toujours en compagnie de personnalités connues – des éditeurs, des auteurs, des producteurs ou des vedettes.

— Il ne s'agit pas de télévision, reprit-il, mais d'un film. Ils cherchent un grand nom pour écrire le scénario.

Ce qu'elle n'était pas. Respectée, certes. Mais « grand nom », pas le moins du monde. Elle se contentait d'être solide, fiable et sérieuse.

— C'est toi qu'il veut, continua l'agent. Dans les séries, ce sont tes épisodes qu'il préfère, il dit que ce sont les meilleurs, que ton travail est nettement supérieur à celui des autres auteurs de scénarios. Il adore aussi ton humour. Apparemment, il a lu tout ce que tu as publié. C'est visiblement l'un de tes plus grands fans.

— C'est réciproque, répondit Tanya avec sincérité.

Elle avait vu tous les films de Douglas Wayne. Comment était-ce possible ? se demanda-t-elle. Douglas Wayne appréciait ce qu'elle faisait au point de vouloir qu'elle écrive un scénario pour lui ? C'était trop beau pour être vrai !

— Parfait. Maintenant que je sais à quel point vous vous admirez mutuellement, laisse-moi te parler de ce film. Un budget de cent millions de dollars. Trois grandes vedettes. Tout devra être mis en place en septembre. Le tournage se fera entièrement à Los Angeles. Il devrait commencer le 5 novembre et durer cinq mois, sauf catastrophes imprévisibles. Ensuite, il faudra prévoir six à huit semaines de montage. Avec un peu de chance et un bon scénario, ce dont je te sais parfaitement capable, tu obtiendras un oscar en travaillant pour Douglas Wayne.

A l'entendre, le rêve de Tanya se concrétisait. C'était d'ailleurs le rêve de tous ceux qui écrivaient pour Hollywood, puisque c'était la plus haute récompense, ils le savaient tous les deux. C'était la proposition que Tanya avait attendue toute sa vie.

— Et il me suffit de rester assise ici, d'écrire mon petit scénario et de le leur envoyer ?

Cette perspective la fit sourire. C'était ce qu'elle faisait pour les producteurs de séries. L'inspiration lui venait très facilement, mais elle n'ignorait pas que certaines ficelles commençaient à être usées. Pourtant cela fonctionnait si bien que les producteurs en réclamaient toujours plus. En ce qui la concernait, le taux d'écoute ne cessait de grimper, il montait même en flèche.

— Ce n'est pas aussi facile que cela, répliqua Walt en riant. J'oubliais que tu n'as jamais travaillé sur un long métrage. Non, ma chérie, tu ne vas pas rester bien tranquillement chez toi. Tu ne nous pondras pas ton scénario entre deux courses et une visite chez le vétérinaire.

Depuis quinze ans, Walt connaissait tout de sa vie. Il s'était toujours étonné qu'elle menât une existence aussi normale. Elle s'enorgueillissait d'être une mère au foyer, tout en fournissant un très bon travail à un rythme incroyablement régulier. Elle s'y était tenue au fil des années et si Douglas Wayne faisait appel à elle, c'était parce qu'elle bénéficiait d'une excellente réputation parmi les critiques. Wayne avait dit qu'il la voulait à n'importe quel prix, ce qui était extraordinaire si l'on considérait qu'elle n'avait jamais travaillé sur un long métrage auparavant. Mais la qualité de son travail était exemplaire. C'était une marque de confiance exceptionnelle de la part d'un producteur aussi célèbre et Tanya en était extrêmement flattée.

— Douglas Wayne a dit qu'il voulait quelqu'un qui comprenne le livre. Pas un écrivaillon qui fréquente Hollywood depuis vingt ans.

En fait, Walt avait failli tomber de son siège quand Douglas l'avait appelé. Maintenant, c'était au tour de Tanya d'être abasourdie.

— Il va falloir que tu ailles à Los Angeles, reprit-il. La plupart du temps, tu pourras sans doute retourner passer les week-ends chez toi, en tout cas sans problème avant et après le tournage. Toutes tes dépenses seront prises en charge pendant la durée du film. Tu disposeras d'une maison, d'un appartement ou d'une villa au Beverly Hills Hotel. Aux frais de la production, bien entendu.

Lorsqu'il lui eut annoncé le montant de ses émoluments, il y eut un long silence.

— Tu plaisantes ? demanda-t-elle.

Il avait sûrement fait une erreur. Elle n'avait jamais gagné autant d'argent de toute sa vie. C'était plus que ce que Peter gagnait en deux ans et pourtant il était associé dans un cabinet très important.

— Pas le moins du monde, répliqua Walt en souriant.

Il était content pour elle. Tanya était excellente et il était persuadé qu'elle s'en sortirait, même si le travail était nouveau pour elle. La grande question était de savoir si elle accepterait d'aller à Los Angeles. Mais, à son avis, personne ne pouvait refuser une offre comme celle-là. Tanya n'ignorait pas que ce genre de chance ne se présentait qu'une seule fois dans la vie. Jamais, dans ses rêves les plus fous, elle n'avait envisagé une telle opportunité. Elle avait depuis longtemps abandonné l'idée de travailler sur un film et se contentait des séries télévisées. Et voilà qu'on lui offrait la réalisation de son rêve sur un plateau d'argent. Elle en aurait pleuré.

— Tu attends cela depuis quinze ans, reprit Walt. C'est l'occasion de montrer ce que tu vaux. Je sais que tu le peux. Vas-y, Tanya, on ne te refera jamais une telle proposition. Wayne avait pensé à trois autres scénaristes, dont l'un a déjà obtenu un oscar, mais c'est toi qu'il veut. Il souhaite une réponse dans la semaine, Tanya. Si tu ne la lui donnes pas, il choisira l'un des trois autres assez vite. Pense au travail que tu as accompli pendant toutes ces années ! Tu ne peux pas refuser ! Si tu acceptes, tu connaîtras la célébrité. Ce qui n'était qu'un simple passe-temps va devenir une carrière grandiose.

— Pour moi, l'écriture n'a jamais été un passe-temps, s'insurgea-t-elle avec indignation.

— Je le sais bien. Il n'empêche que tu ne pouvais pas rêver d'une meilleure opportunité. Personne ne le pourrait, d'ailleurs. Tu as décroché le gros lot, Tanya. Accepte-le et ne te pose pas de questions.

Elle aurait voulu dire oui, bien sûr, mais elle en était incapable. Dans un an, peut-être, quand les filles seraient à l'université. Encore que... elle ne se voyait pas quitter Peter pour vivre à Los Angeles pendant neuf mois, sous prétexte d'écrire un scénario. Ils étaient mariés, elle l'aimait, elle avait des responsabilités, une vie qu'ils partageaient. De toute façon, les jumelles étaient encore à la maison pour un an. Elle n'allait pas les abandonner pendant leur année de terminale. Un mois, peut-être. Deux, à la rigueur. Mais neuf mois... C'était tout simplement impossible.

— Je ne peux pas, fit-elle d'une voix enrouée, vibrante de regrets. Je ne peux pas, Walt. J'ai encore les enfants à la maison.

Elle était au bord des larmes. Le sacrifice était douloureux, mais elle ne voyait pas d'autre solution. Elle n'avait qu'un objectif : le bonheur de Peter et des enfants.

— Ce ne sont plus des enfants, répondit sèchement Walt. Ils sont grands, maintenant ! Jason commence ses études universitaires et tes filles ne sont plus des bébés. Elles peuvent prendre soin d'elles-mêmes pendant la semaine. Tu les retrouveras le week-end.

Il semblait bien décidé à ne pas la laisser décliner une telle offre.

— Tu peux me garantir que je rentrerai chez moi toutes les semaines ?

Connaissant le monde du cinéma comme il le connaissait, il ne pouvait pas le lui assurer et elle le savait parfaitement. Il aurait menti, s'il l'avait fait. De toute façon, ses filles avaient besoin d'elle pendant la semaine. Qui ferait la cuisine, les aiderait dans leurs études, veillerait à ce qu'elles fassent leurs devoirs et organisent correctement leur emploi du temps ? Qui les soignerait lorsqu'elles seraient malades ? Sans parler des petits amis, des problèmes en tous genres, des dossiers d'inscription à envoyer aux universités et du bal de la promo, au printemps. Elle avait toujours été là pour elles... et elle manquerait cette année si importante ! Et Peter ? Qui prendrait soin de lui ? Ils étaient tous habitués à ce qu'elle soit disponible vingt-quatre heures sur vingt-quatre. Comment supporteraient-ils qu'elle mène sa propre vie à Los Angeles ? Cela ne lui ressemblait pas ! Même après le départ des filles pour l'université, elle ne pouvait pas envisager de quitter Peter. Elle avait toujours réussi à être mère et épouse à plein temps tout en poursuivant sa carrière d'écrivain, sans que son travail interfère dans leur existence et l'empêche de s'occuper des siens.

A l'autre bout du fil, il y eut un long silence.

— Je ne peux pas te le garantir, admit finalement Walt d'une voix plate. Mais je pense que tu pourras rentrer chez toi la plupart du temps.

— Et si c'est impossible ? Tu me remplaceras auprès de mes enfants ?

— Tanya ! Tu vas gagner tellement d'argent que tu pourras engager quelqu'un pour t'aider. Dix personnes, même ! A ce niveau, on ne te paie pas pour rester tranquillement assise et envoyer ton boulot par mail. Ils voudront que tu sois au milieu de l'équipe pendant le tournage. C'est logique.

— Je le sais parfaitement, mais je ne vois pas comment combiner tout cela avec ma vraie vie.

— *C'est* ta vraie vie. C'est du vrai argent, un vrai travail. Et le film le plus important produit à Hollywood depuis dix ans. Tu travailleras avec les plus grands noms du cinéma. Tu voulais un long métrage ? Il est là ! Une telle occasion ne se représentera pas.

— J'en suis consciente, répondit tristement Tanya.

Jamais elle n'aurait cru avoir à faire un choix aussi douloureux, aussi opposé à ses valeurs. Sa famille passait en premier et l'écriture venait très loin derrière, malgré le plaisir et l'argent qu'elle lui procurait. Peter et les enfants avaient toujours été sa priorité. Elle organisait sa vie professionnelle en fonction d'eux.

— Réfléchis et parles-en à Peter, dit calmement Walt. Nous en rediscuterons demain.

Il n'imaginait pas qu'un homme sensé puisse refuser à son épouse la possibilité de gagner autant d'argent. Il espérait que Peter conseillerait à sa femme de saisir sa chance. Le contraire était impossible. Dans le monde de Walt, on ne déclinait pas ce genre de proposition. Mais il était agent, pas psychiatre, et il ignorait que Tanya n'était même pas certaine d'en parler à Peter. Elle devait prendre cette décision seule... c'est-à-dire refuser. Pourtant, cette offre était à la fois flatteuse, excitante et incroyablement tentante.

— Je t'appellerai demain, dit-elle, abattue.

— Ne sois pas aussi déprimée. C'est la meilleure chose qui pouvait t'arriver, Tanya.

— Je le sais bien... Je suis désolée... Je ne m'y attendais pas du tout et cela ne va pas être facile. Jusqu'à maintenant, j'ai toujours pu concilier mon travail et ma vie de famille.

Et elle ne voulait pas que cela change. Elle ne voulait pas manquer la dernière année de ses filles à la maison. Elle ne se le pardonnerait jamais et elles non plus, sans doute. Sans parler de Peter. Avec tout son travail, elle ne pouvait pas en plus lui demander de s'occuper des filles.

— Si tu le souhaites vraiment, je suis certain que tu y parviendras. Songe au plaisir de travailler sur ce film.

— Oui, ce serait sûrement formidable...

Elle en mourait d'envie, pourtant elle savait qu'elle devait refuser.

— Réfléchis-y tranquillement, ne prends pas de décision hâtive. Parles-en avec Peter.

Tanya sauta à bas du tabouret. Elle avait des courses à faire.

— C'est d'accord. Je t'appellerai demain, promis.

— Je vais leur dire que je n'ai pas réussi à te joindre, que tu es absente jusqu'à demain. Tanya... ajouta gentiment Walt, ne sois pas trop dure envers toi-même. Tu es un très bon écrivain et la meilleure épouse et mère que je connaisse. Tu peux parfaitement continuer à concilier tous tes rôles. De toute façon, tes enfants ne sont plus des bébés.

Tanya sourit.

— Je le sais, mais j'aime penser qu'ils le sont encore. Ils se débrouilleraient sans doute parfaitement sans moi. En réalité, je suis vieux jeu.

Au lycée, ses trois enfants étaient devenus très indépendants. Il n'en restait pas moins que l'année de terminale revêtait une importance particulière, tant pour ses filles que pour elle. C'était sa dernière année de mère au foyer à plein temps, avant qu'elles n'entreprennent des études supérieures. Elles auraient encore besoin d'elle, du moins le pensait-elle. Peter serait certainement du même avis. Il n'accepterait sûrement pas qu'elle s'installe à Hollywood toute l'année scolaire, alors que les jumelles entraient en terminale. D'un autre côté, la perspective d'écrire un scénario de film était très excitante.

— Détends-toi, lui conseilla Walt. Tu peux être fière d'être celle que Douglas Wayne a choisie. Pour avoir ce privilège, la plupart des écrivains n'hésiteraient pas une seconde à vendre leurs enfants !

Mais il savait bien qu'elle n'était pas ainsi. C'était même l'une des raisons pour lesquelles il l'appréciait tellement. Tanya était une femme qui avait des principes. Mais pour l'heure, il espérait qu'elle allait les mettre de côté pendant quelques mois.

— J'attends ton appel demain. Bonne chance avec Peter.
— Merci.

En réalité, il ne s'agissait pas tant de la décision de Peter que de la sienne. Une minute après avoir raccroché, elle était toujours debout dans la cuisine, comme frappée par la foudre. Le choc était rude... et il le serait tout autant pour les siens.

Elle se tenait encore au milieu de la pièce, les yeux dans le vide, quand Jason entra dans la cuisine avec deux amis.

— Tu te sens bien, maman ?

Sans qu'elle s'en fût aperçue, son petit garçon était devenu un adulte. Il avait de larges épaules, une voix grave, les yeux verts de sa mère et les cheveux noirs de son père. Non seulement il était beau, mais il était aussi quelqu'un de bien, ce qui était plus important encore. Jamais il n'avait donné à ses parents le moindre souci. C'était un bon élève et un sportif accompli. Il marchait sur les traces de son père, puisqu'il envisageait de faire des études de droit.

— Tu as l'air bizarre, debout comme ça au milieu de la pièce, à regarder par la fenêtre. Tu as un souci ?

Tanya s'efforça de chasser le projet de film de sa tête.

— Non. Je réfléchissais seulement à tout ce que je dois faire dans la journée. Quel est ton programme ?

— On va chez Sally, ensuite on fera un tour à la piscine !

Tanya se haussa sur la pointe des pieds pour embrasser son fils, qui éclata d'un rire joyeux. Lorsqu'il s'en irait, au mois de septembre, il allait terriblement lui manquer. Elle avait adoré toutes ces années où les enfants étaient petits. La maison lui semblerait bien vide, après le départ de son fils aîné. Ce serait encore pire quand les jumelles partiraient à leur tour. Elle s'accrochait à ces derniers moments qu'ils passaient ensemble, ce qui rendait l'offre de Douglas Wayne plus inacceptable encore. Comment consentirait-elle à sacrifier ces précieux instants ? C'était tout simplement impossible !

Jason et ses amis quittèrent la maison une demi-heure plus tard. Tanya s'affairait dans la cuisine, dans une telle confusion qu'elle ne savait pas pourquoi elle s'agitait ainsi. Une fois seule, elle s'assit devant son ordinateur et répondit à quelques mails. Elle ne parvenait pas à réfléchir. Une heure plus tard, quand les filles rentrèrent à leur tour, elle regardait fixement son clavier. Elles firent irruption dans la cuisine, tout en bavardant avec animation.

— Salut, maman. Qu'est-ce que tu fabriques ? On dirait que tu vas t'endormir devant ton ordinateur. Tu écris ?

Cette question fit rire Tanya, qui leva les yeux, brusquement arrachée à sa rêverie. Megan et Molly étaient tellement différentes qu'elles ne semblaient même pas appartenir à la même famille. Du coup, elles supportaient mieux d'être jumelles que si les gens les avaient perpétuellement confondues.

— Non. D'habitude, je m'efforce de rester éveillée quand j'écris. Ce n'est pas facile, mais j'y parviens.

Elle n'avait pas respecté son planning de la matinée, mais ce n'était pas grave. Elles s'assirent toutes les trois à la table de la cuisine. Megan voulait savoir si elle pourrait inviter son petit ami à Tahoe, en août. Il s'agissait là d'un sujet délicat. Tanya n'encourageait pas ses enfants à amener leurs flirts en vacances. Il y avait eu quelques exceptions à la règle mais, de façon générale, Peter et elle n'y étaient pas favorables.

— Je crois que nous ferions mieux de rester en famille, cette fois. Jason et Molly n'invitent personne.

— Quand je leur en ai parlé, ils m'ont dit qu'ils n'y voyaient aucun inconvénient, répondit-elle en regardant sa mère dans les yeux.

Elle était hardie, alors que Molly était plus timide.

Lorsqu'ils partaient en vacances ou en voyage, Tanya préférait qu'ils emmènent des amis ou amies du même sexe, plutôt que leurs relations sentimentales. C'était nettement plus simple. Sans compter qu'elle était restée conventionnelle à bien des égards.

— Je vais en parler à ton père.

Elle cherchait à gagner du temps. Brusquement, elle se sentit submergée et incapable de faire face à toutes les préoccupations quotidiennes. Le coup de fil de Walt avait mis sa matinée sens dessus dessous. En réalité, il avait bouleversé sa vie. Elle était tiraillée entre l'excitation et la contrariété.

— Tu as un problème, maman ? demanda Molly. On dirait que quelque chose te tracasse.

Tout comme Jason, elle avait remarqué à quel point sa mère était troublée. En effet, Tanya était en proie à une grande confusion intérieure. L'appel de Walt l'avait complètement tourneboulée. Au moment même où il réalisait son rêve le plus cher, elle était obligée de refuser son offre pour respecter les principes qu'elle s'était fixés, selon lesquels une mère n'abandonnait pas ses enfants, encore moins l'année de leur terminale. Il était normal que les enfants grandissent et quittent leurs parents, pas le contraire.

Elle ne quitterait pas le domicile conjugal comme son père l'avait fait.

— Non, ma chérie, je n'ai aucun problème. Je travaille seulement sur une nouvelle.

— C'est super.

Elle savait que sa famille était fière d'elle et cela comptait énormément à ses yeux. Elle n'osait même pas imaginer ce qu'ils auraient pensé de la proposition que Walt venait de lui faire.

— Vous voulez déjeuner, les filles ?

— Non, on mange à Mill Valley, avec des copains.

Une demi-heure plus tard, elles étaient parties. De nouveau, Tanya se retrouva seule dans sa cuisine, le regard dans le vide. Pour la première fois de sa vie, elle se sentait déchirée entre ceux qu'elle aimait et le métier qu'elle adorait. Elle aurait presque souhaité que Walt ne l'ait jamais appelée. Se sentant stupide, elle essuya une larme qui coulait le long de sa joue, éteignit son ordinateur et sortit faire ses courses. Elle était sur le chemin du retour quand Peter l'appela sur son portable pour lui dire qu'il rentrerait tard et qu'elle ne devait pas lui préparer à dîner. Il mangerait un sandwich au bureau.

— Tu as passé une bonne journée ? lui demanda-t-il avec affection. La mienne a été absolument insensée.

— La mienne n'a pas été de tout repos non plus, répondit-elle vaguement.

Elle était déçue qu'il ne dîne pas à la maison. Elle souhaitait lui parler, mais elle savait que la préparation de son procès l'accaparait.

— A quelle heure penses-tu rentrer ? demanda-t-elle.

— J'essaierai d'être là à 22 heures. Je suis désolé pour le dîner, mais il faut absolument que je travaille avec mes collègues.

— Bien sûr.

— Tu vas bien ? Tu as l'air distraite.

— Seulement occupée, comme d'habitude.

— Pas de problème du côté des enfants ?

— Ils sont tous sortis. Megan veut inviter Ian à Tahoe. Je lui ai dit que je t'en parlerai. Je ne pense pas que ce soit une très bonne idée. Ils vont commencer à se disputer dès le deuxième jour et ils nous rendront tous fous.

Peter se mit à rire, car c'était exactement ce qui s'était passé la dernière fois qu'ils avaient accédé à la demande de leur fille. L'hiver précédent, ils avaient emmené Ian au ski. Le garçon les avait quittés au bout de deux jours, après avoir rompu avec Megan. Bien entendu, ils s'étaient réconciliés dès qu'elle était rentrée de vacances. Dans la famille, tout le monde savait combien la vie amoureuse de Megan était mouvementée. Molly n'avait jamais eu de flirt sérieux. Quant à Jason, il était sorti avec la même fille depuis le lycée, mais ils avaient rompu au début de l'été.

— Je suis entièrement d'accord avec toi, acquiesça Peter. Si tu veux, je peux jouer le méchant.

Peter ne manquait jamais de la soutenir et ils présentaient toujours un front uni à leurs enfants. Ces derniers avaient beau tenter de les diviser pour obtenir ce qu'ils voulaient, leurs tentatives échouaient immanquablement. Très proches l'un de l'autre, Tanya et Peter étaient le plus souvent du même avis. Il était rare qu'ils soient en désaccord, quel que soit le sujet.

Peter reçut un autre appel et dut écourter la conversation, non sans lui promettre de la rappeler dans la soirée. Chaque fois qu'elle discutait avec son mari, Tanya se sentait réconfortée. Elle aimait leurs échanges, le temps qu'ils passaient ensemble. Ils n'avaient jamais sombré dans la routine. Ils faisaient partie du petit nombre de couples dont l'union n'avait jamais été sérieusement mise en péril. Au bout de vingt ans de vie commune, ils étaient encore amoureux l'un de l'autre. Tanya ne pouvait d'ailleurs pas imaginer l'existence sans Peter. La perspective de vivre pendant neuf mois à Los Angeles, d'être privée de sa présence cinq nuits par semaine, lui était proprement inconcevable. Elle se moquait bien de la somme qu'on lui offrait ou de l'importance du film, son mari et ses enfants comptaient davantage pour elle. Quand la voiture s'engagea dans l'allée, elle avait pris sa décision. Elle n'était même pas triste. Un peu déçue, certes, mais tout était clair dans son esprit : c'était la vie qu'elle voulait. Elle ne savait même pas si elle en parlerait à Peter. Elle appellerait Walt le lendemain matin pour lui annoncer qu'elle déclinait sa proposition. Elle était flattée d'avoir été sollicitée, mais elle avait tout ce qu'elle désirait, c'est-à-dire Peter, les enfants et la vie qu'elle menait.

2

Malgré toute sa bonne volonté, Peter ne rentra qu'après 23 heures. Visiblement épuisé, il n'aspirait qu'à une bonne douche avant d'aller se coucher. Tanya, qui avait décidé de ne pas lui parler de la proposition de Douglas Wayne, n'en fut pas vraiment contrariée. Son choix était fait : elle allait refuser l'offre. Elle était à moitié endormie quand Peter se glissa dans le lit et l'enlaça. Les yeux fermés, elle sourit et laissa échapper un soupir d'aise.

— Ta journée a été longue... murmura-t-elle d'une voix ensommeillée.

Elle se blottit contre son mari, qui resserra son étreinte. Il sentait le savon. Même au réveil, elle trouvait toujours qu'il sentait délicieusement bon. Elle l'embrassa avant de lui demander doucement :

— Elle a été mauvaise ?

— Non. Seulement longue. Je suis désolé d'être rentré aussi tard. Tout s'est bien passé, ici ?

— Oui.

Elle posa la tête sur sa poitrine. C'était l'endroit où elle était le mieux. Elle adorait s'endormir dans ses bras et se réveiller à son côté. Cela durait depuis vingt ans et elle ne s'en lassait pas.

— Les enfants sont tous sortis, précisa-t-elle.

En été, ils passaient le plus de temps possible avec leurs copains. Cette nuit-là, les filles devaient dormir chez une amie. Quant à Jason, il rentrait rarement très tard et elle se couchait sans l'attendre. Elle lui faisait confiance et pouvait d'ailleurs le joindre à tout moment, puisqu'il avait son téléphone portable sur lui. Leurs trois enfants étaient raisonnables. Même adolescents, ils ne leur avaient causé aucun souci sérieux.

Blottis dans les bras l'un de l'autre, Peter et Tanya ne tardèrent pas à s'endormir. Le lendemain, Peter se leva le premier. Pendant qu'il prenait sa douche, Tanya descendit en chemise de nuit pour préparer le petit déjeuner. En chemin, elle entrouvrit la porte de Jason, qui dormait profondément. Il ne se réveillerait pas avant plusieurs heures. Elle avait mis la table quand Peter la rejoignit. Il portait un costume d'été gris, une chemise blanche et une cravate sombre, car il devait se rendre au tribunal. Elle le trouva très beau. Autrement, il aurait porté une chemisette kaki et un pantalon de sport, voire un jean, surtout le vendredi. Il avait conservé le style qui était le sien, lorsqu'elle l'avait rencontré. Ils formaient un beau couple, tous les deux. Elle lui sourit, tandis qu'il s'asseyait devant son petit déjeuner, composé de céréales, d'œufs pochés, d'un café, d'un toast et d'un fruit. Peter aimait commencer la journée par un solide repas. Le matin, elle se levait toujours pour le lui préparer, ainsi que celui des enfants. Elle était heureuse de s'occuper d'eux.

— Je suppose que tu plaides devant la cour, aujourd'hui ? lui dit-elle.

Il jeta un bref coup d'œil au journal et hocha la tête.

— Je n'y fais qu'une rapide apparition, pour demander le maintien d'une mesure, dans une affaire pas très importante. Qu'est-ce que tu fais, de ton côté ? Cela te dirait, de dîner en ville avec moi ?

— Très volontiers.

Ils allaient au restaurant au moins une fois par semaine. Parfois, ils assistaient à un spectacle. La plupart du temps, Tanya préférait retrouver son mari dans un petit restaurant tranquille, ou partir avec lui en week-end. Ils avaient cultivé un art de vivre qui leur avait permis de rester amoureux au bout de vingt ans de mariage et trois enfants.

La dernière bouchée avalée, Peter observa attentivement sa femme. Il la connaissait mieux qu'elle ne se connaissait elle-même.

— Qu'est-ce que tu ne me dis pas ? lui demanda-t-il.

Comme toujours, son intuition l'étonna. Il semblait lire en elle à livre ouvert.

Elle lui sourit, impressionnée.

— Qu'est-ce qui te fait croire que je te cache quelque chose ?

— Je n'en sais rien, mais je le sens. A ta façon de me regarder, je devine que tu as envie de me confier quelque chose, mais que tu te retiens. Qu'est-ce que c'est ?

— Rien de grave.

Il se mit à rire. Elle l'imita, comprenant qu'elle venait de se trahir. De toute façon, ce n'était qu'une question de temps. Quelle que soit sa détermination, elle ne parvenait jamais à lui taire quoi que ce soit, pas plus qu'il ne pouvait garder un secret. Elle le connaissait aussi bien qu'il la connaissait.

Elle remplit son bol de café et se servit une seconde tasse de thé. D'ordinaire, elle ne prenait pas de petit déjeuner, se contentant de grignoter ce que son mari et ses enfants laissaient dans leurs assiettes.

— Je ne voulais pas t'en parler, avoua-t-elle. Ce n'est pas très important.

— Ça l'est sûrement, si tu t'efforces de le garder pour toi. Dis-moi ce que c'est. Cela concerne les enfants ?

En général, il s'agissait d'une confidence que l'un ou l'autre avait faite à sa mère sous le sceau du secret et qu'elle finissait toujours par lui répéter. Il ne trahissait jamais sa confiance et il était toujours de bon conseil, quelle que soit la question.

Elle inspira profondément avant d'avaler une gorgée de thé. Sans savoir pourquoi, elle avait plus de mal à parler d'elle que des enfants.

— Walt a téléphoné, hier.

Elle se tut un instant. Il posa sur elle un regard interrogateur.

— Et alors ? Je suis censé deviner ce qu'il t'a dit ?
— Tu devrais peut-être, rétorqua-t-elle en riant.

Mais elle était nerveuse et appréhendait de lui rapporter sa conversation avec Walt. Le seul fait d'envisager de partir pour Los Angeles pendant neuf mois la troublait. Elle se sentait coupable alors qu'elle n'avait rien fait de mal. Tant qu'elle n'aurait pas donné sa réponse, elle avait l'impression qu'une menace pesait sur elle, comme si Douglas Wayne avait eu le pouvoir de l'arracher à sa famille et à la vie qu'elle aimait. Elle savait que c'était stupide, mais elle ne pouvait pas s'en empêcher. Le plus effrayant, c'était qu'une partie d'elle en avait envie et qu'elle devait la maîtriser. C'était à elle de le faire. Personne ne le pourrait à sa place, pas plus Walt que Peter.

— Il avait une offre à me faire, dit-elle finalement. Elle est très flatteuse, mais je ne peux pas l'accepter.

Peter eut du mal à la croire. Tanya n'avait jamais refusé un contrat. Il la connaissait suffisamment pour savoir que l'écriture lui était indispensable. Elle en parlait peu, mais ce besoin était vital et, de surcroît, elle écrivait bien.

— Il s'agit d'un autre recueil de nouvelles ?

Elle secoua la tête et prit une profonde inspiration.

— D'un film. Un long métrage. Le producteur apprécie mon travail. Si j'ai bien compris, c'est un fan de séries. Quoi qu'il en soit, il a contacté Walt. Il voudrait que j'écrive le scénario.

Elle s'efforçait de paraître détachée, mais Peter la fixa avec stupeur.

— Il te propose le scénario d'un long métrage et tu refuses ? s'exclama-t-il. C'est quoi ? Du porno ?

Il fallait au moins cela pour que Tanya décline une proposition pareille, qui concrétisait le rêve de sa vie. Elle en parlait depuis des années.

— Non, répondit-elle en riant, du moins je ne crois pas. Je ne peux pas accepter, c'est tout.

— Mais pourquoi ? Je n'arrive pas à imaginer une seule raison valable. Que s'est-il passé ?

— Il y a un obstacle majeur, dit-elle tristement.

Elle cherchait les mots susceptibles de lui faire comprendre la raison de ce refus sans qu'il en soit contrarié. C'était un sacrifice, mais elle le faisait volontiers. En réalité, le vrai sacrifice aurait été de quitter sa famille pour aller vivre à Los Angeles.

— De quoi s'agit-il ? Explique-moi.

Décidé à ne pas bouger tant qu'elle ne lui aurait pas tout dit, il restait assis en face d'elle et ne la lâchait pas des yeux.

— Il faudrait que je parte à Los Angeles pendant le tournage, expliqua-t-elle. Je pourrais revenir ici les week-ends, mais, si j'acceptais, nous serions tous malheureux. Je ne me vois pas restant là-bas pendant que vous seriez ici, les filles et toi. En plus, c'est leur dernière année à la maison.

— Mais c'est peut-être ton unique chance de réaliser le rêve de ta vie, répliqua Peter.

— Ce serait quand même une erreur. Je ne vais pas sacrifier ma famille pour un film. Cela n'en vaut pas la peine.

— Mais tu pourrais revenir pour le week-end. En semaine, les filles ne sont jamais là, de toute façon. Après les cours, elles sortent avec des amis ou elles font du sport. Je me débrouillerais. Nous ferions la cuisine à tour de rôle. Et puis tu pourrais rentrer le vendredi soir pour ne repartir que le lundi matin de très bonne heure. Où est le problème ? Cela ne durerait que quelques mois.

Tant de compréhension fit monter les larmes aux yeux de Tanya. Cependant, si elle partait, les choses seraient trop difficiles pour tous et elle ne pouvait accepter sa proposition.

— Le tournage durera cinq mois et il faudra que je sois là-bas deux mois à l'avance et que je reste encore un mois lorsqu'il sera terminé. Ce qui fera huit ou neuf mois en tout. C'est trop, Peter ! Ce n'est pas possible.

Peter réfléchissait. Il ne voulait pas la priver de ce dont elle avait toujours rêvé.

— Peut-être que si, dit-il lentement.

— Comment ? Ce ne serait pas correct de ma part. Et puis tu me manquerais horriblement et les filles me tueraient. Je ne peux ni ne veux les quitter l'année de leur terminale.

— Tu me manquerais aussi, reconnut-il, mais peut-être que les filles pourraient faire un effort, pour une fois. Tu as toujours été là pour elles, prête à réaliser leurs moindres désirs. Cela ne leur ferait pas de mal d'être un peu plus indépendantes, et à moi non plus. Je ne veux pas que tu laisses passer cette occasion, Tanya. Elle ne se présentera peut-être plus jamais.

Ses paroles la bouleversèrent et elle faillit pleurer.

— C'est vrai. Mais ce n'est pas primordial pour moi. Dès que tu seras parti au bureau, j'appellerai Walt et je lui dirai que je refuse, affirma-t-elle, convaincue de faire le bon choix.

— Ne fais pas cela, s'il te plaît. Dis-lui d'attendre et parlons-en d'abord aux filles.

Peter souhaitait que toute la famille participe à la décision. Il espérait que les jumelles feraient preuve de largeur d'esprit et privilégieraient le bonheur de leur mère en acceptant de la laisser partir.

— Elles auront le sentiment que je les abandonne et elles n'auront pas tort. Hormis les week-ends, je serai absente pendant toute leur année de terminale. Et quand le tournage aura commencé, je ne sais même pas si je pourrai rentrer chaque semaine. D'après ce qu'on raconte, il est fréquent que les budgets soient dépassés, que les horaires soient délirants et le personnel corvéable à merci... Cela pourrait durer bien plus longtemps qu'ils ne le disent.

— Peut-être, mais je veux qu'on trouve une solution.

Tanya se leva en souriant pour enlacer son mari et l'embrasser.

— Tu es merveilleux et je t'aime... Mais crois-moi, ça ne marchera pas.

— Ne sois pas aussi défaitiste, voyons ! Ce soir, en rentrant du restaurant, nous en parlerons aux filles.

Soudain il se souvint d'avoir oublié de lui poser une question et il ajouta :

— Tu ne m'as pas dit combien ils te paieraient.

Elle resta muette quelques secondes, encore abasourdie par l'offre qu'on lui avait faite. Lorsqu'elle lui révéla le montant annoncé par Walt, Peter, stupéfait, resta silencieux.

— Tu ferais bien d'accepter, dit-il enfin. Nous allons devoir payer les droits d'inscription dans trois universités, l'an prochain. Tu ne peux pas refuser une telle proposition !

Elle hocha la tête.

— Mais nous ?

— Tu es complètement folle, ma chérie. Je vais t'expédier là-bas et tu vas amasser une telle fortune que je pourrai prendre ma retraite !

Jusqu'alors, les ventes des livres de Tanya lui avaient rapporté des sommes correctes mais modestes. Evidemment, les séries rapportaient davantage, mais l'offre de Douglas Wayne était véritablement ahurissante.

— En plus, renchérit Tanya, on me propose une villa au Beverly Hills Hotel. Mais si je préfère, je peux avoir un appartement ou une maison. Toutes mes dépenses seront prises en charge.

Elle révéla alors à son mari les noms du réalisateur et des vedettes et, là encore, il fut admiratif. C'était plus qu'une proposition mirifique, c'était l'occasion unique de fréquenter les grands noms du cinéma et ils en étaient tous les deux conscients. Peter ne comprenait pas qu'elle puisse refuser une telle chance. Si elle le faisait, il craignait qu'elle ne le regrette toute sa vie et qu'elle ne leur en veuille, à lui et aux enfants. Le sacrifice était trop grand.

A son tour, il l'attira dans ses bras.

— Il faut accepter, dit-il. Nous devrions peut-être nous installer tous à Los Angeles pendant un an.

Il plaisantait, bien sûr, mais elle aurait voulu que ce soit réalisable. Or c'était impossible. Peter occupait un poste important dans son cabinet, et les filles devaient terminer leurs études secondaires dans le lycée qu'elles fréquentaient depuis toujours. Si elle partait pour Los Angeles, ce serait seule. Bien sûr, elle avait eu envie toute sa vie de faire un film, et la somme qu'on lui offrait était fabuleuse, pourtant elle ne voulait pas partir. Elle n'avait jamais sacrifié sa famille à sa carrière et elle n'allait pas commencer maintenant.

— Ne fais pas l'idiot, dit-elle à son mari. C'est juste agréable de savoir que j'ai été choisie pour écrire ce scénario.

— Attendons de voir ce que les filles en pensent. Dis à Walt que tu réfléchis. Il faut aussi que tu saches...

Il se pencha vers elle avec amour et la serra plus fort.

— Je veux que tu saches combien je suis fier de toi, conclut-il.

— Je te remercie d'être aussi compréhensif. Je n'en crois toujours pas mes oreilles... Douglas Wayne... J'admets que c'est plutôt flatteur.

Peter jeta un coup d'œil à sa montre. Il allait arriver très en retard au bureau, mais il ne le regrettait pas.

— Très flatteur, même. Où veux-tu qu'on aille, ce soir ?

— Dans un endroit tranquille, pour qu'on puisse discuter.

— Que dirais-tu du Quince ?

C'était un petit restaurant romantique de San Francisco, situé dans le quartier de Pacific Heights, où la cuisine était délicieuse.

— C'est parfait.

Il partit quelques minutes plus tard, après l'avoir embrassée. Tanya fixa un instant le téléphone en soupirant, puis elle appela Walt. Elle ne savait pas exactement ce qu'elle allait lui dire. Elle avait cru que sa décision était prise, mais apparemment il n'en était rien. Pourtant, elle ne parvenait pas à imaginer qu'elle pourrait accepter de quitter sa famille. Lorsqu'elle le dit à Walt, il grommela :

— Qu'est-ce que je peux faire pour te convaincre que tu n'as pas le choix ?

— Dis-moi que je pourrai travailler chez moi.

Peter avait tenté de lui faire croire que c'était faisable, mais au fond de son cœur elle savait bien qu'il se trompait. Elle était persuadée que ses filles verraient les choses de la même façon qu'elle. Elles ne souhaiteraient sûrement pas que leur mère les abandonne l'année de leur terminale.

— J'espère que Peter saura te convaincre, Tanya. Bon sang, si ton mari est d'accord, pourquoi t'inquiètes-tu ? Il ne va pas divorcer sous prétexte que tu t'en vas pendant neuf mois.

— On ne sait jamais, rétorqua-t-elle en riant.

Elle savait que cela n'arriverait pas, mais la séparation n'était jamais souhaitable dans un couple. Et surtout, elle aimait Peter et elle devinait à quel point elle serait malheureuse si elle ne le voyait pas de toute la semaine pendant de longs mois.

— Rappelle-moi demain, conclut Walt. Hier, j'ai dit à Douglas que je n'avais pas réussi à te contacter. Il m'a seulement répondu que tu valais la peine qu'il attende. Il s'est mis dans la tête que tu écrirais ce scénario.

Tanya faillit répondre : « Moi aussi. »

Elle savait pourtant qu'il ne s'agissait que d'un rêve. Le rêve de sa vie, certes. Mais un rêve auquel elle devait renoncer.

Après avoir raccroché, elle se remit à sa nouvelle. A midi, Jason se leva et prit son petit déjeuner tranquillement. Les jumelles rentrèrent en fin d'après-midi, mais elle ne fit aucune allusion à la proposition de Douglas Wayne.

A 18 heures, elle se prépara pour le dîner et, une heure plus tard, appela un taxi qui l'emmena à San Francisco. Pendant le trajet, elle repensa au film et éprouva soudain une grande tristesse à l'idée qu'elle pourrait quitter sa maison. Elle se sentait emportée par le courant, sans pouvoir maîtriser sa destinée. Lorsqu'elle arriva au restaurant, Peter l'y attendait. Ils passèrent une agréable soirée et n'abordèrent la question de son départ qu'au dessert. Peter lui confia y avoir longuement réfléchi. Il pensait qu'elle devait faire ce film, mais auparavant il fallait en parler aux enfants.

— C'est à toi de prendre la décision, Tanya. Ce n'est ni à moi ni aux enfants. Mais il faut leur demander leur avis.

— Et toi, que me conseilles-tu ?

Elle le regardait tristement, ayant l'intime conviction qu'elle allait perdre tous ceux qu'elle aimait. C'était stupide, sans doute, mais elle ne pouvait pas s'en empêcher. Lorsqu'il vit ses larmes, il tendit le bras et lui prit la main.

— Tu le sais, mon amour. Je comprends que c'est difficile, mais je suis persuadé que tu dois accepter. Pas seulement pour l'argent, mais surtout parce que c'est la chance de ta vie et la réalisation de ton rêve. Il y aura sans doute une période d'adaptation, mais les filles s'habitueront et moi aussi. Et puis cela ne durera que quelques mois. Ne renonce pas à ton rêve, Tanya. Surtout lorsqu'on te l'offre sur un plateau d'argent. Tu vas réussir. Nous n'avons pas le droit de t'imposer un tel sacrifice, conclut Peter d'une voix douce.

— C'est toi mon rêve, répondit-elle très bas. Tu l'as été dès notre première rencontre, ajouta-t-elle en serrant très fort la main de son mari. Je ne veux rien faire qui puisse détruire notre couple. Je ne supporterais pas d'être séparée de toi cinq nuits par semaine.

Contrairement à d'autres couples, ils étaient restés très amoureux l'un de l'autre et Tanya ne parvenait pas à imaginer ce que serait leur vie conjugale lorsqu'elle serait réduite aux week-ends. La participation à un film, même d'une importance majeure, ne lui semblait pas justifier un tel sacrifice.

Peter semblait plus confiant.

— Tu ne vas rien détruire du tout, idiote ! dit-il avec un grand sourire, tout en réglant l'addition.

Lorsqu'ils sortirent du restaurant, Tanya semblait ailleurs. Elle ne pensait qu'à la décision importante qu'elle allait devoir prendre. Si elle acceptait de s'installer à Los Angeles, Peter lui manquerait cruellement. Comment vivre loin de lui cinq jours par semaine ? Aucun film au monde ne compenserait une telle perte.

Le lendemain, ils annoncèrent la nouvelle aux enfants. Leurs réactions ne furent pas celles auxquelles ils s'attendaient, même si elles étaient en partie prévisibles. Molly se déclara enchantée pour sa mère et promit de s'occuper de leur père si elle s'en allait. Jason trouva la proposition très « cool » et demanda s'il pourrait vivre avec sa mère, pour pouvoir rencontrer des actrices. Tanya lui fit remarquer qu'il était censé étudier à l'université pendant la semaine et qu'elle rentrerait à Ross le week-end. En tout cas, Jason ne voyait pas pourquoi sa mère ne laisserait pas ses sœurs et son père seuls. Il était certain qu'ils sauraient se débrouiller.

Quant à Megan, elle était livide.

— Comment peux-tu envisager de faire ça ? cria-t-elle, les yeux étincelants de fureur.

Cette véhémence prit Tanya par surprise.

— Je n'envisage rien du tout, Megan. Je voulais refuser ce contrat, mais ton père a pensé que je devrais d'abord vous en parler, pour voir comment vous réagiriez.

— Est-ce que vous êtes fous, tous les deux ? C'est notre dernière année à la maison ! Qu'est-ce qu'on est censés faire, pendant que tu batifoleras avec des vedettes d'Hollywood ?

Elle ne se serait pas exprimée autrement si Tanya avait annoncé qu'elle allait travailler neuf mois dans un bordel de Tijuana.

— Je n'irais pas pour batifoler, mais pour travailler, rectifia calmement Tanya. J'aurais préféré que l'on fasse appel à moi dans un an, mais même à ce moment-là je ne voudrai pas quitter votre père.

— Tu te moques bien de nous, hein ? Nous avons besoin de toi, ici. Molly et moi, nous devrons nous inscrire à l'université, l'an prochain. Qui nous aidera à remplir les formulaires, si tu es partie ? Mais ça t'est peut-être égal ?

La mère et la fille se mirent à pleurer, l'une en parlant et l'autre en écoutant. Peter jugea alors opportun d'intervenir.

— Je ne sais pas si vous avez une idée de l'honneur qui est fait à votre mère. Douglas Wayne est l'un des producteurs les plus importants d'Hollywood.

Il cita alors toutes les vedettes qui devaient participer au film. Jason émit un long sifflement et demanda à sa mère de les lui présenter toutes.

— Je ne les connais pas, répliqua sombrement Tanya. Je ne sais même pas pourquoi nous en discutons.

Cette discussion était complètement stupide, pensa-t-elle. Elle avait pour seul effet de bouleverser les enfants. Et à quoi cela rimait-il puisqu'elle avait décidé de rester avec eux. Malgré cela, Peter pensait qu'ils devaient être mis au courant. Mais dans quel but ? Megan venait de dire tout ce que Tanya redoutait d'entendre. Si elle acceptait de partir, l'un de ses enfants au moins la haïrait. Et, au final, ils la prendraient peut-être tous en grippe. Leurs réactions ne la surprenaient pas. Jason ne semblait pas ému et Molly avait toujours été généreuse. En revanche, Megan exprimait un profond ressentiment. Quant à Peter, il affirmait que leur fille finirait par changer d'avis et qu'il saurait s'occuper des enfants en l'absence de sa femme.

— Je ne peux pas désorganiser à ce point notre famille, dit-elle sombrement une fois que les enfants eurent quitté la pièce. Ils ne me le pardonneront jamais et peut-être finiras-tu toi-même par me détester.

Elle était soucieuse. Jason lui avait conseillé d'accepter. Molly l'avait embrassée et s'était déclarée fière de sa mère, mais Megan était sortie en trombe, en claquant la porte derrière elle.

— Personne ne va te détester, ma chérie, affirma Peter en la serrant contre lui. En revanche, tu t'en voudras à mort si tu laisses passer cette chance. Une telle occasion ne se représentera jamais.

— Sans doute, mais je n'ai nul besoin de ce travail. Je t'accorde que j'en ai rêvé, mais aujourd'hui je suis très contente d'écrire des nouvelles et de travailler pour la télévision.

Elle avait gagné suffisamment d'argent pour aider son mari et elle aimait ce qu'elle faisait. Cela suffisait amplement à la satisfaire. De plus, la réaction de Megan lui avait prouvé tout ce qu'elle avait besoin de savoir.

— Tu es capable de faire mieux que des séries, Tanya.

— Tu as entendu Megan ? Je ne peux pas la sacrifier pour un film.

— Elle n'a pas le droit de t'interdire une chose aussi importante pour toi. De toute façon, je serai là et je gérerai la situation. Elle ne remarquera même pas ton absence. Elle est pratiquement tout le temps avec ses amis. Quant aux inscriptions en faculté, tu t'en occuperas le week-end.

Tanya écarquilla les yeux.

— Peter... Ne me pousse pas à faire ça ! J'apprécie ton soutien, mais même s'ils approuvaient tous cette décision, je ne pourrais pas vous quitter. Je t'aime.

— Je le sais, mais je suis certain que si tu refuses, tu ne supporteras plus de mener la vie d'une femme au foyer. Chaque jour, tu penseras que tu aurais pu travailler sur un film qui remportera sans doute un oscar. Ne laisse pas les enfants prendre cette décision à ta place, Tanya.

— C'est fait. Je veux rester ici avec vous et continuer ce que je fais maintenant.

— Mais nous t'aimerons toujours, même si tu pars pour Los Angeles. Megan finira par se calmer et elle sera fière de toi comme nous tous.

— Non, soupira-t-elle. Parfois, il faut savoir renoncer à ce qui nous fait envie pour le bien de ceux qu'on aime.

— Je souhaite que tu fasses ce film, répondit doucement Peter. Je sais combien c'est important pour toi et je ne veux pas que tu te sacrifies pour les enfants ou pour moi. Ce serait une erreur que je ne me pardonnerais jamais.

Tanya posa sur lui des yeux effrayés.

— Que se passera-t-il, si notre couple pâtit de mon absence ? Ce sera peut-être plus difficile que nous ne le pensons.

— Je ne vois pas ce qui pourrait nous éloigner l'un de l'autre, sauf si tu tombais amoureuse d'un acteur. Quant à moi, je t'attendrai tranquillement ici.

Une larme roula le long de la joue de Tanya. Elle se sentait l'âme d'une enfant qu'on envoie en pension pour son bien. Elle ne voulait pas quitter Peter. Elle avait envie d'écrire le scénario, mais elle était terrorisée. Depuis vingt ans, elle n'avait jamais affronté le monde extérieur sans lui.

— Tu vas horriblement me manquer, souffla-t-elle.

— Toi aussi, tu vas me manquer, répondit-il. Mais parfois, il faut oser, pour grandir. Ce n'est pas parce que tu réaliseras ton rêve que tu devras en payer le prix. Si tu acceptes le défi, je ne t'en aimerai pas moins, au contraire, et je serai très fier de toi.

Elle s'accrocha à lui, le visage baigné de larmes.

— J'ai peur, murmura-t-elle. Que va-t-il se passer si je ne réponds pas aux espoirs qu'on fonde sur moi ? Il ne s'agit pas d'un vulgaire scénario pour la télévision, cette fois. Je vais jouer dans la cour des grands... Et si je m'en révèle incapable ?

— Ce ne sera pas le cas, ma chérie. J'en suis convaincu et tu le sais aussi. C'est pour cela que je tiens à ce que tu acceptes. Tu dois prendre ton envol. Tu t'y prépares depuis plusieurs années, c'est pourquoi il ne faut pas y renoncer à cause de moi ou des enfants.

Il l'embrassa alors avec passion. C'était le plus beau cadeau qu'il pouvait lui faire. Lorsqu'elle leva vers lui des yeux humides, Tanya vit des larmes briller dans ceux de son mari.

— Je t'aime... Je t'aime tant... Oh, Peter, j'ai si peur...

— Il ne faut pas, mon amour. Je t'attendrai ici et les enfants aussi, même Megan. Tous les week-ends, tu seras à la maison et, si tu es obligée de rester là-bas, nous irons te voir. En tout cas, moi je viendrai. Le temps passera très vite et, quand tout sera terminé, tu seras heureuse de l'avoir fait.

Peter était incroyablement généreux.

— Tu es l'homme le plus merveilleux du monde, Peter. Je t'aime.

— Ne l'oublie pas, quand les acteurs viendront frapper à ta porte.

— Ils ne le feront pas, répliqua-t-elle en pleurant. Et si c'était le cas, je m'en moquerais bien ! Je ne pourrais pas aimer quelqu'un d'autre que toi.

Il la serra si fort contre lui qu'elle en perdit le souffle.

— Moi non plus. Tu vas accepter, Tanya ?

S'écartant légèrement, il plongea son regard dans les yeux de sa femme. Incapable de prononcer un mot, elle se contenta de hocher la tête et de pleurer plus fort en s'accrochant à lui comme une enfant apeurée à l'idée de quitter sa maison.

3

Ils annoncèrent la nouvelle aux enfants en arrivant à Tahoe. Ceux-ci réagirent comme la première fois. Molly soutint sa mère en se déclarant fière d'elle. Jason avait hâte d'aller la voir à Hollywood et Megan lui dit sur un ton venimeux qu'elle ne le lui pardonnerait jamais, pour ensuite se mettre à pleurer en affirmant qu'il ne lui était rien arrivé de pire de toute sa vie, puisque sa mère l'abandonnait. Durant ces quatre semaines, Tanya voulut rappeler Walt une bonne centaine de fois pour lui annoncer qu'elle se rétractait, mais Peter l'en empêcha. Il était certain que Megan finirait par se remettre et prétendait même qu'il valait mieux qu'elle décharge sa colère de cette façon. Chaque fois qu'elle regardait sa fille, Tanya pleurait presque autant qu'elle. Megan lui renvoyait l'image d'une mère égoïste et cruelle.

C'était aussi le dernier été avant le départ de Jason pour l'université et il se révéla doux-amer. Des amis à lui vinrent séjourner quelque temps, puis repartirent. Désormais, tous les instants que Tanya passait avec les siens lui étaient précieux. Elle fit de longues promenades à vélo avec Molly, durant lesquelles elles eurent de merveilleuses conversations. Megan, elle, l'évitait soigneusement. Peu avant leur retour à Ross, elle condescendit à adresser quelques mots à sa mère, mais seulement parce que c'était nécessaire.

Le dernier jour, Peter et Tanya rangèrent la maison en bavardant. Il ne restait plus à Tanya qu'une dizaine de jours en famille avant de partir pour Los Angeles. Elle avait prévenu Douglas Wayne qu'elle ne viendrait pas avant d'avoir accompagné son fils à l'université. Elle irait l'installer avec Peter et les filles, après quoi Peter repartirait à la maison avec Megan et Molly, tandis qu'une limousine emmènerait Tanya à Los Angeles.

Les jours qui précédèrent le départ de Jason et de Tanya furent pénibles. Elle aida son fils à faire ses valises et à réunir tout ce qu'il devait emporter : ordinateur portable, chaîne hi-fi, vélo, draps et couvertures, photos, affaires de sport. Tanya ne savait pas si c'était le départ de Jason ou le sien qui la bouleversait le plus. Elle emportait beaucoup moins de choses que lui. Elle n'avait que son sac à main et une petite valise qui ne contenait que des jeans, un pantalon plus habillé, deux pulls en cachemire et une robe du soir noire, au cas où elle devrait se rendre à une soirée. Bien entendu, elle n'oubliait pas les photos des enfants qui allaient décorer sa villa au Beverly Hills Hotel. Elle savait qu'on lui avait réservé la villa n° 2, qui serait son domicile durant les prochains mois. Elle comportait deux chambres, ce qui lui permettrait de recevoir les enfants, un petit bureau, un salon, une salle à manger et une cuisine équipée. Elle avait du mal à imaginer qu'elle allait être séparée des siens pour la première fois en vingt ans. Peter disait en riant que c'était comme si Jason et elle partaient en pension.

Peter n'avait pas changé d'avis et ne cessait de répéter que ce qui lui arrivait était fabuleux, mais elle en doutait. Pour l'instant, elle savait seulement que sa famille allait lui manquer affreusement. D'ailleurs, si elle n'avait pas déjà signé le contrat, elle se serait rétractée. Walt était ravi, car il avait cru qu'elle refuserait l'offre de Douglas Wayne. Il avait téléphoné à Peter pour le remercier et le féliciter de laisser son épouse partir. Peter était un homme fort et droit. Il avait mis de côté son propre intérêt et même celui de sa famille pour favoriser la carrière de son épouse. Il assurait qu'il saurait gérer la situation, et Molly avait promis de faire tout ce qu'elle pourrait pour l'aider. Ces derniers temps, cependant, elle paraissait triste. Elle ne quittait pas sa mère d'une semelle et offrait sans cesse de l'aider à préparer ses bagages ou de l'accompagner pour faire les courses. Elle semblait avoir un besoin vital de sa présence. Tanya se rappela que, lorsque Molly était petite, elles étaient inséparables. Megan avait toujours été plus indépendante. Durant le trajet jusqu'à Santa Barbara, assise à l'arrière, elle n'adressa pas un mot à sa mère, regardant fixement par la fenêtre et serrant la main de Molly, comme si elle était en deuil.

Ils avaient loué une camionnette et, lorsqu'ils l'avaient chargée, Tanya avait cru que son cœur allait se briser. Les affaires de Jason prenaient presque toute la place. Elle-même n'avait pas besoin de grand-chose, puisqu'elle rentrerait chez elle tous les week-ends. Au moment de partir, leur voisine, Alice Weinberg, vint leur dire au revoir. Elle prit Tanya dans ses bras, en lui répétant combien elle l'enviait d'aller travailler à Hollywood. Elles étaient amies depuis seize ans. Le mari d'Alice était mort deux ans auparavant d'une crise cardiaque, mais elle s'en sortait assez bien. Après le départ de ses deux enfants pour l'université, elle avait ouvert une galerie d'art à Mill Valley. Elle disait que cela redonnait un but à sa vie, mais que ce n'était rien en comparaison de ce que faisait Tanya. Alice était brune, grande et mince, comme Molly. Les deux amies s'embrassèrent avant de se séparer.

Quand Peter mit le contact, Alice se baissa pour parler à Tanya par la vitre.

— Surtout, appelle-moi pour me dire quelles célébrités tu croises, lui dit-elle.

Tanya lui adressa un dernier signe de la main. Depuis le mois de juillet, elles avaient souvent pris le thé ensemble, dans la cuisine, et discuté de l'avenir. Alice avait promis à Tanya de veiller sur les jumelles, bien qu'elle soit souvent hors de chez elle. Elle rencontrait des artistes ou se rendait à des expositions pour repérer les jeunes talents. Elle paraissait beaucoup plus jeune que du vivant de son mari. Elle avait perdu du poids, se maquillait et se teignait les cheveux. Elle était terrifiée à l'idée de rester seule. Tanya savait qu'elle était sortie avec deux jeunes artistes. Pourtant, elle affirmait que son mari lui manquait énormément et qu'elle ne pourrait jamais retrouver un homme comme lui. Il était mort à quarante-sept ans. Alice en avait aujourd'hui quarante-huit, deux de plus que Peter et six de plus que Tanya. En lui disant au revoir, Tanya remarqua combien elle paraissait jeune et sympathique.

— Bonne chance, Jason, ajouta Alice, et n'oublie pas d'appeler James.

Son fils James était inscrit dans la même faculté que Jason, tandis que sa fille poursuivait ses études à l'université Pepperdine, à Malibu. Le départ de ses voisins rappelait à Alice celui de ses enfants. Sa fille entrait en dernière année et son fils entamait la seconde. Il était convenu que James aiderait Jason à s'adapter à sa nouvelle vie. Jason avait d'ailleurs déjà communiqué avec James par mails, tout comme avec le garçon avec lequel il allait partager sa chambre et qui était originaire de Dallas.

Le trajet fut assez pénible. Ils étaient serrés, avec les affaires de Jason empilées entre eux, et il faisait très chaud car la climatisation ne fonctionnait pas. Mais Tanya était heureuse d'être avec eux et ne s'en souciait pas. Ils mirent huit heures pour parvenir à destination et s'arrêtèrent deux fois pour se restaurer. Les filles grignotèrent, mais Tanya ne put rien avaler. Elle était trop malheureuse de laisser son fils à l'université et de quitter Peter et les jumelles. Elle avait le sentiment de les perdre. Lorsqu'ils arrivèrent, Megan fit remarquer que c'étaient eux qui la perdaient et non le contraire.

— Je serai à la maison le week-end, assura Tanya.

— Ben voyons ! Si tu le dis...

Maussade, l'adolescente s'éloigna de sa mère. Elle ne lui pardonnait pas sa défection et ne la lui pardonnerait peut-être jamais. Tanya commençait à craindre que les neuf prochains mois ne la marquent à vie. Elle n'aurait certainement pas toléré l'attitude de sa fille si elle ne s'était sentie elle-même aussi coupable. Le week-end s'annonçait difficile, sauf pour Jason, toujours sur son petit nuage.

Ils avaient retenu des chambres à l'hôtel et s'installèrent. Puis ils allèrent dîner au restaurant. Le lendemain matin, ils prirent leur petit déjeuner au Coral Casino, situé en face de l'hôtel. Jason n'était pas attendu avant 14 heures mais, dès qu'ils arrivèrent sur le campus, il disparut pour retrouver des amis. Peter installa son ordinateur et sa chaîne hi-fi dans sa chambre, pendant que Tanya faisait son lit. Tout en s'affairant, elle retenait ses larmes. Son petit garçon quittait la maison... et, pire encore, elle aussi. Ils déballèrent les affaires de Jason, si bien que lorsqu'il les rejoignit, tout était rangé. James Weinberg était avec lui. Il logeait dans le bâtiment voisin et avait déjà présenté Jason à une demi-douzaine de filles. Tout était excitant et nouveau pour Jason.

Quand tout fut installé, Peter, Tanya et les filles se préparèrent à partir. Ils seraient bien restés un peu plus longtemps, mais Jason n'y tenait visiblement pas. Il avait des choses à faire, une réunion d'orientation vingt minutes plus tard et une soirée en l'honneur des étudiants de première année le jour même. Quand sa famille sortit de sa chambre, il ne semblait pas le moins du monde abattu. Une nouvelle vie l'attendait et il avait hâte de s'y plonger.

Devant la sortie, il les embrassa. Les filles semblaient au bord des larmes. Peter serra très fort son fils contre lui et Tanya se mit à pleurer. En l'embrassant une dernière fois, elle lui demanda de l'appeler s'il avait besoin de quoi que ce soit. Los Angeles n'était qu'à une heure et demie de Santa Barbara et elle pourrait accourir en cas de nécessité. Mais Jason éclata de rire.

— Ne t'inquiète pas, maman, tout va bien se passer. C'est moi qui viendrai bientôt te voir.

— Tu pourras passer la nuit, si tu veux, suggéra-t-elle avec espoir.

Il allait tellement lui manquer ! N'était-il pas le premier de ses enfants à prendre son envol ?

Ils s'attardèrent encore quelques minutes, puis Jason les quitta pour rejoindre James. Dorénavant, il suivait son propre chemin. Tanya accompagna alors Peter et les jumelles jusqu'à la camionnette. Elle était incapable de parler. Tout ce qu'elle voulait, c'était les serrer très fort dans ses bras, les embrasser, les toucher. La séparation était trop dure. Quand Peter ouvrit la porte de la camionnette, elle se remit à pleurer.

— Allons, ma chérie, lui dit-il doucement. Nous allons très bien nous en sortir, tu verras.

Il la prit une dernière fois dans ses bras et l'attira contre lui. Les jumelles détournèrent le regard. Depuis deux semaines, leur mère n'arrêtait pas de pleurer, elle qui ne se laissait jamais aller. Et elles aussi avaient versé leur lot de larmes.

— Je déteste devoir vous quitter. Je ne sais pas pourquoi tu m'as convaincue d'écrire ce stupide scénario, gémit Tanya en se mettant à sangloter comme une enfant.

Molly lui tendit un paquet de mouchoirs et Tanya lui sourit, admirant sa fille devenue si belle. En arrivant sur le campus, les jumelles avaient vite été abordées par des garçons, qui avaient été déçus d'apprendre qu'elles ne figuraient pas parmi les étudiantes.

— Tout se passera bien, assura encore Peter.

Il était 16 heures passées et il avait maintenant hâte de partir, car ils ne seraient pas rentrés avant minuit. Le trajet de Tanya jusqu'à Los Angeles était beaucoup plus court. Mais tout ce qu'elle voulait, c'était repartir avec eux. Si elle cédait à son envie, songea-t-elle, elle pourrait prendre l'avion le lendemain matin. Mais cela ne servirait pas à grand-chose, car elle devait rencontrer Douglas Wayne et le réalisateur dans la matinée. Il ne lui restait donc plus qu'à faire ses adieux à Peter et aux filles, mais c'était au-dessus de ses forces.

Peter se tourna vers les jumelles.

— Eh bien, les filles, dites au revoir à maman, nous allons partir.

Ils l'accompagnèrent jusqu'à la limousine. Le chauffeur semblait s'ennuyer. La limousine était incroyablement longue. A l'intérieur, ils aperçurent des lampes colorées et un canapé.

– Beurk ! s'exclama Megan avec dégoût. C'est affreux !

Depuis deux mois, elle n'avait pas baissé la garde un seul instant. Quand sa mère voulut l'embrasser, elle posa sur elle un regard dur et recula d'un pas, brisant le cœur de Tanya. Peter secoua la tête.

— Dis gentiment au revoir à ta maman, Megan, insista-t-il fermement.

Il ne partirait pas tant qu'elle n'aurait pas obéi. De mauvaise grâce, l'adolescente embrassa sa mère. En pleurs, Tanya serra dans ses bras Megan, puis Molly. Cette dernière lui rendit son étreinte en versant des larmes.

— Tu vas tellement me manquer, maman !

Peter leur tapota le dos à toutes les deux.

— Courage ! Vous vous reverrez vendredi prochain, leur rappela-t-il.

Megan s'était déjà éloignée. Elle n'avait plus rien à ajouter, puisqu'elle avait eu tout l'été pour dire à sa mère ce qu'elle avait sur le cœur.

Molly finit par s'écarter de Tanya. Elle s'essuya les yeux et lui sourit.

— A vendredi, maman, dit-elle d'une voix de petite fille.

— Sois prudente, ma chérie. Occupe-toi de papa et de Megan.

Elle savait que Molly ferait de son mieux et elle espérait qu'Alice veillerait sur eux. Elle comptait lui téléphoner le soir même, pour lui dire qu'elle avait vu James et lui rappeler sa promesse. Alice s'était engagée à la contacter si elle pensait que quelque chose n'allait pas pour l'une des filles, si elles semblaient malades, fatiguées ou malheureuses. Alice était une bonne mère et elle savait s'y prendre avec les enfants. Tanya savait que ses filles se sentaient bien avec elle et lui faisaient confiance. Elles avaient quasiment grandi avec Melissa et James, bien qu'ils soient un peu plus âgés qu'elles. Tout comme Peter, Alice lui avait assuré que les jumelles ne pâtiraient pas de son absence. D'ailleurs, elle serait là tous les week-ends... Ce n'était pas comme si elle les quittait pour toujours ou qu'elle s'en allait très loin. S'il arrivait quoi que ce soit, lui avait répété Alice la veille, il lui suffirait de prendre l'avion pour être à la maison en moins de deux heures. Alice avait promis d'aller les voir chaque fois qu'elle le pourrait. Une fois habituées à l'absence de leur mère, elle était certaine que les jumelles seraient absorbées par leurs activités ainsi que par leurs nombreux amis. Elles disposaient d'une voiture qu'elles conduisaient à tour de rôle, aussi pouvaient-elles se déplacer sans rien demander à personne. C'étaient des filles solides et sensées. Alice n'avait pas cessé de répéter à Tanya qu'elle ne devait pas s'inquiéter, mais elle savait bien que Tanya ne pourrait pas s'en empêcher.

Les adieux à ses filles furent douloureux, mais ce fut pire encore de quitter Peter. Tanya s'accrocha à lui désespérément. Il l'aida à monter dans la limousine et se moqua d'elle à la vue des lampes de couleur qui avaient tant déplu à Megan. C'était de mauvais goût, mais plutôt amusant, dit-il à sa femme.

— Je devrais peut-être laisser les filles rentrer seules et t'accompagner, plaisanta-t-il.

Elle sourit et il l'embrassa.

— Tu vas tellement me manquer, ce soir, souffla-t-elle. Sois prudent. On se revoit vendredi.

— Tu seras trop occupée pour t'apercevoir que je ne suis pas là, répliqua-t-il.

Malgré toute sa bonne volonté, lui aussi semblait triste. Cependant, il se réjouissait que Tanya réalise son rêve. Il voulait que tout se passe bien et qu'elle en garde un souvenir inoubliable. Il était prêt à tout faire pour cela.

— Appelle-moi quand tu seras rentré, murmura Tanya.

— Il sera tard.

Certainement près d'une heure du matin, car leurs adieux avaient pris du temps.

— Cela m'est égal. Tant que je n'aurai pas entendu ta voix, je m'inquiéterai. Je t'appellerai sur ton portable, dans la voiture.

Elle voulait les savoir sains et saufs à la maison. De toute façon, elle était certaine de ne pas pouvoir dormir de la nuit, sans Peter.

— Pourquoi ne pas te détendre un peu ? Tu pourrais nager dans la piscine, te faire masser, commander un souper dans ta chambre. Profite des avantages qu'on t'octroie ! Avant même de t'en apercevoir, tu seras de retour à la maison et tu reprendras ta vie normale. Et tu le regretteras, après avoir vécu la grande vie dans un hôtel de luxe !

— C'est toi, ma grande vie, soupira-t-elle tristement.

Plus que jamais, elle regrettait d'avoir signé ce contrat. Pour l'instant, elle ne voyait que ce qu'elle n'aurait plus, tout ce qui allait lui manquer à Los Angeles : son mari, ses enfants, les bons moments qu'ils partageaient.

— On ferait mieux de partir.

Peter voyait bien que de minute en minute Molly semblait plus accablée et Megan plus furieuse. Tanya le constatait aussi. Elle embrassa son mari une dernière fois. Molly et elle échangèrent des baisers au-dessus de la vitre. Megan se contenta de la fixer un instant, le regard empreint d'une tristesse mêlée de colère et d'un profond sentiment de trahison, puis elle monta dans la camionnette. Assise sur la banquette de la limousine, Tanya les regardait, le visage ruisselant de larmes. Des mains s'agitèrent de part et d'autre. La limousine suivit la camionnette hors du parking. Les deux voitures gagnèrent l'autoroute côte à côte, puis Peter prit la direction du nord et la limousine celle du sud. Tanya leur adressa des signes tant qu'ils furent en vue, puis elle posa la tête sur le dossier et ferma les yeux. Leur absence lui causait une douleur physique. Soudain son téléphone portable sonna et elle sursauta. Elle fouilla dans son sac, se demandant si Jason l'appelait pour lui dire qu'il avait oublié quelque chose. Elle pouvait faire demi-tour et retourner sur le campus en quelques minutes, s'il avait besoin d'aide. Elle espérait que Peter avait pensé à lui donner suffisamment d'argent.

Ce n'était pas Jason, mais Molly.

— Je t'aime, maman, lui dit-elle avec cette douceur qui lui était propre.

Elle ne voulait pas que sa mère soit triste, sa sœur furieuse et son père solitaire. Elle souhaitait toujours que tout se passe bien pour tout le monde. Elle était sans cesse prête à se sacrifier pour les autres. Tanya disait souvent qu'elle ressemblait beaucoup à son père, bien qu'elle eût une personnalité bien à elle.

— Je t'aime aussi, ma chérie, répondit doucement Tanya. Rentrez bien à la maison.

— Toi aussi, maman.

Tanya perçut en arrière-fond la radio qui braillait dans la camionnette. Elle aurait voulu y être ! Elle aurait eu l'air d'une folle, si elle avait écouté ce genre de musique dans la limousine, pourtant c'était ce qu'elle aurait voulu. Elle se sentait si seule, dans cette superbe voiture. Elle ne parvenait plus à comprendre comment ni pourquoi elle avait pris une telle décision. Comment avait-elle pu croire que c'était une bonne idée ? Comment Peter et Walt l'avaient-ils cru, eux aussi ? Tout cela lui semblait tellement stupide, maintenant ! Pendant près d'un an, elle allait mener une vie misérable et solitaire à Hollywood, dans le seul but d'écrire un scénario. Chez elle, à Ross, elle était parfaitement heureuse.

— Je t'appellerai demain, promit-elle à sa fille. Embrasse papa et Megan. Toi, je te serre très fort dans mes bras.

— Moi aussi, maman, dit Molly avant de raccrocher.

De nouveau, Tanya se laissa aller contre le dossier de la banquette. La limousine roulait vers le sud... Trop triste pour pleurer, elle regarda par la fenêtre en pensant à ceux qu'elle aimait.

4

Il était près de 19 heures quand la limousine s'arrêta devant le Beverly Hills Hotel. Immédiatement, un portier se précipita pour prendre les bagages de Tanya et l'accueillir avec tout le faste qui s'imposait. Dès qu'elle sortit de la voiture, elle eut le sentiment d'être mal fagotée, avec son jean, son tee-shirt et ses sandales. Des filles splendides aux allures de mannequins passèrent près d'elle. Elles portaient des shorts ultracourts, leurs pieds aux ongles vernis étaient glissés dans des sandales à talons hauts, leurs magnifiques cheveux blonds auréolaient leur visage. Ceux de Tanya étaient réunis en une grosse natte, ce qui accentuait son impression de ne pas être à sa place. Elle se sentait quelconque. Son look de mère de famille, dans sa simplicité, ne convenait pas à cet endroit. Même vêtus de débardeurs ou de chemisiers, tous ici avaient des airs de stars, alors que tout en elle trahissait la provinciale tout juste sortie de son trou. Après ce qu'elle venait de vivre en quittant les siens, Tanya avait l'impression d'avoir été heurtée par un bus ou d'être passée sous un rouleau compresseur. C'était une image qu'elle aimait utiliser dans les scénarios qu'elle écrivait et cela correspondait exactement à ce qu'elle éprouvait maintenant : elle était accablée, triste et seule. Si seule...

Un chasseur emporta sa valise et lui remit un reçu à montrer à l'accueil. Parvenue au comptoir, elle se retrouva derrière un couple de Japonais et des gens qui venaient de New York. Une faune typiquement hollywoodienne déambulait dans le hall. Tanya était tellement distraite par le spectacle qu'elle ne remarqua pas tout de suite que son tour était venu.

— Oh ! Excusez-moi...

Un peu perdue, elle regarda autour d'elle, admirant les modifications effectuées depuis son dernier passage. Elle avait déjeuné là une ou deux fois quand elle devait rencontrer les producteurs d'une série à succès.

— Vous comptez rester longtemps parmi nous ? demanda le jeune employé lorsqu'elle lui donna son nom.

Cette question faillit déclencher ses larmes.

— Neuf mois environ, répondit-elle d'une voix triste.

Il lui redemanda son nom et, réalisant qui elle était, se confondit immédiatement en excuses.

— Bien sûr, mademoiselle Harris. Pardonnez-moi, je n'avais pas fait le rapprochement... La villa n° 2 vous attend.

Tanya le fixa un instant, un peu désorientée.

— Madame Harris, rectifia-t-elle.

— Certainement. J'en prends bonne note. Vous avez un reçu, pour vos bagages ?

Elle lui tendit le carton, puis il contourna le comptoir pour la conduire à la villa n° 2. Sans savoir exactement pourquoi, elle redoutait d'y aller. Elle ne voulait pas être là. Son seul souhait était de rentrer chez elle. Il lui semblait être un enfant que ses parents ont expédié en colonie de vacances. Elle se demanda si Jason éprouvait la même chose à l'université, mais elle soupçonnait que non. Il était sans doute parfaitement heureux au milieu de ses nouveaux camarades. D'une certaine façon, elle était « la nouvelle », elle aussi, mais elle le ressentait bien plus fortement que son fils. Elle pensait à lui en suivant le jeune employé sur une allée étroite, qui serpentait parmi une végétation luxuriante. Enfin, elle parvint devant la villa qui allait être sa maison pendant neuf mois... une éternité, sans Peter et les enfants. Les neuf mois de grossesse lui avaient paru bien plus amusants. Désormais, c'était d'un scénario qu'elle était censée accoucher.

En entrant dans la salle de séjour, elle remarqua immédiatement un vase de fleurs presque aussi grand qu'elle. Jamais elle n'avait rien vu de tel. Il y avait des roses, des lis, des orchidées et des fleurs gigantesques qu'elle ne put même pas identifier. C'était le plus beau bouquet qu'elle ait jamais vu. Un parfum exotique embaumait la pièce, peinte en rose vif et joliment meublée. Un énorme téléviseur trônait dans un coin. Au-delà, elle vit la salle à manger, ainsi que la cuisine. Mais, dès qu'elle entra dans une chambre, elle eut l'impression de se muer en star de cinéma, juste avant de découvrir que la seconde chambre était encore plus imposante et comportait un immense lit. Les murs étaient rose pâle et les meubles élégants. Elle pénétra ensuite dans une salle de bains en marbre rose absolument extraordinaire. Stupéfaite, Tanya constata qu'elle disposait d'une immense baignoire avec jacuzzi. Des serviettes moelleuses étaient empilées près d'un peignoir de bain brodé à son chiffre. Un grand panier contenait des lotions et des produits de beauté. Dans la salle de séjour, une bouteille de champagne rafraîchissait dans un seau à glace. En voyant la grosse boîte de ses chocolats préférés, Tanya se demanda comment ses employeurs connaissaient ses goûts. Lorsqu'elle ouvrit le réfrigérateur, elle s'aperçut qu'il était rempli de tous ses aliments favoris. On aurait dit qu'une bonne fée s'était activée pour réaliser ses vœux. C'est alors qu'elle aperçut l'enveloppe, posée sur le bureau. Elle l'ouvrit et en sortit une lettre, apparemment rédigée par une main masculine.

« Soyez la bienvenue chez vous, Tanya. Nous vous attendions avec impatience. A demain, au petit déjeuner. Douglas. »

Il s'était visiblement renseigné sur elle. Elle comprit qu'il avait sans doute parlé à Walt, peut-être même à Peter. Si ce n'était lui, c'était son secrétaire. Tout était parfait. Dans la plus grande des deux chambres, elle trouva une robe de chambre en cachemire, avec des chaussons assortis et à sa taille. Encore un cadeau de Douglas. A son grand étonnement, des photographies de ses enfants dans des cadres argentés décoraient la chambre. Elle sut alors que ses employeurs avaient contacté Peter, qui leur avait lui-même envoyé les photos. Il ne lui en avait pas dit un mot, pour qu'elle ait la surprise. On avait visiblement tout fait pour qu'elle se sente chez elle, jusqu'à placer un gros bol rempli de M&M's sur sa table de chevet. Un tiroir du bureau contenait des crayons, des stylos et tout ce qu'il fallait pour écrire. Depuis deux mois, elle travaillait sur le scénario, mais elle voulait ajouter quelques touches finales avant son rendez-vous du lendemain. Elle inspectait encore sa nouvelle demeure, quand on lui apporta sa valise. Au même moment, son téléphone portable sonna. C'était Peter, qui se trouvait encore en voiture.

— Alors ? Comment est la villa ? s'enquit-il sur un ton malicieux.

— Ils t'ont contacté ? Ils l'ont certainement fait !

Walt ne connaissait pas aussi bien ses goûts. Seuls son mari et ses enfants avaient pu fournir de telles informations.

— Contacté ? Ils m'ont envoyé un questionnaire à remplir en bonne et due forme. On te pose moins de questions quand tu donnes ton sang. Ils voulaient tout savoir sur toi, jusqu'à ta pointure.

Il semblait ravi pour elle, heureux qu'elle soit gâtée. Elle le méritait et il voulait qu'elle vécût un véritable conte de fées. Décidément, songea-t-elle, il gérait la situation avec beaucoup d'amour et d'élégance.

— Ils m'ont offert une robe de chambre en cachemire, avec les chaussons assortis, des M&M's et les produits de beauté que j'utilise... C'est fou ! ajouta-t-elle en riant. Ils ont même pensé à m'acheter un flacon de mon parfum. Et dans le réfrigérateur, j'ai trouvé tout ce que j'aime.

En découvrant tous ces produits, elle avait eu l'impression de participer à une chasse au trésor. Il y avait une chemise de nuit en satin sur le lit, avec une autre robe de chambre assortie. Elle avait même trouvé une pile de livres de ses auteurs préférés sur la table de chevet.

— Je voudrais que tu sois là avec les enfants, dit-elle d'une voix triste. Ils adoreraient cet endroit. J'ai hâte que vous veniez me voir ici.

— Quand tu veux, mon poussin ! Tu penses qu'ils me demanderont ma pointure, à moi aussi ?

— Ils devraient, car sans toi, je n'aurais jamais accepté leur offre.

— Je suis content que tu sois bien traitée. La vie à Ross va te sembler bien ordinaire, après cela. Je devrais peut-être songer à t'acheter du parfum et des chocolats, moi aussi, sans quoi tu ne voudras plus rentrer.

Derrière sa légèreté apparente, elle perçut une certaine gravité. Elle lui manquait, à lui aussi, même si tout ce qui lui arrivait le réjouissait. Il s'efforçait d'être bon joueur, mais la situation lui était pénible.

Le téléphone à l'oreille, Tanya passait de pièce en pièce.

— J'échangerais sans regret tout ce luxe contre Ross. Et tu n'as pas besoin de m'offrir quoi que ce soit. Tout ce dont j'ai besoin, c'est toi.

— Moi aussi, mon bébé. Profite de tout ce qui t'est offert. Imagine que tu es Cendrillon, au moins pour quelque temps.

— Oui, mais cela fait une impression bizarre. Je comprends comment les gens peuvent se laisser corrompre, dans un tel contexte. Tout me semble complètement irréel. On te donne tout ce que tu aimes, du champagne, des chocolats, des fleurs... Sans doute est-ce ainsi que l'on traite les vedettes de cinéma. En tout cas, mes producteurs de séries ne m'ont jamais choyée de cette façon. J'avais de la chance s'ils m'invitaient à déjeuner. Je n'ai pas besoin de toutes ces attentions, mais j'avoue que cela m'amuse. Dis-moi plutôt comment se passe le voyage de retour.

— Très bien. Les filles dorment. J'ai éteint la radio et personne ne s'est mis à hurler.

Le cœur un peu serré, Tanya se mit à rire. Elle imaginait parfaitement la scène.

— Fais attention à ne pas t'endormir. Tu devrais peut-être remettre la radio.

— Sûrement pas ! grommela-t-il. Ce silence me convient parfaitement. Je parie qu'elles seront sourdes avant d'avoir vingt et un ans. Quant à moi, je suis sûr de l'être déjà.

— Arrête-toi si tu es fatigué, ou demande à une fille de conduire.

— Je me sens bien, Tanya. Qu'est-ce que tu vas faire, maintenant ?

Il tentait de l'imaginer dans sa nouvelle vie. Mais Tanya savait qu'il ne pouvait pas visualiser cette suite et tout le luxe qu'elle renfermait. Cela ressemblait à un décor de film. Soudain, elle se sentit très glamour, dans son jean et son tee-shirt, royalement installée dans cette villa du Beverly Hills Hotel.

— Je ne sais pas... Je vais peut-être prendre un bain et profiter du jacuzzi, dit-elle en riant comme une enfant.

Cet appartement était nettement plus luxueux que leur maison de Ross. Au bout de seize ans, leur salle de bains commençait à être bien fatiguée. Ils parlaient toujours de la rénover, mais ils ne le faisaient pas. Celle-ci était flambant neuve et mille fois plus luxueuse que ce qu'ils auraient pu se permettre.

— Ensuite, continua-t-elle, je passerai ma nouvelle robe de chambre, mes chaussons, et je commanderai un repas.

Elle n'avait pas faim, mais toute cette prodigalité finissait par l'amuser. Ce qui la surprenait, surtout, c'était l'attention qui avait été apportée aux moindres détails, ainsi que l'extravagance des cadeaux. Elle venait de découvrir une petite boîte en argent sur laquelle ses initiales étaient gravées. Elle contenait des trombones de la taille qu'elle préférait. Rien n'avait été oublié. Elle adorait les photos encadrées de Peter et des enfants, qui lui donnaient l'impression d'être chez elle. Elle en avait apporté une demi-douzaine. Elles les regroupa sur la table de chevet et sur le bureau, pour pouvoir les voir dans toutes les pièces.

— J'ai hâte que tu viennes, répéta-t-elle. On ira dîner au Spago ou bien on restera au lit. C'est ce qui me plairait le plus.

Il y avait aussi un excellent restaurant à l'hôtel, mais ce qu'elle souhaitait avant tout, c'était sentir ses bras autour d'elle. Le matin même, ils avaient fait l'amour. Leur étreinte avait été douce et merveilleuse, comme toujours. Il en était ainsi depuis le début et c'était même mieux d'année en année. Ils se connaissaient si bien... Elle avait passé la moitié de sa vie avec lui et lui près de la moitié de la sienne avec elle.

— Ce sera comme une nouvelle lune de miel, dit-elle en riant.

— J'en accepte l'augure, parce que cette semaine, ma vie ne devrait pas être aussi agréable. Margarita doit bien faire la lessive des filles ?

Dès qu'elle avait su qu'elle partait, Tanya avait augmenté les heures de la femme de ménage. Celle-ci devait aussi préparer les repas plusieurs soirs par semaine, chaque fois que Peter ne pourrait pas s'en occuper, et mettre des plats au congélateur. Tanya ne s'inquiétait pas trop à ce sujet, car elle savait les filles parfaitement capables de préparer le dîner. Mais parfois, elles rentraient tard et, la plupart du temps, Peter arrivait à la maison trop fatigué pour faire la cuisine. Les filles avaient promis de prendre soin de lui. Ici, elle pouvait commander un repas si elle le souhaitait. A cette pensée, Tanya se sentit trop gâtée et coupable. Elle n'avait encore rien fait pour mériter cela. C'était une façon assez impressionnante de débuter sa carrière de scénariste de film.

— Je t'appellerai en arrivant à la maison, promit Peter.

Après avoir raccroché, Tanya alla prendre un bain. Elle se sentait un peu mieux et, l'espace de quelques instants, elle trouva la situation assez drôle. Elle aurait aimé montrer son palais aux filles, prendre un bain avec Peter dans la baignoire géante. A la maison, cela leur arrivait parfois, mais celle-ci était vraiment immense.

Après avoir versé force sels de bains dans l'eau, elle y paressa tranquillement pendant environ une heure. Lorsqu'elle en sortit, elle enfila la chemise de nuit en soie et la robe de chambre en cachemire. Elle était ample et douce, et les chaussons étaient exactement à sa taille. Il était 21 heures lorsqu'elle appela le service de chambre et commanda un thé. Elle demanda aussi une omelette, ainsi qu'une salade verte, puis elle mangea devant la télévision. Après avoir terminé son repas, elle éteignit la télévision, s'installa devant le bureau et brancha son ordinateur portable. Elle voulait consulter les notes qu'elle avait prises dans la semaine concernant les changements qu'elle comptait apporter au scénario afin d'être parfaitement à l'aise à la réunion du lendemain. Il était minuit passé lorsqu'elle cessa de travailler. Elle avait déjà envoyé à Douglas Wayne et au réalisateur plusieurs ébauches qu'ils avaient semblé apprécier.

Après avoir rangé ses affaires, elle alla se coucher. Il était étrange de penser qu'elle allait vivre ici durant de nombreux mois, mais elle était sensible au fait qu'on avait cherché à lui rendre les lieux agréables. Elle avait l'impression d'évoluer dans un décor de conte de fées. En attendant que Peter arrive à la maison, elle alluma la télévision. Elle ne pourrait pas dormir tant qu'elle ne les saurait pas en sécurité. Lorsqu'elle rappela son mari sur son portable, à minuit et demi, ils se trouvaient sur le pont du Golden Gate et il ne leur restait plus qu'une demi-heure de trajet. Ils avaient bien roulé et les jumelles étaient réveillées. Ils avaient dîné dans un McDonald's. Elle était détendue et à son aise, sur le lit gigantesque. Lorsqu'elle eut Molly au téléphone, elle lui dit qu'elle avait la sensation d'être une reine. Elle aurait voulu échanger quelques mots avec Megan, mais elle était pendue à son portable et discutait avec des amis.

Tanya se demandait combien de temps il faudrait pour que sa fille et elle retrouvent des relations normales. Les deux derniers mois avaient été extrêmement pénibles, tant Megan était en colère contre elle. Peter affirmait que cela ne durerait pas, mais Tanya n'en était pas si sûre. Megan pouvait être très rancunière. Une fois qu'elle se sentait trahie, elle ne pardonnait jamais. Tanya était consciente de l'avoir un peu trop choyée et ce changement brutal lui avait causé un choc dont elle ne s'était pas encore remise. Sa sœur l'accusait de se comporter comme une enfant gâtée, mais Tanya savait que sous cette hostilité ouverte, Megan était triste et inquiète. C'était la raison pour laquelle elle lui pardonnait les mots durs qu'elle avait eus envers elle. Dans l'esprit de Megan, sa mère les avait trahis. Cette dernière devinait qu'il faudrait longtemps pour qu'elle retrouve la confiance de sa fille, si cela arrivait un jour.

Tanya parla avec Peter jusqu'à ce qu'ils arrivent à la maison. Il lui dit alors qu'il devait raccrocher pour aider les jumelles à sortir leurs affaires de la voiture. De nouveau, elle se sentit coupable de ne pas être là pour les aider. Peter lui assura que tout allait bien et qu'il se débrouillerait parfaitement, puis il la quitta sur un dernier baiser en promettant de la rappeler le lendemain matin. De son côté, elle lui promit de lui raconter son entretien avec Douglas Wayne. Voulant se lever tôt, elle appela le standard pour demander qu'on la réveille. Elle éteignit la lumière à une heure du matin et resta longtemps étendue dans le noir, sans parvenir à trouver le sommeil. Elle se demandait ce que ses enfants faisaient. Les filles devaient être dans leurs chambres, pendant que leur père s'offrait une petite collation avant de se coucher. Une fois de plus, elle regretta de ne pas être avec eux. Il semblait si étrange de se trouver dans une chambre d'hôtel, seule. Elle avait le sentiment de ne pas assumer ses responsabilités et les charges qui étaient les siennes. De plus, elle avait du mal à s'endormir sans le réconfort des bras de Peter. Il leur était rarement arrivé de passer une nuit l'un sans l'autre.

Elle finit par s'abandonner au sommeil, vers 3 heures du matin. Quand le téléphone sonna, à 6 h 30, elle se réveilla en sursaut. La nuit avait été courte et elle se sentait fatiguée, mais elle avait justement voulu se lever de bonne heure pour être en pleine possession de ses moyens. Elle souhaitait aussi relire quelques passages de son scénario avant de retrouver Douglas Wayne et le réalisateur dans le salon de l'hôtel. Elle choisit de porter un pantalon noir, un tee-shirt et des sandales. Avant de quitter la chambre, elle enfila une veste en jean. Elle avait conscience d'être habillée comme l'une de ses filles ou du moins comme elle le serait à Ross. Elle se demanda si les jumelles approuveraient cette tenue basique et regretta qu'elles ne soient pas là pour la conseiller. Mais, après tout, elle n'était pas une actrice, et n'avait de comptes à rendre à personne. Elle était là pour livrer un scénario, pas pour attirer l'attention sur elle. Seule importait la qualité de son travail et, sur ce point, elle ne se faisait aucun souci. Elle glissa un exemplaire de son scénario dans son grand sac et mit au dernier moment les boucles d'oreilles en diamant que Peter lui avait offertes à Noël. Si elle avait eu un rendez-vous aussi matinal à Ross, elle ne les aurait pas portées, mais elles lui semblaient tout à fait appropriées à la situation. Dès qu'elle eut franchi la porte du salon, elle sut qu'elle avait eu raison. Sans ce bijou, elle se serait sentie encore moins à sa place. Par rapport aux gens qui se trouvaient là, elle se faisait l'effet d'être une vraie provinciale.

La salle était remplie de jolies femmes et d'hommes à l'air important, parmi lesquels elle reconnut de célèbres personnalités. Quelques créatures ravissantes prenaient leur petit déjeuner à deux ou en groupes, plusieurs hommes étaient attablés ensemble, d'autres en tête-à-tête avec des femmes en général beaucoup plus jeunes qu'eux. Dispersés dans la salle, Tanya repéra des hommes et des femmes qui travaillaient tous dans l'industrie du spectacle. La plupart étaient en réunion de travail. L'endroit respirait le pouvoir et la réussite. Tanya eut aussitôt l'impression que sa tenue détonnait. Une présentatrice vedette portait un tailleur Chanel beige et un collier de perles, tandis qu'une autre arborait un décolleté noir et plongeant. La plupart des femmes s'étaient fait lifter le visage et beaucoup auraient pu poser pour des publicités vantant les mérites du collagène ou du Botox. Tanya devait être la seule femme à ne pas avoir subi d'intervention esthétique. Elle se força à se rappeler que son apparence n'avait aucune importance, puisqu'elle n'était là que pour des raisons professionnelles. Pourtant, la présence de ces femmes élégantes et sophistiquées l'intimidait et elle se sentait incapable de rivaliser avec elles. Elle ne pouvait que rester elle-même.

Dès qu'elle eut dit au maître d'hôtel avec qui elle avait rendez-vous, il la conduisit jusqu'à une table située dans un coin de la salle. Elle reconnut immédiatement Douglas Wayne et, tout de suite après, Max Blum, le réalisateur qui avait cinq oscars à son actif. Elle faillit s'évanouir lorsqu'il déclara qu'il adorait ce qu'elle faisait et qu'il était très honoré de travailler avec elle. Par la suite, elle découvrit qu'il avait lu tout ce qu'elle avait publié, ses articles aussi bien que son recueil de nouvelles, et qu'il avait visionné les séries auxquelles elle avait collaboré. Il voulait tout savoir sur son travail, son style, son rythme et ses opinions. Il appréciait tout ce qu'elle faisait et était absolument ravi que Douglas ait fait appel à elle. Selon lui, c'était même un coup de génie.

Lorsqu'ils s'étaient levés pour l'accueillir, elle avait constaté à quel point ils étaient différents. Max était petit, enveloppé et gai. Il devait avoir dans les soixante-cinq ans et la carrière qu'il menait depuis quarante ans à Hollywood était impressionnante. A peine plus grand que Tanya, il avait un visage poupin, les yeux marron, était chauve et barbu. Il paraissait chaleureux et amical. Il portait des baskets, un tee-shirt et un jean. Le mot le plus approprié pour le décrire semblait être « rassurant ». En le voyant, on avait envie de s'asseoir près de lui, de lui prendre la main et de lui confier tous ses secrets.

Douglas était d'une tout autre espèce. Physiquement, il ressemblait à Gary Cooper. Tanya savait qu'il avait cinquante-quatre ans. Grand, mince et sec, il avait un visage anguleux, des yeux bleus, un regard perçant et des cheveux gris. En ce qui le concernait, le mot qui venait à l'esprit pour le décrire était « froid ». Ses cheveux étaient parfaitement coupés, il avait un regard d'acier et était impeccablement habillé. Il portait un pantalon gris, une chemise bleue, un pull en cachemire négligemment jeté sur ses épaules et des mocassins en cuir brun. Tout en lui évoquait la classe, l'argent et surtout le pouvoir. Quiconque posait les yeux sur lui savait immédiatement que c'était un homme important. On aurait dit qu'il possédait l'hôtel et tout ce qui s'y trouvait. Son regard transperça Tanya. Elle aurait de loin préféré ne rencontrer que Max. Celui-ci s'était écarté pour qu'elle puisse s'asseoir. Douglas la fixait comme s'il allait la mettre en pièces avant de rassembler les morceaux pour la reconstruire. C'était une impression fort désagréable.

— Vous avez de très petits pieds.

Ce fut la première chose qu'il lui dit, lorsqu'elle s'assit. Elle se demanda comment il pouvait le savoir. Il ne lui vint pas à l'esprit qu'il avait soigneusement étudié le questionnaire rempli par Peter et noté sa pointure. C'était lui qui avait commandé la robe de chambre et les chaussons, lui qui les avait voulus roses. Il contrôlait tout dans les moindres détails, même les plus futiles. Rien n'était insignifiant, pour Douglas Wayne. Il avait approuvé la chemise de nuit et la robe de chambre assorties. La secrétaire qu'il avait chargée de cette mission avait dû choisir des articles élégants et distingués. Il savait par Walt qu'elle était mariée et mère de famille, tout comme il savait par celui-ci qu'elle avait failli refuser sa proposition pour s'occuper de ses jumelles. Walt avait précisé que c'était Peter qui avait aidé son épouse à prendre la bonne décision, mais que cela n'avait pas été facile. Elle était le genre de femme qu'on traitait avec respect et galanterie.

— Merci pour vos magnifiques cadeaux, lui dit-elle timidement. Tout est à ma taille, précisa-t-elle avec un petit sourire.

Elle se sentait particulièrement insignifiante, entre ces deux hommes.

— Je suis ravi de l'apprendre, répliqua Douglas.

Certaines personnes auraient perdu leur emploi, si tel n'avait pas été le cas, mais Tanya l'ignorait. Il était difficile de croire que Douglas Wayne était un fan des séries télévisées, surtout des épisodes qu'elle avait écrits.

Il donnait l'impression d'être beaucoup plus cérébral. Elle se demanda si on lui disait souvent qu'il était le sosie de Gary Cooper. En revanche, Max lui faisait de plus en plus penser à Joyeux, l'un des sept nains de *Blanche-Neige*. Dès qu'elle fut assise, elle eut conscience que Douglas ne la quittait pas des yeux. Elle avait l'impression d'être examinée au microscope et, d'une certaine façon, c'était le cas. Rien n'échappait à ce regard acéré. Il ne se détendit vraiment que lorsqu'ils parlèrent du scénario. Alors, il s'échauffa et se mit même à rire quand Tanya évoqua les changements qu'elle y avait apportés.

— J'adore votre humour, Tanya. Quand vous écrivez un épisode de ma série favorite, je m'en aperçois immédiatement. Si je ris à me décrocher la mâchoire, je sais que vous en êtes l'auteur.

Le scénario sur lequel elle travaillait et le film qu'ils allaient tourner n'avaient rien d'une comédie, mais elle y avait glissé quelques notes d'humour et cela leur avait plu. Elle savait trouver la dose de légèreté suffisante pour rendre une scène piquante et profonde à la fois. C'était sa marque de fabrique. Elle savait parfaitement allier rire et émotion.

Lorsqu'ils terminèrent leur petit déjeuner, Tanya constata que Douglas semblait bien plus décontracté et elle ne put s'empêcher de se demander s'il n'était pas timide. Toute sa froideur avait disparu. Ainsi que Max le fit remarquer avec étonnement à un ami, un peu plus tard, Douglas paraissait totalement conquis.

— Vous êtes une femme fascinante, lui dit-il en l'observant de nouveau avec attention. Votre agent m'a dit que vous avez failli ne pas faire le film, parce que vous ne vouliez pas quitter votre mari et vos enfants. J'ai trouvé cela stupide. Je vous imaginais baba cool, avec des nattes et des sabots, alors que vous semblez tout à fait sensée et avoir les pieds sur terre.

Tout en parlant, il la couvait du regard.

— A vous voir, continua-t-il, on ne devinerait même pas que vous avez des enfants. Et vous avez eu le bon sens de laisser mari et enfants à la maison. Et de prendre la bonne décision en ce qui concerne votre carrière.

Elle le fixait, un peu surprise par ses paroles. Douglas n'y allait pas par quatre chemins, il disait ce qu'il pensait. L'argent et le pouvoir lui en donnaient le droit.

— Mon agent vous a dit la vérité, répondit-elle. J'ai vraiment voulu décliner votre offre, mais mon mari m'a persuadée du contraire. Il est à la maison avec nos jumelles.

— Seigneur ! Tous ces détails sont bien trop domestiques pour moi !

Il se crispa légèrement, tandis que Max hochait la tête avec approbation.

— Quel âge ont vos filles ? demanda le réalisateur.

— Dix-sept ans. Ce sont de fausses jumelles. Mon fils Jason a dix-huit ans. Il est inscrit à l'université de Santa Barbara. Les cours commencent aujourd'hui.

— Très bien ! s'exclama Max. J'ai moi-même deux filles de trente et un et trente-cinq ans. Elles habitent à New York. L'une est avocate et l'autre psychiatre. Elles sont toutes les deux mariées et j'ai trois petits-enfants, expliqua-t-il avec un sourire satisfait.

— Vous devez être très content.

Sans le faire exprès, ils se tournèrent tous les deux vers Douglas, qui soutint en souriant le regard interrogateur de Tanya.

— Ne me fixez pas ainsi. Je n'ai jamais eu d'enfants, bien que je me sois marié deux fois. Je n'ai pas non plus de chien et je n'en veux pas. Je travaille trop pour passer du temps avec des enfants. D'une certaine façon, j'admire que vous ayez hésité à venir pour pouvoir rester chez vous, mais je ne saurais affirmer que je vous comprends. Je trouve qu'il y a quelque chose de noble dans le travail. Songez à tous ces gens qui iront voir notre film. Combien de vies seront-elles affectées par ce que vous avez écrit ? Combien de spectateurs se le rappelleront un jour ? Vous y avez pensé ?

Tanya se fit la réflexion qu'il exagérait sa propre importance, tout comme la sienne. Un seul enfant, une seule vie, un seul être humain avait plus d'importance que mille films. Elle travaillait par plaisir, voilà tout. Elle aimait ce qu'elle faisait et cela comptait beaucoup pour elle. Mais ses enfants et Peter comptaient davantage. Elle était désolée pour Douglas s'il était incapable de le comprendre. Il ne vivait que pour son travail, mais Tanya avait l'impression qu'il lui manquait quelque chose... un élément humain essentiel. Pourtant, elle le trouvait intéressant. Il était brillant et avait l'esprit vif, mais elle préférait la douceur foncière de Max. La collaboration s'annonçait excitante, même si Douglas Wayne était un mystère pour elle. Elle avait l'impression qu'il brûlait d'un feu intérieur qu'elle ne comprenait pas, mais qu'elle voyait dans ses yeux.

Durant les deux heures suivantes, ils discutèrent du scénario. Douglas expliqua à Tanya ce qu'il envisageait, les modifications qu'il attendait d'elle, les subtilités qu'il souhaitait inclure dans le scénario. Il connaissait très exactement les ingrédients nécessaires pour faire un film extraordinaire. En l'écoutant, elle apprenait à le connaître et à comprendre sa manière de fonctionner. Douglas incarnait le feu et Max tempérait la dureté du producteur par sa gentillesse. Max apportait au film son humanité et Douglas son esprit brillant. Tanya le trouvait absolument fascinant.

Ils discutèrent jusqu'à près de midi. Ensuite, Tanya retourna dans sa villa et travailla dans le sens qu'ils avaient décidé. Sous l'impulsion de Douglas, le scénario prenait plus de profondeur. Elle tenta de l'expliquer à Peter lorsqu'il l'appela, mais n'y parvint pas. A 18 heures, elle était toujours assise devant son bureau, contente de ce qu'elle avait fait.

Plus tard dans la soirée, étendue sur le lit, elle regardait distraitement la télévision quand Douglas l'appela. Un peu surprise, elle lui parla de son travail. Il parut ravi qu'elle ait si vite saisi ce qu'il attendait d'elle. Tanya avait visiblement compris ce qu'il souhaitait.

— Je suis heureux que notre entretien ait été si fructueux, lui dit-il. Je crois que vous avez tiré du livre ce qu'il fallait, sans pour autant vous laisser déborder. J'ai hâte de lire ce que vous avez fait aujourd'hui.

— Je m'y remettrai demain, promit-elle. Je vous l'enverrai mercredi matin, lorsque ce sera un peu plus finalisé.

Elle avait pensé travailler le soir, mais elle se sentait trop fatiguée pour cela.

— Vous pourriez me le remettre en mains propres et nous en profiterions pour déjeuner ensemble. Que diriez-vous de jeudi ?

L'invitation la surprit, mais elle avait compris, durant l'entretien, qu'ils travailleraient en étroite collaboration. Cependant, si la compagnie de Max lui était agréable, elle se sentait mal à l'aise avec Douglas. Max était d'un abord facile, alors que Douglas avait la dureté de l'acier. Pourtant, il l'intriguait. Sous la glace, elle devinait que se cachait quelqu'un de plus chaleureux.

— Ce sera parfait, répondit-elle.

Elle aurait préféré que Max soit présent. Elle avait bien plus de points communs avec lui. Il était ouvert et bienveillant, et semblait aimer les enfants autant qu'elle, alors que Douglas était fermé comme une huître. Bien sûr, il pouvait paraître tentant de découvrir qui il était vraiment. Mais Tanya soupçonnait que personne n'avait cherché à percer ce mystère depuis longtemps, peut-être même jamais. Douglas était sur ses gardes, il veillait à ce que l'on ne franchisse pas le seuil de son intimité. Le matin, elle avait eu l'impression qu'il l'observait, à la recherche de ses faiblesses. Douglas aimait visiblement exercer son pouvoir sur les autres, les contrôler, voire les posséder. De ce côté-là, Tanya était très claire : il payait ses services, mais elle ne lui appartenait pas. Elle sentait qu'il serait dangereux de l'approcher de trop près, contrairement à Max qui l'avait accueillie à bras ouverts. Douglas ne laissait quasiment rien échapper sur lui-même.

— J'ai invité les acteurs à dîner chez moi, mercredi soir, lui dit-il.

Tanya eut l'impression qu'il tentait de la sonder. Il décrivait des cercles autour d'elle, comme s'il cherchait à l'évaluer.

— Je serais heureux que vous vous joigniez à nous, continua-t-il. Vous aurez ainsi l'occasion de rencontrer les vedettes, ainsi que les seconds rôles.

La distribution était éblouissante et elle avait hâte de faire la connaissance des acteurs. Bien sûr, elle savait qui ils étaient, mais elle écrirait plus facilement si elle les voyait en chair et en os. Ce serait plus drôle et plus excitant, aussi. Ce monde était entièrement nouveau pour elle. Elle se réjouit d'avoir apporté sa robe du soir noire. En dehors de ses jeans et du pantalon qu'elle portait ce jour-là, elle n'avait rien pris d'autre. Et si elle en jugeait par la tenue de Douglas le matin, la soirée allait être habillée.

— Mon chauffeur passera vous prendre, précisa-t-il. Ne faites pas de frais vestimentaires, ils seront tous en jean.

— Merci, répliqua-t-elle avec un sourire. Vous venez de m'ôter un grand poids. Ma garde-robe est extrêmement réduite, puisque je pensais consacrer tout mon temps au travail. Et, de toute façon, je rentre chez moi le week-end prochain.

— Je sais, oui, dit-il avec un brin de mépris. Vous allez rejoindre votre mari et vos enfants.

A la façon dont il le disait, on aurait pu croire qu'il s'agissait d'une mauvaise habitude, d'une dépendance embarrassante dont elle devait se défaire au plus vite. Et c'était ainsi qu'il voyait les choses, bien qu'il ait été marié deux fois. De plus, son aversion pour les enfants était nette. Quand Max et elle avaient parlé des leurs, ce matin, il avait paru nerveux.

Il tenta de la provoquer, ce qui semblait être son jeu préféré :

— Etes-vous aussi normale que vous prétendez l'être ? demanda-t-il. Vous me paraissez tellement plus profonde que cela ! D'après vos écrits et votre manière de fonctionner, je ne parviens pas à vous voir dans le rôle d'une mère de famille banlieusarde, occupée à nourrir sa nichée.

Il la poussait dans ses derniers retranchements, pour observer ses réactions. Elle ne le déçut pas.

— C'est ce que je fais dans la vie réelle, dit-elle sans s'en excuser. Cela me plaît. J'ai passé les vingt dernières années de ma vie de cette façon et je n'aurais pas donné ma place pour tout l'or du monde.

— En ce cas, pourquoi êtes-vous ici ?

C'était une question qu'elle s'était elle-même posée.

— Je suis ici parce que l'occasion était unique, répliqua-t-elle franchement. J'ai pensé qu'une telle chance ne se représenterait jamais. Je voulais écrire ce scénario.

— Et vous avez abandonné mari et enfants pour réaliser ce désir. Vous n'êtes donc peut-être pas la petite-bourgeoise que vous croyez être.

Soudain, elle vit en lui le serpent du Paradis, cherchant à l'attirer.

— Ne puis-je pas être tout à la fois ? Epouse, mère et écrivain ? Aucune de ces activités n'exclut les autres.

Il fit comme s'il n'avait pas entendu ce qu'elle lui disait.

— Vous vous sentez coupable d'être ici, Tanya ? lui demanda-t-il avec intérêt.

Il voulait en savoir davantage sur elle et, de son côté, elle devait admettre qu'il l'intriguait. Elle le trouvait extrêmement intéressant et il représentait un défi constant. Il tentait une approche, reculait, se dérobait... Il lui faisait vraiment penser à un serpent.

— Parfois, je me sens coupable, admit-elle. Cela m'est arrivé avant de venir ici. Cela va mieux, depuis que je travaille.

— Vous vous sentirez encore mieux quand le tournage aura commencé. C'est comme une drogue, vous verrez. Quand on a terminé un film, on veut en faire un autre. C'est ce qui nous retient tous ici. Quand c'est fini, nous ne tenons pas en place. Nous n'avons pas encore commencé, pourtant je devine que c'est ce qui vous arrivera.

Il touchait un point sensible chez Tanya. Ses propos l'effrayaient... S'il avait raison ? Si elle ne pouvait plus s'en passer ?

— Vous ne voudrez plus repartir, Tanya, continua-t-il. Il faudra que quelqu'un vous trouve un autre film. Je pense que nous allons adorer travailler ensemble.

Peut-être essayait-il seulement d'éprouver sa résistance, mais elle regrettait d'avoir accepté de déjeuner avec lui.

— Je l'espère, répliqua-t-elle, mais je ne veux pas devenir prisonnière de ce milieu. Quand ce sera fini, je veux retourner à la vraie vie. Je suis ici à titre temporaire, je ne suis pas à vendre.

Elle avait l'impression d'être engagée dans un duel. Douglas était un manipulateur de grande classe, alors qu'elle n'était qu'une novice.

— Nous sommes tous à vendre, répondit-il simplement, et pour nous, il s'agit de la vraie vie, même si les autres la trouvent clinquante ou factice. Vous verrez, on se laisse enivrer. Vous ne voudrez plus retourner à votre ancienne existence.

— Bien sûr que si ! J'ai un mari et des enfants qui m'attendent. La vie qu'on mène ici ne me suffirait pas, mais je reconnais que pour l'instant, j'apprends beaucoup. Je suis ravie que cette opportunité m'ait été offerte et je vous en suis reconnaissante, affirma-t-elle fermement.

Elle devait lui sembler têtue et bornée.

— Vous ne me devez rien, Tanya. Je ne vous ai pas fait une faveur en vous faisant venir ici. Votre travail est excellent. J'aime le regard que vous posez sur le monde, l'originalité de votre style. J'aime votre tournure d'esprit.

Il connaissait visiblement sa façon de travailler, mais elle avait l'impression qu'il cherchait à entrer dans sa tête, ce qui était plutôt effrayant. Après tout, ce n'était peut-être qu'un jeu, destiné à la pousser à bout. Il était possible qu'il considère la vie comme un jeu. Elle soupçonnait que, pour Douglas, seuls les films étaient réels. C'était d'ailleurs pour cette raison qu'il était aussi doué dans ce domaine.

— Je pense que nous allons apprécier cette collaboration, dit-il d'une voix songeuse, comme s'il savourait cette idée. Vous êtes une femme très intéressante, Tanya. J'ai le sentiment que vous avez joué un rôle, pendant toutes ces années. Celui d'une petite mère de famille banlieusarde, avec mari et enfants. Je ne crois pas que c'est ce que vous êtes. A mon avis, vous ne le savez pas encore, mais vous le découvrirez ici.

Ses paroles ne plurent pas à Tanya. Elle était mal à l'aise, parce qu'il croyait pouvoir lire en elle. Ce qu'elle pensait et ce qu'elle était ne le regardaient pas.

— Je crois pourtant avoir une assez bonne perception de moi-même, répliqua-t-elle tranquillement.

Elle avait conscience qu'ils étaient à l'opposé l'un de l'autre. Il était fascinant et séduisant, il incarnait l'éclat d'Hollywood, tout ce que cette ville avait de plus attirant. Elle était naïve et venait en touriste, ayant quitté momentanément une vie qu'elle aimait et qu'il jugeait parfaitement ennuyeuse. Pour l'instant, elle acceptait de faire partie de son monde, à condition que ce soit temporaire. Elle n'avait pas l'intention d'abandonner ses valeurs ou d'y laisser son âme. Quand le film serait terminé, elle rentrerait chez elle. Elle ne se laisserait pas séduire par Hollywood. Elle savait qui elle était : la mère de ses enfants et l'épouse de Peter. Douglas Wayne appartenait à un autre monde, mais il lui offrait l'occasion unique de le partager pour un temps. Elle souhaitait écrire ce scénario pour lui, rien de plus. Elle voulait aussi apprendre tout ce qu'il pourrait lui transmettre, avant de retourner à Ross. Elle se réjouissait de pouvoir rentrer chez elle le week-end, retrouver son cadre naturel et respirer l'air pur de son existence là-bas. Elle ne voulait pas échanger une vie pour l'autre, elle voulait les deux.

— Vous croyez savoir qui vous êtes, railla Douglas. A mon avis, vous n'avez même pas commencé à découvrir la personne qui vit dans votre tête. Vous ferez sa connaissance ici et dans les prochains mois, Tanya. Ce sera un rite de passage, une initiation aux coutumes et aux rituels sacrés de votre nouvelle tribu. Quand vous partirez, vous nous considérerez comme votre famille. Mais il y a un danger... Si vous tombez amoureuse de la vie que vous mènerez ici, vous risquez de ne plus vouloir repartir.

C'était effrayant, mais elle ne le croyait pas. Elle savait où était sa place et à qui elle avait donné son cœur. Dans son esprit, tout était très clair et elle était persuadée de pouvoir travailler sans que cela nuise à sa famille. Douglas n'en était pas aussi convaincu. Il avait maintes fois constaté qu'Hollywood faisait tourner bien des têtes.

Tanya devinait à quel point il était dangereux, alors même qu'il n'avait aucun pouvoir sur elle. Elle se répéta qu'elle travaillait pour lui, mais qu'elle ne lui appartenait pas.

— Vous utilisez des termes très forts, monsieur Wayne.

Elle songea qu'elle devrait s'armer mentalement, pour se protéger de la magie qu'il décrivait.

— Cet endroit est très fort, assura-t-il tranquillement.

Elle se demanda s'il voulait lui faire peur. En réalité, il ne faisait que l'avertir des dangers et des pièges qu'elle ne connaissait que trop bien.

— Et vous êtes vous-même très fort, dit-elle.

Mais elle voulait croire que ni lui ni Hollywood n'influenceraient ses choix. Il était brillant, c'était même un génie, mais elle était solide. Elle n'avait rien d'une adolescente fascinée par les scintillements du septième art.

— Quelque chose me dit que nous nous ressemblons beaucoup, dit-il.

Elle trouva cette affirmation pour le moins inattendue.

— Je suis bien certaine du contraire. Nous sommes aussi différents l'un de l'autre que le jour et la nuit.

Il avait une expérience du monde et disposait d'un pouvoir qu'elle ne possédait pas. La vie qu'elle menait et aimait lui faisait horreur. Pourtant, il discernait en elle une pureté et une clarté qui l'étonnaient et l'attiraient à la fois.

— Peut-être avez-vous raison, murmura-t-il après avoir réfléchi un instant. Au lieu de dire que nous étions semblables, j'aurais dû parler de complémentarité. Nous sommes les deux parties d'un tout. Pendant des années, j'ai été fasciné par ce que vous écriviez et j'ai toujours pensé qu'un jour nous nous rencontrerions pour collaborer à une œuvre commune. Aujourd'hui, ce temps est venu.

Il semblait à Tanya qu'il l'amenait dans un territoire inconnu... une expérience à la fois effrayante et excitante.

— J'adore votre travail, continua-t-il. Il m'attire comme un aimant.

Et maintenant qu'elle était là, elle diffusait une lumière plus brillante que jamais. Il brûlait de travailler avec elle.

— Vous connaissez le sens du mot « complémentaire », n'est-ce pas, Tanya ? Quand deux personnes le sont, elles forment les deux moitiés d'un tout. Elles s'accordent parfaitement, au point de ne former plus qu'un. Elles s'enrichissent mutuellement. Je crois que c'est ce que nous pourrions faire l'un pour l'autre. Je pourrais ajouter du piment à votre vie, tandis que vous m'apporteriez la paix. Il émane de vous une sérénité qui m'a frappé.

Personne ne lui avait fait de déclaration plus étrange. Tanya se sentit immédiatement mal à l'aise. Qu'attendait-il d'elle ? Pourquoi tenait-il de tels propos ? Elle avait une seule envie : raccrocher et appeler Peter.

— Je suis sereine, en effet, répondit-elle doucement. La seule raison de ma présence ici, c'est que je veux vous donner un scénario parfait. Ensuite, nous travaillerons tous ensemble pour en faire un film unique.

Elle s'était exprimée calmement, avec une assurance qu'elle était loin d'éprouver. Mais elle disait vrai : elle souhaitait fournir le meilleur travail possible.

— Je n'ai aucun doute à ce sujet, Tanya, assura-t-il avec confiance. Je l'ai su dès que vous avez accepté mon offre. A partir du moment où vous vous chargez de ce scénario, je sais qu'il sera parfait.

Venant de lui, c'était un beau compliment.

— Merci. J'espère être digne de votre confiance, répondit-elle avec sincérité.

Décidément, il l'embarrassait et l'attirait en même temps. Douglas Wayne devait toujours obtenir ce qu'il voulait, elle en était sûre. C'était sans doute ce qu'il y avait de plus fort chez lui. Cela et sa détermination inflexible. Tanya savait aussi qu'il était puissant et dominateur. Sans doute ne relâchait-il jamais sa garde. Mais surtout, elle devinait qu'il voulait vaincre quoi qu'il arrive. Il ne pouvait pas tolérer la défaite. Douglas Wayne avait besoin d'avoir le contrôle absolu de tout ce qu'il touchait. Mais il avait beau disposer d'un grand pouvoir, être important et talentueux, il ne la contrôlerait jamais.

5

La soirée que Tanya passa à Bel Air, la propriété de Douglas Wayne, fut aussi intéressante, glamour et mystérieuse qu'il l'était lui-même. Douglas avait acheté cette magnifique maison après son premier film. Par la suite, il l'avait fait agrandir à plusieurs reprises, si bien qu'elle s'était transformée peu à peu en vaste demeure. Il y avait de nombreuses chambres, toutes ravissantes, remplies d'antiquités et de tableaux d'une valeur inestimable. Douglas avait un goût très sûr. En entrant dans la salle de séjour, Tanya retint son souffle à la vue d'un tableau de Monet représentant des nymphéas. La scène qui se déroulait à l'extérieur semblait en être le reflet : les acteurs étaient assis autour d'une immense piscine à la surface parsemée de nénuphars et de gardénias. Des bougies habilement disposées éclairaient le jardin. Dans une autre pièce, Tanya découvrit un Renoir, deux Mary Cassatt et une œuvre célèbre d'un peintre flamand. L'ameublement était à la fois somptueux et très masculin, mêlant harmonieusement des meubles français, anglais et russes. Dans un coin, elle admira un somptueux paravent chinois et un secrétaire de même origine paraissant sorti tout droit d'un musée.

Elle ne se sentait pas à sa place, dans son jean, bien que les autres soient habillés de la même façon. Elle reconnut immédiatement deux vedettes, Jane Amber et Ned Bright. Jane avait déjà joué dans une douzaine de grands films et elle avait été nominée pour trois oscars à seulement vingt-cinq ans. Elle avait la beauté d'un ange. Vêtue d'un haut bleu pâle et transparent comme de la gaze, elle portait des sandales argentées à talons. Son jean était si étroit qu'il la moulait au point de sembler peint sur son long corps mince. Elle était absolument splendide. Tanya s'approcha d'elle au moment où la jeune femme riait de ce que Max lui disait. Dès que ce dernier eut fait les présentations, elle sourit à Tanya, qui lui trouva alors une ressemblance frappante avec Molly. Elle avait le même regard innocent et, comme elle, de longs cheveux d'un noir brillant. Elle serra chaleureusement la main de Tanya.

— J'ai adoré votre livre. Je l'ai offert à ma mère pour son anniversaire. Elle apprécie beaucoup les nouvelles.

— Merci.

Tanya sourit à la jeune femme. Elle s'efforçait de ne pas être impressionnée, mais c'était difficile. La rencontre avec une vedette aussi connue était excitante, sans parler de travailler avec elle et d'écrire des dialogues spécialement conçus pour elle. Elle était touchée que Jane ait fait allusion à son livre et surprise que quelqu'un d'aussi jeune puisse aimer son travail. La plupart des jeunes préféraient les romans aux nouvelles.

— C'est très gentil de votre part, lui dit-elle. Mes filles et moi, avons beaucoup aimé vos films.

Elle se sentait un peu bête, mais Jane parut ravie. Comme tout le monde, elle appréciait les compliments.

— J'ai hâte de lire votre scénario, confia-t-elle, et je suis ravie de faire ce film avec vous.

Il était prévu qu'ils se réunissent bientôt pour en discuter. Les acteurs ajouteraient leurs remarques à celles de Douglas, de Max et aux siennes. Un film était toujours la somme des efforts de tous.

— C'est un honneur d'écrire ce scénario pour vous, assura Tanya.

Elle se tut, car deux acteurs venaient de les rejoindre. Jane ne les connaissait ni l'un ni l'autre, aussi Max les leur présenta-t-il à toutes les deux. Il traitait tous les membres de l'équipe comme s'ils avaient été des enfants dont il aurait été très fier. A chaque film, c'était un peu comme si une famille se formait. Des relations s'établissaient, des affinités se faisaient jour, des idylles se nouaient et se dénouaient. Parfois, de vraies amitiés naissaient. Un microsome prenait vie. Il en restait quelquefois quelque chose, le plus souvent très peu. Mais pendant tout le tournage, les participants avaient le sentiment que rien ne viendrait jamais détruire leur petit univers ; ils pensaient que c'était la vraie vie. Cela ressemblait un peu à un magnifique château de sable, balayé une fois que le film était fini. Tous se dispersaient alors pour reconstruire ailleurs d'autres châteaux tout aussi fragiles. Le processus avait quelque chose de magique qui fascinait Tanya. Dans ce cadre, tous les invités lui paraissaient bien réels. Ils allaient travailler tous ensemble. Ils allaient créer, croire en ce qu'ils faisaient... Et puis, quand le résultat de cette collaboration serait imprimé sur la pellicule, tout ce qui les avait unis se fondrait dans le brouillard et s'évanouirait pour disparaître définitivement. Mais pour l'instant, ils y croyaient et il resterait un peu de cette magie, puisque le film continuerait longtemps d'en être le témoin.

Tanya était très excitée à l'idée qu'elle faisait partie de ce monde. Elle le savourait en regardant les gens se déplacer autour d'elle, une coupe de champagne à la main, riant et bavardant. Elle se rappela les paroles de Douglas. Depuis qu'elle goûtait aux tentations que lui offrait cet univers, elle en voulait davantage. Il lui avait assuré qu'elle ne pourrait jamais revenir en arrière et reprendre son ancienne vie. Elle se refusait à le croire, tout en étant sensible au charme de ce lieu et de ses occupants. Au début, elle s'était sentie très différente d'eux, mais, à mesure que Max lui présentait les invités, de ravissantes jeunes starlettes, de séduisants acteurs et quelques convives plus âgés, elle commençait à se sentir à l'aise. Finalement, il était très facile de discuter avec eux. Elle n'aurait su dire si ce qu'elle éprouvait était causé par l'excitation ou par le champagne. L'air était chargé du parfum des gardénias. Un peu partout dans la maison, on avait disposé des orchidées dans de magnifiques vases chinois. Elle percevait au loin le son d'une musique sensuelle. Tout ici favorisait l'explosion des sens.

Tanya avait hâte de rentrer chez elle pour tirer de cette soirée la matière nécessaire à son écriture. Silencieuse, elle observait ce qui lui apparaissait comme un rite d'initiation éblouissant. Elle n'entendit pas Douglas, qui s'était approché d'elle et lui souriait. Elle portait un haut en soie blanche, un jean, des sandales dorées et un petit sac assorti qu'elle avait acheté dans l'après-midi. Toute l'équipe était vêtue aussi simplement qu'elle. Quant à Douglas, il était très élégant dans son pantalon de flanelle grise au pli impeccable, sa chemise blanche faite sur mesure à Paris et ses mocassins Hermès en crocodile noir.

— Il n'y a pas mieux que cela, non ? lui dit-il d'une voix douce.

Elle sentit sa présence plus qu'elle n'entendit sa voix. Elle ne se l'expliquait pas, mais chaque fois qu'elle se trouvait près de lui, elle éprouvait à son égard une attirance mêlée de répulsion, ce qui la poussait à rechercher sa présence tout en la fuyant.

Ils échangèrent un long regard. Douglas l'admirait en souriant. Il n'éprouvait pas le besoin de parler, mais ses yeux caressants lui disaient combien elle lui plaisait. Il s'adressa enfin à elle à mi-voix, comme s'ils étaient intimes. Il ne la connaissait pas, sinon à travers ses écrits, qui lui en avaient beaucoup révélé sur elle. Elle se sentit nue, devant lui, jusqu'à ce qu'il détournât les yeux. Cependant, elle n'éprouva pas le besoin de s'enfuir en courant. Elle se répéta qu'il ne pouvait ni la contrôler ni entrer dans son esprit. Il ne pouvait pas prendre plus que ce qu'elle lui donnait, du moins le pensait-elle. C'était un homme, pas un magicien. Un producteur. Quelqu'un qui achetait des histoires et portait à l'écran les scénarios comme le sien.

— Vous avez fait des rencontres intéressantes ? lui demanda-t-il.

Il semblait inquiet, comme s'il tenait vraiment à ce que tous ses invités profitent de la soirée, et en particulier Tanya, puisqu'elle venait d'arriver dans leur cercle. Grâce à Max, elle avait fait la connaissance de presque toute l'équipe, en dehors de Ned Bright, très entouré par une cour de ravissantes jeunes femmes. Ned était la vedette masculine la plus en vue du moment et on comprenait facilement pourquoi. Il était charmant et extrêmement beau. Les jeunes starlettes qui se pressaient autour de lui ne cessaient de glousser et de rire.

Bien décidée à ne pas se laisser intimider, Tanya regarda Douglas droit dans les yeux.

— Oui et je vous en remercie, assura-t-elle. Vous avez un goût merveilleux. Votre maison ressemble à un musée.

Elle venait de remarquer dans une petite pièce donnant sur la piscine un autre tableau célèbre, mis en valeur par un éclairage habile. C'était le salon de musique, où Douglas jouait du piano. Dans sa jeunesse, il avait été un véritable prodige et avait envisagé de devenir pianiste. Il jouait encore pour son propre plaisir et celui de ses amis proches.

— J'espère bien que non ! s'exclama-t-il. Si tel était le cas, ce serait comme d'aller au zoo pour contempler des animaux loin de leur habitat naturel. Je veux que les gens se sentent à l'aise parmi les objets d'art, qu'ils n'en aient pas peur, qu'ils voient en eux des amis, non des étrangers. A mes yeux, tous mes tableaux sont de vieux amis.

Tout en parlant, ils étaient entrés dans le salon de musique. Tanya s'arrêta devant le petit Monet. Cet éclairage semblait lui donner vie. De nouveau, il lui sembla qu'il reflétait l'eau de la piscine et tous les invités qui bavardaient joyeusement autour du bassin. Le champagne qui coulait à flots faisait son effet. Les gens semblaient décontractés et heureux, tout comme Douglas. Dans son propre cadre, il avait l'air bien plus détendu qu'il ne l'était dans le salon de l'hôtel. Aimable et courtois, il restait toutefois aux commandes. Rien de ce qui se passait ne lui échappait, il gardait un œil sur tout et veillait au moindre détail. Quand Max les rejoignit, quelques minutes plus tard, Douglas parlait à Tanya des objets et des meubles anciens qu'il avait dénichés en Europe, notamment, quelques mois auparavant, un ravissant bureau danois.

— Heureusement que ces réceptions n'ont pas lieu chez moi, dit Max en souriant largement.

Tanya lui trouvait toujours un air de lutin, avec son ventre rond, son crâne chauve et sa barbe. Il ressemblait à un assistant du père Noël, alors que Douglas aurait pu passer pour une vedette de cinéma. Elle savait d'ailleurs qu'au départ, il avait songé à devenir acteur. Il avait finalement préféré être producteur, ce qui lui permettait de tout contrôler et de tirer tous les fils.

La remarque de Max fit rire Douglas.

— Ce ne serait pas tout à fait pareil, c'est vrai, admit-il.

— J'habite sur les collines d'Hollywood, expliqua Max à Tanya. Ma maison a tout d'une écurie et mériterait ce nom. Les canapés disparaissent sous des couvertures, des assiettes sales encombrent la table basse et mon ex-femme a emporté l'aspirateur, il y a quatorze ans. J'ai accroché des posters de mes anciens films aux murs et mon téléviseur est la seule antiquité que je possède, puisque je l'ai acheté en 1998. Tout est de bric et de broc. C'est un peu différent de la maison de Douglas.

Cette description les fit rire tous les trois. Il n'y avait pas le moindre regret dans les paroles de Max. Il aimait sa maison telle qu'elle était et, bien qu'il appréciât l'art, il se serait sans doute senti mal à l'aise dans celle de Douglas.

— Ces temps-ci, reprit-il, j'ai engagé une nouvelle femme de ménage. L'ancienne a déménagé, malheureusement. C'était une excellente cuisinière et elle jouait comme une reine au gin-rummy.

Il expliqua qu'il avait un danois du nom de Harry, qui était son meilleur ami. Il promit à Tanya qu'elle ferait bientôt sa connaissance, le chien l'accompagnant toujours au travail. Il ne portait ni collier ni laisse, car le cliquetis aurait pu gêner l'ingénieur du son. Max précisa que Harry était très bien dressé.

— Il adore me suivre au boulot, parce que le traiteur pense toujours à lui. Entre deux films, il déprime et perd du poids.

Tanya apprit alors que le chien pesait près de cent kilos.

Tout en bavardant avec les deux hommes, elle fut de nouveau frappée par leurs différences. L'un était doux, chaleureux et agréable, l'autre était tout en angles et en arêtes, sous une apparence de parfaite courtoisie. Max semblait se procurer ses vêtements à l'Armée du salut, en même temps que ses meubles, alors que Douglas aurait pu figurer sur la couverture d'un magazine. Les côtoyer était absolument fascinant. Elle se demanda comment Douglas se comporterait sur le plateau. Son plus gros travail consistait à rassembler les fonds et à garder un œil sur le budget. Celui de Max était d'obtenir des acteurs qu'ils fassent leur maximum. Tous deux adoraient leur métier. Tanya avait hâte que le tournage commence.

A 21 heures, le buffet fut servi sur de longues tables dressées près de la piscine. La première disparaissait sous de grands plats de sushis livrés par un traiteur japonais, la seconde croulait sous les homards, les crabes et les huîtres, et la troisième proposait des salades exotiques et des plats mexicains. Il y en avait pour tous les goûts et les jeunes acteurs se pressèrent pour remplir leurs assiettes. Douglas présenta Tanya à Ned Bright qui passait près d'eux. Elle remarqua immédiatement qu'il ressemblait beaucoup à son fils Jason.

— Salut !

L'air heureux et détendu, il s'excusa de ne pas lui serrer la main. Il portait deux assiettes, l'une remplie de sushis, l'autre de salade mexicaine.

— Ne me donnez pas trop de répliques, je suis dyslexique, confia-t-il en riant.

Ne sachant s'il lui avait dit la vérité, Tanya posa la question à Max dès que le jeune homme se fut éloigné. Si c'était le cas, elle en tiendrait compte.

— Il est seulement paresseux, mais c'est ce qu'il raconte à tous nos scénaristes.

Ned Bright était la coqueluche d'Hollywood. Il partagerait la vedette avec Jane Amber dans le film. Il avait vingt-trois ans mais en paraissait trente, bien qu'il ait incarné un jeune aveugle de seize ans dans son dernier film. Ce rôle lui avait valu des critiques très élogieuses, ainsi qu'un Golden Globe. Il poursuivait aussi une carrière de batteur et de chanteur dans un groupe à la mode. Leur dernier CD venait de sortir et Tanya savait que ses trois enfants n'en reviendraient pas lorsqu'elle leur dirait qu'elle l'avait rencontré.

— C'est un garçon très sympathique, ajouta Max.

Tanya approuva de la tête.

— Sa mère vient toujours le voir sur le plateau, poursuivit Max, pour s'assurer que tout va bien. Il vient de terminer ses études de cinéma, à l'université. Il voudrait être réalisateur, lorsqu'il aura joué dans quelques films. Beaucoup d'acteurs ont le même désir, mais peu d'entre eux le réalisent. J'ai pourtant le sentiment qu'il y parviendra. Je ferais mieux de surveiller mes arrières.

A ces mots, Tanya et Douglas se mirent à rire. Ils avaient trouvé une table et trois chaises, pour pouvoir dîner ensemble. Tous les invités s'étaient installés autour de la piscine. La musique douce et sensuelle qui emplissait l'espace convenait parfaitement au cadre. Douglas savait recevoir. Sa soirée était merveilleuse. Après avoir terminé de dîner, Tanya s'allongea sur une chaise longue, qui se trouvait près de leur table. Lorsqu'elle leva les yeux, elle vit les étoiles scintiller dans le ciel. Douglas l'observait avec attention.

— Vous êtes très belle, Tanya. Vous semblez décontractée et heureuse.

Le châle de cachemire bleu pâle qui enveloppait ses épaules mettait en valeur ses yeux. Douglas l'admirait ouvertement.

— Vous avez l'air d'une madone, continua-t-il. J'aime cette période qui précède un tournage, quand tout commence, quand nous ignorons encore ce que nous allons fixer sur la pellicule, quelle magie va nous enchanter. Dès que le tournage débutera, nos journées seront pleines de surprises. La perspective de ces découvertes me ravit. Cela ressemble à la vie, mais en mieux, parce que nous pouvons tout contrôler.

Ce qui était essentiel pour lui, songea Tanya. Il fallait qu'il puisse tout maîtriser.

Jane Amber s'approcha de leur table pour bavarder, une coupe de sorbet nappée de crème Chantilly à la main. Max déclara que ce qu'il préférait, c'était la guimauve grillée, mais qu'alors il ne savait pas s'arrêter. C'était bien son genre. Max était non-conformiste, drôle et bien dans sa peau. Il faisait toujours le clown sur le plateau pendant les pauses. Il avait un sens de l'humour à toute épreuve, ce qui n'était pas le cas de Douglas. Ce dernier était beaucoup plus sérieux. Il estimait que le calme devait régner sur le plateau et que les pauses étaient faites pour que les acteurs révisent leurs scènes. Il ressemblait à un proviseur, et Max à un professeur extravagant et chaleureux, plein d'affection pour ses élèves. Quel que soit leur âge, il traitait les acteurs comme ses enfants et ceux-ci lui rendaient bien son affection. Ils le considéraient comme un père et le respectaient pour son habileté à les diriger, et pour sa gentillesse. Douglas, qui gérait le budget et s'occupait des assurances, était plus dur. Un œil sur le calendrier du tournage, il harcelait les acteurs et les réalisateurs chaque fois que les choses ne se passaient pas exactement comme prévu. L'équipe était menée tambour battant, le budget méticuleusement observé. Il ne se laissait jamais déborder, alors que cela arrivait souvent à Max. Ce dernier aimait gâter les acteurs. Il estimait qu'ils faisaient un métier difficile et qu'il fallait les encourager.

La soirée dura jusqu'à une heure du matin. Les membres de l'équipe s'étaient retrouvés avec plaisir, heureux d'avoir la chance de travailler une nouvelle fois ensemble. C'était difficile pour les producteurs et les réalisateurs de réunir les bonnes équipes. Il fallait beaucoup de ténacité et d'entregent. Douglas et Max avaient l'art de distribuer les rôles à des acteurs de talent qui travaillaient bien ensemble et ils pressentaient que ce serait encore le cas cette fois-ci. Tanya constituait un atout supplémentaire et tous ceux qui avaient fait sa connaissance ce soir-là étaient ravis qu'elle soit parmi eux. Beaucoup avaient lu son livre, qu'ils avaient sincèrement apprécié, lui précisant même la nouvelle qu'ils avaient préférée, ce qui était la preuve qu'ils l'avaient bien lu et ne faisaient pas montre de simple politesse.

Tout le monde était heureux de faire ce film. La distribution était prestigieuse et la réputation de Max établie. Tous étaient unanimes pour penser qu'ils avaient de la chance de faire partie du casting et plus encore d'avoir été invités chez Douglas. Le rêve hollywoodien devenait réalité, ici. Il leur semblait avoir pénétré dans le Royaume Enchanté de Walt Disney. Ils avaient été choisis et bénéficiaient du privilège extraordinaire d'être au firmament d'Hollywood. S'ils y restaient, ce serait encore plus merveilleux, mais pour l'instant ils en faisaient déjà partie. Le film réunissait des acteurs et des actrices célèbres. Max voulait une équipe soudée qui travaille en harmonie pendant toute la durée du tournage. Quand les gens se connaissaient bien, il régnait une atmosphère propice à une collaboration efficace. Tanya sentait que c'était déjà le cas. Il y avait de la magie dans l'air.

Max lui proposa de la raccompagner, quand elle lui confia qu'elle n'avait pas voulu prendre la limousine dont elle disposait pour la durée de son séjour, car elle aurait culpabilisé si le chauffeur avait dû l'attendre toute la soirée. A ces mots, il la réprimanda :

— Ne dites pas cela, sinon Douglas va vous reprendre la voiture. Pourquoi ne pas l'utiliser ? Vous en avez besoin.

Elle prit ensuite congé de Douglas en le remerciant pour cette magnifique soirée. Elle avait l'impression d'être une écolière disant au revoir au directeur. Il discutait avec Jane Amber, qui n'était pas d'accord avec lui et le lui faisait savoir avec une véhémence teintée de bonne humeur.

— Vous avez tort ! s'exclama-t-elle.

Max s'approcha, toujours désireux d'aider son prochain.

— Je peux intervenir dans votre discussion ?

— Oui, affirma Jane. Je pense que Venise est bien plus belle que Florence ou Rome. C'est une ville formidablement romantique.

Visiblement, Douglas s'amusait. Il se sentait parfaitement à l'aise au milieu des jolies femmes. Cela faisait d'ailleurs partie de sa réputation.

— Je ne vais pas en Italie pour des raisons sentimentales, répliqua-t-il, mais par amour de l'art. La galerie des Offices correspond assez bien à l'idée que je me fais du paradis. Florence l'emporte haut la main.

— L'hôtel où nous sommes descendus était atroce. Je suis restée coincée là-bas pendant les trois semaines de tournage.

Elle s'exprimait avec toute l'assurance de la jeunesse. Son métier l'amenait à voyager beaucoup, mais elle ne faisait qu'entrevoir les villes où elle travaillait. Elle n'avait pas le temps de les visiter. Dès que les séquences étaient filmées, elle repartait. Elle avait donc une image parcellaire du monde. Tanya aurait aimé que ses enfants fassent sa connaissance. Elle était persuadée qu'elle leur ferait grande impression.

— Pour ma part, je préfère Rome, assura Max en ajoutant son grain de sel. Les cafés sont grandioses et les pâtes délicieuses. Par ailleurs, on y voit énormément de touristes japonais et de religieuses. J'adore les robes de bure des bonnes sœurs.

Le commentaire fit rire Tanya.

— Les religieuses me font peur, confia Jane. Quand j'étais enfant, j'étais dans une école catholique et je détestais ça. Je n'ai pas vu de religieuses à Venise.

— En ce cas, reprit Max, je comprends que tu préfères Venise. Quand j'avais vingt et un ans, j'ai embrassé une fille sous le pont des Soupirs. Le gondolier m'a fichu une trouille bleue en prédisant que nous resterions toujours ensemble. Elle avait une vilaine peau, des dents de lapin et je venais de la rencontrer. Je crois que cette histoire m'a dégoûté de Venise. C'est curieux comme nous nous attachons à des détails ! J'ai eu une colique néphrétique à La Nouvelle-Orléans et, depuis, je n'ai jamais voulu y retourner.

— J'ai fait un film, là-bas, dit Jane en hochant la tête avec sympathie. C'était horrible. L'humidité me bousillait les cheveux.

— J'ai perdu les miens à Des Moines, répondit Max en frottant son crâne chauve, ce qui les fit tous rire.

Après cela, Tanya remercia encore Douglas et, quelques minutes plus tard, elle quittait la maison avec Max, constatant avec surprise qu'elle avait passé une très bonne soirée.

— Alors ? demanda Max. Comment trouvez-vous Hollywood ?

Tanya lui plaisait beaucoup. Si elle n'avait pas été mariée, il lui aurait fait un brin de cour, mais le mariage revêtait à ses yeux un caractère sacré. De toute façon, Tanya ne lui faisait pas l'effet d'une femme facile. C'était quelqu'un de bien et il avait hâte de travailler avec elle. Tout comme Douglas, il aimait beaucoup ce qu'elle faisait.

— A en juger par les gens avec qui j'ai pu parler ce soir, je dirais qu'il y règne une certaine folie, mais c'est amusant, répondit-elle franchement. Je suis déjà venue ici pour mes téléfilms, mais cette fois c'est différent.

Elle n'avait jamais été invitée à une soirée de ce genre auparavant. Bien sûr, elle avait rencontré des acteurs qui travaillaient pour la télévision, mais ce soir elle avait fait la connaissance de grosses pointures.

— Le monde du cinéma est très spécial et quelque peu déstabilisant, avoua Max. Quand vous participez à un film, c'est comme si vous preniez part à une croisière. C'est un microcosme qui n'a aucun rapport avec la vie réelle. Les gens se rencontrent, deviennent immédiatement amis, tombent amoureux, ont des liaisons... Mais quand le film se termine, tout est fini et chacun repart de son côté. L'espace de cinq minutes, on croit que c'est éternel, mais il n'en est rien. Vous le constaterez quand le tournage commencera. Il y aura cinq idylles qui démarreront dès la première semaine. C'est une drôle de façon de concevoir l'existence, mais au moins on ne s'ennuie pas.

Tanya était d'accord sur ce point. Elle avait remarqué que plusieurs jeunes vedettes entamaient un flirt, ce soir. Parmi eux figuraient Jane Amber et Ned Bright, les deux premiers rôles. Ils s'étaient regardés toute la soirée et avaient beaucoup bavardé ensemble. Elle s'en était étonnée.

— Dans ce contexte, ce ne doit pas être facile d'avoir une histoire sérieuse, remarqua-t-elle.

— Certes. Mais en fait ils n'en veulent pas. Ils préfèrent papillonner tout en prétendant que c'est la vraie vie. La plupart d'entre eux ignorent à quel point ils se trompent. Prenez Douglas, par exemple. Je ne pense pas qu'il ait eu une liaison sérieuse depuis la nuit des temps. Il sort avec des femmes qui sont généralement utiles à sa carrière, mais il se garde bien d'aller plus loin. Ce n'est pas son genre. Ce qui compte, pour lui, c'est le brassage des affaires, le pouvoir et l'art. Je ne crois pas que l'amour l'intéresse. Certains hommes sont comme ça. Moi, je cherche toujours la perle rare, conclut-il en souriant.

Décidément, pensa Tanya, Max lui plaisait beaucoup. Comme à tout le monde, d'ailleurs. Il avait un cœur d'or et cela se voyait.

— Je ne sors jamais avec des actrices, reprit-il. Je veux une femme qui aime les types chauves et barbus. Il faut aussi qu'elle accepte de me masser le dos le soir. J'ai vécu avec la même femme pendant seize ans. Nous nous entendions à merveille. Je ne crois pas que nous nous soyons disputés une seule fois.

Ils venaient de s'arrêter devant l'hôtel. C'était sa maison, désormais, même si elle ne s'y sentait pas vraiment chez elle. Elle se demandait si cela arriverait un jour. Elle avait l'impression de ne pas être à sa place, de ne pas être assez élégante pour séjourner dans un lieu aussi luxueux. C'était comme si elle s'y était introduite en fraude.

— Que s'est-il passé ? demanda-t-elle.

Max sourit, une petite lumière dans les yeux.

— Elle est morte d'un cancer du sein, dit-il simplement. Il n'y aura jamais personne comme elle. Elle était l'amour de ma vie. Depuis son décès, j'ai eu quelques liaisons, mais ce n'est pas pareil. Pourtant ça va, je tiens le coup. Elle était écrivain, elle aussi. Elle écrivait des miniséries, du temps où elles étaient encore à la mode. Nous parlions mariage de temps à autre, mais nous n'avons jamais eu besoin de passer à l'acte. Dans nos cœurs, nous avions le sentiment d'être mariés. Chaque année, entre deux films, je passe encore mes vacances avec ses enfants. Ce sont deux garçons, tous deux mariés. De chics types, qui me la rappellent. Mes filles les aiment beaucoup, elles aussi.

Bien que la voiture soit arrêtée, ils continuaient de parler. Max possédait une vieille Honda cabossée qu'il ne se souciait pas de remplacer, en dépit de tout l'argent qu'il gagnait. Contrairement à Douglas, Max n'éprouvait pas le besoin d'étaler sa richesse. Mais Tanya devait admettre que la demeure de Douglas l'avait impressionnée, ainsi que ses meubles et ses tableaux. Elle n'avait jamais vu de tableaux d'une telle valeur en dehors des musées.

— C'était visiblement une femme bien, dit-elle.

Max lui sourit. Il appréciait ce qu'elle était. La personnalité de Tanya se lisait sur son visage. Elle lui avait plu dès la première minute et plus encore ce soir. Elle était authentique et solide, ce qui était rare à Hollywood.

— Elle l'était, tout comme vous. Votre mari a de la chance.

Elle eut un petit sourire mélancolique.

— C'est moi qui ai de la chance. Mon mari est un homme formidable.

Peter lui manquait énormément. Elle avait perdu le réconfort que lui procurait sa présence quotidienne, la chaleur de leurs nuits. Dès qu'elle aurait regagné la villa, elle l'appellerait en dépit de l'heure tardive. Elle avait promis de le faire, même si elle le réveillait. Juste avant de se rendre à la réception, elle avait bavardé avec lui au téléphone, ainsi qu'avec les filles. Jusque-là, tout allait bien et elle serait avec eux dans deux jours. Elle avait hâte de les retrouver.

— Je m'en réjouis pour vous. J'espère faire un jour sa connaissance. Il devrait venir nous voir pendant le tournage. Il pourrait amener vos enfants.

— Il le fera.

Ayant remercié Max de l'avoir raccompagnée, elle sortit de la voiture. Elle se rappela alors qu'elle devait déjeuner avec Douglas le lendemain. Ils avaient prévu de se retrouver au salon de l'hôtel, ce qui était plus pratique pour elle.

— Vous déjeunez avec nous, demain ?

— Non. J'ai une réunion avec les caméramans. Nous devons faire le point sur le matériel.

Pour obtenir ses célèbres effets, Max utilisait toutes sortes d'objectifs rares et sophistiqués. Il voulait s'assurer qu'il les aurait tous.

— Douglas apprécie les tête-à-tête, pour apprendre à connaître ses collaborateurs. On se reverra la semaine prochaine, quand nous commencerons à travailler ensemble. Passez un bon week-end avec vos enfants.

Après lui avoir adressé un dernier signe de la main, il démarra pendant qu'elle franchissait la porte de l'hôtel. Ce serait certainement très agréable de travailler avec lui. Pour ce qui concernait Douglas, elle n'en était pas aussi sûre. Il l'agaçait un peu, bien que ce soir il se soit montré sous un meilleur jour. Dans son cadre naturel, il lui avait paru moins effrayant, sans doute parce qu'il s'y sentait plus à l'aise.

Dès qu'elle fut dans la villa, elle appela Peter. Il était à moitié endormi, mais il attendait son appel, bien qu'il fût presque 1 h 30.

— Je suis désolée de t'appeler aussi tard, dit-elle. La soirée n'en finissait pas.

— Ne t'inquiète pas pour cela. Alors ? Comment était-ce ?

— Drôle. Bizarre. Intéressant. Douglas Wayne possède des œuvres d'art absolument fabuleuses. Des tableaux de Renoir, de Monet... C'est stupéfiant ! Il y avait plein de jeunes acteurs connus, comme Jane Amber et Ned Bright. Ils sont très sympathiques. Molly et Megan auraient adoré faire leur connaissance. Tu m'as manqué. Le réalisateur, Max Blum, est vraiment très gentil. Je suis sûre qu'il te plairait.

— Seigneur... Tu ne voudras jamais revenir à Ross, après cela. Tu ne nous trouveras plus assez chics pour toi.

Elle avait beau savoir qu'il ne le pensait pas vraiment, elle n'aimait pas l'entendre parler ainsi. Cela ressemblait trop à ce que lui avait dit Douglas, et c'était la dernière chose au monde qu'elle voulait. Sa vie n'était pas à Hollywood, mais à Ross, parmi les siens.

— Ne dis pas de bêtises ! Je me soucie de tout cela comme d'une guigne. Quant à tous ces gens, ils vendraient leur âme au diable pour mener une existence comme la nôtre.

Le rire de Peter ressemblait à celui de leurs enfants.

— Ben voyons ! Après cela, tu ne seras plus jamais la même, ma chérie.

Tanya se débarrassa de ses sandales et s'étendit sur son lit.

— Sûrement pas ! Tu me manques. Je voudrais que tu sois avec moi.

— Tu seras à la maison dans deux jours. Toi aussi, tu me manques. C'est triste, ici, sans toi. Ce soir, j'ai complètement raté le dîner. J'ai tout fait brûler.

— Je vous préparerai de bons petits plats, ce week-end.

Elle avait l'impression de les avoir abandonnés et se sentait coupable, aussi avait-elle hâte de les retrouver. Ces trois jours lui avaient semblé trois siècles. Et les neuf mois s'annonçaient interminables...

Ce soir, cela lui avait paru bizarre de sortir sans son mari, mais il le fallait puisqu'elle devait rencontrer les acteurs. C'était une soirée professionnelle, même si elle s'était révélée très agréable. Mais elle se serait amusée davantage si Peter avait été à son côté. Elle ne sortait jamais sans lui. Les mondanités ne la tentaient pas si elle était seule, et encore moins à Hollywood. Elle n'avait rien en commun avec cette faune ni avec Douglas Wayne. Ce n'était pas le cas avec Max Blum. Elle avait plus d'affinités avec lui et se voyait bien en faire un ami, si tant est que ce fût possible dans ce contexte. Elle n'en était pas encore certaine.

— Vivement que je sois à la maison ! dit-elle. La solitude me pèse, ici. Toi et les filles me manquez énormément.

Elle détestait dormir sans lui. Les trois dernières nuits, son sommeil avait été agité. Elle supportait mal qu'il ne soit pas à ses côtés.

— Tu nous manques aussi, répéta Peter en bâillant. Je ferais mieux d'aller me coucher, maintenant. Les filles se lèvent tôt, demain. Meg a un cours de natation à 7 h 30. Je dois me lever dans exactement quatre heures et demie, précisa-t-il après avoir jeté un coup d'œil à sa montre.

Cette perspective lui arracha un gémissement, mais il était heureux d'avoir parlé à sa femme.

— A demain, chérie. Dors bien... Tu me manques.

— Tu me manques aussi, répliqua-t-elle doucement. Fais de beaux rêves.

— Toi aussi.

Quand Peter eut raccroché, Tanya pensa longuement à lui, étendue sur le lit. Le cœur lourd, elle finit par se lever pour aller faire sa toilette. Elle brûlait de se retrouver chez elle. Peter et Douglas se trompaient lorsqu'ils prétendaient que cette vie la séduirait au point qu'elle ne voudrait plus jamais retourner à Ross. Tout ce qu'elle aimait était là-bas : son lit, son mari, ses enfants. Rien de ce qu'il y avait ici ne valait le bonheur qu'elle connaissait parmi les siens. Elle aurait échangé sans hésiter tout le luxe de cet hôtel contre une nuit avec Peter, à Ross. Aucun endroit au monde ne pouvait remplacer son foyer.

6

Le lendemain, Tanya retrouva Douglas à 13 heures au salon de l'hôtel. Elle portait un jean et un pull rose. Il était plus séduisant que jamais avec son costume kaki parfaitement coupé, sa chemise bleue avec sa cravate Hermès jaune et ses chaussures en cuir marron. Arrivé avant elle, il buvait un Bloody Mary tout en bavardant avec un ami qu'il présenta à Tanya... Robert de Niro ! Ils bavardèrent quelques instants, puis l'acteur les quitta. Il aurait été difficile de ne pas être impressionnée ! Et elle savait que ce genre de rencontre se reproduirait fréquemment. Elle en parlerait à Peter, mais elle ne voulait plus qu'il lui dise qu'après cela elle ne pourrait jamais réintégrer son existence antérieure. La vie à Hollywood lui paraissait dénuée de toute réalité et elle ne se voyait pas en faire partie. D'ailleurs, elle n'en avait pas envie. Tout ce qu'elle désirait, c'était faire son travail et rentrer chez elle. Ils se trompaient tous s'ils s'imaginaient qu'elle allait se transformer en femme sophistiquée et capricieuse. Elle se connaissait et elle gardait les pieds sur terre.

— Merci pour la soirée, dit-elle à Douglas en s'asseyant. Votre maison est magnifique et j'ai été heureuse de faire la connaissance des acteurs.

— J'en suis ravi, répondit-il avec un sourire. Il faudra que vous veniez sur mon bateau, un de ces jours. C'est très agréable.

La veille, elle avait vu des photos de son yacht, long de soixante mètres. Il lui avait paru immense. Les enfants seraient fous de joie s'ils le voyaient un jour.

— Qu'est-ce que vous faites, en été ? demanda-t-il. Où avez-vous passé les vacances, cette année ?

Elle ne put s'empêcher de sourire. Cela ressemblait à une rédaction de rentrée scolaire : *Mes vacances d'été, par Tanya Harris.* La vie tranquille qu'elle menait lui convenait tout à fait, elle ne l'aurait pas échangée contre un yacht.

— En août, nous allons au lac Tahoe, où chaque année nous louons une maison. Les enfants l'adorent et nous y passons de très bons moments en famille. Peter et moi envisageons d'emmener les enfants en Europe, aux vacances prochaines. Nous n'y sommes pas retournés depuis des années.

Elle se sentait un peu ridicule. Il se moquait certainement de ce qu'elle pouvait faire avec ses enfants. Quant à la maison qu'ils louaient à Tahoe... Douglas devait trouver cela pathétique, en comparaison de son yacht de soixante mètres. Le parallèle lui parut si absurde qu'elle se mit à rire.

— Chaque année, je passe deux mois sur mon bateau en Méditerranée, dit-il comme si cela n'avait rien d'extraordinaire. Je vais sur la Côte d'Azur, mais il m'arrive aussi de pousser jusqu'en Sardaigne ou en Corse, et parfois même jusqu'à Capri, Ibiza, Majorque ou en Grèce. L'été prochain, vous devriez venir passer quelques jours sur mon yacht, avec votre famille.

Il invitait rarement des couples avec enfants, sauf pour une courte période, car il les trouvait vite insupportables. Mais il soupçonnait que les siens devaient être bien élevés. De plus, ils étaient déjà grands. Il n'invitait jamais de jeunes enfants. Ils étaient trop turbulents et risquaient en outre d'avoir le mal de mer.

— C'est très gentil à vous et je vous en remercie. Quand je leur raconterai que j'ai fait la connaissance de Jane Amber et de Ned Bright, ils vont être impressionnés.

— Je comprends ça, répliqua Douglas en souriant. Vous aussi m'impressionnez énormément, bien plus que Ned et Jane.

Pourtant, songea Tanya, d'après ce qu'elle avait vu la veille, il semblait apprécier la compagnie de Jane. Non seulement la jeune actrice avait un physique exceptionnel, mais elle paraissait très enfantine. Il est vrai qu'à certains égards les acteurs menaient une existence extrêmement protégée. Pendant qu'ils tournaient un film, ils vivaient dans une bulle, en dehors du monde réel.

— On dirait des enfants, remarqua Tanya.

Elle commanda un thé glacé et Douglas un second Bloody Mary.

— Ils le sont, répondit-il. Ils vivent dans un cocon, loin de la réalité. Il en a toujours été ainsi. Ils jouent, ils se déguisent et ils s'amusent. Ils travaillent, mais ils n'ont aucune idée de la façon dont vit le reste du monde. Les agents et les producteurs les dorlotent, les défendent et satisfont le moindre de leurs caprices, si bien qu'ils ne grandissent jamais vraiment. Plus ils sont célèbres, plus ils se détachent du monde réel. Quand vous travaillerez avec eux, vous constaterez à quel point ils sont immatures.

— Ils ne peuvent pas tous être ainsi !

Le constat de Douglas était accablant, mais il connaissait parfaitement cet univers.

— Non, mais la plupart le sont. Ils sont narcissiques, gâtés et égocentriques. A la longue, c'est usant. C'est pour cette raison que je ne sors jamais avec des actrices. Elles demandent trop d'énergie.

En disant ces mots, il regarda Tanya droit dans les yeux. Mal à l'aise, elle se détourna. Douglas allait toujours un peu trop loin avec elle. Il savait très bien ce qu'il faisait et conservait toujours le contrôle de la situation.

Ils commandèrent leur déjeuner, puis elle lui posa un certain nombre de questions sur le film et la réunion qui devait avoir lieu la semaine suivante. Elle prévoyait de peaufiner le scénario pendant le week-end et il lui fit part des quelques changements qu'il souhaitait. Elle les accepta sans la moindre objection et il trouva facile de travailler avec elle. Elle était intelligente et simple.

A la fin du repas, Douglas redonna un tour personnel à leur conversation. Il voulait tout savoir d'elle. Il lui posa des questions sur son enfance, ses parents, le début de sa carrière d'écrivain, ses rêves et ses désillusions. En revanche, il ne dévoila rien de lui-même, ce qui ne l'étonna pas. Douglas Wayne était un homme qui ne lâchait jamais rien.

— Tout cela est plutôt banal, conclut-elle. Pas de tragédie, pas de sombres secrets, pas de grandes déceptions. Bien sûr, la mort de mes parents m'a peinée, mais j'ai la chance d'être heureuse avec Peter depuis vingt ans.

— Cela paraît assez exceptionnel, remarqua Douglas avec une pointe de cynisme.

— De nos jours, sans doute.

— Si c'est vrai, ça l'est vraiment.

Il la fixait d'une façon qui déplut à Tanya, comme s'il ne la croyait pas et cherchait la vérité dans ses yeux.

— Trouvez-vous inconcevable que l'on puisse trouver le bonheur dans le mariage ?

A Ross, elle connaissait des couples dont l'entente était toujours parfaite au bout de vingt ou trente ans. C'était le cas de bon nombre de leurs amis, même si Peter et elle formaient le couple le plus solide de tous. Certains autres avaient divorcé et quelques-uns s'étaient remariés et semblaient de nouveau heureux en ménage. Elle vivait dans un monde très sain, à mille lieues d'Hollywood. Dans celui de Douglas, les gens se mariaient rarement et, lorsqu'ils le faisaient, c'était souvent pour de mauvaises raisons, comme l'appât du gain ou le pouvoir, lorsqu'il ne s'agissait pas d'une opération publicitaire. Certaines femmes n'étaient que des trophées pour leurs maris. A Ross, ce genre de motivation était tout à fait impensable.

— Je me suis marié deux fois, déclara Douglas sur le ton de la conversation, et chaque fois j'ai commis une énorme erreur. Quand j'ai épousé ma première femme, il y a trente ans, c'était une actrice connue. Nous étions tous les deux très jeunes. J'avais vingt-quatre ans et je débutais tout juste dans le cinéma. A cette époque, je voulais être acteur.

J'y ai renoncé très vite, tout comme j'ai très vite rompu avec elle. Nous ne sommes restés ensemble qu'un an et, grâce à Dieu, nous n'avons pas eu d'enfants.

Tanya se demanda qui pouvait être cette femme, mais elle n'osa pas l'interroger. S'il avait voulu le lui dire, il l'aurait fait.

— C'est une grande vedette, aujourd'hui ?

— Non, répondit-il avec un sourire. Elle ne l'a jamais été. C'était une belle fille, pourtant. Elle a abandonné le métier et elle s'est mariée avec un type originaire de Caroline du Nord. Après cela, je n'ai plus jamais eu de ses nouvelles. J'ai appris par un ami commun qu'elle avait quatre enfants. C'était tout ce qu'elle attendait de la vie : un mari, des enfants et une petite maison avec une barrière blanche. Elle les a eus, mais pas par moi. Cela n'a jamais été mon truc.

Tanya le croyait aisément. Elle ne pouvait d'ailleurs pas l'imaginer en père de famille.

— La seconde était plus intéressante, continua-t-il. C'était une star du rock, dans les années 80. Avec son talent, elle aurait pu faire une carrière d'enfer.

Il s'était exprimé avec une sorte de nostalgie, mais Tanya ne put déchiffrer son expression. Il y avait dans ses yeux du chagrin mêlé de regret ou de déception. Cette union n'avait visiblement pas duré non plus.

— Que s'est-il passé ? Elle a cessé de chanter ?

— Non, elle est morte dans un accident d'avion, au cours d'une tournée, avec tout son groupe. C'était le batteur qui pilotait et apparemment il n'était pas très doué. Peut-être était-il drogué. Nous étions déjà divorcés, quand c'est arrivé, mais sa mort m'a peiné. Je l'aimais bien. Vous la connaissez sans doute de nom.

Quand il le lui dit, Tanya fut impressionnée. Lorsqu'elle était étudiante, elle aimait écouter cette chanteuse. Elle avait même conservé quelques-unes de ses cassettes. Quand l'avion s'était écrasé, cela avait fait les gros titres des journaux. Le fait que Douglas ait été impliqué personnellement dans l'événement lui faisait une impression bizarre. La tristesse qu'elle lisait dans ses yeux le rendait plus humain. Il y avait donc de la douceur en lui, finalement.

— Pourquoi considérez-vous ce second mariage comme une erreur ? lui demanda-t-elle doucement.

C'était à son tour de poser des questions. Il suscitait sa curiosité, tout comme elle éveillait la sienne.

— Nous n'avions rien en commun. A cette époque, le monde du spectacle était aussi fou qu'aujourd'hui. Elle consommait beaucoup de drogue, mais je ne crois pas qu'elle était toxicomane. C'était juste une belle fille sauvage et folle. Elle affirmait qu'elle chantait mieux lorsqu'elle était droguée. Je ne suis pas certain que c'était vrai, mais elle avait une sacrée voix.

Son expression lointaine le rendait différent, plus vulnérable. Tanya se demanda si cette jeune femme avait été l'amour de sa vie, du moins si ce sentiment pouvait signifier quelque chose pour lui.

— Nous avons divorcé parce que nous ne nous voyions jamais, reprit-il. Elle était en tournée dix mois par an. Notre mariage n'avait plus aucun sens. A cette époque, j'étais déjà producteur et elle nuisait à ma carrière. Son comportement lui valait une très mauvaise presse. La cocaïne était déjà à la mode ou du moins relativement répandue. Ma réputation pâtissait de ses arrestations répétées.

Et aussi du fait qu'elle l'avait souvent trompé, mais il ne le dit pas à Tanya.

— Ce furent des années assez folles, continua-t-il. Elle était excessive. Je n'aimais pas fréquenter les drogués et je n'aime toujours pas cela. Or, il y en avait beaucoup dans son sillage. Elle voulait des enfants, elle aussi, mais il ne pouvait en être question dans ces conditions. De plus, j'étais très pris par ma carrière. C'est à cette époque que j'ai produit mes premiers films. Je craignais qu'elle ne soit arrêtée ou qu'elle ne fasse une overdose. Mais ce n'est pas arrivé.

— Alors, vous avez divorcé ?

La manière dont il en parlait donnait l'impression qu'il l'avait exclue de sa vie, parce qu'elle risquait de lui porter préjudice. Pourtant, leurs relations semblaient plus complexes que cela. Mais Tanya ne voulait pas lui poser d'autres questions. Cependant, cette histoire l'intriguait. Etait-ce pour cette raison que Douglas était si fermé ? Elle pensait plutôt qu'il avait toujours mis une certaine distance entre les autres et lui, qu'il n'avait jamais été quelqu'un de très chaleureux, ou alors il y avait très longtemps, lorsqu'il était jeune.

— En réalité, c'est elle qui a demandé le divorce, rectifia-t-il avec un sourire. Elle disait que j'étais un pauvre type coincé, prétentieux, arrogant et opportuniste. Que je ne pensais qu'à l'argent. Elle avait raison, précisa-t-il sans manifester la moindre honte. Malheureusement, tous ces défauts sont nécessaires si l'on veut réussir dans ce métier. Et j'étais bien décidé à produire de grands films. De son côté, elle était une star et elle n'avait pas besoin de moi.

C'était peut-être ce qu'il n'avait pas supporté, songea Tanya.

— Son indépendance vous gênait ?

— Oui. Je n'avais aucune influence sur elle. Elle ne m'écoutait pas et ne me demandait jamais mon avis. Elle ne me disait jamais ce qui se passait dans son groupe. La moitié de ses musiciens étaient toxicomanes. Cela n'entravait en rien son activité, mais ce n'était pas bon pour moi. Les gens qui fréquentent les drogués ne vont jamais bien loin, du moins pas à cette époque. Il y a vingt ans, ceux qui prenaient de la cocaïne étaient persuadés que cela ne pouvait pas leur faire de mal. Depuis, on en a appris un peu plus. Tôt ou tard, elle aurait été dépendante ou aurait été emprisonnée. Peut-être vaut-il mieux qu'elle soit morte, finalement.

— Vous étiez amoureux d'elle ? demanda Tanya avec compassion.

— Je ne pense pas, répliqua franchement Douglas. Je ne crois pas l'avoir jamais été. Cela ne m'a pas manqué, d'ailleurs. La plupart du temps, précisa-t-il avec un sourire sans joie, je préfère les affaires aux femmes. C'est plus facile à gérer.

— Mais peut-être pas aussi amusant, le taquina-t-elle.

— Exact. Je ne sais pas pourquoi je l'ai épousée, sinon qu'à cette époque elle m'impressionnait beaucoup. Elle était belle à couper le souffle et elle possédait une voix splendide. J'écoute encore ses disques, de temps à autre.

Tanya lui sourit. Elle espérait qu'ils étaient en train de devenir amis.

— Moi aussi, avoua-t-elle.

La discussion semblait avoir un peu déprimé Douglas. Il n'avait pas pensé à sa seconde femme depuis longtemps. D'une certaine façon, il gardait un bon souvenir de leur relation, même si elle s'était terminée par un divorce. Ensuite, elle avait été arrêtée deux fois pour détention de drogue et il s'était réjoui de ne plus être lié à elle. Il se rappelait à quel point il lui en avait voulu, à l'époque. C'était une fille magnifique, qui s'était détruite. Lorsqu'ils étaient mariés, il avait aimé l'exhiber comme un trophée. Après elle, il n'avait plus jamais souhaité renouveler l'expérience. Au fond, il était un solitaire. Ces dernières années, il avait peu ressenti le besoin d'une compagnie, même s'il lui arrivait d'inviter une femme dans son lit.

Jamais il ne s'était impliqué affectivement dans une liaison. Et lorsqu'il voulait une femme à son côté, il la choisissait soigneusement. Il aimait les femmes intelligentes et faciles à vivre. Elles ne devaient pas l'éclipser, tout en lui faisant honneur. D'ordinaire, c'étaient des vedettes, des écrivains, des femmes politiques ou les épouses de ses amis... en l'absence de leurs maris. Elles ne devaient pas faire parler d'elles, ne pas donner matière aux ragots des journalistes. Il avait la réputation d'être un homme important, qui avait un nom dans le monde. Sa vie amoureuse ne regardait que lui, mais surtout il n'y attachait pas beaucoup d'intérêt. Maintenant qu'il la connaissait mieux, il avait envie de sortir avec Tanya. L'idée l'avait effleuré, la veille, lors de sa réception. Elle était intelligente, elle avait de l'humour et elle était jolie. Exactement le genre de femme qu'il appréciait. En outre, elle avait le sens de la répartie, ce qui était une qualité supplémentaire. D'une certaine façon, il lui faisait passer un entretien d'embauche. Elle pourrait l'accompagner à des réceptions et jouer les hôtesses lorsqu'il recevait. Jusqu'à maintenant, elle ne l'avait pas déçu. Du fait qu'ils allaient travailler ensemble durant les prochains mois, cela paraîtrait normal qu'ils soient vus ensemble. Il détestait les ragots. Et Tanya ne semblait pas du genre à les susciter. Elle inspirait le respect, pas la critique.

— Qu'est-ce que vous faites, ce week-end ? lui demanda-t-il à la fin du déjeuner.

— Je rentre chez moi.

Elle rayonnait. La joie qu'elle éprouvait à l'idée de retrouver sa famille était évidente, bien qu'il la trouvât un peu absurde.

— Vous appréciez vraiment ce rôle de mère de famille, n'est-ce pas ?

Il espérait qu'elle allait le nier, mais il n'en fut rien.

— Absolument ! confirma-t-elle gaiement. Mais j'aime surtout mon mari et mes enfants. Toute ma vie tourne autour d'eux.

— Vous valez pourtant beaucoup mieux que cela, Tanya ! Vous méritez une existence plus excitante.

— Je n'en veux pas.

Elle aimait tous les aspects de sa vie avec Peter, les petites choses ordinaires qui la rendaient normale et solide. A Hollywood, les gens menaient une existence artificielle et futile dont elle ne voulait pas. Elle n'était là que pour écrire un scénario, le reste ne présentait aucun intérêt à ses yeux. Ce style de vie lui paraissait totalement vide. Elle plaignait sincèrement les gens qui lui trouvaient une consistance, comme Douglas. Pour sa part, elle ne lui en trouvait aucune. Si elle le lui avait dit, Douglas l'aurait sans doute contredite avec véhémence. Il s'intéressait beaucoup à la culture et aux arts. Il allait souvent au théâtre et se rendait parfois à San

Francisco pour assister à un ballet ou à un concert. Il était également présent aux grands événements mondains. Il lui arrivait de prendre l'avion pour Washington, dans le seul but d'assister à une inauguration au Kennedy Center ou de s'envoler pour New York afin de participer au même genre de manifestation au Lincoln Center ou au Metropolitan Museum. C'était un personnage important aussi bien aux Etats-Unis qu'en Europe où il se rendait souvent. Une existence comme celle de Tanya l'aurait mortellement ennuyé. Mais de son côté, elle n'aurait pas échangé sa vie contre la sienne pour tout l'or du monde.

— Après votre séjour à Los Angeles, dit-il, vous aspirerez à de plus vastes horizons. Je l'espère pour vous.

Ils s'étaient levés de table et traversaient le salon. Des têtes se tournèrent sur leur passage. Les gens le reconnaissaient et se demandaient qui elle était. Ils voyaient une jolie femme d'une quarantaine d'années, vêtue d'un jean et d'un pull rose. A partir du moment où on la voyait avec lui en public, on connaîtrait tôt ou tard son identité. Certaines femmes se seraient damnées pour être à sa place. Douglas appréciait que cela ne signifiât pas grand-chose aux yeux de Tanya. Il ne s'était pas trompé à son sujet : ce n'était pas une opportuniste et elle n'essayait pas de l'utiliser. C'était une femme intègre, délicate et pleine de talent. Elle n'avait besoin de personne pour aller de l'avant.

Après l'avoir remercié pour le déjeuner, elle lui souhaita un bon après-midi. Elle avait passé avec lui un moment plus agréable qu'elle ne s'y attendait. Douglas s'était révélé être un homme charmant. Il ne s'était pas montré aussi indiscret qu'elle le craignait et il n'avait pas critiqué sa vie familiale, ainsi qu'il l'avait fait auparavant. Bien sûr, il estimait qu'elle pouvait aspirer à un destin plus intéressant que celui de mère de famille à Ross, mais si c'était ce qu'elle voulait, il respectait son choix, même s'il le trouvait stupide. A partir du moment où elle resterait un certain temps à Los Angeles, il savait que sa vie allait devenir plus riche. Lorsqu'ils franchirent la porte, il avait le sentiment qu'ils pourraient devenir amis et cette idée lui plaisait. Tanya aussi pensait que c'était envisageable. Elle souhaitait seulement qu'il ne se fasse pas d'idées fausses. Certains aspects de sa personnalité la mettaient mal à l'aise. Elle savait qu'il éprouvait un profond mépris pour la vie qu'elle menait à Ross. Il n'accordait aucune importance aux valeurs familiales, les enfants le rendaient nerveux et il pensait que le mariage était nocif. Douglas aimait perturber les gens, et surtout les contrôler. Tant qu'elle en avait conscience et parvenait à le tenir à distance, elle était persuadée qu'ils s'entendraient. C'était le genre d'homme avec qui il valait mieux ne pas baisser la garde. Pour l'instant, ils travaillaient ensemble, rien de plus. Les choses devaient en rester là. Plus tard, peut-être, quand ils se connaîtraient mieux, ils deviendraient amis. Mais Douglas devrait d'abord gagner son affection.

Elle travailla sur son ordinateur tout le reste de l'après-midi. Le soir, elle se fit livrer un repas dans sa chambre. Max téléphona pour prendre de ses nouvelles et elle lui fit part de quelques problèmes éventuels de mise en scène. Il les résolut rapidement et, lorsqu'elle appliqua ses solutions, elle fut ravie de constater qu'elles étaient efficaces. Elle était certaine qu'ils allaient merveilleusement travailler ensemble. Elle aurait voulu rentrer à Ross le soir même, mais Douglas lui avait dit qu'il y aurait peut-être une réunion le vendredi matin. A midi, constatant qu'il ne l'avait pas contactée, elle appela un taxi et partit pour l'aéroport.

Elle avait donné quartier libre au chauffeur de la limousine et n'emportait pour tout bagage que son sac à main. Elle prit le vol de 13 h 30 pour San Francisco et, à 15 h 30, elle franchissait le seuil de sa maison. Personne n'était rentré, mais elle eut envie de chanter et de danser au milieu du séjour. Elle éprouvait un bonheur infini. Jetant un coup d'œil aux placards et au réfrigérateur, elle constata qu'ils étaient presque vides. Elle se rendit au supermarché et fit des courses pour le week-end et toute la semaine à venir. Elle était en train de tout ranger quand les filles arrivèrent. A la vue de leur mère, elles poussèrent des cris de joie. L'espace d'une minute, même Megan eut l'air heureuse. Se rappelant qu'elle était censée être fâchée, elle reprit rapidement son air maussade et monta dans sa chambre. Mais pendant un moment elle avait laissé voir sa joie, ce dont Tanya se réjouit. Molly sautillait autour d'elle comme un petit chien, la serrant dans ses bras, l'embrassant, se collant à elle avant de l'enlacer à nouveau.

— Tu m'as vraiment manqué, cette semaine, confia-t-elle à sa mère.

— Vous m'avez manqué aussi, répondit Tanya, un bras autour des épaules de sa fille.

— Comment était-ce ? demanda Molly avec curiosité.

— Bien. J'ai même dîné avec Jane Amber et Ned Bright. Il est plutôt mignon.

— Quand pourrai-je le rencontrer ? s'enquit l'adolescente, les yeux brillants d'excitation.

— Dès que vous viendrez me voir. Tu pourras assister à une séance de tournage, sur le plateau. Le réalisateur est très sympathique.

Peu après, Molly laissa sa mère finir de ranger les courses et monta dans sa chambre pour appeler une amie et tout lui raconter. Tanya nettoyait encore la cuisine quand Peter arriva. Sachant qu'elle rentrait, il avait quitté son bureau de bonne heure. Dès qu'il la vit, il la prit dans ses bras et l'embrassa passionnément, puis il la serra très fort contre lui. Une heure avant le dîner, ils montèrent dans leur chambre et fermèrent discrètement leur porte pour fêter tendrement leurs retrouvailles.

Ce soir-là, ce fut Tanya qui prépara le dîner, composé de pâtes et d'une grande salade verte, pendant que Peter faisait griller les steaks au barbecue. Le repas fut animé. Elle leur raconta la réception de Douglas Wayne et leur décrivit toutes les vedettes qu'elle y avait rencontrées.

Ensuite, les filles sortirent avec des amis, pendant que Peter et elle regagnaient tranquillement leur chambre.

Ce fut un vendredi soir normal. Enlacés, Peter et Tanya parlèrent pendant des heures avant de faire à nouveau l'amour. Ils avaient tous survécu à sa première semaine à Los Angeles et tout allait pour le mieux.

7

Le week-end passa bien trop vite au gré de tous. Le dimanche matin, Tanya se réveilla déprimée et Peter ne paraissait pas en meilleure forme. Elle ne repartait que le soir, mais cette perspective suffit à gâcher la journée. Pendant le déjeuner, Megan donna à nouveau libre cours à son ressentiment. Elle chercha querelle à sa mère à propos d'un tee-shirt qui avait mal supporté le lavage en machine. Bien entendu, ce n'était pas la vraie raison de sa colère. Elle en voulait à Tanya de repartir pour Los Angeles. Devinant sa souffrance, celle-ci resta calme.

— Tu sais très bien qu'il ne s'agit pas du tee-shirt, Meg, lui dit-elle franchement. Je regrette de devoir m'en aller, moi aussi, mais je fais du mieux que je peux.

— Ce n'est pas vrai ! Tu te comportes en égoïste ! Tu n'étais pas obligée d'écrire ce scénario. Regarde les choses en face, maman, tu es une mère complètement nulle. Tu nous as sacrifiés, tu te moques bien de papa et de nous. Tu ne penses qu'à toi.

Face à ces accusations, Tanya resta muette un instant. Les larmes aux yeux, elle regardait sa fille, en se disant que Megan avait peut-être raison. La décision de partir pour Los Angeles était très égoïste.

— Je suis navrée que tu voies les choses de cette façon, murmura-t-elle tristement. Je sais que c'est tombé la mauvaise année, mais on ne m'aurait peut-être plus jamais offert une telle chance.

Elle avait espéré que tous le comprendraient, mais elle craignait que Megan ne lui pardonne jamais son départ. Pour le moment, en tout cas, elle lui en voulait toujours autant. Elles se tenaient face à face. Les yeux de Megan étincelaient de colère, tandis que le visage de sa mère exprimait le plus profond désarroi. Peter, qui les avait entendues se disputer, entra dans la pièce et exigea de Megan qu'elle présente ses excuses à sa mère. L'adolescente s'y refusa farouchement, répétant qu'elle pensait chacune des paroles qu'elle avait prononcées. Sur ce, elle tourna les talons et regagna sa chambre en trombe. Se tournant vers son mari, Tanya se mit à pleurer.

— Elle s'est défoulée sur toi, c'est tout, la rassura-t-il en la prenant dans ses bras.

— Je ne lui en veux pas. Si ma mère m'avait abandonnée quand j'étais en terminale, j'aurais sûrement été furieuse.

— Tu rentres à la maison tous les week-ends, voyons ! De toute façon, c'est à peine si les filles mettent les pieds à la maison, dans la semaine. Elles rentrent pour manger, appellent leurs amies et se couchent. Elles n'ont pas vraiment besoin de toi.

— Oui, mais elles aiment savoir que je suis là, répliqua-t-elle en se mouchant. Et je déteste être loin de toi.

— Moi aussi, mais, encore une fois, tu ne pars pas pour toujours et tu rentres à la maison le week-end. Nous venons de passer deux jours formidables ensemble, non ? Et puis je suis certain que le tournage sera terminé avant même que tu t'en aperçoives. Imagine que tu remportes un oscar ! Penses-y, ma chérie... C'est tout à fait possible, quand on travaille avec Douglas Wayne. A ce propos... Tu ne m'as pas dit à quoi il ressemble.

Peter avait beau ne pas être jaloux, il savait que Douglas Wayne était un bel homme. Il se demandait si Tanya pouvait être sensible à son charme. Il espérait que non. Il avait confiance en elle, mais l'atmosphère qui régnait à Hollywood était sans doute très particulière.

— Il est bizarre. Egoïste, fermé comme une huître. Il déteste les enfants. Il possède un yacht, une belle maison et des œuvres d'art sublimes. C'est à peu près tout ce que je sais de lui. Ah si ! Il a été marié à une star du rock qui est morte dans un accident d'avion, après leur divorce. Il n'est pas du genre chaleureux, mais c'est quelqu'un de très intelligent. Je préfère le réalisateur, Max Blum. C'est un type très gentil, qui ressemble au père Noël. Sa compagne est morte d'un cancer du sein et il a un chien, un danois, qui s'appelle Harry.

Peter ne put s'empêcher de rire.

— Comme d'habitude, tu vas droit à l'essentiel ! Les écrivains doivent avoir un don particulier. Les gens te font toujours des confidences que jamais je ne pourrais obtenir. Et en plus, tu n'as même pas à leur poser de questions. Ils viennent d'eux-mêmes vers toi.

Au fil des années, il l'avait constaté des dizaines de fois. A sa grande surprise, leurs amis et relations confiaient à Tanya leurs secrets les plus intimes.

— Je dois avoir une tête sympathique. Je te rappelle que je suis une mère, même si je manque à tous mes devoirs.

— C'est faux ! Meg est têtue comme une mule.

Ils connaissaient tous deux le caractère de leur fille. Elle exigeait beaucoup de ceux qu'elle aimait et avait la critique facile. Même ses amis n'échappaient pas à la règle. Molly était plus douce, plus tolérante. Sa sœur était dure envers elle-même et envers les autres. Tanya prétendait qu'elle tenait ce trait de caractère de sa grand-mère maternelle. Ce devait être dans les gènes.

Lorsque Tanya fut prête à partir, Megan refusa de quitter sa chambre pour lui dire au revoir. Tanya devina qu'elle ne voulait pas la voir s'en aller. Megan avait toujours répugné aux adieux. Elle préférait se mettre en colère ou taper du pied plutôt que d'être triste ou pleurer. Molly s'accrocha à sa mère jusqu'à la dernière minute. Peter et Tanya la déposèrent chez une amie, avant de se rendre à l'aéroport. La jeune fille serra très fort sa mère dans ses bras avant de descendre de la voiture.

— Je t'aime. Amuse-toi bien... Dis bonjour à Ned Bright de ma part. Dis-lui que je l'aime... Mais c'est toi que j'aime le plus ! cria-t-elle par-dessus son épaule avant d'entrer en courant dans la maison de son amie.

Pendant le reste du trajet, Peter et Tanya profitèrent du fait d'être seuls pour parler, lui du dossier sur lequel il travaillait et elle des changements qu'elle avait apportés au scénario. Puis ils restèrent quelques minutes silencieux, jouissant de la compagnie l'un de l'autre. Avant de la déposer à l'aéroport, Peter se mit à rire, parce qu'ils avaient fait l'amour plus souvent que d'habitude pendant le week-end.

— Cette séparation est peut-être bonne pour notre vie sexuelle !

Il leur semblait qu'ils emmagasinaient tout l'amour qu'ils éprouvaient l'un pour l'autre pendant la semaine et cette idée les réconfortait. Cela n'empêcha pourtant pas Tanya d'avoir le cœur lourd quand Peter l'embrassa avant de la quitter.

— Tu me manques déjà, dit-elle tristement.

Il l'embrassa encore. Une fois de plus, elle songea que son mari était vraiment formidable.

— Toi aussi. A vendredi, ma chérie. Appelle-moi dès que tu seras arrivée.

— Bien sûr. Qu'est-ce que tu vas faire, pour le dîner ?

Les deux filles étaient sorties et elle avait oublié de lui préparer un plat à réchauffer au micro-ondes.

— J'ai dit à Alice que je passerais chez elle. Elle s'est occupée deux fois des filles, cette semaine. Pour la remercier, je lui ai promis d'apporter des sushis.

— Dis-lui bonjour de ma part. Je n'ai pas eu le temps de l'appeler, ce week-end. Moi aussi, je lui suis très reconnaissante de s'occuper des filles.

— Cela ne la dérange pas. Je pense que ses enfants lui manquent. Elle doit se sentir moins seule quand elle passe à la maison pour voir les filles avant de rentrer chez elle. Elle ne reste d'ailleurs que quelques minutes. Sa galerie l'absorbe tellement qu'elle est rarement là.

Cette galerie était une véritable bénédiction, pensa Tanya. La mort de Jim avait terriblement ébranlé Alice.

Elle s'était montrée étonnamment forte, mais Tanya savait combien son amie était malheureuse. La première année avait été un vrai calvaire et, à l'époque, Tanya l'avait aidée à surmonter sa douleur. Aujourd'hui, Alice s'efforçait de lui rendre la pareille. C'était normal, puisqu'elles s'étaient toujours soutenues mutuellement. Tanya éprouvait beaucoup de gratitude vis-à-vis de sa meilleure amie.

Au moment de franchir la porte de l'aéroport, Tanya fit volte-face et courut vers son mari pour l'embrasser une dernière fois. Elle se précipita ensuite dans le hall, son sac de voyage à la main. Elle fut la dernière à embarquer. Une fois assise, elle se laissa aller contre le dossier et ferma les yeux. Ce week-end en famille avait été merveilleux.

Quand l'avion commença à rouler, elle éteignit son téléphone portable et, au moment du décollage, elle somnolait déjà. Elle dormit pendant tout le trajet et ne s'éveilla qu'à l'atterrissage. Ces deux jours avaient été chargés en occupations de toutes sortes comme en émotions. Par ailleurs, son affrontement avec Meg l'avait épuisée. Elle se demandait si sa fille lui pardonnerait jamais sa décision et si leurs relations reprendraient un jour un cours normal. Elle l'espérait, sans trop y croire. Meg pouvait avoir la rancune tenace. Tanya pensait encore à elle lorsqu'elle sortit de l'aéroport et monta dans un taxi. Elle n'avait pas prévenu son chauffeur de son arrivée. Il lui aurait paru ridicule de revenir de l'aéroport en limousine. Elle avait d'ailleurs du mal à profiter de tous les avantages qui figuraient dans son contrat.

En entrant dans la villa n° 2, elle fut surprise de s'y sentir bien. Elle avait rapporté d'autres photographies de Peter et des enfants, ainsi qu'une photo d'Alice, avec James et Jason. Pendant le week-end, elle avait appelé son fils. A sa voix, elle avait compris qu'il était parfaitement heureux. Il était tellement occupé qu'il ne téléphonait à personne, ce dont ses sœurs se plaignaient.

Dès qu'elle fut assise, elle appela Peter, qui était en train de dîner avec Alice. En discutant un instant avec son amie, Tanya se sentit encore plus seule de les savoir ensemble.

Elle aurait voulu manger des sushis avec eux. Alice lui assura que, sans elle, la soirée n'était pas drôle et qu'elle leur manquait. Après avoir raccroché, elle alluma la télévision, avec un sentiment de profonde solitude.

Puis elle prit un bain dans l'immense baignoire et mit en marche le jacuzzi, ce qui l'aida à se détendre. Ensuite, elle alluma son ordinateur, afin de travailler sur le scénario. Le lendemain, elle devait rencontrer Douglas et Max, qui lui feraient part de leurs remarques. Et le surlendemain, ce serait au tour des acteurs d'en faire autant.

La semaine allait être chargée. D'abord, il lui faudrait écouter les commentaires des uns et des autres, puis elle devrait les intégrer au scénario. Elle travailla jusqu'à 2 heures du matin et demanda qu'on la réveille tôt, car le rendez-vous était fixé à 8 h 30.

Quand le téléphone sonna, il lui sembla qu'elle venait à peine de poser la tête sur l'oreiller. Réveillée en sursaut, elle laissa échapper un gémissement et appela Peter. Il finissait de s'habiller et s'apprêtait à préparer le petit déjeuner pour les filles. Bien sûr, Tanya se sentit encore plus coupable de ne pas s'occuper d'elles. La route allait être longue... Pendant toute une année scolaire, Peter devrait préparer les repas et elle serait absente chaque soir. Sans sa famille, Tanya avait l'impression qu'elle venait d'être condamnée à un an de prison.

Avant de commencer leur journée, les deux époux échangèrent quelques mots :

— Tu me manques tellement ! soupira tristement Tanya. Je m'en veux de t'imposer toutes ces corvées.

— Tu t'en es acquittée pendant dix-huit ans, alors où est le problème si je dois m'en charger pendant quelques mois ?

Bien qu'il fût pressé, il restait adorable.

— Je crois que j'ai épousé un saint !

— Non, tu as épousé un type incapable de déposer simultanément sur la table les œufs, le jus de fruits et les céréales. C'est pourquoi je dois te laisser ! Amuse-toi bien.

Cette première réunion la rendait nerveuse. Douglas et Max allaient lui faire part de leurs remarques et peut-être devrait-elle revoir tout ce qu'elle avait fait. Tout était nouveau, pour elle, et elle n'avait aucune idée de ce qu'ils allaient dire.

— Je suis sûr que tout va bien se passer. Ne t'en fais pas s'ils te critiquent. Ton scénario est génial.

— Merci. Je t'appellerai après la réunion. Bon courage pour le petit déjeuner, et... Peter... je suis vraiment désolée, ajouta-t-elle avec des larmes dans la voix. J'ai l'impression d'être la pire des mères et des épouses. Tu es vraiment fabuleux de m'avoir permis de tenter cette expérience.

Malgré les paroles réconfortantes de Peter, elle se sentait toujours horriblement coupable de s'être déchargée sur lui des tâches qui avaient été les siennes pendant près de vingt ans.

— Tu es la meilleure des épouses. Pour moi, tu es une vraie star.

— C'est toi la star, Peter, dit-elle doucement.

Elle espérait que la semaine allait passer vite, pour pouvoir rapidement retrouver les siens.

— Au revoir... Tu es la meilleure... Je t'aime...

Dès qu'il eut raccroché, elle fit sa toilette, puis elle commanda un petit déjeuner nettement plus plantureux que celui que Peter et les filles avaient dû avaler à la hâte. Le chauffeur et la limousine l'attendaient. Lorsqu'elle arriva au studio, à 8 h 30, Douglas n'était pas encore là, mais Max s'y trouvait déjà.

— Bonjour, Tanya. Le week-end s'est bien passé ?

Ils se dirigèrent vers la salle de conférences. Max portait une lourde mallette qui semblait pleine à craquer. La production avait loué des bureaux à une chaîne de télévision pour toute la durée du tournage. On en avait proposé un à Tanya, mais elle avait répondu qu'elle préférait travailler à l'hôtel. Dans sa villa, elle serait plus tranquille pour écrire et sans doute moins distraite.

— Je l'ai trouvé trop court, répliqua tristement Tanya. Et le vôtre ?

— Pas trop mal. J'ai assisté à deux matches de base-ball. J'ai lu. J'ai aussi eu plusieurs conversations passionnantes avec mon chien, si bien que nous nous sommes couchés tard et que ce matin, il était trop fatigué pour venir travailler. Une vraie vie de chien !

Une secrétaire leur proposa du café, qu'ils refusèrent tous les deux. Ils bavardaient amicalement quand Douglas entra, semblant comme toujours sorti tout droit d'un magazine. Il sentait bon, s'était fait couper les cheveux pendant le week-end et était impeccable. Max, au contraire, paraissait débraillé et négligé. Son jean était déchiré, il portait de vieilles sandales, l'une de ses chaussettes était trouée et il semblait avoir oublié de peigner le peu de cheveux qui lui restaient. Il avait l'air propre, mais sa présentation était catastrophique. Tanya, quant à elle, était vêtue d'un jean et d'un sweat-shirt. Elle avait mis des baskets et ne s'était pas maquillée. Ils étaient là pour travailler.

Ils s'attaquèrent immédiatement aux notes des deux hommes. Douglas voulait modifier plusieurs scènes et l'une d'entre elles posait un problème à Max. Selon lui, elle était trop brève pour que les acteurs puissent exprimer leurs émotions. Il voulait que Tanya la récrive de façon à fendre le cœur des spectateurs.

— Faites-les saigner, précisa-t-il.

Plus tard, Douglas et Tanya s'accrochèrent à propos de la manière dont Tanya avait dépeint l'un des personnages féminins. Douglas la trouvait mortellement ennuyeuse et il ne se priva pas de le dire.

— Je la déteste ! déclara-t-il franchement. Et tout le monde la détestera aussi.

Tanya défendit vigoureusement son point de vue :

— C'est ce qu'il faut, justement ! On ne doit pas l'aimer, puisqu'elle est complètement dépourvue d'intérêt. Elle n'est pas sympathique. Au contraire ! Elle est odieuse, pleurnicharde et elle trahit sa meilleure amie. Pourquoi voudriez-vous qu'on l'apprécie ?

— Ce n'est pas ce que je veux dire. Mais si elle est capable de tromper sa meilleure amie, elle doit avoir un peu de personnalité. Donnez-lui-en un peu, que diable ! Vous la décrivez comme si c'était un zombie.

Il en devenait insultant. Grâce à Max, Tanya finit par accepter de faire certaines modifications, mais pas toutes celles que Douglas réclamait. Cette femme resterait ennuyeuse et antipathique, mais Tanya lui donnerait plus de personnalité ; elle accentuerait son amertume et sa jalousie, de façon que la trahison finale en devînt presque logique. Quand la réunion se termina, Tanya était épuisée. Il était près de 15 heures et ils ne s'étaient même pas arrêtés pour déjeuner. Douglas estimait que toute interruption les aurait distraits. Tanya sortit de la salle mourant de faim et le moral à zéro.

— C'était une bonne séance, déclara Douglas.

Il semblait en pleine forme. Quant à Max, il avait grignoté des friandises qu'il avait apportées. Il connaissait le mode de fonctionnement de Douglas, ce qui n'était pas le cas de Tanya. Elle se sentait vidée et blessée par certains de ses commentaires. Il lui avait porté des coups assez rudes, mais il ne s'en excusa pas. Il n'avait qu'un but : produire le meilleur film. Peu lui importait le prix. Il ne se souciait pas d'égratigner les sensibilités. En l'occurrence, il ne l'avait pas épargnée. N'ayant jamais eu à défendre son travail, elle n'était pas habituée à ce genre de bataille. Les producteurs de télévision pour lesquels elle écrivait des scénarios étaient beaucoup plus complaisants.

Douglas quitta rapidement Tanya et Max, pour se rendre à un rendez-vous.

— Ça va ? lui demanda Max lorsqu'ils sortirent du bâtiment.

Le lendemain, ils devaient rencontrer les acteurs. Cette perspective commençait à effrayer Tanya, qui réalisait que le travail était plus difficile qu'elle ne l'avait imaginé. Elle ne savait pas encore comment elle allait s'y prendre pour transformer le personnage que Douglas détestait tant. Elle y passerait sans doute l'après-midi, la nuit s'il le fallait. Elle avait le sentiment de se présenter à un examen. Douglas n'avait pas mâché ses mots.

— Je suis seulement un peu fatiguée. Le petit déjeuner est loin et, depuis une heure, je commence à faiblir.

— Quand vous travaillez avec Douglas, apportez toujours de quoi vous sustenter. Il ne s'arrête jamais pour manger. C'est un vrai bourreau du travail. C'est pour cette raison qu'il est aussi mince. Pour lui, le déjeuner est une formalité purement sociale. Si ce n'est pas inscrit sur son agenda, il s'en passe.

— Vous faites bien de me prévenir. Je le saurai pour demain.

— Oh ! Mais demain, ce sera différent ! Demain, nous recevrons les acteurs et eux doivent être choyés. C'est pourquoi un traiteur apportera des plateaux-repas dignes d'un grand restaurant. En revanche, les scénaristes et les réalisateurs n'ont pas besoin de manger. Peut-être aurez-vous droit tout de même à quelques miettes.

Max exagérait, bien sûr, mais pas tant que cela, pensa Tanya.

— Il vaut toujours mieux qu'il y ait un acteur ou deux, dans une réunion, continua-t-il. J'essaie toujours que ce soit le cas car, ainsi, nous pouvons espérer être nourris.

Tanya se mit à rire. Max l'informait de tous les rouages et elle appréciait énormément son aide et sa bonne humeur.

— Je vais amener Harry, annonça-t-il. Personne n'accepte d'alimenter un réalisateur corpulent, mais ils sont tous prêts à chouchouter un chien. Harry a le chic pour prendre un air pathétique. Il gémit et il bave beaucoup. J'ai essayé de l'imiter, une fois. On m'a prié de quitter la pièce et on m'a menacé de me licencier. Depuis, je me contente de l'amener avec moi.

Tanya éclata de rire pour la seconde fois.

Avant qu'elle ne monte dans la limousine, Max lui recommanda de ne pas se laisser décourager par les remarques de Douglas. Avec lui, tous les scénaristes devaient récrire des scènes, quels que soient les films. Certains producteurs étaient encore plus durs que lui et exigeaient constamment de nouvelles versions.

Tanya se demandait maintenant quel type de commentaires allaient faire les acteurs. Auraient-ils seulement lu le scénario ? Ceux qui jouaient dans des séries télévisées arrivaient sur le plateau et improvisaient. S'agissant d'un long métrage, il était évident que le travail devrait être plus précis.

Elle se mit aussitôt à l'œuvre en tenant compte des remarques de Douglas et de Max. Dans la soirée, elle se fit servir des œufs brouillés et une salade, et à minuit elle y était encore. Lorsqu'elle eut terminé, elle appela Peter. Complètement absorbée par sa tâche, elle n'avait pas vu le temps passer et n'avait pas appelé les filles. A cette heure-là, elles devaient dormir. Peter lisait en attendant son coup de fil. Devinant que si elle ne téléphonait pas, c'était qu'elle était en train de travailler, il ne l'avait pas dérangée. Par ailleurs, il se doutait qu'elle devait avoir eu une journée chargée.

— Comment était-ce ? lui demanda-t-il avec sollicitude.

Elle s'étendit sur le lit pour bavarder avec lui.

— Je ne sais pas trop. Normal, sans doute. Douglas déteste l'un de mes personnages féminins. J'ai passé la soirée à récrire les scènes où elle apparaît. Je crois que je l'ai rendue plus mauvaise encore qu'elle ne l'était. Il la trouvait ennuyeuse. La réunion a duré jusqu'à 15 heures, sans pause pour le déjeuner. J'ai cru que j'allais m'évanouir d'inanition. Depuis, j'ai travaillé comme une brute et je ne suis même pas sûre d'avoir atteint mon objectif. Demain, ce sera au tour des acteurs de nous faire part de leurs remarques.

— Ça a l'air drôlement épuisant, commenta Peter avec compassion.

Mais il savait qu'elle s'y attendait. Heureusement qu'elle ne manquait pas de ténacité. Quel que soit le problème, elle n'abandonnait jamais. C'était l'une des qualités qu'il admirait chez elle.

Tanya était heureuse d'entendre sa voix. Il lui avait terriblement manqué, même lorsqu'elle travaillait. La semaine lui apparaissait comme un long chemin semé d'embûches.

— Et toi ? demanda-t-elle. Comment s'est passée ta journée ? J'ai oublié d'appeler les filles. J'étais tellement absorbée par mon scénario que je n'ai pas vu le temps passer. Je leur téléphonerai demain.

— Elles vont bien. Alice nous a apporté des lasagnes, ainsi que son fameux quatre-quarts. Nous nous sommes goinfrés. J'ai préparé la salade, mais je n'ai pas fait grand-chose d'autre, ce soir.

Elle en fut heureuse, car lui aussi avait eu une dure journée.

— Alice a dîné avec vous ? demanda Tanya en passant.

Cela la surprit un peu d'apprendre que c'était le cas, mais elle éprouvait une grande reconnaissance à l'égard de son amie, qui avait la gentillesse de s'occuper de son mari et des filles. Quand le mari d'Alice était mort, Tanya l'avait soutenue pendant des mois. Aujourd'hui, son amie lui rendait la pareille.

— Après cela, je vais avoir une immense dette envers elle, dit-elle. Si elle continue ainsi, je devrai faire la cuisine pour elle pendant les dix prochaines années.

— J'avoue qu'elle m'a bien aidé. En plus, elle a accompagné Meg à son match de foot, parce que Molly avait besoin de la voiture. Je ne pouvais pas quitter le bureau à temps, alors je l'ai appelée. Elle venait de quitter la galerie et elle m'a assuré que cela ne lui posait pas de problème.

Tanya en avait fait autant pour les enfants d'Alice. La présence de son amie apaisait sa culpabilité, mais en même temps elle l'accroissait. Elle aimait savoir que quelqu'un prenait le relais auprès des filles et aidait Peter, mais elle souffrait de ne pas s'en charger elle-même. Elle allait devoir en prendre son parti pendant toute la durée du tournage. Heureusement qu'Alice était là pour les aider. Et en plus, cela soulageait Peter.

Ils parlèrent encore de choses et d'autres, puis ils durent raccrocher. Tanya aurait pu bavarder avec Peter pendant des heures, mais ils avaient tous deux des réunions importantes le lendemain. Il fallait qu'ils dorment un peu, s'ils voulaient être d'attaque. Après avoir promis de l'appeler plus tôt le lendemain, elle lui demanda d'embrasser les jumelles pour elle. En prononçant ces mots, elle se fit l'impression d'être une étrangère. Elle était loin de ses enfants et devait leur faire parvenir son affection par personne interposée, alors qu'elle aurait dû être près d'elles. Elle ne pouvait ôter ce sentiment de culpabilité de son esprit, même si Peter faisait tout son possible pour l'en libérer.

Le lendemain matin, Tanya se retrouva dans la même salle de conférences. Cette fois, Max arriva avec son chien, du moins si on pouvait appeler ainsi un tel animal. Harry avait presque la taille d'un veau, mais il était très bien dressé et il s'assit dans un coin, son énorme tête posée sur ses pattes. Il était si discret qu'après un premier mouvement de surprise, tout le monde oublia sa présence. Du moins jusqu'à ce que le déjeuner soit servi. Aussitôt, Harry se redressa, puis se mit à gémir et à baver abondamment. Max lui offrit quelques gâteries, après quoi chacun lui donna des restes. Rassasié, il se recoucha et se rendormit. Harry était un chien extrêmement poli, ce dont Tanya félicita Max.

— Je le considère davantage comme un ami que comme mon chien, dit ce dernier. Il a participé à un spot publicitaire. J'ai placé l'argent en Bourse et cela rapporte bien. Il paie la moitié du loyer. Je le considère comme un fils.

Tanya vit qu'il était sincère.

La réunion fut longue et laborieuse. Aidé de Max, Douglas la présida avec beaucoup de brio. A la grande surprise de Tanya, les acteurs avaient pris beaucoup de notes. Certaines remarques étaient pertinentes, d'autres confuses et hors de propos. Le plus grand problème résidait dans les répliques « qui ne leur ressemblaient pas ». Tanya dut travailler avec eux pour trouver le moyen de dire la même chose dans d'autres termes, afin qu'ils se sentent à l'aise. Ce fut long et fastidieux. Douglas se fâcha plus d'une fois. En réunion, sa tension montait d'un cran. Tanya et lui s'accrochèrent de nouveau à propos d'une scène impliquant le même personnage féminin que celui qui les avait opposés la veille.

— Pour l'amour du ciel, Tanya ! s'écria-t-il. Cessez de défendre cette garce ! Contentez-vous de la transformer !

Abasourdie, Tanya se tut un long moment, malgré les regards encourageants de Max, qui sentait combien Douglas avait heurté sa sensibilité.

A la fin de la réunion, au moment où les acteurs s'en allaient, Douglas s'approcha d'elle. Il était près de 18 heures et, pendant toute la journée, il y avait eu un ballet ininterrompu de tables roulantes apportant boissons et victuailles. Elle comprenait maintenant ce que Max avait voulu dire. A 16 heures, on avait encore proposé aux acteurs des brioches, de la crème Chantilly et des fraises.

Tous les acteurs se rendaient maintenant au gymnase ou à des séances d'entraînement avec leur coach. Tanya, elle, n'avait qu'une envie : rentrer à l'hôtel et s'effondrer sur son lit. Elle s'était concentrée sur les remarques des uns et des autres et s'était tellement efforcée de les satisfaire qu'elle se sentait absolument vidée.

— Je suis désolé de m'être montré un peu rude avec vous, aujourd'hui, lui dit gentiment Douglas.

Il se comportait comme si de rien n'était, mais à l'expression de Tanya il dut admettre qu'il l'avait cruellement blessée. Elle avait le sentiment d'être passée sous un rouleau compresseur.

— Ces séances avec les acteurs me rendent dingue, expliqua-t-il. Ils s'arrêtent sur chaque mot, chaque détail. Ils s'inquiètent de savoir de quoi ils auront l'air quand ils prononceront telle ou telle réplique. Leurs contrats stipulent qu'ils peuvent réclamer des modifications, mais je crois qu'ils auraient l'impression de ne pas faire leur boulot s'ils ne vous demandaient pas de récrire chacune de leurs scènes. Au bout d'un moment, j'ai envie de les étrangler. Avec eux, les réunions n'en finissent pas. Je suis désolé que vous ayez eu à supporter mon mauvais caractère.

— Ce n'est rien, répondit Tanya. Cette séance m'a fatiguée, moi aussi. Je dois faire une foule de modifications tout en préservant l'intégrité du scénario et satisfaire tout le monde.

Ce n'était pas toujours facile et Douglas le savait parfaitement.

— J'ai travaillé sur le personnage que vous détestez tant, continua Tanya. Je fais mon possible, mais je n'ai pas encore résolu le problème. L'ennui, c'est sans doute que je ne la trouve pas aussi épouvantable que cela. Je lui prête toutes sortes de sentiments, des pensées et des intentions cachées, si bien que je ne la considère pas aussi assommante qu'il y paraît. Il se peut que je m'identifie à elle parce que je suis aussi inintéressante qu'elle, conclut-elle en riant.

Douglas secoua la tête en souriant. Son changement d'attitude libérait Tanya de la tension qui l'habitait. Durant les heures qui venaient de s'écouler, il l'avait énormément intimidée et ce n'était pas spécialement agréable. Le ton qu'il adoptait maintenant la réconfortait un peu.

— « Inintéressante » n'est pas vraiment le terme approprié pour vous décrire, dit-il. Vous êtes tout sauf cela, et j'espère que vous le savez.

— Je ne suis qu'une femme au foyer, répliqua-t-elle franchement.

Cette fois, il éclata carrément de rire.

— Dites ça à quelqu'un d'autre. C'est le rôle que vous jouez ou le masque que vous avez choisi de porter. Mais je suis certain d'une chose : ce n'est pas ce que vous êtes, sinon vous ne seriez pas ici. Pas même pour un quart d'heure !

— Je suis une mère de famille qui a quitté les siens pour écrire un scénario, insista-t-elle.

Douglas ne parut pas convaincu.

— Faux ! J'ignore si vous parvenez à tromper votre monde, mais en tout cas vous ne me trompez pas, moi. Vous êtes beaucoup plus complexe que cela. Vous prendre pour une simple femme au foyer, c'est comme si un prix Nobel était engagé chez McDonald's. Peut-être ferait-il l'affaire, mais quel dommage de gâcher une intelligence et un talent pareils !

— Ils ne sont pas perdus pour mes enfants, rassurez-vous.

La façon dont il la percevait la contrariait profondément. Elle était ce qu'elle disait être et elle en était fière. Son rôle d'épouse et de mère lui convenait parfaitement. C'est vrai qu'elle aimait écrire et qu'elle était particulièrement heureuse de relever un défi de cette envergure. En revanche, elle ne souhaitait aucunement faire partie de la faune hollywoodienne. Douglas insinuait qu'elle y était davantage à sa place qu'à Ross, mais c'était faux. Sa présence à Hollywood était temporaire et exceptionnelle. Ce n'était qu'un jeu et, lorsque ce serait terminé, elle rentrerait définitivement chez elle. Elle en était absolument convaincue.

— Que vous le vouliez ou non, Tanya, le courant vous entraîne dans une autre direction. Vous ne pourrez pas revenir en arrière. Vous n'êtes ici que depuis une semaine et déjà vous n'avez plus grand-chose de commun avec ceux que vous avez quittés. Le jour où vous avez pris la décision de faire ce film, les dés étaient jetés.

Tanya frissonna, avec l'impression que sa maison venait de s'évanouir en fumée. Elle avait besoin de s'assurer que ce n'était pas le cas. Chaque fois que Douglas parlait ainsi, elle avait envie de se jeter dans les bras de Peter. Ce qu'il disait était terrifiant et elle n'avait qu'une envie : rentrer chez elle.

— Vous avez fait preuve de beaucoup de patience avec les acteurs, remarqua-t-il. Ils sont plutôt indisciplinés.

— J'ai trouvé que Jane cernait très bien son personnage. Et les propos de Ned étaient tout à fait sensés, répliqua-t-elle honnêtement.

Elle souhaitait oublier ce que Douglas venait de dire. Elle n'avait pas à discuter avec lui pour savoir si elle était faite ou non pour la vie d'épouse et de mère de famille. Sa vie ne le concernait pas, sauf pendant la durée du film. Ce qu'il pensait d'elle n'avait aucune importance. Il n'avait aucune prise sur elle, il n'était ni extralucide ni psychiatre. Simplement, il était obsédé par Hollywood alors qu'elle ne l'était pas. Le pouvoir dont il disposait lui montait à la tête. Peu à peu, elle en prenait conscience, même s'il pouvait montrer une grande finesse en fonction de la situation. Douglas était un habile stratège.

De retour à l'hôtel, elle travailla d'arrache-pied sur le scénario. Elle procéda à quelques changements, mais d'autres s'avérèrent impossibles. Le lendemain, elle appela Max à plusieurs reprises pour en discuter avec lui. Il lui conseilla de ne pas trop s'inquiéter. Certaines modifications se feraient sur le plateau ou même plus tard. Max semblait toujours conserver son calme. Il était facile à vivre et extrêmement compétent, et Tanya appréciait particulièrement le flegme avec lequel il traitait les problèmes. En revanche, elle trouvait la tension de Douglas et son besoin de tout contrôler particulièrement éprouvants.

La semaine fut chargée, tant pour elle que pour Peter, qui préparait un procès. Tanya rencontra Max, Douglas et les acteurs à plusieurs reprises, afin de travailler avec eux sur le scénario. Pour comble de malheur, des réunions auxquelles il était indispensable qu'elle assiste furent fixées au samedi. Elle dut appeler Peter le jeudi pour l'avertir qu'elle ne pourrait pas rentrer à la maison et elle lui demanda s'il pourrait venir avec les filles.

— Mais, Tanya, c'est impossible ! Megan participe à un match de foot important et je sais que Molly a prévu des sorties. Elle doit aller à San Francisco pour une grande fête, alors il est peu probable qu'elle veuille venir. Quant à moi, j'ai tellement de travail que je dois emporter des dossiers à la maison ce week-end. Si je te rejoignais, je serais obligé de rester cloîtré dans ta chambre pour travailler. Je ne crois pas que ce soit le meilleur moment.

— Ce n'est guère mieux de mon côté, répondit tristement Tanya. Je supporte mal de ne pas vous voir, les filles et toi. Je pourrais peut-être venir quand même vendredi et passer la nuit à la maison. Si je prends l'avion de 6 heures samedi matin, j'arriverai à temps pour la réunion.

— Je ne crois pas que ce soit une bonne idée. Tu serais épuisée. Tant pis, nous attendrons une semaine de plus pour nous voir.

Bien qu'elle eût été avertie de cette éventualité, elle ne s'était pas attendue à ce que Douglas et Max fixent si vite des réunions le samedi. Très déprimée, elle téléphona aux jumelles pour les prévenir de son absence. Elle laissa un message sur le répondeur de Megan. Elle put joindre Molly, qui était très pressée et affirma qu'il n'y avait pas de problème. Malgré cela, Tanya se sentait très mal. Lorsqu'elle rappela Peter, il était en réunion et ne put lui parler. Trois déconvenues, cela commençait à faire beaucoup… Elle appela Jason, pour l'inviter à passer la nuit à Los Angeles. Malheureusement, il avait rendez-vous avec une fille et déclina son invitation.

Le vendredi et le samedi se passèrent en réunion avec Douglas, Max et les acteurs. Elle eut un entretien en tête-à-tête avec Jane, pour discuter des motivations de son personnage. Prenant son travail très à cœur, la jeune actrice voulait entrer dans la peau et dans la tête de son personnage. En rentrant à l'hôtel, le samedi soir, Tanya était éreintée. Un message de Douglas, lui demandant de le rappeler, l'attendait et elle laissa éclater son exaspération.

— Zut ! Qu'est-ce qu'il me veut encore, celui-là ?

Elle l'avait assez vu dans la semaine, songea-t-elle. Mais il était le producteur du film, aussi n'avait-elle pas le choix. Il lui avait laissé son numéro privé. Venant de lui, cela équivalait à une grande faveur et la faisait entrer dans l'élite hollywoodienne. Mais ce privilège lui était complètement indifférent.

Peter et les enfants lui manquaient cruellement, mais elle savait qu'ils n'étaient pas à la maison. Elle appela donc Douglas et s'efforça d'adopter un ton détendu.

— Bonsoir ! Je viens juste de rentrer et j'ai trouvé votre message. Que se passe-t-il ?

Elle espérait que la conversation ne traînerait pas en longueur. Elle n'avait qu'une envie : paresser dans son bain. Si l'idée ne lui avait pas paru aussi futile et coûteuse, elle aurait même demandé un massage. Elle le méritait largement. Mais elle ne souhaitait pas profiter outre mesure des avantages qui lui étaient accordés. Un bain suffirait.

— Je me suis dit que vous deviez en avoir gros sur le cœur, de ne pas rentrer chez vous ce week-end, et je me demandais si vous ne voudriez pas venir profiter de ma piscine demain, et vous reposer au soleil. J'espère que vous n'êtes pas hostile à ce genre d'activité.

Il se mit à rire. Tanya était légèrement hâlée et il en avait déduit qu'elle avait pris le soleil, chez elle ou à Tahoe.

— Je me ferai tout petit, assura-t-il. Vous pourrez lire et vous ne serez pas obligée de me parler, si vous n'en avez pas envie. Un dimanche à l'hôtel, ce ne doit pas être très drôle !

Sur ce point, il avait totalement raison, mais elle n'était pas certaine d'avoir envie de passer une journée en sa compagnie. Il était son patron, après tout. Elle pouvait difficilement s'étendre sur une chaise longue et feindre d'ignorer sa présence. Pourtant, elle devait admettre que la proposition était séduisante. La piscine de l'hôtel, envahie par les starlettes et les mannequins en quête d'aventures, ne la tentait guère. Et comme elle ne portait pas de string et qu'elle n'était pas perchée sur des talons de douze centimètres, elle se sentait complètement décalée. A côté de ces filles, elle avait l'impression d'être une véritable péquenaude, même si dans la semaine elle avait fait appel à une pédicure. La jeune femme s'était occupée d'elle pendant que Tanya relisait son scénario, si bien que cet intermède ne l'avait pas ralentie dans sa tâche et lui avait remonté le moral. Toutes les femmes qu'elle avait vues à Los Angeles exhibaient des pieds soignés et des ongles vernis.

— C'est vraiment très gentil, dit-elle. Mais je ne voudrais pas vous envahir un dimanche.

Elle hésitait, ne sachant si elle devait refuser ou accepter l'invitation. Elle ne se sentait jamais complètement à l'aise avec Douglas, alors que Max lui apparaissait de plus en plus comme un grand frère. Douglas était un décideur, qui semblait toujours avoir une idée derrière la tête. C'était stressant, et Tanya ne voyait pas comment elle pourrait se détendre en sa compagnie, que ce fût un dimanche ou n'importe quel autre jour.

— Vous ne me dérangerez pas, affirma-t-il. Le dimanche, je ne parle jamais à personne. Apportez de la lecture, je m'occuperai du reste. Vous n'aurez pas besoin de vous coiffer ou de vous maquiller.

Il avait lu dans ses pensées. Elle n'avait pas la moindre envie de s'apprêter pour lui rendre visite. Mais elle ne pouvait l'imaginer traîner à ne rien faire. Max, oui, mais pas Douglas !

— Je pourrais bien vous prendre au mot, dit-elle prudemment. La semaine a été longue et je suis fatiguée.

— Ce n'est que le début, Tanya. Economisez vos forces, vous en aurez besoin plus tard. En janvier et en février, vous trouverez ces premières journées faciles, en comparaison de ce que vous endurerez.

— Je devrais peut-être rentrer chez moi et me jeter tout de suite du haut d'un pont.

Elle soupira, envahie par le découragement. Le fait qu'elle ne pouvait pas voir Peter et les enfants ajoutait encore à son cafard. Sans compter qu'elle commençait à se demander si elle était vraiment à la hauteur de la tâche.

— Ne vous inquiétez pas ! A ce moment-là, vous aurez pris le rythme, croyez-moi. Et quand tout sera terminé, vous aurez hâte de recommencer.

Il s'exprimait avec une telle assurance que ce devait être vrai pour lui.

— J'ai du mal à y croire.

— Faites-moi confiance, je sais de quoi je parle. Peut-être travaillerons-nous ensemble sur un autre film, un jour.

A l'entendre, c'était évident, alors que le tournage n'avait pas encore commencé. Mais tout le monde voulait travailler avec Douglas Wayne. Les acteurs et les scénaristes faisaient des pieds et des mains pour qu'il les engage. C'était la meilleure façon d'obtenir un oscar, le but ultime de tous les professionnels du cinéma. Cette perspective ne laissait pas Tanya indifférente, mais pour l'instant elle souhaitait surtout apprendre les ficelles du métier, survivre, ne pas se couvrir de ridicule et faire du bon travail. Pendant toute la semaine, elle avait dû relever ce défi et s'était maintes fois sentie profondément découragée.

— Alors ? Vous venez ? Demain à 11 heures ?

Elle hésita une fraction de seconde avant de céder. Un refus aurait été trop difficile à justifier.

— C'est parfait. Merci beaucoup.

— A demain, alors. Et n'oubliez pas... Pas de maquillage et ne vous coiffez pas, si vous n'en avez pas envie.

Ben voyons ! se dit-elle, empruntant le langage de Megan. Comptez là-dessus.

Mais le lendemain, elle le prit au mot, du moins en partie. Elle natta ses cheveux mais ne se maquilla pas, heureuse de ne pas avoir à faire d'efforts de présentation. Non qu'elle eût particulièrement soigné sa mise pendant la semaine. Personne ne le faisait pour les réunions, pas même les acteurs. Cependant, elle avait quand même fait davantage attention que ce dimanche. Elle portait un tee-shirt fané de Molly, des tongs et un vieux jean. Elle apportait des tonnes de journaux, un livre dont elle retardait la lecture depuis un an et les mots croisés du *New York Times*, son passe-temps favori. Elle prit un taxi, ayant accordé un jour de congé à son chauffeur. C'était dimanche, après tout.

Douglas ouvrit lui-même la porte, si bien qu'il remarqua le taxi qui s'éloignait. Il portait un tee-shirt immaculé, un jean impeccable et des sandales en crocodile. Bien entendu, ses cheveux étaient parfaitement peignés. La maison était paisible. Il n'y avait pas un seul serviteur dans les parages, alors que le soir de la réception ils grouillaient, aux petits soins pour les invités. Après avoir traversé un grand hall silencieux, ils parvinrent devant la piscine. Douglas invita Tanya à s'asseoir, à s'étendre ou à faire ce qu'elle voulait. Il avait posé une pile de magazines sur une table, près d'une chaise longue. Peu de temps après, il disparut mais ne tarda pas à revenir et, sans lui demander si elle en avait envie, déposa un verre dans sa main. C'était un Bellini, un cocktail au champagne et au jus de pêche, l'une des boissons préférées de Tanya. Il était encore un peu tôt pour cela, mais elle apprécia l'attention.

— Merci, lui dit-elle avec un sourire surpris.

Il posa un doigt sur ses lèvres.

— Chut ! répliqua-t-il avec sérieux. Pas un mot ! Vous êtes venue ici pour vous détendre. Nous parlerons plus tard, si vous en avez envie.

Il s'installa alors sur sa propre chaise, de l'autre côté de la piscine. Il lut son journal pendant un moment, puis il inclina son dossier et prit un bain de soleil après s'être appliqué une crème sur le visage et les bras. Il n'adressa plus la parole à Tanya, qui passa des instants agréables, à lire et à faire des mots croisés tout en sirotant son Bellini. Elle devait admettre avec un certain étonnement que c'était une façon agréable de passer le dimanche.

Elle ignorait s'il dormait ou non, mais Douglas ne bougeait pas. A son tour, elle se laissa aller et somnola au soleil. Les oiseaux gazouillaient, le soleil était chaud mais pas trop. Par ce bel après-midi de septembre, elle se sentait totalement détendue. Plus tard, en ouvrant les yeux, elle eut la surprise de voir Douglas debout près d'elle, souriant. Il lui sembla qu'elle avait dormi pendant des heures.

— J'ai ronflé ? s'enquit-elle d'une voix ensommeillée.

Il se mit à rire. C'était la première fois qu'elle se sentait décontractée en sa présence et c'était plutôt sympathique. Pour une fois, il paraissait lui aussi détendu. Elle en venait même à se demander s'ils n'allaient pas devenir amis, ce qu'elle n'aurait jamais envisagé avant cela. Désormais, elle le voyait sous un jour différent.

— Très fort, la taquina-t-il. Pour commencer, vous m'avez réveillé. Ensuite, les voisins se sont plaints.

Elle rit à son tour. Douglas déposa un plateau auprès d'elle. Il y avait des fruits découpés en morceaux, une salade et de petites tranches de fromage avec des crackers.

— J'ai pensé que vous auriez peut-être faim, à votre réveil.

Cette sollicitude était vraiment agréable. Elle se sentait paresseuse et dorlotée. Douglas était un hôte incroyablement attentif. De surcroît, il avait tenu ses promesses, puisqu'il l'avait laissée seule, sans chercher à lui parler. Il disparut de nouveau et, un instant plus tard, elle l'entendit jouer du piano dans le salon de musique, près de la piscine. Après avoir mangé, Tanya se leva et alla retrouver Douglas. Il interprétait un morceau de Bach assez difficile, si bien qu'il ne lui prêta aucune attention. Eblouie par son talent, elle s'assit pour l'écouter. Il finit par lever les yeux et se tourner vers elle.

— Je joue toujours, le dimanche, déclara-t-il avec un sourire heureux. C'est le meilleur moment de la semaine et cela me manque vraiment, quand j'ai un empêchement.

Se rappelant qu'il avait d'abord envisagé une carrière de concertiste, Tanya se demanda pourquoi il ne l'avait pas poursuivie. Il possédait un immense talent et la musique lui procurait visiblement beaucoup de plaisir.

— Vous jouez d'un instrument ? lui demanda-t-il avec intérêt.

— Seulement de mon ordinateur, répondit-elle avec un sourire timide.

Décidément, Douglas était un homme à part, dont les dons et les intérêts étaient aussi multiples que variés.

— J'ai déjà fabriqué un piano, annonça-t-il en terminant le morceau. Je l'ai toujours, d'ailleurs. Il est sur mon bateau. Cela m'a apporté beaucoup de satisfaction.

— Y a-t-il quelque chose que vous ne sachiez pas faire ?

Il hocha exagérément la tête.

— Absolument ! La cuisine. Manger m'ennuie. Pour moi, cela correspond à une perte de temps.

Cela expliquait pourquoi il était si mince et n'interrompait jamais les réunions pour se nourrir.

— Je le fais pour rester en vie, poursuivit-il. Certaines personnes adorent s'attarder à table. Moi je n'ai pas la patience de rester assis pendant cinq heures ou de passer du temps à cuisiner. En dehors de cela, je ne joue pas non plus au golf. Je trouve cela mortellement ennuyeux. Autrefois, j'ai pratiqué le bridge, mais plus maintenant. Les joueurs sont souvent agressifs et mesquins. Si je dois me disputer avec les gens ou les insulter, je préfère encore que ce soit pour quelque chose qui me plaît.

Trouvant ce qu'il disait tout à fait sensé, Tanya se mit à rire.

— Le bridge m'inspire à peu près les mêmes sentiments, dit-elle. J'y ai joué quand j'étais à la fac, mais j'ai abandonné depuis pour les mêmes raisons. Vous aimez le tennis ?

Elle avait posé cette question sans raison, pour faire la conversation. Douglas attaqua un autre morceau, qui demandait moins de concentration.

— Cela m'arrive d'y jouer, mais je préfère le squash. C'est plus rapide.

Cela lui ressemblait bien. C'était un homme peu patient, qui appréciait la vitesse en toutes choses. Il était très intéressant à observer et Tanya songea qu'un de ces jours, elle pourrait placer dans l'une de ses nouvelles un personnage qui lui ressemblerait.

— Je m'y suis essayée sans grand succès, dit-elle. Mon mari y joue, lui aussi, mais pour ma part je préfère le tennis.

— Nous ferons un match, quand l'occasion se présentera.

De nouveau, il se concentra sur la musique. Tanya l'écouta pendant quelques instants avec plaisir, puis elle retourna près de la piscine pour ne pas le déranger. Il semblait complètement absorbé. Une heure plus tard, il cessa de jouer et la rejoignit.

— J'ai adoré vous écouter, lui dit-elle avec admiration.

Il s'assit auprès d'elle, les yeux brillants, l'air revigoré et détendu. La musique lui faisait toujours cet effet et on comprenait sans peine pourquoi il aimait tant s'y adonner. Il possédait un talent exceptionnel.

— Jouer du piano nourrit mon âme, expliqua-t-il simplement. Je ne pourrais pas vivre si cela m'était interdit.

— Je ressens la même chose vis-à-vis de l'écriture, lui confia-t-elle.

— On le devine lorsqu'on vous lit, assura-t-il en la regardant.

Elle se sentait bien et décontractée, ce qu'elle n'aurait pas cru possible lorsqu'il l'avait invitée à passer la journée près de sa piscine. A sa grande surprise, elle devait admettre que ces quelques heures avaient été infiniment agréables et lui avaient considérablement remonté le moral.

— C'est pour cette raison que je voulais travailler avec vous, continua-t-il. Je savais que votre travail vous inspirait une vraie passion, égale à celle que j'éprouve pour le piano. Je l'ai su dès la première fois que je vous ai lue. La plupart des gens n'ont pas cette chance. En ce qui nous concerne, vous et moi, c'est un cadeau du ciel.

Flattée, elle hocha la tête sans répondre. Ils se turent un instant, puis elle regarda sa montre. Etonnée, elle constata qu'il était 17 heures. Le temps avait filé sans qu'elle s'en aperçoive.

— Il est l'heure pour moi de partir. Si vous voulez bien m'appeler un taxi, je vais rentrer à l'hôtel.

Il secoua négativement la tête.

— Je vous accompagne.

Ce n'était pas loin, mais elle ne voulait pas l'ennuyer. Il en avait assez fait pour elle. Cette journée parfaite lui avait permis d'évacuer sa culpabilité vis-à-vis de Peter et des filles.

— Je peux très bien prendre un taxi, insista-t-elle.

— Je le sais, mais je serai ravi de vous déposer devant l'hôtel.

Il la quitta un instant, pour aller chercher ses clefs. Lorsqu'il sortit de la maison, Tanya le suivit dans un garage si impeccablement tenu qu'il ressemblait à un bloc opératoire. Il ouvrit la portière de sa Ferrari d'une magnifique couleur argent puis, une fois qu'elle se fut installée, il se glissa lui-même derrière le volant et démarra. Un instant plus tard, ils roulaient en direction de l'hôtel. Le trajet s'effectua dans un silence détendu. Les heures qu'ils avaient passées ensemble les avaient rapprochés au point qu'ils seraient peut-être amis, dorénavant, songea Tanya. Elle avait appris sur lui des choses qu'elle ne soupçonnait pas et avait adoré l'écouter jouer du piano. Ce moment avait constitué le point culminant de la journée.

La Ferrari s'arrêta sous l'auvent du Beverly Hills Hotel.

— On a passé une journée sublime, vous ne trouvez pas ? dit Douglas en tournant vers Tanya un visage souriant.

— C'est vrai, approuva-t-elle. J'ai eu l'impression d'être en vacances.

En dehors des moments qu'elle passait avec les siens, elle n'aurait pu rêver meilleur après-midi, surtout avec lui. Jusqu'alors, elle avait toujours été tendue en sa présence. Aujourd'hui, elle avait sommeillé au bord de la piscine, à quelques mètres de lui, et elle avait lu pendant plusieurs heures sans lui parler. En dehors de son mari, il y avait peu de gens avec lesquels elle pouvait se comporter de cette façon, se dit-elle, surprise.

— Moi aussi. Hormis le fait que vous ronflez, vous êtes une invitée parfaite.

— Je ronfle vraiment ? demanda-t-elle, un peu gênée.

— La prochaine fois, je vous retournerai. Il paraît que ça marche.

Elle se mit à rire, ne se souciant plus de savoir si c'était vrai, ce qui l'étonna encore plus. Il avait suffi de quelques heures pour qu'elle se sente à l'aise en sa compagnie.

Maintenant, leur collaboration serait plus facile, songea-t-elle.

— Vous voulez qu'on dîne ensemble ? lui demanda-t-il comme si l'idée venait tout juste de lui passer par l'esprit. Je comptais me rendre chez le traiteur chinois, pour prendre quelques plats. Nous pourrions les manger sur place, à moins que je ne les rapporte à l'hôtel. Nous avons tous les deux besoin de nous sustenter et c'est moins ennuyeux à deux. Qu'en dites-vous ?

La proposition la tenta. Elle avait prévu de commander à dîner dans sa chambre, tout en travaillant, mais manger asiatique était bien plus attrayant.

— Cela me convient tout à fait. Nous pourrions faire la dînette dans ma villa ?

— Parfait. Je reviendrai à 19 h 30. Ça vous ira ? J'ai des coups de fil à passer, ensuite je ferai quelques brasses dans ma piscine comme tous les soirs.

Il semblait soucieux de garder la forme. A en juger par son physique, il devait pratiquer plusieurs sports.

— C'est d'accord.

— Qu'est-ce que vous aimez ?

— Les rouleaux de printemps, les plats aigres-doux, le bœuf, les crevettes, comme vous voudrez.

— Je vais prendre un peu de tout, promit-il.

Elle le remercia une dernière fois, puis il démarra rapidement, pendant que Tanya franchissait le seuil de l'hôtel. Une fois chez elle, elle prit une douche et écouta ses messages. Jane Amber l'avait appelée à propos du scénario. Quand Tanya la rappela, elle était sortie. Elle téléphona ensuite à Peter et aux filles. Ils rentraient tout juste d'un match de base-ball et étaient de très bonne humeur. Personne ne lui reprocha son absence. Elle en fut à la fois soulagée et attristée.

— Comment était le match ? demanda-t-elle.

— Super ! Au cas où tu ne l'aurais pas vu à la télé, sache que nous avons gagné, lui répondit joyeusement Peter.

— Je ne l'ai pas vu. J'ai passé la journée chez Douglas Wayne.

Peter parut surpris.

— Ah bon ? Comment était-ce ?

— Bien. A ma grande surprise, très décontracté. Cela va certainement améliorer nos relations professionnelles. En tout cas, je l'espère. Il a été très gentil.

Elle allait lui dire qu'elle avait passé l'après-midi seule avec lui, quand Molly s'empara du téléphone.

— Salut, maman ! Le match était formidable. On a emmené Alice, pour la remercier de tous les repas qu'elle a préparés pour nous. Et Jason est venu pour voir le match.

Tanya se sentit soudain exclue du cercle familial.

— Je croyais qu'il était pris. Je l'ai appelé jeudi et il m'a dit qu'il sortait.

— La fille a annulé leur rendez-vous, alors il est rentré à la maison.

Mais il n'avait pas appelé sa mère pour lui dire qu'il était libre. Au lieu de cela, il était rentré à Ross pour assister à un match de base-ball. Ils étaient tous ensemble avec Alice, alors qu'elle était toute seule à Los Angeles.

— Il est reparti après le match, poursuivit Molly. Il sera à Santa Barbara ce soir.

Il n'en restait pas moins que les siens avaient passé de bons moments sans elle et qu'elle se sentait exclue. Mais elle était l'unique responsable de cette situation et elle pouvait difficilement exiger que sa famille reste enfermée dans la maison pour lui faire plaisir.

Elle parla ensuite à Megan, qui se montra gentille. Puis Alice bavarda quelques instants avec elle. Tout le monde allait bien, lui dit-elle, et elle leur manquait à tous.

— Tu as intérêt à rentrer, la semaine prochaine, conclut-elle. On pourra papoter.

Tanya se mit à rire, puis elle parla encore brièvement avec Peter. Ils se préparaient à commander une pizza, ainsi qu'ils le faisaient souvent le dimanche soir.

— Tu me manques, lui rappela-t-elle.

— Toi aussi, tu me manques, assura-t-il.

Après avoir raccroché, elle s'aperçut qu'elle avait omis de lui faire part de son dîner en tête-à-tête avec Douglas.

Ça ne voulait rien dire, mais d'ordinaire elle associait Peter à tout ce qu'elle faisait. Cela avait si peu d'importance, songea-t-elle, qu'elle avait tout simplement oublié de lui en parler.

Elle eut tout juste le temps de se préparer avant l'arrivée de Douglas. Elle enfila un jean et un tee-shirt propres et resta pieds nus. Lorsqu'il frappa à la porte, elle lui ouvrit et le fit entrer.

— Je connais cette villa, dit-il en regardant autour de lui. J'y ai séjourné quand j'ai fait repeindre ma maison. Je m'y suis bien plu.

— Elle est très confortable. Ce sera amusant quand les enfants viendront me voir.

Elle prit des assiettes dans la cuisine, puis ils piochèrent dans les cinq cartons qu'il avait apportés. Il avait pris tout ce qu'elle aimait, ainsi qu'un plat au homard et du riz cantonais. Assis à la petite table, ils se servirent sans façon.

— Merci, dit Tanya. Vous m'avez décidément beaucoup gâtée, aujourd'hui.

— Je dois prendre soin de mon écrivain vedette, répondit-il en souriant. Nous ne pouvons pas nous permettre que vous dépérissiez, rongée par le spleen. Vous risqueriez de rentrer chez vous en courant. J'ai voulu vous prouver que nous aussi, nous avions des traiteurs chinois.

A cet instant, il se rappela les messages dissimulés dans les gâteaux chinois et lui en tendit un. Il fut surpris en découvrant le sien.

— C'est vous qui l'avez caché, pendant que je ne regardais pas ?

Elle secoua négativement la tête et il lui montra le message.

— « La bonne nouvelle du jour, c'est que vous vous ferez un ou une amie », lut-elle. C'est plutôt sympathique, vous ne trouvez pas ?

— Je m'attends toujours à ce qu'ils soient extraordinaires, mais je suis à chaque fois déçu. Que dit le vôtre ?

Elle le lut et haussa les sourcils.

— Alors ?

— « Un travail bien fait est en soi une récompense. » Ce n'est pas très excitant. Je préfère le vôtre.

— Moi aussi. Un oscar récompensera peut-être votre scénario, ajouta-t-il avec un sourire.

Il visait l'oscar du meilleur film et espérait bien l'obtenir.

— Ce n'est pas ce que le message dit, lui fit-elle remarquer en débarrassant la table.

— La prochaine fois, nous les rédigerons nous-mêmes.

Il s'en alla après l'avoir aidée à jeter les cartons du dîner. Lorsqu'elle le remercia, il répéta qu'il avait passé une très bonne journée. Il en allait de même pour elle. Le message disait vrai... L'amitié avait été la bonne nouvelle du jour. Pour la première fois depuis qu'elle avait fait sa connaissance, elle avait le sentiment qu'ils pouvaient être amis.

8

Tanya passa les deux week-ends suivants à Ross, ravie de se retrouver avec Peter et les filles. Un samedi, elle déjeuna avec Alice, ce qui leur permit de parler des gens que Tanya rencontrait. Alice se montra aussi excitée que les jumelles.

— Je m'étonne que tu veuilles encore revenir, lui dit-elle. La vie ici doit te sembler drôlement terne, comparée à tout cela.

— Ne dis pas de bêtises ! gronda Tanya. Je préfère de loin être à la maison avec Peter et les enfants. Là-bas, tout n'est qu'illusion. Rien n'est réel.

— Cela me paraît pourtant bien réel, répondit Alice avec une admiration non dissimulée.

Elle se réjouissait que la carrière de son amie prenne ainsi son essor et qu'elle vive cette expérience. D'après elle, les jumelles allaient bien et Tanya devait cesser de craindre qu'elles ne lui pardonnent jamais son départ. Megan elle-même parlait de sa mère avec fierté, lui dit-elle, ce qui étonna fort Tanya.

— C'est à peine si elle m'adresse la parole. Elle m'en veut toujours.

Pourtant, les propos d'Alice rassuraient Tanya. Ces derniers temps, les jumelles s'étaient énormément rapprochées de son amie, qui en savait sûrement davantage sur elles qu'elle-même.

— Elle n'est pas aussi fâchée qu'elle veut bien te le faire croire, assura Alice. Elle compte seulement te punir pendant un certain temps. Ne fais pas attention, tu verras qu'elle finira par s'adoucir.

Toute contente, Tanya rapporta la conversation à Peter en rentrant à la maison. Il était entièrement d'accord avec Alice.

— Megan te mène en bateau, affirma-t-il. Je t'assure que tout va bien pour elle.

Un peu plus tard, quand Megan rentra, Tanya lui sourit comme si tout allait bien entre elles. Mais dès qu'elle lui posa une question à propos du lycée, sa fille la foudroya du regard, comme si elle venait de l'offenser gravement. Et elle se montra encore plus revêche lorsque sa mère lui proposa de l'aider à préparer son dossier d'inscription à l'université.

— Je le ferai avec Alice, répliqua-t-elle sèchement.

Profondément blessée, Tanya eut le sentiment qu'elle venait de recevoir une gifle en plein visage. Indiscutablement, Megan la rejetait.

— J'aimerais quand même y jeter un coup d'œil avec toi, dit-elle gentiment.

— C'est inutile.

— La prochaine fois que je viendrai, alors.

— On verra, rétorqua Megan en haussant les épaules.

Puis elle monta dans sa chambre en faisant le maximum de bruit. Très malheureuse, Tanya s'efforça de ne pas se laisser abattre. Molly, au moins, acceptait de préparer son dossier universitaire avec sa mère. Elle lui avait déjà fait part de certains de ses souhaits.

— Je crois que Megan n'a pas fini de me mener en bateau, dit-elle tristement à Peter, qui lui sourit.

Tanya revint à la maison le premier week-end d'octobre. Jason était là également, et ils assistèrent tous ensemble au match des Giants contre les Red Sox. Elle s'envola ensuite pour Los Angeles avec Jason. En arrivant, elle demanda à son chauffeur de raccompagner son fils à Santa Barbara en limousine, ce que Jason trouva génial mais un peu embarrassant.

Le week-end suivant, Peter et les filles vinrent retrouver Tanya et passèrent deux jours dans la villa, pour le plus grand bonheur des jumelles. Jason les rejoignit le samedi et passa la journée avec eux.

Tanya et les filles firent du shopping, puis déjeunèrent dans un restaurant à la mode. Elle les emmena ensuite dans les drôles de petites boutiques qu'elle avait découvertes. Elles s'amusèrent comme des folles pendant que Jason et Peter paressaient au bord de la piscine, Jason admirant à loisir les jeunes beautés. Le soir, ils dînèrent au Spago, où ils rencontrèrent Jane Amber, que les filles trouvèrent absolument sublime. Elle embrassa chaleureusement Tanya, parla gentiment aux jumelles et regarda Jason avec admiration, si bien que ce dernier était tout rouge lorsqu'elle s'éloigna. Cette rencontre les impressionna fortement.

— Je vous présenterai à Ned Bright la prochaine fois que vous viendrez, promit Tanya.

Quelques minutes plus tard, une autre star entra et Jason et les filles la fixèrent comme s'il s'agissait d'une apparition. Lorsqu'ils rentrèrent à l'hôtel, ils prirent un dernier verre au bar et croisèrent plusieurs acteurs et actrices célèbres. Tanya ignorait leur nom, mais les enfants les reconnurent. En rentrant se coucher, les filles n'arrivaient pas à croire en leur chance et gloussaient d'excitation. Jason était reparti pour Santa Barbara en limousine.

— Waouh, maman ! C'est trop bien ! s'exclama Molly en ouvrant de grands yeux.

Pour la première fois depuis longtemps, Megan embrassa sa mère en souriant.

— Merci de nous avoir invitées ici, maman, dit-elle gentiment.

Alice avait raison. Tout était presque pardonné. Ce petit séjour à Los Angeles avait tout arrangé. Leur mère leur manquait, mais elles devaient admettre qu'elles s'étaient bien amusées. Elles avaient d'ailleurs hâte de revenir, pour rencontrer Ned Bright et d'autres vedettes.

Le moins enthousiaste de tous était Peter, qui semblait un peu sombre. Dès que les filles furent allées se coucher, Tanya et lui gagnèrent leur chambre. Il paraissait fatigué.

— Tout va bien, mon chéri ? demanda Tanya en lui frottant le dos.

— Je suis un peu crevé.

La journée n'avait pas été aussi agréable pour lui que pour les filles. Il avait entraperçu Tanya, qui avait fait les boutiques avec les jumelles. Les vedettes qu'ils avaient vues ne signifiaient rien pour lui. Pour la plupart, il s'agissait d'acteurs connus des adolescents, mais non de lui. Certes, il avait entendu parler de Jane Amber et il devait admettre qu'elle était très belle. De plus, elle semblait beaucoup apprécier Tanya, avec qui elle se comportait comme si elle était sa meilleure amie. Tanya n'était d'ailleurs pas dupe. Cela durerait tant qu'elles travailleraient ensemble, puis cette belle amitié serait rapidement oubliée.

Tandis qu'ils se couchaient, Peter regarda sa femme avec une tristesse qui la bouleversa.

— Après cela, je ne peux pas croire que tu reviendras un jour à Ross, Tanya. Nous ne pouvons pas rivaliser avec la vie que tu mènes ici.

— Mais la question ne se pose pas. Vous l'emportez haut la main ! Tout ce que tu as vu aujourd'hui n'a aucune importance pour moi. Le travail que je fais est passionnant, mais je ne suis absolument pas séduite par cette existence.

— C'est ce que tu penses maintenant. Tu n'es ici que depuis six semaines, mais attends d'avoir vécu à Hollywood plus longtemps. Regarde tous les privilèges dont tu jouis. Tu as ta propre limousine, tu occupes une villa dans un hôtel de luxe et les vedettes sont à tes pieds. Ce n'est pas rien, Tanya, et tu risques d'y prendre goût et de ne plus pouvoir t'en passer. Dans six mois, Ross te fera l'effet d'un trou perdu.

— Le trou perdu est exactement ce que je veux, rétorqua-t-elle fermement. Je *nous* veux. J'aime notre vie et je ne supporterais certainement pas de rester ici pour toujours. Je crois que je deviendrais folle.

— Je ne sais pas, Cendrillon. Quand le carrosse se transformera en citrouille, je crains que tu ne sois très malheureuse.

— Dès que le tournage sera terminé, je rendrai mes pantoufles de vair et je rentrerai à la maison. J'ai accepté un contrat, pas un mode de vie. Je ne renoncerais pour rien au monde à ce que nous avons construit ensemble.

— Redis-le-moi dans sept mois. J'espère que tu verras toujours les choses de cette façon.

L'incrédulité de Peter peina Tanya, et sa tristesse persista après qu'ils eurent fait l'amour. Peter semblait éteint, comme s'il partait vaincu et se sentait incapable de rivaliser avec la nouvelle vie de sa femme. Ses craintes correspondaient aux propos de Douglas, lorsqu'il affirmait qu'elle ne pourrait plus jamais rentrer chez elle, tant elle aurait pris goût à sa nouvelle existence. Alice également le lui avait dit, à peu près dans les mêmes termes. Mais de quoi parlaient-ils tous ? Est-ce qu'ils ne comprenaient rien ? Elle avait bien l'intention de rentrer chez elle quand tout serait fini, pas de rester à Los Angeles ! Elle perdrait beaucoup trop au change ! Pourtant, Peter se comportait comme s'il ne la croyait pas. Le lendemain matin, il semblait toujours aussi malheureux et il resta silencieux durant leur petit déjeuner, qu'ils prirent à l'Ivy.

En revanche, les filles avaient l'air ravies. Elles exultèrent quand Leonardo di Caprio s'assit à une table voisine de la leur, sur la terrasse, et leur sourit. Après avoir mangé, pourtant, Peter se dérida légèrement. Assise près de lui, Tanya lui tenait la main et saisissait la moindre occasion de l'embrasser. Elle ne se rassasiait pas de lui. Il lui manquait tellement ! Pourtant, il ne croyait pas qu'elle pût préférer leur petite existence tranquille... Tout ce qu'elle pouvait faire, c'était le lui prouver en rentrant à la maison dès la fin du tournage. Mais elle était contrariée que tous soient persuadés du contraire. Il lui semblait pourtant qu'elle se connaissait mieux que quiconque ! Seul Peter comptait pour elle et elle ne voulait pas qu'il ait de telles craintes. Dans son esprit, elle prenait seulement un congé sabbatique à Los Angeles. Elle y était de passage et privilégiait sa carrière pendant un temps, c'était tout.

Après le déjeuner, ils retournèrent à l'hôtel et restèrent un moment au bord de la piscine. Les filles nagèrent pendant que leurs parents bavardaient, étendus sur des chaises longues. Contrairement à ses habitudes, Peter commanda un screwdriver, un cocktail à base de vodka et de jus d'orange. Tanya s'en inquiéta. Elle sentait qu'il était mort d'inquiétude et, moins il parlait, plus elle était ennuyée.

— Je rentrerai chez nous dès que ce sera fini, mon chéri. Je suis là pour travailler, rien de plus. Je n'apprécie pas cette vie, je t'assure. Tout ce que j'aime est à Ross.

— Je ne doute pas de ta sincérité, Tanya, mais après cela, tu ne pourras plus supporter notre existence provinciale. Je te rappelle que l'an prochain, les filles seront parties. Tu n'auras plus rien à faire.

— Je t'aurai toi, répondit-elle doucement. Il y a la vie que nous avons bâtie, et l'écriture. Mes attaches ne sont pas ici. Je souhaitais seulement travailler sur un film. Et je te rappelle que c'est toi qui m'as poussée à accepter cette proposition.

Peter hocha tristement la tête. Il regrettait amèrement de l'avoir fait. Il commençait à réaliser son imprudence.

— Cela m'effraie, Tanya. Je n'arrive pas à croire que tu seras dans le même état d'esprit à la fin du tournage.

Il semblait proche des larmes, ce qui la bouleversa. Jamais elle ne l'avait vu dans un tel état.

— Tu me crois aussi superficielle que cela ? Pourquoi penses-tu que je rentre à la maison tous les week-ends ? Parce que j'aime y être et que je t'aime. C'est ma maison, là où je veux être. Ici, il n'y a que le travail qui me retient.

— D'accord, murmura-t-il, je te crois.

Il était convaincu de sa sincérité mais se demandait combien de temps elle verrait les choses ainsi. Tôt ou tard, l'existence qu'elle menait ici lui monterait à la tête. Ce monde lui apparaîtrait comme le sien et Ross deviendrait trop petit pour elle. Il ne voulait pas que cela arrive, mais il ne voyait pas comment ils pourraient y échapper. Jusqu'alors, il n'avait pas bien pris la mesure de ce qu'elle vivait à Los Angeles. C'était mille fois plus attirant qu'il ne l'avait imaginé. La bataille était inégale...

Les filles sortirent de la piscine et les rejoignirent, interrompant leur conversation. C'était aussi bien, songea Tanya. Pour l'instant, ils tournaient en rond et elle ne parvenait pas à convaincre Peter. Le temps lui prouverait qu'il avait tort. Lorsqu'ils regagnèrent leur chambre, elle l'entoura de ses bras et se serra très fort contre lui.

— Je t'aime, Peter, murmura-t-elle très bas. Plus que n'importe qui au monde.

Il l'embrassa et elle s'accrocha à lui pendant un long moment. Elle ne voulait pas qu'il s'en aille. Les filles entrèrent dans la pièce et leur rappelèrent qu'il serait bientôt temps de partir pour l'aéroport. Apparemment, ce week-end les avait rassurées alors qu'il avait inquiété leur père. Ce qu'il avait vu le troublait profondément, elle le lisait dans ses yeux. Pendant le trajet, il demeura silencieux et parut lointain lorsqu'ils s'embrassèrent avant de se quitter.

— Je t'aime, lui rappela-t-elle encore.

— Moi aussi, Tanya, répondit-il avec un sourire triste. Ne tombe pas amoureuse de cette ville, j'ai besoin de toi, souffla-t-il.

Il paraissait si vulnérable qu'elle faillit éclater en sanglots.

— Cela n'arrivera pas, promit-elle. Tu es tout ce que j'aime, tout ce que je veux. On se retrouvera à la maison vendredi.

Elle savait que cette fois, elle rentrerait, quoi qu'il arrive. Il devait savoir que rien ni personne ne la retiendrait ici. Quelles que soient les tentations, elle était avant tout sa femme.

A ses yeux, c'était plus important que tout le reste.

9

Comme promis, Tanya rentra chez elle les deux week-ends suivants, ce qui sembla apaiser les craintes de Peter. Il reconnut que les deux jours passés à Los Angeles l'avaient inquiété, mais dès qu'il revit sa femme dans leur cadre familial, il retrouva tout son calme. Il ne souhaitait pas partager la vie qu'elle menait à Los Angeles et elle s'efforça de le persuader qu'elle ne le voulait pas non plus. Certes, ce travail la passionnait, mais dès que ce serait terminé, elle retrouverait son foyer et les siens. Lorsqu'elle revint à la maison, en fin de semaine, la vie sembla reprendre son cours normal. Cela lui fit manquer deux réunions importantes, mais elle n'en dit rien à Peter. Elle avait simplement indiqué à Douglas et à Max qu'elle ne pouvait pas rester. Cela les avait ennuyés, mais avant le début du tournage sa présence n'était pas absolument nécessaire.

Il commença le 1er novembre. A partir de là, le rythme devint effréné. Ils tournaient nuit et jour, que ce fût en extérieur ou dans les locaux qu'ils avaient loués. Assise sur une chaise pliante, dans un coin, Tanya travaillait frénétiquement sur le scénario qu'elle devait sans cesse rectifier. Ned était adorable, mais Jane Amber se révéla difficile. Elle n'avait pas beaucoup de mémoire et demandait continuellement à Tanya de modifier ses répliques. Tanya travaillait sur chaque scène en étroite collaboration avec Max, pendant que Douglas était partout à la fois.

Le premier week-end qui suivit le début du tournage, Tanya réussit par miracle à rentrer chez elle, après avoir promis qu'elle serait toujours joignable, au cas où il y aurait le moindre problème sur le plateau. Elle pourrait rapidement effectuer les changements et les leur envoyer par mail.

Après cela, elle dut rester à Los Angeles pendant deux semaines, car il fallut recommencer le tournage de certaines scènes que Tanya avait dû entièrement récrire et ils s'attaquèrent aux passages les plus importants du film. Max lui promit qu'ensuite elle pourrait prendre plusieurs week-ends de congé, mais pour l'instant il avait besoin d'elle. Elle n'avait pas le choix. Les filles lui manifestèrent leur mécontentement. Quant à Peter, il ne sembla pas ravi non plus, mais il se fit une raison, du moins c'est ce qu'il prétendit. Il préparait un procès, et lui aussi était surchargé de travail.

Lorsqu'elle revint pour Thanksgiving, Tanya faillit pleurer de joie en franchissant le seuil de la maison. C'était un mercredi après-midi. Jason était attendu à minuit. Des amis le ramenaient en voiture avec James, le fils d'Alice. Ils devaient rester quelques jours.

— Dieu que je suis contente de vous revoir tous ! s'écria Tanya en posant son sac sur le sol de la cuisine. J'ai cru qu'ils allaient annuler mon vol.

Le mauvais temps avait retardé son avion de deux heures, si bien qu'elle avait eu très peur de ne pouvoir rentrer.

Deux semaines s'étaient écoulées, mais il lui semblait ne pas avoir vu sa famille depuis des siècles. Visiblement ravi, Peter s'approcha d'elle et la prit dans ses bras.

— On est heureux que tu sois là, nous aussi.

Après avoir embrassé leur mère, les filles aidèrent leur père à déballer les courses. Il avait acheté tout ce que Tanya lui avait demandé pour la fête. Le lendemain à l'aube, elle devait mettre l'énorme dinde au four.

Tanya remarqua immédiatement les yeux rouges de Megan, qui paraissait affreusement triste. Elle avait l'air tellement bouleversée que sa mère n'osa rien lui dire, de peur de la contrarier davantage. Quelques minutes plus tard, la jeune fille disparut.

— Que lui est-il arrivé ? demanda-t-elle à Peter lorsqu'ils montèrent à l'étage.

— Je n'en sais rien. Elle a filé chez Alice en revenant du lycée. En fait, elle venait de rentrer quand tu es arrivée. Molly et moi avons fait les courses sans elle. Tu devrais poser la question à Alice. Megan ne me dit rien.

A moi non plus, ne put s'empêcher de penser Tanya. Et je suis sa mère. Une année auparavant, cela ne se serait pas passé ainsi, mais les choses avaient changé depuis son départ pour Los Angeles. Désormais, Alice était la confidente de Megan. Elle espérait que cela changerait un jour.

Peter et elle avaient beaucoup de choses à se raconter pour tenter de rattraper le temps perdu. Elle lui décrivit son travail sur le plateau, la pression constante à laquelle ils étaient tous soumis, les crises et les problèmes qu'ils devaient régler, ainsi que la folie ambiante, et cela parut intéresser Peter. Un peu plus tard, Molly les rejoignit et leur expliqua que Megan avait rompu avec son petit ami, parce qu'il l'avait trompée. Sachant que sa fille se trouvait dans la maison voisine en train de discuter avec Alice, Tanya en éprouva un grand chagrin. C'était comme si elle perdait son enfant et que sa meilleure amie la lui prenait. Elle savait qu'elle avait tort et elle était même reconnaissante à Alice de la remplacer, mais elle était blessée que Megan ne se confie plus à elle. Elle ne pouvait pas le lui reprocher, elle devrait même s'y habituer et elle le savait. C'était le prix à payer pour son absence. Elle devait s'estimer heureuse que Molly lui parle encore. Mais malgré elle, elle était jalouse d'Alice et de la relation qu'elle avait nouée avec Megan. Ce que Tanya perdait, Alice le gagnait.

A l'heure du dîner, Megan n'était pas encore rentrée. Tanya dut appeler Alice pour lui demander de la renvoyer à la maison.

— Comment va-t-elle ? demanda-t-elle, soucieuse.

Alice sembla heureuse d'entendre sa meilleure amie.

— Elle est effondrée, mais elle s'en remettra. C'est le genre de chose qui se produit fréquemment, à son âge. Son petit copain est un imbécile. Le pire, c'est qu'il l'a trompée avec sa meilleure amie.

— Avec Maggie Arnold ! s'exclama Tanya d'une voix horrifiée.

Maggie lui avait toujours semblé être une chic fille. Mais Alice la détrompa aussitôt :

— Non. Avec Donna Ebert. Megan et Maggie ne s'entendent plus très bien depuis des semaines. Elles se sont disputées dès la rentrée scolaire.

Cette révélation accentua l'accablement de Tanya. Elle ne savait rien et Alice était au courant de tout... Elle était décidément hors jeu !

Ce soir-là, ils dînèrent tranquillement dans la cuisine, puis les filles aidèrent Tanya à mettre la table pour le lendemain. Elles sortirent les verres de cristal et les assiettes en porcelaine, ainsi que la nappe de fête qui avait appartenu à la grand-mère de Peter. Megan ne dit rien à sa mère de son calvaire. Elle se contenta de faire ce qui lui était demandé, puis quitta la pièce. Elle traitait Tanya comme si celle-ci avait été une étrangère. Elle n'était même pas fâchée contre elle mais, quand sa mère essayait de lui parler, elle se montrait froide et indifférente. Sans en toucher un mot à Tanya, elle avait rempli toutes ses demandes d'inscription dans différentes universités.

— Je vais bien, m'man, dit-elle en l'écartant d'un geste.

Elles avaient perdu tout le bienfait du séjour à Los Angeles et des week-ends qui avaient suivi. Depuis, le tournage avait commencé et Tanya n'avait pas pu rentrer à la maison, rompant du même coup le lien fragile qu'elle avait renoué avec sa fille. Elle se sentait incapable de combler l'abîme qui s'était creusé entre elles, et Megan ne faisait rien pour l'aider. Fermée comme une huître, elle se cloîtrait dans sa chambre à la moindre occasion. Cette attitude blessait profondément Tanya, qui avait l'impression d'être une mauvaise mère malgré toutes les paroles de réconfort que lui prodiguait Molly. Les réactions des jumelles étaient diamétralement opposées. Ce fut un soulagement quand Jason franchit le seuil de la cuisine et se dirigea droit sur le réfrigérateur.

— Salut, m'man ! Je meurs de faim !

La formule familière fit sourire Tanya, qui proposa à son fils de lui préparer un chili. L'air ravi, le jeune homme s'installa, tandis que sa mère déposait un verre de lait devant lui. Du coup, elle se sentit de nouveau utile. Jason bavarda avec Molly, pendant que Tanya versait le contenu de la boîte dans une casserole et le faisait chauffer. Quand Peter les rejoignit, la cuisine prit un air de fête. Quelques minutes plus tard, Megan entra à son tour.

Les yeux fixés sur son frère, elle lui annonça la nouvelle avant même de lui dire bonjour :

— J'ai cassé avec Mike. Il m'a trompée avec Donna.

Elle n'en avait rien dit à sa mère. Il était clair qu'elle parlait avec tout le monde, sauf avec elle. Même leur voisine en savait plus que Tanya.

— C'est moche, compatit Jason avec sympathie. C'est un vrai nul ! Elle le laissera tomber d'ici une semaine.

— Il peut toujours courir pour que je me remette avec lui !

Megan discuta avec son frère jusqu'à l'heure du dîner. Ils étaient tous réunis dans la cuisine, mais Tanya se sentait exclue. Autour d'elle, tout avait changé. D'une certaine manière, elle se sentait invisible au milieu des siens. Auparavant, ils avaient besoin d'elle, mais désormais ils semblaient s'être trop bien accommodés de son absence. Elle ne leur était plus d'aucune utilité, sauf s'il s'agissait d'ouvrir une boîte de chili pour son fils et de la faire chauffer. En dehors de cela, elle ne servait plus à rien. Elle jeta un coup d'œil à Jason qui parlait à son père de son classement dans l'équipe de tennis, pendant que Megan gémissait sur sa vie amoureuse. Personne ne s'adressait à Tanya. Sans le vouloir, ils l'avaient chassée de leur vie.

Elle s'assit à table avec eux, intervenant dans la conversation chaque fois qu'on lui en laissait la possibilité. A la fin, Jason se leva et plaça ses couverts dans le lave-vaisselle, avant de quitter la cuisine avec ses sœurs, tous les trois plongés dans une discussion animée. Au moment de franchir la porte, le jeune homme lança un regard par-dessus son épaule.

— Merci pour le chili, maman.

— A ton service, mon chéri.

Elle se tourna vers Peter, qui était toujours assis et la regardait.

— Tu es bien plus efficace que moi, lui confia-t-il. Chaque soir, la cuisine est dans un état épouvantable.

Il lui sourit, heureux de l'avoir à la maison. Ces deux semaines sans elle avaient été longues.

— Je suis contente d'être ici, répondit-elle avec un sourire. Mais j'ai une impression bizarre... Comme si j'étais une étrangère pour les enfants. C'est stupide de ma part, j'en conviens, mais cela me fait vraiment de la peine que Megan raconte sa vie amoureuse à Alice alors qu'elle ne m'en dit pas un mot. Autrefois, elle me disait tout.

— Elle recommencera quand tu reviendras à la maison. Ils savent combien tu es occupée, ma chérie. Ils ne veulent pas t'inquiéter. Tu travailles sur un film, alors qu'Alice n'a rien d'autre à faire et qu'elle est disponible. Sa galerie constitue une sorte de distraction, mais elle ne lui consacre pas beaucoup de temps. Ses enfants lui manquent, alors elle s'occupe des nôtres.

— J'ai l'impression d'avoir été virée, remarqua tristement Tanya tandis qu'ils montaient lentement dans leur chambre.

Ils entendaient leurs enfants discuter et rire dans la chambre de Jason, qui avait mis un CD. La maison semblait revivre.

— Tu n'as pas été virée, lui assura Peter en refermant la porte derrière eux. Tu as pris un congé, ce qui n'est pas tout à fait la même chose. Quand tu reviendras, ils seront de nouveau pendus à tes basques. Mais n'oublie pas qu'ils grandissent.

Cette constatation n'était pas faite pour lui remonter le moral. Elle souffrait qu'ils quittent le cocon familial, mais le pire, c'était qu'elle était la première à l'avoir quitté. En tout cas, avant les filles. C'était contraire à l'ordre naturel des choses. Dans ces conditions, il n'était pas étonnant que Megan lui en veuille. Rongée par la culpabilité, Tanya ne le lui reprochait d'ailleurs pas.

— J'ai l'impression d'être une mère minable, surtout quand ma fille cherche du réconfort auprès d'Alice.

— Elle est pleine de bon sens et ne lui donnera pas de mauvais conseils.

— Je le sais bien et ce n'est pas la question. Seulement, c'est moi la mère de Megan, pas Alice. Il me semble que Megan l'a oublié.

— Mais non, voyons ! Elle a seulement besoin de se confier à quelqu'un qui est là. A une femme. Je te fais remarquer qu'elle ne me dit rien non plus.

— Elle pourrait m'appeler sur mon portable. Molly le fait. Toi aussi.

— Laisse-lui une chance, Tanya. Elle a vécu ton départ plus mal que les autres. Elle t'a pardonné, mais elle a perdu l'habitude de te parler.

Tanya hocha la tête. Tout cela était vrai, mais cette vérité était plus blessante que tout. Elle avait le sentiment d'avoir perdu l'un de ses enfants. Molly lui témoignait une affection sans faille et Jason lui téléphonait tous les deux ou trois jours pour bavarder avec elle lorsqu'il n'avait rien de mieux à faire ou qu'il avait besoin d'un conseil à propos de ses études. D'une certaine façon, il était plus proche d'elle que de Peter. Mais Megan avait presque rompu tout rapport avec sa mère, et Tanya ne pouvait s'empêcher de se demander si elles se rapprocheraient jamais l'une de l'autre. Tout ce que sa fille attendait d'elle, désormais, c'était qu'elle la présente à des vedettes de cinéma. En dehors de cela, elles n'avaient quasiment plus rien à se dire. C'était horriblement douloureux. Sans doute Megan en souffrait-elle aussi, mais Tanya ne savait pas comment en discuter avec elle. Peter pensait qu'il fallait lui accorder du temps, mais était-ce vraiment la solution ? Tanya n'en était pas convaincue. Elle avait perdu sa fille, qui lui préférait Alice. Ce n'était pas la faute d'Alice, ni même celle de Megan. Elle était entièrement responsable de ce qui lui arrivait.

— Essaie de ne plus y penser, lui conseilla gentiment Peter. Tout s'arrangera quand tu reviendras à la maison.

— Mais ce ne sera pas avant des mois, soupira Tanya. Elles ont presque fini de remplir leurs dossiers d'inscription en faculté et je n'étais même pas là pour les aider, ajouta-t-elle tristement.

De nouveau, elle se sentait coupable. Il lui semblait qu'elle ratait toutes les choses les plus importantes. Idylles, ruptures, dossiers d'inscription, rhumes, tout le quotidien de leur vie que ses filles partageaient désormais avec Alice et Peter, et presque plus avec elle. Elle était plus contrariée qu'elle ne l'aurait cru possible.

— Ces deux dernières semaines, je leur ai donné un coup de main, la rassura Peter. Et je sais qu'Alice en a fait autant. Je crois qu'elles veulent finaliser leurs candidatures pendant les vacances de Noël. Tu pourras les conseiller, mais je pense qu'elles ont bien avancé.

— Y a-t-il quelque chose qu'Alice ne fasse pas ? s'enquit sèchement Tanya.

La mine fermée, elle croisa le regard de Peter. La séparation était dure pour tout le monde, même s'ils avaient su dès le début qu'elle le serait. C'était seulement plus difficile à vivre qu'ils ne l'avaient prévu. Tanya craignait que cette situation ne gâche sa relation avec ses enfants et son mari. Pour l'instant, du moins, ce n'était pas le cas en ce qui concernait Jason, Molly et Peter. En revanche, le film avait fait une victime directe en la personne de Megan, qui ne le lui pardonnerait peut-être jamais.

— Ce n'est pas la faute d'Alice, la reprit tendrement Peter.

Tanya s'assit sur leur lit en soupirant.

— Je le sais bien, mais je me sens frustrée et coupable. Je suis la seule responsable de ce qui m'arrive. Merci de me laisser t'en parler, Peter.

Il se montrait toujours solide et compréhensif, quelles que soient les circonstances. Tanya était consciente de sa chance et elle ne l'avait jamais considérée comme acquise. Sans Peter, son expérience hollywoodienne n'aurait pas été possible. Bien sûr, elle regrettait aujourd'hui de l'avoir entreprise. Le prix serait trop élevé si tous ses enfants rompaient les ponts avec elle. Mais il était trop tard pour revenir en arrière. Il ne lui restait plus qu'à aller de l'avant en espérant que tout se passerait bien.

— Tu peux te laisser aller autant que tu veux, lui dit-il en s'asseyant près d'elle pour la prendre dans ses bras. A quelle heure dois-tu te lever pour mettre la dinde au four ?

— A 5 heures.

Elle était fatiguée. Elle devait souvent se lever encore plus tôt pour se rendre sur le plateau, et elle se couchait fréquemment tard. Cette existence était démentielle et absurde. Dans le milieu du cinéma, on trouvait peu de couples solides ou d'unions réussies. Elle en connaissait désormais la raison. Les gens qui exerçaient ce métier menaient une vie trop particulière, hors de toute normalité. Sans compter que les tentations étaient innombrables. Tanya avait déjà vu plusieurs idylles se nouer sur le plateau, alors que les uns et les autres étaient souvent mariés par ailleurs. C'était comme si les liens qu'ils nouaient pendant un film leur faisaient oublier toutes leurs autres obligations, comme s'ils se trouvaient sur une autre planète. Les seules personnes qui leur paraissaient réelles étaient celles avec lesquelles ils travaillaient chaque jour. Ils évoluaient dans un microcosme particulier et rien d'autre n'existait. Tanya ne succombait pas à ces chimères et elle savait que cela ne lui arriverait jamais, mais elle était fascinée et horrifiée par ce qu'elle voyait.

— Réveille-moi quand tu te lèveras, lui dit Peter. Je te tiendrai compagnie pendant que tu mettras la dinde au four.

Les yeux fixés sur son mari, Tanya secoua la tête.

— J'ai une chance incroyable ! s'exclama-t-elle en l'embrassant. Non, je ne te réveillerai pas. Tu as besoin de sommeil. Mais je te remercie.

— Toi aussi, tu as besoin de dormir. D'ailleurs, j'adore traîner avec toi.

— Moi aussi, mais ce ne sera pas long. Je reviendrai vite près de toi.

Ils se couchèrent peu après. Tanya se blottit contre Peter, dont les bras se refermèrent autour d'elle, et il ne tarda pas à s'endormir, l'air heureux et serein. La présence de sa femme le remplissait d'un bonheur égal à celui qu'elle éprouvait elle-même. Elle avait beau souffrir de l'attitude de Megan, elle se sentait merveilleusement bien parmi les siens.

A l'heure dite, elle se leva pour mettre la dinde dans le four et faire tout ce qu'elle avait prévu. Une fois recouchée, elle se serra contre son mari et se rendormit. Ils s'éveillèrent au beau milieu d'un enchevêtrement de draps, de couvertures, de jambes et de bras. C'était bien mieux que de dormir seule dans sa chambre du Beverly Hills Hotel. Elle s'étira et sourit en regardant Peter. Cette journée commençait parfaitement bien.

— Je suis content que tu sois là, ma puce, dit-il d'une voix heureuse.

Ils firent l'amour et se levèrent peu après. Peter prit une douche, s'habilla et descendit au rez-de-chaussée. Tanya le suivit pour préparer le petit déjeuner. Elle eut la surprise de voir Megan assise dans la cuisine, en pleine conversation avec Alice, qui s'était fait une tasse de café. Visiblement très à l'aise, celle-ci sourit à Peter et désigna le livre qui était posé près d'elle, sur la table.

— Je t'ai rapporté ton bouquin. Il est génial. Je n'avais rien lu d'aussi drôle depuis longtemps… A propos, je vous souhaite à tous les deux une bonne fête de Thanksgiving.

Elle avait beau s'être adressée à eux deux, Tanya se sentit de nouveau invisible dans sa propre maison. Elle avait l'impression d'être aussi transparente qu'un fantôme.

L'espace d'un instant, il lui sembla que le regard d'Alice la traversait.

Elle s'efforça de réprimer la jalousie qu'elle éprouvait à voir sa fille en pleine conversation avec leur voisine.

— Je te prépare un petit déjeuner ? proposa-t-elle.

— Non merci, répondit son amie. J'ai déjà mangé. James et Melissa se sont levés à l'aube.

Molly et Jason s'étaient couchés tard et dormaient encore. Megan était la seule à être sortie du lit, après une violente dispute au téléphone avec son ex-meilleure amie, Donna. Lorsque Alice était passée déposer le livre de Peter devant la porte de la cuisine, Megan l'avait vue et l'avait invitée à entrer. Ensuite, elle lui avait rapporté sa discussion avec Donna.

— Ta dinde est splendide, Tanya ! s'exclama Alice avec admiration. Cette année, je n'ai pas réussi à en trouver une seule qui soit convenable.

Elle poursuivit son bavardage, pendant que Tanya servait du café à Peter et se faisait du thé. Ils s'assirent tous à la table. Peter interrogea Alice au sujet du livre. Elle lui répéta qu'elle le trouvait très drôle et qu'elle l'avait beaucoup apprécié. Il en parut ravi.

— Je t'avais bien dit qu'il te plairait ! L'auteur en a écrit un autre encore plus amusant. Il est quelque part en haut. Dès que je l'aurai retrouvé, je te le prêterai.

Il s'exprimait avec une sorte de familiarité aimable. En l'écoutant bavarder avec Alice, Tanya songea qu'un observateur étranger n'aurait peut-être pas deviné laquelle des deux femmes était son épouse. Certes, il venait de faire l'amour avec elle, mais il semblait aussi à l'aise avec l'une qu'avec l'autre. Peter et Alice paraissaient entretenir des relations relativement intimes, ce qui l'énerva au plus haut point. Elle savait qu'ils ne couchaient pas ensemble, mais il se comportait de façon très familière avec elle. Trop, en tout cas, à son goût. Depuis qu'elle était partie pour Los Angeles, elle avait l'impression que leurs liens d'amitié s'étaient resserrés. Alice entrait et sortait constamment de la maison, elle veillait sur les filles, elle leur apportait ses petits plats ou bien elle les invitait à dîner chez elle. Elle ne se comportait plus seulement en amie, mais plutôt en parente, tant vis-à-vis des filles que de Peter. Tanya prit alors conscience que le prénom d'Alice revenait presque dans toutes les conversations. Soit elle avait apporté quelque chose, soit elle avait fait quelque chose ou avait emmené quelque part l'une des deux filles, parfois les deux. Elle était certainement d'une grande aide pour Peter, mais cela agaçait Tanya.

En la regardant, une question lui vint à l'esprit. Elle pensait en connaître la réponse, mais elle n'en était plus aussi certaine qu'elle l'aurait été avant le mois de septembre. Décidée à en parler plus tard à Peter, elle se contenta d'écouter la conversation. Finalement, Alice se leva pour retourner chez elle et retrouver ses enfants. Megan sortit de la pièce dès qu'elle fut partie. Ensuite, il y eut un moment de silence. Tanya regardait Peter, espérant que ses craintes étaient infondées. Jamais elle n'avait douté de lui auparavant, même en pensée. De nouveau, elle se sentit coupable. Tout cela arrivait par sa faute. Il était clair qu'Alice se comportait ici comme si elle était chez elle. Vis-à-vis de Peter aussi, son attitude avait changé. Elle regarda son mari. Ils avaient fait l'amour moins d'une heure auparavant et tout semblait parfait. Mais cela ne voulait rien dire... Les gens se conduisent parfois bizarrement. Peut-être se sentait-il trop seul, sans elle. Elle savait qu'Alice cherchait un homme depuis la mort de Jim.

— Je sais que je vais te paraître un peu paranoïaque, lança-t-elle lentement, mais tu n'as pas une liaison avec Alice ? Je suis désolée de te le demander, mais j'ai eu le sentiment qu'elle était ici chez elle.

Auparavant, jamais elle n'avait pensé à Alice sous cet angle. Jamais non plus leur voisine n'avait été aussi proche de Peter.

La réponse de Peter fut celle qu'elle attendait :

— Ne sois pas ridicule ! s'exclama-t-il en se servant une seconde tasse de café. Qu'est-ce qui a bien pu te faire penser une chose pareille ?

— Vous la voyez tous beaucoup, pendant la semaine, et vous allez aussi souvent chez elle. Elle a pratiquement adopté Megan et tout à l'heure, j'ai eu l'impression que c'était moi qui entrais dans sa cuisine, et non le contraire. Jamais je n'avais eu cette impression auparavant. C'était comme si les enfants et toi, vous lui apparteniez. Tu sais comment sont les femmes... Elles deviennent souvent possessives avec les hommes avec qui elles couchent ou avec leur famille.

En prononçant ces mots, elle paraissait troublée, mais Peter secoua la tête.

— Elle nous aide énormément, quand tu n'es pas là, mais je ne crois pas qu'elle se fasse des illusions sur moi ou sur les enfants. Elle sait que tu vas revenir.

Cette formulation accentua le malaise de Tanya.

— Qu'est-ce que ça veut dire ? Qu'elle sait qu'elle devra te rendre quand j'aurai fini le film, ou que rien ne s'est encore passé entre vous ?

Elle avait décelé une nuance subtile dans les propos de Peter... Une nuance qui lui déplaisait profondément.

— Je ne couche pas avec elle. C'est suffisant, comme réponse ?

Sur ces mots, Peter se leva et déposa sa tasse dans l'évier, puis il se mit à marcher de long en large. Le sujet les mettait tous les deux mal à l'aise, sans que Tanya en devine la cause.

— Très bien. Je suis rassurée, murmura-t-elle en déposant un baiser sur ses lèvres. Je serais très malheureuse, si cela arrivait. Je voulais juste que tu le saches.

Peter lui jeta un regard bizarre.

— Et toi ? Est-ce que tu as croisé le chemin d'un homme avec qui tu serais tentée d'avoir une liaison pendant la durée du tournage ? Il paraît que c'est fréquent sur les plateaux, et tu es belle, Tanya.

La réponse de Tanya ne se fit pas attendre.

— Non. Cette idée ne m'a jamais effleurée, pas même une minute. Tu es le seul, pour moi. Comparés à toi, les autres ne valent rien. Je suis amoureuse de toi, Peter.

C'était vrai et cette déclaration sembla ravir Peter.

— Moi aussi, je suis amoureux de toi. Ne sois pas fâchée contre Alice. Elle se sent seule et elle est gentille avec nos enfants.

— Je souhaite juste qu'elle ne soit pas trop gentille avec toi. En ta présence, elle se comporte comme si je n'étais pas là.

— C'est une bonne amie, dont j'apprécie vraiment l'aide. Parfois, je ne pourrais pas me débrouiller sans elle. Quand je ne peux pas rentrer de bonne heure, elle s'occupe de tout. Sans compter que les filles l'aiment beaucoup.

— Je le sais, et moi aussi. Je m'inquiète seulement un peu. Je déteste être loin de vous cinq jours par semaine.

L'expérience se révélait bien plus pénible qu'ils ne l'avaient prévu. Au bout de deux mois seulement, c'était devenu insupportable. Et Tanya se faisait du souci à l'idée qu'elle allait sûrement être retenue à Los Angeles certains week-ends, comme cela avait déjà été le cas. Elle savait qu'en ce qui la concernait, toute liaison extraconjugale était exclue. Peter et elle devaient être forts. Elle l'était et elle ne pouvait que supposer qu'il l'était aussi, quelle que soit la solitude d'Alice ou sa sollicitude envers les filles. Il émanait de son amie d'étranges vibrations. Par ailleurs, elle se comportait bizarrement avec elle. Tanya s'était demandé si c'était parce qu'elle l'avait trahie. Apparemment non. Elle ne regrettait pas d'avoir éclairci les choses avec Peter, dont la réponse l'avait soulagée. Elle n'en parlerait plus. Une fois suffisait.

Elle jeta un coup d'œil à la dinde. Tout allait bien de ce côté, elle monta donc prendre une douche et s'habiller. Quelques mouvements, dans la chambre de Jason, lui apprirent que son fils se levait. Heureuse de le savoir à la maison, elle sourit et retourna dans sa propre chambre. Une heure plus tard, elle redescendit au rez-de-chaussée. Jason discutait avec son père dans la cuisine. Comme le déjeuner serait copieux, elle voulut lui préparer un petit déjeuner léger, pour ne pas lui couper l'appétit. Mais Jason répondit qu'il s'était déjà largement servi et avait mangé de la tarte au fromage blanc ainsi que le reste du chili, ce qui à ses yeux constituait le petit déjeuner idéal.

A 14 heures, ils passèrent à table. Peter découpa la dinde et les servit. A l'unanimité, ils trouvèrent qu'elle était meilleure que les autres années. Elle était absolument délicieuse. Juste avant de s'asseoir, Tanya prononça le bénédicité. Elle remercia Dieu qu'ils soient tous réunis et qu'ils s'aiment, et de tous les bienfaits qu'Il leur avait accordés cette année encore.

— Merci pour notre famille, conclut-elle doucement, avant de dire « amen ».

Et en son for intérieur, elle demanda à Dieu de protéger les siens en son absence.

10

Quitter la maison le dimanche soir fut la pire épreuve que Tanya ait vécue depuis longtemps. Il lui semblait qu'elle venait juste d'arriver, et elle devait déjà partir ! Elle avait passé de délicieux moments avec Molly et la présence de Jason lui avait procuré une grande joie. Le samedi après-midi, Megan lui avait finalement raconté en détail sa rupture avec Mike. Cette confiance de nouveau accordée ainsi que la tristesse qu'elle lisait dans les yeux de sa fille avaient ému Tanya jusqu'aux larmes. Peter et elle semblaient plus proches que jamais. Ces brèves vacances avaient été parfaites. Elle crut mourir de chagrin lorsqu'il lui fallut faire sa valise, le dimanche après-midi, et repartir pour Los Angeles. Quand Peter la conduisit à l'aéroport, elle était dans un état épouvantable. Et lui ne semblait guère mieux.

— Je déteste m'en aller, dit-elle lorsqu'ils furent tout proches de l'aéroport.

Elle faillit lui demander de faire demi-tour. Elle regrettait amèrement de s'être lancée dans cette aventure. Elle sentait à quel point Peter et les filles avaient besoin d'elle à la maison, tout comme elle avait besoin d'eux.

Elle lui posa la question qui n'avait cessé de lui trotter dans la tête pendant tout le week-end :

— Que crois-tu qu'il se passerait, si je démissionnais ?

— Ils te traîneraient probablement en justice. D'abord parce qu'ils t'ont déjà payée pour une partie de ton travail, et ensuite pour le préjudice que tu causerais au film. En tant qu'avocat, je te le déconseille formellement. En tant que mari, j'avoue que l'idée me plaît assez, ajouta-t-il avec un sourire triste. Mais tu as intérêt à écouter l'avocat et non le mari. Selon moi, ils emploieraient les grands moyens et tu pourrais tirer un trait sur ta carrière d'écrivain.

C'était là un petit sacrifice, songea Tanya. Le jeu en valait presque la chandelle.

— Tu ne veux pas qu'on te fasse un procès, Tanya ? Ce serait un vrai gâchis, reprit Peter.

Les larmes aux yeux, elle hocha la tête.

— On va s'en sortir, continua-t-il. Ce ne sera plus long, maintenant. Seulement six mois.

Pour l'instant, cela sonnait comme un arrêt de mort, pour elle comme pour lui. Elle avait eu tort de signer ce contrat, mais elle devait l'honorer envers et contre tout. Il lui fallait aller jusqu'au bout en espérant qu'il n'y aurait pas trop de conséquences malheureuses. Les week-ends à la maison lui apportaient autant de chagrin que de bonheur. En voyant pleurer ses filles lorsqu'elle était partie, elle avait été bouleversée. Et Peter était dans le même état. Elle savait aujourd'hui qu'en prenant cette décision, elle avait commis une énorme erreur.

— Par bonheur, les vacances de Noël commencent dans trois semaines, dit-elle. J'aurai trois semaines de congé.

Ce congé correspondait aux vacances scolaires des jumelles. Elle serait donc à la maison avec elles et même un peu après. Pour Jason, l'interruption des cours durait plus longtemps, aussi partirait-il skier avec des amis après le départ de sa mère.

— Si je peux, je reviendrai la semaine prochaine, promit-elle.

— Si c'est impossible, je te rejoindrai peut-être pour une nuit, suggéra Peter. Les filles iront chez Alice.

— Super !

Ils étaient arrivés. Comme d'habitude, elle n'avait qu'un sac et aucune valise à faire enregistrer.

— Je t'aime, Tanya, dit Peter en la serrant très fort contre lui. Ne travaille pas trop... Et merci pour cette merveilleuse fête de Thanksgiving. Nous avons tous adoré ces instants.

— Moi aussi... Je t'aime...

Lorsqu'il l'embrassa une dernière fois, elle eut le sentiment qu'ils étaient enveloppés dans un voile de désespoir. Elle avait éprouvé la même chose lorsqu'ils avaient fait l'amour, le matin. Il lui avait semblé qu'ils se noyaient et que les courants les éloignaient l'un de l'autre.

— Je t'aime. Appelle-moi en arrivant.

Derrière eux, les conducteurs klaxonnaient, et Tanya dut sortir de la voiture. Une fois dehors, elle se pencha pour l'embrasser par la vitre. Au même moment, un agent de la circulation ordonna à Peter de démarrer. Elle le regarda s'éloigner puis franchit le seuil de l'aéroport.

Peu après, elle apprit que son vol était différé. L'avion décolla avec trois heures de retard, si bien qu'elle atterrit à plus de 1 heure du matin. Elle appela aussitôt Peter. Le temps avait été abominable pendant tout le vol et il pleuvait à Los Angeles. Tout concourait à la déprimer. Peter et les filles lui manquaient déjà et elle n'avait aucune envie de retourner sur le plateau. Elle n'aspirait qu'à une chose : rentrer chez elle. Mais lorsqu'elle ouvrit la porte de la villa, elle éprouva une grande surprise. Grâce aux soins de la femme de chambre, les lumières étaient allumées et une douce musique flottait dans l'atmosphère. Tout lui sembla beau, chaleureux et accueillant. Au lieu de retrouver une chambre d'hôtel solitaire, elle fut étonnée de découvrir qu'elle s'y sentait comme chez elle. Un saladier rempli de fruits frais était posé sur la table, ainsi que du café, des gâteaux, des biscuits et une bouteille de champagne. C'était à la fois douillet et sympathique. Laissant échapper un soupir, Tanya s'assit sur le canapé. Le trajet lui avait paru interminable, mais maintenant qu'elle était arrivée, elle ne se sentait pas aussi mal qu'elle l'avait craint.

Dans la salle de bains, elle apprécia l'immense baignoire. Elle y mit des sels, brancha le jacuzzi et s'y installa aussitôt. Elle avait la migraine et n'avait pas mangé, mais elle se rappela qu'elle pouvait commander un repas. Un sandwich club et une tasse de thé lui apparurent comme un don du ciel. En sortant du bain, elle passa son peignoir en cachemire et appela le service en chambre. Dix minutes plus tard, on lui livra sa commande. Souriant intérieurement, elle songea que la punition était douce... La situation présentait des avantages, des privilèges qui la rendaient presque acceptable. Tout en mangeant, elle regarda un vieux film avec Cary Grant à la télévision, puis elle se coucha dans des draps parfaitement repassés. Les bras de Peter lui manquaient, mais en dehors de cela, elle passa une très bonne nuit. Lorsqu'elle se leva, elle était fraîche et dispose. Les rayons du soleil illuminaient la pièce et, lorsqu'elle regarda autour d'elle, elle eut la surprise de s'y sentir à l'aise. Cette villa était son petit univers, loin de sa famille et de sa maison. C'était comme si elle avait deux vies, l'une qu'elle adorait, auprès de ceux qu'elle aimait, et une autre sur son lieu de travail. Ce n'était peut-être pas aussi terrible qu'elle l'avait imaginé, songea-t-elle. D'ailleurs, dans trois semaines, elle serait en vacances. Avec un peu de chance, elle rentrerait chez elle le week-end prochain. L'espace d'un bref instant, elle eut l'impression d'être schizophrène, comme si deux femmes cohabitaient en elle, l'une qui menait une existence paisible à Ross et l'autre qui vivait à Los Angeles. C'était la première fois qu'elle percevait en elle un tel clivage.

Elle appela Peter. Levé de bonne heure, il était déjà en route pour le cabinet. La circulation était dense sur le pont, et il avait un appel en attente. Tanya lui promit de le rappeler le soir, en rentrant. Avant de raccrocher, elle lui redit combien elle l'aimait, puis elle se leva et se prépara à se rendre sur le plateau.

Il y régnait le chaos habituel, mais les gens semblaient de bonne humeur, après ces quatre jours de congé. Max eut l'air content de la revoir et Harry agita la queue à sa vue. Tout comme la veille, elle eut l'impression de retrouver son second foyer, ce qui suscita en elle une légère culpabilité. Ce n'était vraiment pas aussi affreux que ce qu'elle se rappelait lorsqu'elle était à Ross avec Peter et les enfants. Désormais, elle se sentait tiraillée entre deux mondes totalement différents. Le plus troublant, c'était cette impression d'être deux personnes à la fois et de ne pas pouvoir dire nettement laquelle des deux elle était vraiment, l'écrivain ou l'épouse et la mère de famille. Elle était les deux. Le rôle d'épouse et de mère de famille était ce qui comptait le plus à ses yeux, mais l'autre n'était pas mal non plus. Elle avait l'impression d'être une traîtresse lorsqu'elle s'assit près de Max et qu'elle caressa Harry. Désormais, ils lui apparaissaient comme de vieux amis.

— Alors ? lui dit-il. Ces quatre jours de congé vous ont-ils permis de goûter aux délices de la vie familiale ?

— Absolument, répliqua-t-elle avec un sourire. Et vous ?

— Ce n'était pas mal, quoique sans doute moins bien que pour vous. Harry et moi avons mangé des sandwiches à la dinde et regardé de vieux films à la télévision.

Ses filles habitaient dans l'Est. Le congé étant trop bref pour que cela vaille la peine de prendre l'avion, Max était resté à Los Angeles, mais il irait les voir à Noël.

— J'ai failli ne pas revenir, avoua Tanya. J'étais tellement bien, avec ma famille...

— Mais vous êtes revenue, ce qui prouve que vous n'êtes pas folle. Douglas vous aurait traînée devant les tribunaux.

— C'est ce que Peter m'a dit.

— C'est un homme intelligent et un bon avocat. Allez, le film sera vite terminé et c'est vous qui voudrez recommencer.

— C'est ce que prétend Douglas, mais je ne suis pas de cet avis. J'aime être chez moi, auprès de Peter et des enfants.

— Alors peut-être Douglas se trompe-t-il, conclut Max avec philosophie. Dans votre cas, c'est une possibilité.

Vous êtes plus sensée que la plupart d'entre nous. De plus, vous avez quelqu'un qui vous attend. Mais pour beaucoup de gens, tout ce qui compte, c'est ce qui se passe ici et cela détruit le reste de leur vie, si bien qu'à la fin plus rien ne les attend chez eux. C'est comme si nous étions coincés sur une île et que nous étions incapables de nous enfuir. Mais vous, Tanya, vous êtes assez intelligente pour continuer à préférer la vie que vous avez menée jusqu'à présent. Vous êtes une touriste ici... Je ne crois pas que le monde du cinéma puisse vous combler.

— J'espère que non, en tout cas. Il est trop fou pour moi.

— En effet.

Max lui sourit, avant de donner des ordres pour que tout le monde se mette en place. Une demi-heure plus tard, dès que les projecteurs furent branchés et les acteurs sur le plateau, le tournage commença.

Ils ne terminèrent pas avant minuit. Entre-temps, Tanya appela Peter depuis le studio pour ne pas le réveiller lorsqu'elle rentrerait. Il lui dit que la journée avait été bonne et que les filles allaient bien. De son côté, elle lui raconta ce qu'elle faisait. Après avoir raccroché, elle reprit son travail. De nouveau, Jane avait du mal à retenir ses répliques. Tanya les lui avait récrites une centaine de fois, pourtant elle rencontrait toujours les mêmes difficultés. C'était réellement pénible.

Tanya regagna l'hôtel à 1 heure du matin et elle ne parvint à se détendre et à trouver le sommeil qu'une heure plus tard. La journée avait été terriblement longue. Le lendemain, elle retrouva Douglas sur le plateau.

— Comment s'est passé votre congé ? lui demanda-t-il.

— Très bien, merci.

De son côté, il s'était rendu à Aspen en avion, pour voir des amis. Décidément il menait une vie très agréable. Il l'invita à une réception qu'il organisait chez lui le jeudi. Ce jour-là, le tournage devait finir de bonne heure. Tanya hésita à accepter. Après une journée de travail, elle appréciait de retrouver sa villa et n'éprouvait pas l'envie de ressortir. La perspective d'une soirée chez Douglas ne la tentait pas, mais il insista.

— Cela vous fera du bien, Tanya. Il y a une vie, après le travail !

— Pas dans la mienne, répliqua-t-elle avec un sourire.

— Eh bien, c'est un tort ! Vous vous amuserez, vous verrez. En plus, il y aura une projection d'un film qui va bientôt sortir. Ce sera très simple et vous ferez la connaissance de gens amusants. Vous serez rentrée à 23 heures.

De guerre lasse, Tanya finit par accepter.

Douglas avait raison. La soirée se révéla très agréable. Elle fit la connaissance des stars les plus célèbres d'Hollywood, de deux réalisateurs connus et d'un producteur, qui était l'un des meilleurs amis de Douglas. Non seulement il y avait de nombreuses vedettes, mais le film était excellent, la nourriture délicieuse et les invités intéressants. Douglas se montra parfait. Il la présenta à tous et s'assura qu'elle se divertissait. Lorsqu'il la raccompagna chez elle, elle l'invita à boire un verre pour le remercier. Elle commanda du champagne pour lui, du thé pour elle et lui répéta qu'elle avait passé une excellente soirée.

— Il vous faut plus que cela, Tanya. Vous devez rencontrer davantage de gens, ici.

— A quoi bon ? Je fais mon travail et ensuite je rentrerai chez moi. Je n'ai pas besoin de me faire des relations à Hollywood.

— Vous êtes toujours aussi certaine que vous retournerez à Ross ? s'enquit-il, dubitatif.

— Bien entendu.

— Très peu de gens réintègrent leur petite vie. Je peux me tromper et vous en faites peut-être partie, mais j'ai le sentiment qu'au bout du compte, ce n'est pas ce que vous voudrez. Je crois aussi que vous le savez. C'est pour cette raison que vous êtes si offusquée quand je vous en parle. Vous craignez de ne plus vouloir retrouver votre existence tranquille.

— Vous faites erreur, répondit-elle fermement. Je veux rentrer chez moi.

Elle ne précisa pas qu'elle avait failli ne pas revenir à Los Angeles.

Le champagne semblait le rendre plus hardi et indiscret.

— Votre couple est donc si uni ?

— Je le pense.

— En ce cas, vous avez de la chance et votre mari en a encore plus. Je ne connais pas d'unions comme la vôtre. La plupart ne tiennent pas le coup, surtout quand le mari et la femme sont obligés de vivre loin l'un de l'autre. Sans compter qu'Hollywood offre toutes sortes de tentations.

— C'est peut-être pour cela que je veux rentrer chez moi. J'aime mon mari et le couple que nous formons. Je ne veux pas tout gâcher pour ça.

— Seigneur !

De nouveau, il avait sur le visage une expression machiavélique. Cependant, maintenant qu'elle le connaissait mieux, elle savait qu'il aimait jouer l'avocat du diable. Mais il n'était pas aussi dangereux qu'elle l'avait cru au premier abord.

— Une femme vertueuse... poursuivit-il. Il est dit dans la Bible qu'une femme vertueuse a plus de valeur que des rubis. C'est certainement plus rare, en tout cas. Je ne suis jamais sorti avec une femme vertueuse, ajouta-t-il en se servant une seconde coupe de champagne.

— Je suis certaine que vous vous en lasseriez bien vite, se moqua-t-elle.

Douglas se mit à rire.

— Vous avez sûrement raison. La vertu n'est pas mon fort, Tanya. Je ne suis pas sûr que je pourrais relever le défi.

— Si vous rencontrez la bonne, vous vous surprendrez peut-être.

— C'est possible, admit-il en la fixant avec intensité. Vous êtes une femme vertueuse, Tanya. J'ai horreur de l'admettre, mais c'est ce que j'admire chez vous. Votre époux a vraiment de la chance, j'espère qu'il en est conscient.

— Il l'est, répliqua-t-elle avec un sourire.

Venant de lui, c'était un beau compliment. Les femmes vertueuses ne l'attiraient pas, mais il la respectait maintenant qu'il la connaissait mieux. En outre, il appréciait sa compagnie. Tout comme elle, il avait passé une soirée très agréable. Il n'exerçait plus aucune pression sur elle, désormais. En réalité, ils étaient devenus amis depuis qu'elle avait passé la journée chez lui, au bord de sa piscine.

Peu de temps après, il se leva pour partir et elle le remercia encore de l'avoir invitée.

— Vous êtes la bienvenue chez moi, Tanya. J'avoue que vous avez une très bonne influence sur moi. Vous me rappelez ce qui est important dans la vie : la bonté, l'intégrité, l'amitié... Toutes ces choses que je trouve d'ordinaire si ennuyeuses. Vous ne m'ennuyez jamais, Tanya, bien au contraire. Je me plais davantage en votre compagnie qu'avec bon nombre de personnes de ma connaissance.

— Merci, Douglas.

— Bonne nuit, Tanya.

Il l'embrassa, puis s'en alla.

Aussitôt elle appela Peter sur son portable. Douglas avait tenu sa parole, puisqu'il n'était que 23 h 30. Elle fut surprise de n'obtenir que le répondeur. Elle appela donc sur le fixe et Molly lui apprit que son père était chez Alice, qui avait besoin d'aide. Elle avait une fuite d'eau et il s'efforçait de la réparer. Ne voulant pas le déranger, Tanya chargea sa fille de lui dire qu'il pouvait la rappeler en rentrant. Elle s'étendit alors sur son lit et s'endormit en attendant le coup de fil de Peter. Ce fut la lumière du jour qui la réveilla. Elle téléphona aussitôt chez elle. Les filles venaient de partir pour le lycée et elle était attendue sur le plateau vingt minutes plus tard.

— Tu as réparé la fuite ? se moqua-t-elle. Tu es vraiment le voisin idéal.

— Il y avait trente centimètres d'eau dans le sous-sol. Une belle inondation, je t'assure ! Un tuyau était cassé et je n'ai pas pu faire grand-chose. Alors, nous avons bu des mojitos.

— Qu'est-ce que c'est ? demanda Tanya.

Elle était un peu étonnée. Peter semblait boire plus qu'avant. Elle l'avait remarqué, lorsqu'il était venu à Los Angeles avec les filles.

— Je ne sais pas. C'est une boisson cubaine à la menthe. C'est bon, en tout cas.

— Tu t'es enivré ? s'enquit-elle d'une voix inquiète.

Peter se mit à rire.

— Bien sûr que non ! Mais c'était plus drôle que de patauger dans son sous-sol, avec de l'eau jusqu'aux genoux. Alice voulait tester ce cocktail.

De nouveau, le doute effleura Tanya. Mais elle s'était promis de ne plus poser de questions à Peter à propos d'Alice. Par ailleurs, elle ne voulait pas devenir paranoïaque. Elle-même était sortie la veille avec Douglas sans qu'il se passe rien entre eux. Il n'y avait aucune raison pour que Peter et Alice aient une liaison. Ils s'efforçaient simplement de gérer au mieux une situation pénible. Lorsqu'on est marié, on supporte mal la solitude. Et comme Douglas le disait, on ne peut pas toujours rester cloîtré chez soi. Peter aurait pu faire bien pire que de boire des mojitos avec Alice, et Tanya avait confiance en lui. En revanche, elle se demandait si Alice était amoureuse de Peter. Il était bien capable de ne pas l'avoir remarqué, tant il était naïf et droit. Si c'était le cas, Alice se trompait de cible.

— Je voulais juste t'embrasser, avant de partir. Passe une bonne journée.

— Toi aussi. Je te rappellerai plus tard.

Tanya se dépêcha de prendre sa douche et de s'habiller. Lorsqu'elle arriva sur le plateau, on venait d'éteindre un début d'incendie causé par des projecteurs. Les pompiers étaient là et Harry aboyait frénétiquement. Le chaos était encore pire que d'habitude. Il fallut attendre midi pour reprendre le tournage, si bien qu'ils travaillèrent jusqu'à

3 heures du matin. Cette fois, Tanya n'eut pas une minute pour appeler Peter et les enfants. C'était l'une de ces journées interminables comme on peut en vivre dans les studios de cinéma. Dès qu'elle fut rentrée, elle s'effondra sur son lit pour se lever quatre heures plus tard. Au bout d'une semaine totalement démente, Tanya ne put rentrer chez elle, pas plus que le week-end suivant. Huit jours plus tard, les vacances de Noël commencèrent. Lorsqu'elle regagna enfin sa maison, elle n'avait pas revu les siens depuis trois semaines. Visiblement ravi de la voir, Peter la souleva dans ses bras et la fit tourner autour de lui. Par-dessus l'épaule de son mari, elle aperçut Alice qui la regardait fixement.

— J'ai l'impression de revenir de guerre, souffla-t-elle. Bonjour, Alice.

— Bienvenue parmi nous, lui dit son amie.

Une minute plus tard, elle était partie.

— Elle va bien ? demanda Tanya.

— Bien sûr, pourquoi ?

L'air distrait, Peter se servit un verre d'eau. Il venait de chez Alice et paraissait aussi heureux de son retour qu'elle l'était elle-même.

— Elle avait l'air bouleversée.

— Tu crois ? Je n'ai rien remarqué.

A cet instant, leurs regards se croisèrent. L'espace d'un très bref instant, ce fut comme si deux univers entraient en collision et explosaient. Tanya plongea dans les yeux de son mari et comprit tout. Cette fois, elle n'eut pas à poser de question. La réponse était dans les yeux d'Alice, pas dans ceux de Peter. Il sembla à Tanya que la pièce se mettait à tourner autour d'elle.

— Oh, mon Dieu ! Oh, mon Dieu... Tu as couché avec elle.

C'était une constatation, pas une question. Elle ignorait comment et dans quelles conditions, mais c'était arrivé. Et ce n'était pas fini. De nouveau, Tanya regarda Peter dans les yeux.

— Tu es amoureux d'elle ?

Il avait perdu la raison, mais il n'était pas menteur. Il prit le temps de poser son verre sur l'évier avant de se tourner vers elle pour répéter ce qu'il avait déjà répondu à Alice cinq minutes avant l'arrivée de Tanya.

— Je n'en sais rien, soupira-t-il, très pâle.

— Oh, mon Dieu... murmura encore Tanya tandis qu'il quittait la pièce.

11

Les vacances de Noël furent un vrai calvaire, tant pour Tanya que pour Peter. Au début, il refusa de discuter avec elle, mais il dut finir par s'y résoudre. Il lui devait au moins cela. Tanya avait peur de sortir, parce qu'elle ne voulait pas rencontrer Alice. Cette dernière se tint d'ailleurs à l'écart et ne remit plus les pieds chez eux. Peter et Tanya souhaitaient avant tout que les enfants restent en dehors de tout cela.

— Qu'est-ce que ça veut dire ? demanda finalement Tanya.

Ils étaient assis l'un en face de l'autre, dans la cuisine. Les enfants étaient à une soirée et jusque-là, au prix d'un énorme effort, leurs parents leur avaient caché la situation. Rentrée depuis à peine trois jours, Tanya avait le sentiment d'avoir sombré dans le néant. Et elle avait de bonnes raisons de le penser. Peter l'avait trompée avec sa meilleure amie. Ce genre de mésaventure n'arrivait qu'aux autres... Jusqu'alors, elle avait eu une totale confiance en son mari, même lorsqu'elle l'avait questionné à propos d'Alice, à Thanksgiving. Elle le croyait incapable de trahison, mais apparemment elle s'était trompée. Il lui avait à peine adressé trois mots depuis son arrivée. En trois semaines, tout avait changé.

Tanya fixait Peter avec désespoir. Aussi malheureux qu'elle, il avait l'impression de l'avoir poignardée dans le dos. Elle avait perdu trois kilos en trois jours, ce qui, étant donné sa petite taille, était énorme. Des cernes sombres soulignaient ses yeux désespérés. Lui-même était dans un triste état. Aucun des deux n'avait revu Alice depuis que Tanya était rentrée et avait tout compris.

Il baissa la tête, épuisé.

— Je l'ignore, répondit-il avec honnêteté. C'est arrivé, voilà tout. Je n'y avais jamais pensé auparavant. Elle ne m'avait jamais attiré. Nous avions pris l'habitude de nous voir, en ton absence. Elle a beaucoup aidé les enfants.

— Toi aussi, apparemment, asséna Tanya d'une voix dure. C'est elle qui a jeté son dévolu sur toi, ou bien c'est toi ?

Elle était tiraillée entre l'envie de connaître les détails et l'horreur qu'ils lui inspiraient.

— C'est arrivé, voilà tout, répéta-t-il. Elle nous avait invités à manger une pizza, ensuite les filles sont rentrées pour faire leurs devoirs. Je ne sais pas... Je me sentais seul... J'étais fatigué... Nous avons ouvert une bouteille de vin et tout ce dont je me souviens, c'est que je me suis retrouvé au lit avec elle.

Il semblait malade. De son côté, Tanya était proche de la nausée.

— Quand était-ce, exactement ? Quand tu me disais combien tu m'aimais et que je t'appelais chaque fois que je pouvais quitter le plateau ? Cela dure depuis quand ?

Elle se demandait depuis combien de temps elle était aveugle, depuis combien de semaines et peut-être même de mois il lui mentait. Elle avait eu des doutes à Thanksgiving, mais elle s'était dit qu'elle devenait paranoïaque. C'était aussi ce qu'il lui avait laissé entendre. Lui mentait-il déjà ? Elle voulait savoir jusqu'à quel point il était fourbe et menteur !

— C'est arrivé après Thanksgiving, il y a deux semaines.

Il faillit s'étrangler en prononçant ces mots. Elle était restée absente pendant trois semaines, parce qu'il lui avait été absolument impossible de revenir... Tout ce dont elle était certaine, désormais, c'était qu'elle avait commis une énorme erreur en partant à Los Angeles pour faire ce film.

Si cette décision détruisait son couple, elle ne se le pardonnerait jamais. A lui non plus, d'ailleurs.

— Ça s'est produit une fois, ou bien vous avez recommencé ?

— C'est arrivé deux fois, murmura-t-il. Je suppose que nous souffrions tous les deux de solitude. Elle a besoin d'un homme qui prenne soin d'elle.

Il semblait atrocement triste. Tanya craignait par-dessus tout que rien ne soit plus jamais comme avant. Jamais elle n'aurait cru possible que Peter et Alice la trahissent de cette façon. Elle-même se savait incapable de leur infliger une telle souffrance.

— Moi aussi, j'ai besoin qu'on veille sur moi, souffla-t-elle avant de fondre en larmes.

Peter lui jeta un regard étrange.

— C'est faux. Tu n'as pas besoin de moi, Tanya. Tu peux soulever des montagnes, tu l'as toujours pu. Tu es quelqu'un de fort, tu as ta propre vie et une carrière.

Ces mots la bouleversèrent.

— Je fais ce film parce que tu m'y as incitée. Tu m'as dit que c'était une opportunité qui ne se présenterait qu'une seule fois et que je ne devais pas la laisser passer. Je ne serais pas partie pour ma carrière. Tu sais très bien que cela n'a jamais été ma priorité. Les enfants et toi êtes toujours passés en premier et c'est toujours le cas.

Il la regarda comme s'il ne la croyait pas. Ils n'étaient séparés que par la largeur de la table, mais le fossé qui s'était creusé entre eux était plus profond que le Grand Canyon.

— Je ne crois pas que ce soit encore vrai. Regarde la vie que tu mènes là-bas ! Vois la vérité en face, Tanya. Tu ne voudras plus jamais revenir ici, affirma Peter avec conviction.

— Ne me sers pas cet argument ! Rien ne me retient à Los Angeles. Cette vie ne me correspond pas. Je voulais travailler sur un film, juste une fois ! Rien de plus. Rien n'a changé pour moi. Ma vie est ici.

— Si tu le dis...

Il s'exprimait comme Meg. Tanya réprima une énorme envie de le gifler. Il était clair qu'il ne croyait rien de ce qu'elle pouvait lui dire. Pourtant, ce n'était pas elle qui était en faute. C'était lui. Elle travaillait à Los Angeles, mais elle ne couchait avec personne d'autre que lui.

— Qu'est-ce que tu vas faire ? Qu'est-ce que tu veux, Peter ?

Elle retint son souffle. Le dos voûté, il fixa un instant ses mains avant de lever les yeux vers elle.

— Je n'en sais rien. Tout cela est trop récent. Je n'ai rien vu venir et Alice non plus.

Tanya n'était plus tout à fait celle qu'il avait connue et aimée, elle lui apparaissait presque comme une étrangère. Jamais il ne l'avait vue en colère. En vérité, elle avait le cœur brisé, mais son chagrin se muait en rage lorsqu'elle lui parlait.

— Je n'en crois rien, affirma-t-elle furieuse. Je suis certaine qu'elle te voulait, ainsi que les enfants. Mon absence lui a fourni l'occasion qu'elle attendait. Elle monte la tête de Megan depuis l'été dernier.

— Elle ne lui monte pas la tête, elle l'aime.

En défendant Alice, il aggravait encore les choses. Les joues ruisselantes de larmes, Tanya demanda d'une voix enrouée :

— Et toi ? Tu es amoureux d'elle ?

— Je ne sais plus où j'en suis. Je ne t'avais jamais trompée, Tanya. Je veux que tu le saches.

— Qu'est-ce que ça change, maintenant ? sanglota-t-elle.

Il tendit le bras pour lui prendre la main, mais elle le repoussa. Il la fixa avec désespoir.

— Cela fait une grande différence pour moi, dit-il. Si tu n'étais pas partie pour Los Angeles, rien ne serait jamais arrivé.

— Qu'est-ce que je suis censée faire, maintenant ? Je ne voulais pas repartir, après Thanksgiving. C'est toi qui m'as dit que si je ne repartais pas, on me ferait un procès.

— Et c'était certainement vrai.

De toute façon, il était trop tard. Le mal était fait et il devait prendre une décision. Ils le devaient tous les deux.

— Qu'est-ce que tu vas faire, avec Alice ? demanda Tanya, prise de panique. C'est juste une passade, ou plus que cela ? Tu as dit que tu ne savais pas si tu étais amoureux d'elle. Qu'est-ce que ça veut dire ?

Elle avait dû se forcer à poser cette question, mais il le fallait. Elle avait le droit de savoir.

— Cela signifie exactement ce que j'ai dit. Je n'en sais rien. Je l'aime comme une amie, je trouve que c'est une femme merveilleuse. Nous avons passé de très bons moments ensemble, avec les enfants. Nous voyons les choses de la même façon et il y a beaucoup d'aspects qui me plaisent en elle, mais je n'avais jamais envisagé une liaison avec elle. Je t'aime, Tanya. Je pensais chaque mot que je t'ai dit. Mais je ne parviens pas à imaginer que tu puisses accepter de vivre encore ici, dorénavant. Cette existence te paraîtrait trop étroite. Tu ne t'en rends peut-être pas compte, mais je l'ai compris quand nous sommes venus te voir à Los Angeles. Tu es comme eux, désormais. Alice et moi sommes semblables. Nous avons davantage en commun que toi et moi.

Stupéfaite, Tanya écoutait cette condamnation brutale et douloureuse.

— Comment peux-tu dire une chose pareille ? s'exclama-t-elle avec horreur. C'est injuste ! Je travaille sur un film, j'écris, mais je ne fais pas partie de leur univers, je ne suis pas une star. Je suis toujours celle que j'étais quand je suis partie, il y a trois mois. Tu n'as pas le droit d'affirmer que je suis tombée dans le panneau, que je ne reviendrai jamais ou que je serais malheureuse ici. Ce n'est pas ce que je veux ! Tout ce que je souhaite, c'est reprendre le cours normal de mon existence. Je t'aime vraiment, je n'ai pas couché avec un autre homme à Los Angeles, je ne le ferai jamais et je n'en ai pas envie.

— J'ai du mal à imaginer que tu veuilles reprendre ta vie d'avant, dit-il sombrement.

C'était ce qu'il avait trouvé pour excuser sa faute, pensa-t-elle.

— Que dois-je en conclure ? Que tu cherches une autre épouse avant même que j'aie démissionné ? Qu'est-ce que tu vas faire ? Recevoir des candidates ? J'imagine la petite annonce : « Recherche épouse, scénariste s'abstenir. » Qu'est-ce qui ne va pas chez toi ? Et qu'est-ce qui ne va pas chez Alice ? Qu'est-il advenu de votre sens de l'honneur ? Elle prétend être ma meilleure amie. Quelle mouche l'a piquée, pour qu'elle trouve normal de me tromper et de me trahir, simplement parce que je suis partie travailler à Los Angeles ? Avec ton consentement, j'ajouterai.

Elle le regardait, les yeux étincelants d'une fureur qui dissimulait un profond chagrin. Peter ne savait quoi lui répondre. Elle avait raison, bien sûr, mais il ne pouvait rien y changer. Il avait bel et bien une liaison avec Alice.

— Qu'est-ce que tu comptes faire, Peter ?

— Je ne sais pas, répondit-il, l'air désespéré.

Alice lui avait posé la même question le matin même. Il avait suffi d'un instant d'égarement pour que leur vie soit dévastée.

— Est-ce que tu vas rompre avec elle et t'efforcer de recoller les morceaux ?

Elle posa sur lui des yeux durs. Plus jamais elle n'aurait confiance en lui ou en Alice. Comment, d'ailleurs, pourrait-il l'éviter, puisqu'elle habitait la maison voisine ? Dès que Tanya repartirait pour Los Angeles, ils seraient de nouveau ensemble. C'était comme si la foudre l'avait frappée, détruisant son couple du même coup. Qu'allait-il se passer, maintenant ? Apparemment, Peter ne savait pas ce qu'il éprouvait exactement. Choqué par l'énormité de sa faute et par le fait que Tanya avait tout deviné, il ne savait plus où il en était. C'était comme si leur vie venait d'être balayée par un raz-de-marée.

— Je ne sais pas, répéta-t-il.

Il la regarda dans les yeux. Ils étaient tous les deux dans un triste état.

— Je veux que notre vie reprenne comme avant que tu partes pour Los Angeles, Tanya. Mais je veux aussi comprendre ce que j'éprouve vraiment pour Alice. Il doit y avoir un sens à tout cela, sinon rien ne serait arrivé. J'étais seul et fatigué de tout assumer, mais je ne pense pas que ce soit la seule raison. Il y a peut-être autre chose. Je ne crois pas qu'il s'agisse d'une vulgaire coucherie. Je voudrais pouvoir l'affirmer, mais je n'en suis pas certain. Je nous dois à tous les trois de tirer les choses au clair.

— Et comment comptes-tu t'y prendre ? Tu vas nous faire passer des auditions ? De quelle marge de manœuvre veux-tu disposer ? Vous avez détruit ma vie, tous les deux, ma famille et tout ce en quoi je crois. J'avais confiance en toi... Que suis-je censée faire, maintenant ? sanglota-t-elle. Qu'est-ce que tu veux ?

— J'ai besoin d'un peu de temps, dit-il d'une voix rauque.

Ils en avaient tous besoin. Alice lui avait dit qu'elle l'aimait. Elle était tombée amoureuse de lui après la mort de son mari, mais jusqu'alors, elle pensait n'avoir aucune chance. Il ne savait que faire de cette information. Tiraillé entre les deux femmes, il se noyait dans sa propre confusion.

— Est-ce que tu veux que j'abandonne tout de suite le film ? proposa Tanya. Si c'est cela, je le ferai.

— Ils te traîneront devant les tribunaux et exigeront des dommages et intérêts. Nous n'avons pas besoin de cela, en plus du reste. Le gâchis n'en serait que plus grand. Il faut que tu termines ce que tu as commencé.

— Pendant qu'Alice et toi, vous couchez ensemble ? Qu'est-ce que les enfants vont penser de ta conduite, à ton avis ? Tu ne leur apparaîtras certainement pas sous les traits d'un héros.

— J'en suis parfaitement conscient. Et si tu veux le savoir, je me fais l'effet d'un salaud. J'ai dérapé, j'ai commis une terrible erreur. C'est arrivé et je ne peux pas revenir en arrière mais, encore une fois, j'ai besoin de savoir si c'était une vulgaire coucherie ou autre chose, ce qui n'est pas impossible. Je passe plus de temps avec elle qu'avec toi, maintenant. Nous avons énormément de points communs, nous voulons le même genre de vie. Toi, tu évolues dans un autre univers, tu es occupée à autre chose. Sois honnête, c'est ce que tu voulais. Peut-être souhaitais-tu seulement écrire ce scénario, mais au bout du compte, tu as pris tout ce qu'il y avait avec. Le mode d'existence va avec le travail, tu ne peux pas les séparer. Je t'ai trouvée tout à fait à l'aise, dans ta villa du Beverly Hills Hotel. Tu n'as pas cherché à louer un studio meilleur marché, tu n'as pas non plus renoncé à la limousine qu'on t'offrait pour prendre le bus. Je suis persuadé que tout cela te plaît, et pourquoi en serait-il autrement ? Tu gagnes tous ces privilèges par ton travail. Mais je ne te vois pas abandonnant tout cela dans six mois. A mon avis, tu feras un autre film... et encore un autre. Tu ne voudras plus jamais de cette vie, ni même de moi.

— Tu n'as pas le droit de prendre des décisions à ma place, de me dire ce que je ressens ou ce que je veux. J'ai toujours voulu rentrer à la maison quand ce serait fini. Et maintenant, tu viens me dire que c'est impossible, que quelqu'un d'autre peut prendre ma place, que je vais peut-être perdre mon foyer.

— Ce sont des choses qui arrivent, Tanya, soupira tristement Peter. Je ne voulais pas non plus que cela se produise.

— Tu es pourtant à l'origine de cette catastrophe, moi non. Je n'y suis pour rien. J'ai seulement accepté un travail pour neuf mois et je fais tout pour rentrer à la maison chaque fois que je le peux.

Elle le suppliait d'être juste, mais la situation ne l'était pas. Tout comme la vie, parfois.

— Ce n'est pas suffisant, asséna Peter. J'ai besoin de davantage qu'une épouse qui passe deux week-ends par mois avec moi. Ma femme doit être là tous les jours. Ces trois derniers mois m'ont presque tué. Je ne peux pas veiller sur les filles, travailler, faire la cuisine et le ménage. Je n'y arrive pas !

Ce discours raviva la colère de Tanya.

— Pourquoi pas ? Je l'ai fait avant toi. Et j'aurais pu te tromper, pour soulager mon stress, mais je ne l'ai pas fait, pas plus que je ne t'ai trahi avec un autre homme, à Los Angeles.

Elle était certaine que les occasions n'auraient pas manqué, si elle l'avait vraiment voulu. Ce qu'elle n'aurait jamais infligé à Peter, Alice et lui le lui avaient fait. Elle avait perdu du même coup son mari et sa meilleure amie, ce qui était doublement douloureux.

— Efforçons-nous de mettre tout cela entre parenthèses pendant les fêtes de Noël, suggéra Peter. Essayons de nous calmer et de faire le point. Pour l'instant, nous sommes bouleversés, déboussolés. Je m'efforcerai de tout éclaircir avant que tu repartes pour Los Angeles. Je suis désolé, Tanya, mais je ne vois pas ce que je pourrais te dire de plus. J'ai besoin de temps pour réfléchir. Nous en avons tous besoin, si nous ne voulons pas devenir fous.

Très pâle, elle le regarda droit dans les yeux.

— Je suis parfaitement saine d'esprit. C'est vous deux qui avez perdu la raison. Moi aussi, peut-être, quand j'ai signé ce contrat. Mais je ne méritais pas une telle punition, conclut-elle, les yeux pleins de larmes.

— C'est vrai. Et je ne veux plus te faire du mal.

Maintenant qu'elle savait tout, ils devaient sortir de cette situation d'une façon ou d'une autre. Déchiré entre les deux femmes, Peter nageait en pleine confusion.

— Je préférerais que nous n'en parlions pas aux enfants jusqu'à ce que nous ayons pris une décision, si cela ne t'ennuie pas.

Tanya réfléchit une minute avant de hocher la tête. De toute façon, les enfants allaient forcément deviner que quelque chose n'allait pas. Ils sentiraient la tension entre leurs parents et, dès ce soir, Alice serait persona non grata à la maison. Ce serait difficile à justifier. S'ils voulaient mentir de façon convaincante, ils devraient faire preuve d'imagination. Et quelles que soient les fables qu'ils inventeraient, leurs visages parleraient pour eux. Peter semblait exténué, Tanya brisée en mille morceaux et Alice se cachait, effondrée. Elle ne voulait pas servir de bouche-trou en l'absence de Tanya. Elle avait dit à Peter qu'il devrait choisir entre elles, ou qu'elle mettrait fin à leur histoire. D'une certaine façon, elle était soulagée que Tanya soit au courant. Elle était gênée, mais elle n'avait aucun remords. Désormais, Peter serait contraint de prendre une décision. Alice lui avait dit qu'elle sacrifierait sans regret son amitié pour Tanya par amour pour lui et qu'elle était d'ailleurs amoureuse de lui depuis longtemps. Cette révélation avait foudroyé Peter.

Ils étaient assis dans la cuisine quand Molly et Meg rentrèrent. Dès qu'elles virent leurs parents, elles comprirent instantanément qu'un malheur était arrivé. Leur mère semblait anéantie. Elles ne l'avaient jamais vue ainsi, sauf quand quelqu'un était mort. Leur père se leva, prit la poubelle et sortit. Il avait besoin de prendre l'air.

— Que s'est-il passé ? demanda Molly à sa mère.

Tanya s'efforça de plaquer un sourire peu convaincant sur son visage figé.

— Rien. Je viens d'apprendre qu'une ancienne amie d'université est décédée. J'en ai parlé à votre père parce que j'étais triste, c'est tout.

— Je suis désolée, maman. Je peux faire quelque chose ?

Incapable de parler, Tanya secoua la tête. A cet instant, Peter rentra. Il avait l'air aussi désespéré qu'elle et Megan s'en aperçut. Quelques minutes plus tard, les jumelles montèrent à l'étage. Jason arriva peu après, et remarqua lui aussi l'état épouvantable de ses parents. Il en discuta avec ses sœurs. Tanya et Peter s'étaient enfermés dans leur chambre, et il n'en sortit aucun bruit de tout l'après-midi. Les enfants devinaient que quelque chose n'allait pas, mais ils ne parvenaient pas à savoir ce que cela pouvait être. En tout cas, ils voyaient bien que l'affaire était sérieuse. Megan craignait que sa mère ne demande le divorce pour s'installer à Los Angeles.

— C'est impossible, répliqua Molly. Elle ne nous quitterait jamais, nous et papa.

— L'an prochain, il n'y aura plus de « nous », lui rappela Megan. Je suis certaine que c'est ça... Crois-moi, elle va s'en aller. Pauvre papa ! Il avait l'air dans tous ses états.

Elle se rangeait systématiquement du côté de son père.

— Maman aussi, répliqua Jason. J'espère qu'ils ne sont malades ni l'un ni l'autre.

Ils avaient tous les trois compris qu'il s'agissait de quelque chose de très grave et ils en étaient profondément affectés. Dans leur chambre, Tanya et Peter discutaient à voix basse pour ne pas être entendus.

Il régnait dans la maison une atmosphère de deuil. On aurait dit qu'ils venaient de perdre un être cher.

Cela dura pendant plusieurs jours. Finalement, Tanya sortit acheter le sapin de Noël avec Jason, dans l'espoir de retrouver un esprit plus festif. Mais elle se mit à pleurer en le décorant, et Molly s'en aperçut. La jeune fille essaya d'en connaître la cause mais, malgré tous ses efforts, Tanya ne lui confia pas la cause de son chagrin. Tout le monde resta sur ses gardes pendant tout le reste des vacances, surtout Tanya et Peter. Apercevant un jour Alice dans l'allée, Tanya lui tourna le dos et s'éloigna. Megan lui demanda pourquoi elle ne l'avait pas invitée à boire un verre. Tanya lui fournit alors une vague excuse et prétendit qu'elle était occupée.

La jeune fille se dressa immédiatement sur ses ergots.

— Tu es jalouse d'elle, c'est ça ? Tu lui en veux, parce qu'on l'adore et qu'elle est devenue une seconde mère pour nous ? Regarde la vérité en face ! Si tu ne nous avais pas abandonnés pendant notre année de terminale, elle n'aurait pas pris ta place. C'est ta faute, si elle fait tout ça pour nous.

Megan s'était exprimée avec la fougue et l'emportement de sa jeunesse. Tanya refoula ses larmes et ne répondit pas, mais elle songea que Peter lui avait tenu à peu près le même discours. Si elle n'était pas partie pour Los Angeles, Alice ne se serait pas occupée de lui et ne l'aurait pas invité à dîner avec les filles, plusieurs fois par semaine. En d'autres termes, elle méritait bien ce qui lui arrivait. Tanya se demanda si c'était vrai... Elle aussi s'était sentie bien seule, à Los Angeles, et pourtant elle n'avait pas trompé Peter pour autant.

L'ambiance resta déprimante et chargée d'hostilité jusqu'au soir de Noël. Comme ils le faisaient toujours, ils se rendirent ensemble à l'église. Mais cette année, ils ne se joignirent pas à Alice et à ses deux enfants, qui y allèrent de leur côté. Megan s'en plaignit et, une fois arrivée à l'église, elle alla s'asseoir près d'Alice. Tanya passa la messe à genoux, son visage ruisselant de larmes enfoui dans ses mains. Pendant toute la cérémonie, le regard de Peter alla de Tanya à Alice. L'une semblait le supplier d'entamer une nouvelle vie avec elle et l'autre pleurait celle qu'ils avaient menée ensemble. Quelques jours auparavant, il avait dit à Alice qu'il ne souhaitait plus la voir jusqu'à ce qu'il ait pris une décision, tant leurs rencontres le perturbaient. Maintenant, elle semblait en proie à la panique. Leur brève liaison avait eu l'effet d'un séisme sur leurs vies et tout semblait aller de mal en pis.

Peu après Noël, les enfants partirent faire du ski à Tahoe et annoncèrent leur intention d'y passer le Nouvel An. Tanya était certaine qu'ils étaient soulagés de s'éloigner. Elle faisait de son mieux pour leur dissimuler la vérité, mais n'était pas très convaincante. Quand les enfants quittèrent la maison, Peter et elle semblaient à bout. Chaque fois qu'elle ignorait où il se trouvait, elle imaginait qu'il était avec Alice. Elle n'avait plus confiance en lui.

Ils décidèrent de ne pas fêter la nouvelle année. Tanya en était d'ailleurs incapable. Le matin, ils restèrent au lit et discutèrent. La veille, ils s'étaient couchés tôt, mais, en voyant leurs traits tirés, on aurait pu croire qu'ils n'avaient pas dormi de la nuit. Chaque matin, quand elle réalisait ce qui était arrivé, Tanya avait envie de mourir. Elle ne posait plus de questions à Peter sur sa décision, supposant qu'il lui en parlerait lorsqu'il l'aurait prise.

Etendus côte à côte, ils regardaient par la fenêtre. Silencieuse, Tanya fixait un coin du toit de la maison d'Alice.

— Je vais rompre avec Alice, annonça-t-il d'une voix lugubre sans se tourner vers elle, comme s'il s'adressait au plafond. Je crois que c'est la meilleure chose à faire.

Le silence régna un instant dans la pièce. La meilleure chose à faire, songea Tanya, aurait été de ne jamais avoir eu de liaison avec leur voisine. La rupture constituait la seconde « meilleure chose ».

— C'est ce que tu veux, Peter ? demanda-t-elle doucement.

Il hocha la tête.

— Tu penses que tu en seras capable ? Elle te laissera faire ?

Elle savait mieux que personne combien Alice pouvait se montrer tenace quand elle voulait vraiment quelque chose.

— Elle est très raisonnable. Elle dit qu'elle va s'éloigner pendant un certain temps. Elle ira en Europe, où elle doit faire des transactions pour sa galerie. Cela nous donnera un peu de temps.

Peter soupira. Il n'aimait pas en discuter avec Tanya, mais il savait que c'était indispensable. Tout comme Alice, elle attendait sa décision depuis deux semaines. La veille, lorsqu'il l'avait annoncée à Alice, elle n'avait pas protesté. Elle le comprenait, même si elle était malheureuse. Elle lui avait dit que sa porte resterait ouverte, si jamais il changeait d'avis. Cela ne rendait les choses que plus difficiles. Il savait qu'il avait besoin de fermer cette porte, s'il voulait sauver son couple.

— Qu'est-ce qui se passera, quand elle reviendra ?

— Nous garderons nos distances pendant un certain temps, jusqu'à ce que les choses se tassent.

Mais tous les trois savaient que plus rien ne serait comme avant. Tanya n'avait pas parlé à Alice. Elle ne voulait plus jamais lui adresser la parole. Elle avait perdu toute confiance en Peter et se demandait ce qu'il ferait lorsqu'elle repartirait pour Los Angeles. Maintenant qu'il avait couché avec Alice, il pouvait parfaitement prendre une autre maîtresse. Et au retour d'Alice, elle craignait qu'ils ne soient pas capables de rester à l'écart l'un de l'autre. Tous se retrouvaient dans une situation épouvantable.

Elle hocha la tête sans un mot, puis se leva et prit sa douche. Elle se sentait incapable de se jeter au cou de Peter en lui disant qu'elle l'aimait. D'ailleurs, elle ne savait plus où elle en était. La colère, la rage, la déception, la crainte, le chagrin, la douleur l'habitaient. Submergée par une multitude d'émotions, toutes plus désagréables les unes que les autres, elle n'était même pas certaine que l'amour puisse y trouver place. Elle espérait qu'avec le temps, leur couple s'en remettrait, mais elle n'en était pas sûre. Le mur qui les séparait était toujours aussi haut. Peter ne faisait d'ailleurs aucun effort pour le franchir. Il savait que seul le temps pourrait les réunir, mais en attendant, lui aussi se sentait très seul.

Dans une ultime tentative de rapprochement, il l'invita au restaurant quelques jours avant son départ pour Los Angeles. Alice était déjà partie pour l'Europe et Jason venait de regagner l'université. Les vacances avaient été déprimantes et horriblement stressantes. Tanya accepta l'invitation, mais ils n'avaient pas grand-chose à se dire. Ils parvinrent à venir à bout de la soirée en parlant des enfants et de divers sujets, tous plus ineptes les uns que les autres. Cette sortie ne leur procura aucun plaisir, mais ils savaient qu'il fallait bien commencer quelque part. Evidemment, ils évitèrent soigneusement de parler d'Alice. Lorsqu'ils furent couchés, Peter se rapprocha de Tanya, pour la première fois depuis qu'elle était rentrée à la maison. Mais lorsqu'il lui effleura le dos, elle se raidit immédiatement et s'écarta de lui. Il ne put voir les larmes qui lui montaient aux yeux, mais il les entendit dans sa voix.

— Je suis désolée, Peter... Je ne peux pas... pas encore.

— Oui, je comprends, répondit-il avant de lui tourner le dos.

En trois semaines, il ne l'avait pas prise une seule fois dans ses bras et il ne lui avait pas non plus dit qu'il l'aimait. C'était pourtant tout ce qu'elle aurait voulu. Ils avaient passé leur temps à parler d'Alice. Elle les séparait aussi sûrement que si elle avait été étendue entre eux, dans le lit.

La tête sur l'oreiller, Tanya fixait le dos de son mari dans le noir et se demandait si tout redeviendrait un jour comme avant.

12

Le retour à Los Angeles fut encore plus pénible que d'habitude. En pleurant, Tanya serra ses filles contre elle. Complètement bouleversée, elle ne put prononcer un seul mot. Même Megan parut triste de la voir ainsi, d'autant qu'elle ne disposait plus d'une autre épaule maternelle sur laquelle s'appuyer, puisque Alice était partie pour un mois. Elle avait appelé les deux filles pour leur dire au revoir, mais elles ne savaient pas où elle était. Peter était le seul à qui elle l'avait confié, même s'il n'avait d'ailleurs pas particulièrement souhaité le savoir. Après avoir recopié les numéros de téléphone qu'elle lui avait donnés, il avait réfléchi un instant et déchiré le papier en petits morceaux. Cela lui paraissait plus sûr, au cas où, un soir de solitude, il sentirait sa résolution faiblir et risquerait alors de l'appeler et de lui demander de revenir. Bien décidé à rompre, il était certain d'y parvenir. Il souffrait cependant que Tanya ne lui fasse plus confiance. Elle semblait anéantie lorsqu'il la conduisit à l'aéroport. Au moment de le quitter, elle noua ses bras autour de son cou.

— Je t'aime encore, Peter, dit-elle tristement.

Ils n'avaient pas fait l'amour avant son départ. Chaque fois que cela aurait été possible, elle n'avait pu s'empêcher de penser qu'il l'avait trahie avec Alice. Il lui faudrait du temps pour se remettre de ce choc et se sentir à l'aise avec lui.

— Moi aussi, je t'aime, Tanya. Tout cela me navre.

Les fêtes de Noël avaient été totalement gâchées. Malgré tous leurs efforts pour leur cacher la vérité, les enfants avaient vite deviné que quelque chose n'allait pas. Et le refus de leurs parents d'en parler avec eux n'avait fait qu'aggraver les choses et les inquiéter encore plus.

— J'espère que ça ira bientôt mieux, dit tristement Tanya.

— Moi aussi.

Il ne mentait pas. Il souhaitait sincèrement recoller les morceaux, même s'il se doutait que les dégâts étaient importants.

— Je reviendrai vendredi, si je peux.

Et si c'était impossible, que se passerait-il ? se demanda-t-elle. Avec qui dormirait-il ? Où était Alice ? Allait-il rencontrer quelqu'un d'autre ? Tanya n'était plus sûre de rien. Pendant vingt ans, elle avait eu totalement confiance en lui. Désormais, elle ne croyait plus en rien ni en personne, et en lui moins qu'en quiconque. C'était un sentiment affreux, il pouvait le lire dans ses yeux. Chaque fois qu'elle le regardait, c'était comme si elle l'accablait de reproches, et il croulait sous le poids de sa souffrance. Ce n'était pas facile à vivre et, d'une certaine façon, cette séparation les soulageait tous les deux. Ces trois semaines avaient été trop éprouvantes. Elle détestait le quitter, ainsi que les filles, mais elle était contente de repartir pour Los Angeles. Pour une fois, il avait raison. Elle avait beau être déchirée, elle avait hâte de s'échapper.

Elle retrouva la villa à 20 heures. Cette fois, son petit nid douillet du Beverly Hills Hotel la déprima. Elle aurait voulu rentrer chez elle mais, en même temps, elle n'en avait pas la moindre envie. Ce qu'elle souhaitait, en fait, c'était retrouver sa vie d'avant avec Peter. Mais elle se demandait s'ils y parviendraient un jour. Jason et les filles lui manquaient, elle se sentait plus seule que jamais. Tout lui manquait, elle se manquait même à elle-même... C'était comme si elle s'était perdue, pendant ces trois semaines. Dans tout ce désastre, elle n'avait conservé que ses enfants, mais elle ne parvenait plus à communiquer avec eux. Ce soir-là, elle n'appela pas Peter et lui non plus ne chercha pas à la joindre. Le silence régnait dans la villa n° 2. Elle n'avait même pas eu la force de mettre un peu de musique. Après avoir demandé qu'on la réveille le lendemain matin, elle se roula en boule dans son lit et pleura longtemps avant de s'endormir. D'une certaine façon, elle en tirait un soulagement. Comme Peter n'était pas allongé à côté d'elle, elle ne se demandait pas à quoi il pensait ou s'il avait eu des nouvelles d'Alice. Il semblait à Tanya qu'elle ne se sortirait jamais de cette situation. Elle ignorait si Peter était sincère lorsqu'il lui promettait de rompre avec Alice et même s'il en serait capable. Elle ne savait que croire. Auparavant, elle lui avait fait confiance, mais durant les trois dernières semaines, son petit monde paisible s'était effondré comme un château de cartes.

Le lendemain, elle fut heureuse de regagner le plateau.

— Bienvenue parmi nous, lui dit Max.

Leurs regards se croisèrent. Aussitôt, il comprit qu'elle avait le cœur brisé. Elle avait perdu plus de cinq kilos et elle avait une mine affreuse.

Faisant semblant de ne rien remarquer, il demanda :

— Comment se sont passées vos vacances ?

— Parfaitement bien. Et vous ? Comment c'était, à New York ?

— Neigeux et glacé, mais amusant. Je pense que je suis trop vieux pour avoir des petits-enfants. Les grands-parents devraient toujours être jeunes. Ils m'ont épuisé.

Tanya lui sourit. A cet instant, Douglas apparut avec une pile de notes. Les derniers changements apportés au scénario, imprimés sur des feuilles de couleurs pastel, furent distribués. Il y en avait eu tellement qu'il devenait difficile de s'y retrouver.

En voyant Tanya, il haussa les sourcils.

— Bienvenue à Hollywood, Tanya. Vous avez passé de bonnes vacances ? demanda-t-il sur un ton sarcastique.

Si c'était le cas, songea-t-il, elle n'en avait pas l'air. Elle paraissait beaucoup trop mince !

— On dirait que vous n'avez pas mangé depuis votre départ, continua-t-il.

Merci, Douglas. Bien sûr, il ne prenait pas la peine de dissimuler ses pensées ou de mâcher ses mots.

— J'ai eu la grippe, dit-elle sans espérer qu'il la croirait.

— Pas de chance ! Quoi qu'il en soit, je suis content de vous revoir.

Il resta toute la matinée sur le plateau pour voir comment les choses se passaient. Il y avait quelques scènes délicates à tourner, mais pour une fois Jane connaissait ses répliques. Le bruit courait qu'elle avait passé les vacances avec Ned Bright aux Antilles. Elle semblait nager en plein bonheur. Tous les deux avaient d'ailleurs l'air très heureux. Chaque fois qu'ils tournaient une scène ensemble, l'atmosphère était chargée d'énergie positive.

— Ah, l'amour ! fit Max avec une petite grimace.

C'était l'heure de la pause-déjeuner.

— C'est bon ! cria-t-il. On met en boîte !

Cela signifiait qu'il était satisfait de la dernière prise. Jetant un coup d'œil à Tanya, il trouva qu'elle avait encore plus mauvaise mine qu'il ne l'avait cru au premier abord. Il n'avait jamais vu personne d'aussi pâle.

— Vous vous sentez bien ? s'inquiéta-t-il. Si vous êtes encore malade, vous n'auriez pas dû venir. On peut toujours vous joindre à l'hôtel.

— Je suis juste un peu fatiguée.

— Vous avez pas mal maigri.

Sa sollicitude la toucha.

— C'est vrai, répliqua-t-elle en feignant de se concentrer sur le scénario.

Malgré elle, les larmes lui montèrent aux yeux et se mirent à couler. Max s'en aperçut et lui tendit un mouchoir.

— On dirait que vous vous êtes bien amusée, remarqua-t-il doucement.

L'air inquiet, Harry ne les quittait pas des yeux. Le chien aussi devinait que quelque chose n'allait pas.

Tanya rit à travers ses larmes.

— C'était fantastique, dit-elle en se mouchant. Certaines vacances sont plus drôles que d'autres, celles-ci ne l'étaient pas vraiment.

— Qu'est-ce qu'il vous a fait ? Il vous a enfermée et mise au pain sec ? Vous savez qu'il y a au moins huit cents numéros que vous pouvez appeler, dans ces cas-là ? Je crois que le dernier que j'ai composé était le 0-800-D-I-V-O-R-C-E. Impeccable ! Ils m'ont envoyé une équipe de secours, qui a jeté cette garce dehors. Rappelez-vous ce numéro, en cas de besoin.

Ses paroles eurent pour effet de faire redoubler ses pleurs. Max lui tendit d'autres mouchoirs.

— Ce n'était pas tout à fait aussi moche...

Elle se tut une minute et décida d'être honnête, ne serait-ce qu'envers elle-même.

— C'était pire ! En fait, ces vacances ont été abominables.

Cela lui faisait du bien de le lui dire.

— Elles le sont parfois. Les miennes le sont presque toujours. Cette année, j'ai été content de passer un peu de temps avec mes enfants. D'habitude, j'offre mes services à une association caritative. De cette façon, je peux constater qu'il existe des gens plus malheureux que moi. C'est peut-être ce que vous devriez faire. Je suis navré, Tanya, ajouta-t-il d'une voix douce qui la fit pleurer davantage. Vous voulez que j'appelle un plombier ? J'ai l'impression que l'un de vos tuyaux a explosé, parce qu'il y a une grosse fuite.

Elle versait des flots de larmes, mais il la faisait rire.

— Excusez-moi, Max. Je me laisse aller depuis que je suis rentrée. Là-bas, la situation était très tendue, mais je devais faire bonne figure devant les enfants. Alors que depuis que je suis rentrée, hier soir, je n'ai fait que pleurer.

— Si cela peut vous aider... Vous avez eu de gros problèmes, ou bien des petits ?

— Des gros, avoua-t-elle.

Elle le regarda. Ses yeux ressemblaient à d'immenses flaques vertes, emplies d'un chagrin infini. Il détestait la voir dans cet état.

— Je peux vous aider ?

Elle secoua la tête.

— Tant pis, soupira-t-il. Je l'espérais. Peut-être le temps fera-t-il son œuvre.

— Peut-être.

A condition que Peter n'ait pas menti et qu'Alice reste éloignée suffisamment longtemps. Il fallait aussi qu'elle puisse rentrer chez elle le week-end. Si ce n'était pas le cas, Dieu seul savait ce qui pourrait arriver, surtout si Alice était dans les parages. Elle n'avait plus du tout confiance en eux et cela risquait de durer... Et le doute n'était pas le meilleur ciment du mariage. Levant vers Max des yeux tristes, elle décida de lui dire la vérité. Jusqu'alors, les seuls à être dans la confidence avaient été Alice et Peter. Il était bien sûr tout à fait exclu qu'elle en parle à ses enfants.

— Quand je suis rentrée chez moi, j'ai découvert que Peter m'avait trompée avec ma meilleure amie.

La douleur crispait ses traits. Max fit la grimace.

— C'est moche. J'espère que vous ne les avez pas surpris au lit.

— Non. Je l'ai lu dans ses yeux à elle. J'avais eu des doutes à Thanksgiving, mais je crois que rien ne s'était encore passé. Je sentais peut-être les choses venir.

— Les femmes sont extraordinaires ! Elles devinent toujours tout. Les hommes ne voient rien jusqu'à ce que le ciel leur tombe sur la tête. Les femmes *savent*. Je déteste ça, chez elles. On ne peut jamais rien leur cacher. Et alors, que s'est-il passé ?

— Nous avons passé trois affreuses semaines à nous torturer mutuellement. Elle est partie pour l'Europe et il m'a promis que tout était fini entre eux.

— Et vous le croyez ?

Elle secoua la tête.

— Plus maintenant. Peut-être même plus jamais. J'ai peur qu'il ne retombe dans ses bras à son retour. Il est persuadé que je ne quitterai plus Los Angeles. Selon lui, j'aurai cette ville dans la peau, désormais. C'est injuste ! Quoi que je lui dise, il ne m'écoute pas.

— C'est l'excuse qu'il a trouvée, Tanya. S'il voulait vous garder, il se moquerait bien que vous soyez danseuse du ventre dans un harem ou que vous ayez une liaison avec le roi d'Angleterre. En bref, s'il voulait vraiment vous garder, il vous dirait de revenir à la maison dès que le film sera fini et d'oublier Hollywood. Peut-être a-t-il baissé les bras. Peut-être a-t-il peur ou se croit-il indigne de vous. Elle est jeune ?

— Non. Elle a deux ans de plus que lui et six de plus que moi.

Max parut impressionné.

— Alors ce doit être de l'amour. Aucun homme ne court après une femme plus âgée, sauf s'il l'aime.

— Ils se ressemblent beaucoup. C'est même la raison pour laquelle je les aimais tous les deux. Elle m'a eue dans les grandes largeurs. Sans doute avait-elle déjà jeté son dévolu sur lui depuis longtemps. Elle est veuve depuis deux ans et moi, en ce moment, je suis absente les trois quarts du temps, ainsi qu'il me l'a fait gentiment remarquer. Mes enfants la considèrent comme une tante. Elle s'entend même mieux que moi avec l'une de mes filles. Je suis persuadée qu'elle cachait son jeu et qu'elle voulait mon mari. Mon départ a été la meilleure chose qui pouvait lui arriver.

Max hocha la tête avec sympathie.

— Et lui, qu'est-ce qu'il dit ?

— Qu'il a rompu avec elle.

— Est-ce qu'il a dit qu'il l'aimait ?

— Il prétend qu'il n'en sait rien.

— Je déteste ce genre de type, maugréa Max, l'air contrarié. Soit il l'aime, soit il ne l'aime pas. Comment ose-t-il dire qu'il ne le sait pas ?

— Il prétend qu'il m'aime aussi, répliqua Tanya en se mouchant de nouveau. Mais je ne suis pas sûre de le croire.

Tanya avait le sentiment que sa vie était détruite. Et sa mine défaite comme sa maigreur le prouvaient amplement. Max était sincèrement désolé pour elle, car Tanya était une femme bien. Elle lui avait souvent parlé de son mari, répété à quel point elle l'aimait. Le coup qu'il venait de lui porter était terrible et serait sans doute fatal à leur couple.

Il réfléchissait tout en caressant distraitement sa barbe.

— Je pense qu'il vous aime, Tanya. Quel homme ne vous aimerait pas ? Il serait vraiment stupide, si ce n'était pas le cas. Je crois aussi qu'il nage en pleine confusion. Peut-être vous aime-t-il toutes les deux. Ce serait vraiment pathétique, mais cela arrive. Certains hommes mélangent tout et ils se retrouvent avec des épouses et des maîtresses.

Tanya l'écoutait comme une enfant perdue.

— Et alors ? Que font-ils ?

— Cela dépend. Certains épousent leur maîtresse, d'autres restent avec leur femme. Mais il pourrait bien avoir raison sur un point, vous savez. Que vous l'abandonniez pour rester ici. Au départ, je n'y croyais pas, j'étais persuadé que vous regagneriez vos pénates au galop. Mais on ne sait jamais, vous ferez peut-être un autre film, ou alors vous n'aurez plus envie de rentrer, surtout s'il s'amuse ailleurs.

Ce discours la fit sourire malgré elle.

— Je pense que je rentrerai chez moi. Je n'ai aucune raison de rester ici.

— Sauf si on vous offre la possibilité de poursuivre une longue carrière dans le cinéma. Vous avez fait du bon boulot, sur ce scénario. Quand le film sera terminé, je suis certain qu'on vous fera de nombreuses propositions. Vous n'aurez que l'embarras du choix.

— Non. La seule chose qui m'intéresse, c'est la vie que je menais.

— Alors, battez-vous, serrez-lui la vis, rentrez chez vous, n'acceptez plus rien et faites-lui payer ce qu'il vous a fait. Mes épouses s'y prenaient de cette façon, quand je sortais du droit chemin.

— Et comment avez-vous réagi ? s'enquit Tanya avec intérêt.

— J'ai divorcé aussi vite que j'ai pu. Mais mes maîtresses étaient plus jeunes, plus mignonnes et nettement plus drôles que mes femmes. Dans votre cas, reprit Max, si votre mari a une once de cervelle, il ne vous lâchera pas. Du moins c'est ce que j'espère. Il s'était déjà comporté ainsi, auparavant ?

Elle secoua la tête.

— Parfait, dit Max. C'est donc un naïf. C'est peut-être la seule erreur qu'il commettra de toute sa vie. Un moment d'égarement, rien de plus. Mais gardez l'œil sur cette femme et ne croyez plus un mot de ce qu'ils vous diront. Fiez-vous à votre instinct, vous ne vous tromperez jamais.

— C'est de cette façon que j'ai tout deviné. Je l'ai su à la seconde même où je les ai vus.

— Bravo ! Mais tenez bon. Tout peut s'arranger. Je suis désolé que vous ayez vécu de si durs moments.

Elle haussa les épaules.

— Moi aussi. Merci de m'avoir écoutée.

A cet instant, le chien aboya, ce qui les fit rire.

— Il est d'accord avec tout ce que je dis. C'est un animal très intelligent.

— Et vous, vous êtes un homme très intelligent et un ami, dit-elle en l'embrassant sur la joue.

Douglas, qui passait près d'eux, parut intrigué.

— Qu'est-ce qui vous rend si affectueux, tous les deux ?

— Elle vient de me demander en mariage, expliqua Max. Je lui ai dit qu'elle devrait m'acheter. Six vaches, un troupeau de chèvres et une Bentley neuve. Nous venons de conclure la négociation. J'ai eu du mal à avoir les chèvres, mais elle m'a accordé facilement la Bentley.

Douglas fit une petite grimace, mais Tanya éclata de rire. Cette conversation avec Max lui avait fait du bien.

— On a fait du bon travail, ce matin, tu ne trouves pas ? demanda Douglas à Max.

Max était tout aussi content que lui. L'idylle entre Jane et Ned avait considérablement amélioré leur jeu. C'était fréquent. Beaucoup d'acteurs et d'actrices tombaient amoureux les uns des autres pendant le tournage d'un film. Cela ressemblait étrangement aux amours de vacances. Quelques couples résistaient, mais ils étaient rares. Tous étaient prêts à parier que celui que formaient Jane et Ned ne durerait pas. Jane avait la réputation de changer d'homme comme de chemise... et Ned était comme elle.

Douglas se tourna vers Tanya.

— On mange ensemble, quand nous aurons fini ? Je voudrais vous soumettre quelques changements dans le scénario.

Tanya était fatiguée, mais elle ne pouvait pas décliner l'invitation. Quand Douglas réclamait votre présence, fût-ce pour un dîner, il n'était pas question de refuser.

— D'accord, à condition que je reste comme je suis.

Elle ne se sentait pas l'énergie de passer à l'hôtel pour se changer.

— Vous êtes parfaite. Nous irons dans un restaurant chinois ou japonais. Je sais que vous avez été malade et je ne vous retiendrai pas longtemps.

Il n'avait aucune raison de mettre en doute ce qu'elle lui avait dit. Elle avait beaucoup maigri et elle était très pâle.

Ils terminèrent à 20 heures et Douglas l'emmena dans son bar à sushis préféré. Elle avait demandé à son chauffeur de l'attendre avec la limousine, parce que, ensuite, Douglas devait se rendre à une soirée. Lorsqu'ils s'assirent, Tanya était épuisée.

Les modifications qu'il souhaitait apporter au scénario étaient minimes et elle s'étonna qu'il l'ait invitée au restaurant pour si peu.

Mais Douglas répondit qu'il voulait battre le fer pendant qu'il était chaud.

Il partagea les sushis en deux parts égales et la servit.

— Alors, ces vacances ? demanda-t-il. Vous avez passé de bons moments avec vos enfants ?

Elle essaya de faire bonne figure et d'oublier le calvaire qu'elle avait vécu.

— Très bons, merci. Mais je suis contente de reprendre le travail.

Au moment où elle prononça ces mots, il la regarda dans les yeux et entrevit quelque chose qui l'intrigua.

— Pourquoi ai-je le sentiment que vous me mentez ? Vous avez eu des ennuis, chez vous ?

Elle ne voulait pas se confier à lui, mais elle n'avait pas l'énergie de lui dissimuler la vérité. Peut-être cela n'avait-il d'ailleurs aucune importance.

— Je ne mens pas, mais je n'ai pas envie d'en parler, avoua-t-elle. A vrai dire, ces vacances ont été abominables.

— J'en suis navré, dit-il doucement. J'espérais me tromper.

Elle n'en était pas si sûre. Depuis le début, il lui prédisait qu'elle ne voudrait plus quitter Los Angeles.

— Vous avez eu de gros problèmes ? insista-t-il avec compassion devant sa mine défaite.

— Peut-être. Le temps nous le dira.

— Je suis désolé, Tanya. Je sais combien votre foyer compte pour vous. Je suppose que c'est avec votre mari que vous avez eu un différend et pas avec vos enfants ?

— Oui. J'ai été d'autant plus secouée que c'est la première fois.

— C'est toujours comme cela. Cela n'a rien à voir avec vous. Qu'on soit marié ou non, les relations de couple ne sont pas faciles et la confiance finit par s'user, assura-t-il en lui souriant. C'est pour cette raison que j'évite de m'engager. Je trouve plus simple de rester libre et de n'avoir que des liaisons superficielles. Mais ce n'est pas votre genre.

— C'est vrai, répliqua-t-elle tristement. Mon départ pour Los Angeles a été une mise à l'épreuve. Je demandais sans doute trop, en pensant pouvoir m'absenter pendant neuf mois et ne revenir que certains week-ends. La situation est pénible pour Peter et les filles. Je regrette que ce travail ne se soit pas présenté l'année prochaine, mais de toute façon, cela n'aurait pas été plus facile pour Peter.

— Peut-être votre couple en sortira-t-il plus uni, affirma Douglas en payant l'addition.

Mais il s'exprimait sans conviction. Sans doute n'était-il pas non plus très impliqué. Après tout, Tanya était une étrangère, pour lui. Elle le fascinait, mais il ne comprenait pas vraiment qu'elle attache autant d'importance à la vie qu'elle menait à Ross, ni pourquoi elle y tenait tellement. A ses yeux, c'était une existence mortellement ennuyeuse et ordinaire.

— Mais peut-être aussi vous apercevrez-vous que vous avez perdu tout intérêt l'un pour l'autre, ou qu'il n'en a plus pour vous.

— Cela m'étonnerait, répondit Tanya. Mais c'est difficile à vivre, pour l'instant.

Surtout depuis que Peter avait ajouté Alice à leurs problèmes.

— Nous nous en sortirons, conclut-elle avec une assurance qu'elle était loin d'éprouver.

Après avoir quitté le restaurant, ils restèrent un instant sur le trottoir, à discuter du scénario.

Puis, juste avant de se séparer, Douglas la regarda avec compassion.

— Je suis navré que vous viviez d'aussi durs moments, Tanya. Cela nous arrive à tous. Si je peux vous aider en quoi que ce soit, dites-le-moi.

Il appréciait Tanya et il voyait combien elle était affectée.

— Je souhaiterais vraiment pouvoir rentrer chez moi le week-end, si cela ne vous pose pas trop de problèmes, bien sûr.

— Je verrai ce que je peux faire.

Il monta dans sa voiture et elle dans la limousine. La Ferrari s'éloigna dans un crissement de pneus, tandis qu'elle regagnait son hôtel. En rentrant dans la villa n° 2, Tanya éprouva un sentiment de grande solitude. Peter lui manquait et elle l'appela sur son portable. Il décrocha aussitôt, comme s'il attendait son appel.

— Oh... C'est toi... Bonsoir.

Le cœur de Tanya se mit à battre plus vite.

— Qui croyais-tu avoir au bout du fil ? s'enquit-elle.

— Je ne sais pas... Toi, bien sûr. Je viens juste de discuter avec les filles.

Elle se demanda s'il avait espéré que ce serait Alice, ou même quelqu'un d'autre. Elle se détestait d'être aussi soupçonneuse, mais elle ne pouvait pas s'en empêcher. Elle n'aimait pas la façon dont il lui avait répondu.

— Comment s'est passée ta journée ? demanda-t-il.

— Longue. Nous sommes restés sur le plateau jusqu'à 20 heures. Et je viens de dîner avec Douglas, car nous devions encore discuter du scénario.

Le lendemain matin, elle resterait à l'hôtel pour effectuer les modifications voulues par Douglas. Il faudrait encore trois mois pour terminer le film... Ce qui équivalait à un siècle. Ensuite, le montage prendrait deux mois... Une éternité avant qu'elle puisse rentrer définitivement chez elle. Elle se demandait si leur couple y résisterait et elle commençait même à en douter. Chaque fois qu'elle pensait à la trahison de Peter et d'Alice, elle en était malade. Jamais elle n'aurait imaginé qu'un tel malheur puisse la frapper. Elle avait toujours cru qu'ils étaient unis pour la vie et, à présent, tout s'écroulait. Même en admettant que Peter respecte sa promesse et rompe avec Alice, elle craignait que les dégâts ne soient irréversibles. Elle s'efforçait de lui parler normalement, mais rien n'était plus pareil. Ils étaient aussi maladroits l'un que l'autre.

— Et toi, comment s'est passée ta journée ? demanda-t-elle d'une voix triste.

— Longue aussi, mais ça peut aller. Malgré tout ce gâchis, tu me manques, ajouta-t-il plus doucement. Je suis vraiment désolé d'avoir tout fichu en l'air.

Il paraissait au bord des larmes. Tout en parlant, il avait gagné leur chambre et s'était assis sur le lit. Lui aussi se sentait très seul.

— J'espère que nous parviendrons à recoller les morceaux, répondit-elle, pleine de bonne volonté. Tu me manques, toi aussi. Je t'aime. Tu ne veux pas venir passer une nuit avec moi, cette semaine ?

Cette idée lui était venue d'un coup. Ils avaient besoin d'un peu de romantisme dans leur vie, pour renforcer leur lien.

— Je ne crois pas que ce soit possible, soupira-t-il d'une voix déprimée. J'ai des réunions toute la semaine et je ne veux pas laisser les filles toutes seules.

Maintenant, Alice n'était plus là pour veiller sur elles ou les aider en cas de besoin.

— Elles pourraient dormir chez des amies.

— Je vais voir. Ce serait mieux la semaine prochaine, je pense, parce que mon emploi du temps est vraiment chargé.

— C'était juste une suggestion.

— Une suggestion très tentante.

— J'essaierai de rentrer, ce week-end. J'ai dit à Douglas que j'en avais vraiment besoin et j'espère qu'il n'y aura aucune réunion programmée samedi. Si c'était le cas, je partirais immédiatement après.

Il était clair qu'en ce moment, sa présence à la maison était d'une importance capitale, s'ils voulaient retrouver un peu de leur complicité d'antan.

Par chance, aucune réunion ne fut fixée au samedi. Elle ignorait si Douglas avait voulu lui faire plaisir ou s'ils n'avaient pas besoin d'en prévoir une. Aussi, le vendredi après-midi, quitta-t-elle rapidement le studio et arriva-t-elle à Ross pour le dîner. Peter sembla content de la voir. Après avoir manifesté leur joie de retrouver leur mère, les filles sortirent avec des amis. Peter et Tanya allèrent dans un petit restaurant italien qu'ils aimaient bien. Lorsqu'ils rentrèrent chez eux, leur relation semblait presque revenue à la normale. La semaine leur avait fait du bien. Les choses commençaient à se tasser. Ils ne firent pas l'amour cette nuit-là, mais pour la première fois depuis longtemps, ils dormirent dans les bras l'un de l'autre. Le lendemain matin, ils firent l'amour. Ce fut triste, mais tendre. Leur union fut douce-amère, comme s'ils cherchaient tous les deux à se retrouver. Tanya dut se forcer à ne pas penser qu'il avait fait la même chose avec Alice. Allongée dans ses bras, elle s'obligea à rejeter les pensées négatives et ferma les yeux. Peter n'osa pas lui demander à quoi elle pensait. Il voulait seulement que tout redevienne comme avant. Il espérait que ce serait possible. En attendant, il devait s'efforcer de réparer le mal qu'il avait fait.

Ouvrant les yeux, elle le regarda. Un petit sourire triste errait sur ses lèvres.

— Je t'aime, Peter.

— Moi aussi, murmura-t-il en déposant un baiser léger sur ses lèvres. Je t'aime, Tanya... Je suis tellement navré...

Elle hocha la tête, essayant de ne pas penser que ce « Je t'aime » sonnait comme un adieu.

13

En janvier, Tanya put rentrer chez elle trois week-ends d'affilée. Entre elle et Peter, les relations revenaient peu à peu à la normale. Elle savait qu'il tentait de se racheter et elle était soulagée de constater, semaine après semaine, qu'Alice ne revenait pas. Cette absence leur était bénéfique. Tanya aurait voulu ne jamais la revoir, mais elle savait que c'était impossible puisqu'elle était leur voisine. Malgré tout, plus elle restait éloignée longtemps, plus leurs chances de se retrouver étaient grandes.

La quatrième semaine, il lui fut impossible de revenir à Ross. Peter lui jura que ce n'était pas grave. Il travaillait sur un procès, les filles avaient des sorties prévues et la météo était très défavorable. Il valait mieux qu'elle reste à Los Angeles, lui dit-il, car il y avait de la tempête et son avion risquait d'avoir beaucoup de retard. De son côté, Tanya avait énormément de travail. Elle devait encore modifier le scénario et ils allaient tourner en extérieur les semaines suivantes, qui s'annonçaient difficiles. D'après Douglas et Max, ils en avaient encore pour un mois et demi environ. Ensuite, Tanya aurait droit à quinze jours de congé, après quoi il faudrait s'attaquer au montage avec les techniciens et Max. Cela faisait maintenant cinq mois qu'elle vivait à Los Angeles et elle devait y rester encore environ quatre mois. Il lui semblait avoir donné son sang pour ce film. Pire, peut-être avait-elle sacrifié son couple... Mais les choses s'arrangeaient lentement, entre Peter et elle. Ces trois week-ends passés ensemble avaient favorisé leur réconciliation.

A la fin de la semaine suivante, elle attrapa une mauvaise grippe, qui l'empêcha de retourner à Ross. Il fallut attendre une semaine de plus. Le hasard fit qu'elle rentra chez elle le jour de la Saint-Valentin. Elle avait acheté pour Peter une cravate rouge ornée de cœurs, ainsi qu'une boîte de ses bonbons préférés. Pour les filles, elle apportait de jolies chemises de nuit et des tee-shirts de marque. Mais lorsqu'elle sortit du taxi, elle vit Peter sortir de la maison voisine. Il tenait Alice par la taille et ils riaient. Tournant la tête, il aperçut Tanya qui les fixait. Elle resta un instant immobile, avant de courir à la porte, tête baissée. Lorsqu'il la rejoignit dans la cuisine, elle tremblait de tous ses membres. Il avait l'air effrayé.

— Je vois qu'Alice est revenue, dit-elle en le regardant. Depuis quand est-elle là ?

Elle ne proféra aucune accusation, mais la connivence entre Peter et Alice lui était clairement apparue. Elle avait aussi remarqué qu'Alice arborait une nouvelle coupe de cheveux.

— Il y a environ dix jours, répondit Peter.

Il savait ce que Tanya pensait. Pourtant, il ne s'était rien passé entre Alice et lui. Mais ils s'étaient vus fréquemment et avaient beaucoup parlé de ce qui était arrivé deux mois auparavant. Ils tentaient tous les deux de savoir s'il s'agissait d'un incident de parcours ou de quelque chose de plus important.

— Alice semble en pleine forme, remarqua Tanya d'une voix neutre.

Elle n'osa pas lui demander s'ils avaient couché ensemble. Peter n'avait pas besoin qu'elle formule la question pour deviner ce qui l'inquiétait.

— Il ne s'est rien passé, Tanya. Elle est malade, précisa-t-il gravement. On lui a trouvé une tumeur au sein qu'on lui a enlevée la semaine dernière. Les séances de radiothérapie commencent dans huit jours.

Il semblait inquiet. Tanya le regarda droit dans les yeux.

— J'en suis navrée pour elle, mais je voudrais savoir si cela change quelque chose, en ce qui nous concerne.

Il fallait qu'elle sache ! Elle ne supporterait pas une seconde fois les tergiversations de Peter.

Il secoua la tête.

— Je suis juste désolé de ce qui lui arrive, dit-il honnêtement.

Tanya était parfaitement consciente que la soudaine fragilité d'Alice représentait un danger pour leur couple, mais elle se sentait totalement impuissante. Les sentiments que Peter éprouvait pour Alice les éloignaient l'un de l'autre. En même temps, elle comprenait que si elle le perdait, c'est que c'était inévitable et que cela n'avait peut-être rien à voir avec son départ pour Los Angeles. Elle ne pouvait pas le ligoter, et s'il voulait la quitter, il le ferait de toute façon. Tanya fixa son mari, envahie par la certitude de sa défaite. Il lui semblait qu'elle le perdait pour la seconde fois.

— Je ne vais rien faire de stupide, Tanya, lui assura-t-il.

Les larmes aux yeux, elle hocha la tête, puis elle prit ses affaires et monta dans leur chambre. En un éclair, la situation avait changé, et cela à cause du retour d'Alice. Elle le sentait... Ou alors, ce qu'elle sentait était la peur, la sienne et celle de Peter.

Le lendemain soir, pour la Saint-Valentin, il l'invita au restaurant. Avant de partir, elle lui offrit la cravate, qu'il mit aussitôt. De son côté, Peter lui avait acheté un pull en cachemire qui lui plut beaucoup, ce qui ne l'empêcha pas de se faire du souci pendant tout le week-end. La présence d'Alice dans la maison voisine la tourmentait. C'était comme si Peter était soumis au supplice de Tantale. S'il lui préférait Alice, elle ne voyait pas comment l'en empêcher ou modifier le cours du destin. Les filles étaient contentes que leur amie soit de retour, mais elles avaient perçu le malaise entre elle et leurs parents. Ni Tanya ni Alice ne voulaient en parler et elles évitaient soigneusement le sujet, détournant le regard quand les adolescentes leur posaient des questions. Alice se contenta de leur dire qu'ils avaient besoin d'une pause dans leur relation. Tanya ne répondait rien, mais il était clair qu'elle ne supportait même pas d'entendre prononcer le prénom d'Alice.

Quand Peter emmena Tanya à l'aéroport, le dimanche soir, elle était tendue et silencieuse. Il finit par aborder le sujet.

— Il ne se passera rien, Tanya. Alice et moi en avons discuté. Elle sait que je ne veux pas mettre en danger notre couple. Pourquoi ne pas me faire confiance et retourner à Los Angeles le cœur en paix ?

— Je ne sais pas pourquoi, mais la seule réponse qui me vienne à l'esprit est : « L'enfer est pavé de bonnes intentions », répliqua-t-elle avec un mince sourire, ce qui fit rire Peter.

Mais le proverbe était parfaitement adapté à la situation.
— Fais-moi confiance.

Malheureusement, elle avait eu confiance en Peter et Alice, auparavant, et cela n'avait rien empêché. Maintenant qu'ils étaient de nouveau proches, elle avait du mal à ne pas s'inquiéter. En tout cas, c'était beaucoup lui demander.

— Tu peux me mettre un bracelet électronique, si tu veux, ou bien une alarme.

Il essayait d'alléger l'atmosphère. Tanya lui adressa un sourire contraint.

— Pourquoi pas une puce dans l'une de tes dents ?

— Tout ce que tu veux. Je lui ai juste promis de l'accompagner à ses séances de radiothérapie. Je ne ferai rien d'autre, je te le jure.

Le cœur de Tanya se mit à battre plus vite.

— Pourquoi ne trouve-t-elle pas quelqu'un d'autre pour l'accompagner ? Elle a des tas d'amis.

Alice était très sociable et était toujours très entourée. Elle semblait attirer les gens à la manière d'un aimant.

— Si elle peut se débrouiller sans moi, elle le fera. Elle a dit que tous ses amis étaient occupés.

— Toi aussi, remarqua Tanya. Elle va de nouveau te mettre le grappin dessus, ajouta-t-elle avec désespoir.

Il semblait n'y avoir aucun moyen de les éloigner l'un de l'autre. En demandant son aide à Peter, Alice devenait éminemment dangereuse. C'était la meilleure façon d'éveiller chez lui compassion, sympathie et sollicitude. Tanya savait exactement comment fonctionnait son mari... Et, malheureusement, Alice le savait aussi.

— Ne t'inquiète pas, Tanya, tout va bien se passer.

Ils arrivaient à l'aéroport. Un instant plus tard, la voiture s'arrêta. Submergée par une vague de terreur, Tanya posa sur Peter un regard soucieux.

— J'ai très peur, avoua-t-elle tout bas.

— Tu as tort. Alice a repris la place qu'elle a toujours eue, celle d'une amie. Le reste a été une erreur.

Tanya hocha la tête, puis elle l'embrassa. Avant de s'éloigner, elle se retourna pour lui adresser un dernier signe. Il en fit autant, lui sourit et démarra. En entrant dans l'aéroport, Tanya sentit la panique s'emparer d'elle. Elle y pensa pendant tout le trajet en avion, puis en taxi, mais ne trouva aucune solution pour protéger Peter des entreprises d'Alice. La seule conclusion à laquelle elle arriva fut qu'elle ne pouvait rien faire et que tout reposait sur la volonté de Peter.

Dès qu'elle fut dans sa villa, elle l'appela sur son téléphone portable mais n'obtint que son répondeur. Lorsqu'il la rappela, vers 23 heures, elle était malade d'angoisse.

— Tu as passé une bonne soirée ? lui demanda-t-elle.

— Je suis allé au cinéma avec les filles. Nous venons de rentrer.

Elle éprouva un immense soulagement, immédiatement supplanté par une nouvelle crainte.

— Alice était avec vous ?

— Non. Nous ne le lui avons pas proposé.

— Je suis désolée, Peter.

Il lui semblait être devenue quelqu'un d'autre, quelqu'un qu'elle ne voulait pas être. Mais elle ne pouvait pas lutter contre la peur qui s'était emparée d'elle et la dominait.

— Ce n'est pas grave, je comprends. Le voyage s'est bien passé ?

— Très bien. Tu me manques.

Ils avaient presque retrouvé leur complicité, mais le retour d'Alice risquait de ranimer la colère, la panique et le ressentiment que Tanya avait éprouvés en découvrant leur trahison. La blessure n'était pas refermée.

— Tu me manques aussi. Dors bien, je te rappellerai demain.

Cette nuit-là, elle eut du mal à trouver le sommeil. Elle se demandait si Peter s'était glissé dans la maison voisine ou si Alice était dans son lit. Cela devenait une obsession. Elle n'aimait pas la façon dont elle réagissait. Elle savait que Peter non plus, mais c'était lui le fautif. Lui et Alice avaient causé des dégâts qui désormais gâchaient leurs trois vies. Tanya était innocente dans tout cela et elle détestait ce rôle de victime.

Le mois suivant, les choses s'accélérèrent, sur le plateau. Ils approchaient de la fin et avaient une telle hâte de réussir les dernières prises qu'il fut impossible à Tanya de rentrer chez elle. Les réunions se succédaient jour et nuit et elle dut récrire le scénario un bon millier de fois. Max lui-même paraissait éreinté. Enfin, la troisième semaine de mars, il leva la main et dit « Coupez ! » pour la dernière fois, avant de prononcer les mots magiques : « C'est dans la boîte ! » Une clameur monta du plateau, tout le monde se mit à danser, on servit le champagne, tandis que tous s'embrassaient. Jane et Ned étaient toujours ensemble, mais l'équipe était sûre que cela ne durerait plus très longtemps. Ned commençait un autre film en mai et il allait partir en Afrique du Sud pour six mois. Douglas et Max travaillaient déjà sur d'autres projets. Quant à Tanya, elle n'avait qu'un désir : rentrer chez elle. Elle n'avait pas vu Peter depuis deux semaines, puisqu'il n'avait pas pu venir à Los Angeles.

Elle avait deux semaines de congé, qui coïncidaient avec les vacances de printemps des jumelles. Ensuite, elle reviendrait pour le montage. Tout serait terminé à la fin du mois de mai et elle serait rentrée pour assister à la remise des diplômes des filles.

— Est-ce que nous allons vous manquer, Tanya ? demanda Max.

Le réalisateur sirotait son champagne pendant que son chien lapait le sien. Douglas serrait les mains de tous. Il régnait sur le plateau une atmosphère de Nouvel An. Pour l'équipe, l'aventure était terminée. Durant les deux mois suivants, seuls les monteurs et la production travailleraient en étroite collaboration avec Max. Lui et Douglas visionneraient minutieusement les prises, il y aurait sans doute des doublages à faire, quelques prouesses sonores à réaliser, des voix à ajouter, des scènes à couper. Pour réussir un film, il fallait que tout soit parfait dans les moindres détails. Mais d'abord, Tanya devait retourner chez elle.

Lorsqu'elle rentra à l'hôtel, il était trop tard pour prendre un avion. Elle partit donc le lendemain matin, brûlant d'impatience de passer ces deux semaines de congé avec Peter et les filles. Ce serait ses plus longues vacances depuis les fêtes de Noël, qui avaient été désastreuses. Depuis, elle avait travaillé comme une bête et était épuisée. Elle envisageait d'ailleurs avec effroi les deux mois qu'elle devait encore passer à Los Angeles. Elle avait bien mérité son salaire ! Tout ce qu'elle voulait, désormais, c'était vivre avec Peter et les jumelles.

En entrant dans la cuisine, elle se sentit pleinement heureuse. Elle retrouvait son foyer... Enfin ! Quand les filles rentrèrent du lycée, leur mère les accueillit, un large sourire aux lèvres. Même Megan parut heureuse de la voir. Tanya avait fait les courses et leur avait préparé leur dîner préféré. Avant le retour de Peter, elle mit soigneusement la table et alluma des bougies. Elle avait du mal à croire qu'elle ne l'avait pas vu depuis deux mois. Lorsqu'il franchit le seuil, il sourit en voyant la table.

— Quelle merveille, Tanya ! C'est vraiment gentil de ta part.

L'attirant contre lui, il la serra très fort. Plus tard, au moment de monter dans leur chambre, elle espéra qu'ils feraient l'amour. Malheureusement, Peter était épuisé et il s'endormit avant même qu'elle se soit déshabillée. Tanya fut déçue, mais elle n'était pas pressée : ils avaient deux semaines devant eux.

Lorsqu'elle se réveilla, le lendemain, il était déjà levé et se trouvait dans la cuisine. Les filles étaient sorties, mais il avait préparé le petit déjeuner. Quand elle eut débarrassé la table, il lui proposa une promenade. C'était une belle et chaude journée de printemps. Ils roulèrent jusqu'au pied du mont Tamalpais, puis ils descendirent de voiture et se mirent à marcher. La façon dont Peter la regardait alarma Tanya et la panique l'envahit peu à peu. Pendant dix minutes, ils marchèrent en silence. Avisant un banc, Peter lui proposa de s'asseoir. A son expression, elle devina qu'il avait quelque chose à lui dire et, avant même qu'il ouvre la bouche, elle sut ce que c'était. Elle aurait voulu s'enfuir et disparaître, mais c'était impossible. Elle devait affronter la réalité et se conduire en adulte, alors qu'elle était aussi terrifiée qu'une enfant.

— Pourquoi ai-je le sentiment que je ne vais pas apprécier ce que tu vas me dire ? murmura-t-elle.

L'air triste, il se baissa pour jouer avec des petits cailloux. Lorsqu'il se redressa, elle vit combien il semblait affligé.

— Je ne sais pas comment te l'apprendre. D'ailleurs, je suppose que tu as déjà deviné ce que je vais t'annoncer. Je n'aurais jamais pensé que cela pourrait se produire. J'ignore encore comment et pourquoi nous en sommes arrivés là, mais c'est ainsi, Tanya.

Il aurait voulu écourter la scène et l'épargner autant que faire se pouvait, mais dès qu'il eut commencé à parler, il s'aperçut que c'était impossible. Quoi qu'il fasse ou dise, ce serait horriblement pénible.

— Alice et moi nous sommes remis ensemble quand elle était malade et qu'elle avait ses séances de radiothérapie. Cela peut paraître insensé, mais je crois que je veux l'épouser. Je l'aime et ce qui nous arrive n'est pas lié à ton départ pour Los Angeles ou au fait que tu n'es pas rentrée à la maison le mois dernier. Je crois que c'était inéluctable, que c'était écrit, en quelque sorte.

Il semblait à Tanya qu'il venait de lui asséner un coup de marteau. La tête lui tournait et son cœur battait la chamade… Elle fixa son mari avec consternation.

— Alors, c'est aussi simple que ça ? C'est fini ? Je ne t'ai pas vu depuis cinq semaines et tu décides qu'entre toi et Alice, c'était écrit. Comment en es-tu arrivé à cette conclusion ?

En elle, la colère le disputait au chagrin.

— J'ai compris combien je l'aimais lorsqu'elle était malade. Elle a besoin de moi, Tanya. Je ne suis pas certain que ce soit ton cas. Tu es forte, alors qu'elle ne l'est pas. Elle a traversé des moments très durs et elle a besoin de quelqu'un pour prendre soin d'elle.

— Mon Dieu…

Fermant les yeux, Tanya se laissa aller contre le dossier du banc. Elle ne parvenait même pas à pleurer. Son corps et son esprit souffraient trop pour cela. Elle avait le sentiment d'être en état de choc. Dans ses pires craintes, elle avait eu peur qu'il ne couche avec Alice, pas qu'il veuille l'épouser ou qu'il décide que « c'était écrit ». Cette notion lui échappait d'ailleurs totalement et elle se demandait si elle comprendrait un jour ce que cela voulait dire.

— Un jour, j'ai imaginé une scène comme celle-ci, pour un téléfilm à l'eau de rose. Le producteur la trouvait si nulle qu'il me l'a fait supprimer. J'ignorais que je la vivrais un jour. Comme on dit, la réalité dépasse la fiction.

Elle le fixa durement avant de poursuivre :

— Qu'est-ce que c'est que toutes ces stupidités, sur ma prétendue force et la faiblesse d'Alice ? Elle est bien plus solide que moi. Je pense qu'elle a préparé son coup, Peter. Elle te voulait et elle t'a mis le grappin dessus dès que j'ai tourné le dos. Elle est beaucoup plus forte que tu ne le crois.

Peter était un grand naïf, mais ce qu'Alice et lui lui faisaient subir était vraiment très moche ! C'était tout ce qui venait à l'esprit de Tanya. Toute sa vie depuis vingt ans était en train d'être détruite, mais c'était presque moins important que de savoir qu'elle avait été trahie par deux personnes qu'elle aimait, surtout Peter. Ils lui avaient menti, ils l'avaient trompée pour la deuxième fois en trois mois. C'était peut-être ce qu'il voulait dire par « c'était écrit ». A eux deux, ils l'avaient bien eue... Du sacrément bon boulot !

Les larmes jaillirent enfin de ses yeux.

— Alors c'est ça ? C'est fini. Tu veux me quitter pour l'épouser ? Qu'est-ce que tu comptes raconter aux enfants ? Que tu t'installes dans la maison d'à côté, que c'est seulement un changement d'adresse ? C'est vraiment pratique !

Sa voix était amère, mais elle avait de bonnes raisons de l'être.

— Elle aime nos enfants.

Il souffrait de la voir aussi mal. Il l'avait vue pâlir affreusement lorsqu'il avait commencé à parler. Il attendait de lui dire la vérité depuis deux semaines. Depuis qu'Alice et lui étaient redevenus amants. Ils étaient sûrs de leurs sentiments, surtout depuis qu'il l'avait emmenée chaque jour à ses séances de radiothérapie. Il n'en avait rien dit à Tanya au téléphone. Il connaissait ses craintes. Et elle avait eu de nouveau raison.

Tanya s'essuya les yeux avec un pan de sa chemise. Elle ne se souciait plus de son apparence, cela n'avait plus d'importance.

— Bien sûr, elle aime nos enfants. Apparemment, tu l'aimes et elle t'aime. C'est vraiment touchant ! Et moi ? Qu'est-ce que je suis censée faire ? Comment se comporte la femme bafouée, dans ce genre de situation ? Elle laisse gentiment la place et adresse ses vœux de bonheur aux futurs époux ? Allons-nous devenir voisins et partager les enfants, comme une grande et heureuse famille ? Qu'est-ce que tu attends de moi ?

— Alice va vendre sa maison et nous irons à Mill Valley, mais cela prendra peut-être un certain temps. D'ici là, je ne crois pas que je m'installerai chez elle, cela risquerait de perturber les enfants.

— C'est vraiment délicat de ta part. Sans compter que cela pourrait me perturber, moi aussi, non ? Quand comptes-tu en parler aux enfants ?

Elle venait de penser à quelque chose. La tête lui tournait et son esprit s'emballait, tandis qu'elle essayait d'envisager toutes les conséquences de leur séparation.

— Il serait peut-être préférable de le leur dire après que les filles auront eu leurs diplômes, reprit-elle. C'est dans moins de trois mois, maintenant. Je reviendrai définitivement fin mai, quand le montage sera terminé. Nous n'aurons plus alors que deux semaines à vivre ensemble.

Il acquiesça.

— Je n'ai aucune idée de la façon dont nous allons nous y prendre pendant les quinze prochains jours, continua Tanya. Tu ne peux pas t'installer chez Alice et je ne veux pas dormir dans la même chambre que toi.

Elle le considérait désormais comme un étranger. La veille, elle était arrivée à la maison, se réjouissant de passer deux semaines avec lui... Après ce qu'il venait de lui apprendre, elle était bouleversée au-delà du concevable.

— Je peux prendre la chambre de Jason, si tu veux.

— Comment l'expliqueras-tu aux filles ? Nous allons peut-être devoir prendre sur nous et partager la même chambre.

Cette perspective était loin d'être agréable. Il appartenait à une autre femme maintenant. Il venait de tourner la page de vingt ans de sa vie avec elle. Elle disparaissait, comme une émission de télévision dont l'audience n'est pas satisfaisante. Elle était éliminée. Et elle l'aimait toujours ! Elle ne devait surtout pas y penser, sinon elle allait s'écrouler. Elle se demanda brusquement si elle allait tomber malade. Mais c'était un luxe qu'elle ne pouvait pas se permettre. Elle devait se comporter en adulte, même si le coup était mortel. Elle avait l'impression que Peter venait de la tuer. De nouveau, elle se répéta les mots qu'il avait prononcés, mais ils lui semblaient aussi fous dans son esprit que lorsqu'ils avaient franchi ses lèvres. Il la quittait... Il voulait épouser Alice. Peut-être avaient-ils tous perdu la raison. Tout cela n'avait aucun sens et n'en aurait jamais.

— Je dormirai par terre, annonça Peter.

Ce n'était pas le problème le plus important, mais il méritait bien de coucher par terre. Elle acquiesça d'un signe de tête.

— Et nous leur dirons lorsque les cours seront terminés, proposa-t-elle.

A son tour, il hocha la tête.

— Très bien, tout est donc réglé. Y a-t-il autre chose dont nous devions discuter ? Dois-je vendre la maison ?

Sa voix vibrait de désespoir, elle avait l'impression que son cœur allait exploser.

— Pas si tu n'en as pas envie, répondit-il d'une voix triste.

Elle avait l'air normal, mais était dévastée et se demandait si ce qu'elle vivait était la réalité ou un affreux cauchemar. Mentalement, elle s'efforçait d'envisager tous les détails de leur séparation, pour pouvoir l'affronter. En s'occupant l'esprit de cette façon, elle évitait de s'effondrer devant Peter.

— Je ne veux pas de pension alimentaire, mais tu devras payer les études des enfants. De cette façon, nous serons quittes. Quand comptez-vous vous marier ?

— Ne réagis pas comme ça, Tanya. Je sais que c'est un choc, mais je n'ai pas voulu laisser traîner les choses. Nous aurions pu attendre, pour être sûrs de ne pas nous tromper, mais je ne souhaitais pas te mentir. Alice et moi avons besoin de temps pour nous habituer à cette idée et nous assurer que cela marchera. Je préfère le faire tout de suite, en vivant avec elle, plutôt qu'en restant avec toi à faire semblant et à te mentir.

Les larmes ruisselaient le long des joues de Tanya.

— Bien sûr. Le mensonge n'est pas une solution. Tu as raison de t'installer avec Alice. En tout cas, ne compte pas sur moi pour assister à votre mariage.

Elle sanglotait malgré elle. Il tenta de passer un bras autour de sa taille pour la réconforter, mais elle le repoussa et se mit debout. Elle tenait à conserver le peu de dignité qui lui restait. La comédie à laquelle elle allait devoir se livrer durant les deux semaines à venir lui faisait horreur. A ses yeux, Peter et elle n'étaient plus mariés. Désormais, il appartenait à Alice.

Le trajet du retour fut silencieux. Tanya essuyait ses yeux, le visage tourné vers la vitre. Elle ne cessait de retourner les mots dans sa tête, encore et encore : Peter la quittait. Il allait vivre avec Alice... avec Alice... plus avec elle. Dorénavant, elle vivrait seule avec ses enfants, sauf qu'ils allaient partir, eux aussi. En septembre, elle serait totalement seule. Plus de Peter. Plus d'enfants. Pendant l'hiver, elle n'avait pensé qu'à une chose : rentrer chez elle, et maintenant, elle n'avait plus de « chez elle ». L'histoire se terminait très mal pour elle. Elle ne l'aurait jamais écrite de cette façon, mais Peter et Alice l'avaient fait. D'une certaine façon, elle venait de se faire virer.

La seule chose dont elle avait envie maintenant, c'était de mourir.

14

Les deux semaines que Tanya passa à Ross furent un véritable calvaire. Elle essayait de faire bonne figure devant les filles, et Peter lui témoignait une telle sollicitude qu'elle se sentait encore plus humiliée. Sa vie était anéantie, son mari appartenait désormais à Alice. Elle avait l'impression de vivre dans un état d'hébétude permanente. Elle cherchait sans cesse à comprendre comment tout cela avait pu se produire. Bien sûr, elle se reprochait d'être partie à Los Angeles pour faire ce film. Et quand elle ne se blâmait pas elle-même, elle incriminait Peter et, bien entendu, Alice. Finalement, elle fut soulagée de repartir pour Los Angeles, afin de commencer le montage. Elle avait encore perdu du poids et avait une mine horrible. Lorsqu'elle retrouva Max et Douglas, elle était l'ombre d'elle-même, mais au moins allait-elle pouvoir penser à autre chose. Elle ne se creuserait plus la tête à se demander ce que serait sa vie après le départ de Peter. Pendant ces quinze jours, elle n'avait pas cessé de se poser des questions douloureuses. Comme les jumelles allaient avoir dix-huit ans en juin, la question de la garde ne se posait pas et ils n'auraient pas besoin de fixer les dates de visite, puisque les enfants iraient voir leurs parents à leur guise. C'était atrocement simple. Dès qu'il la vit, Max sut qu'elle allait très mal. Pendant qu'elle rangeait des papiers dans sa mallette, il lui en fit la remarque. Elle s'était d'ailleurs montrée distraite toute la journée.

— Puis-je vous demander comment s'est passé votre congé ? lui demanda-t-il gentiment.

Mais il avait tout deviné. Elle était à peu près dans le même état qu'après Noël, sinon pire. Il n'était pas difficile d'imaginer ce qui s'était passé.

— Non, vous ne le pouvez pas, répondit-elle sèchement.

Puis elle décida de se confier à lui.

— Il va s'installer avec l'autre femme, dès que les enfants auront passé leurs examens, en juin. Il veut se marier avec elle. D'après ce qu'il m'a dit, « c'était écrit ». Ma vie ressemble à un mauvais film. C'est nul, vous ne trouvez pas ?

— La vie est souvent nulle, remarqua Max avec sympathie.

Il nota qu'elle semblait plus en colère qu'en décembre. Mais, sous la rage, il devinait que son cœur était brisé.

— C'est même surprenant de constater à quel point elle peut être moche, parfois, poursuivit-il, même entre gens prétendument civilisés. Nous nous comportons facilement comme des sauvages, que nous le voulions ou non. C'est pour cette raison que la téléréalité marche si bien.

— Sans doute, approuva Tanya avec un petit sourire triste. Je vais m'en sortir, il faut juste que je m'habitue.

Max savait que ses enfants partiraient tous pour l'université en septembre. Elle se retrouverait seule et ce ne serait certainement pas facile à vivre. Depuis qu'il la connaissait, elle n'avait pas cessé de parler de sa famille, et maintenant, son mari la quittait. Elle perdait tout ce qu'elle aimait. Il était un vrai imbécile de s'en aller avec sa meilleure amie. Max était d'accord avec Tanya... C'était vraiment minable. Mais surtout, c'était très triste pour elle. Il la plaignait sincèrement.

— Quelquefois, dit-il, le meilleur peut sortir du pire, mais sur le coup, on ne le sait pas. Il se peut qu'avec le recul, vous vous disiez un jour que c'était ce qui pouvait vous arriver de mieux. L'inverse est tout aussi possible, bien entendu. Quand vous regarderez en arrière, vous estimerez peut-être que cette période de votre vie était vraiment nulle.

Ces propos arrachèrent un sourire à Tanya.

— La seconde option est sans doute la bonne. Je ne m'amuse pas vraiment, ces temps-ci.

— La seule chose que je puisse vous conseiller, c'est de vous plonger dans le travail. C'est toujours ainsi que je m'en suis tiré. Quand la femme de ma vie est morte d'un cancer, c'est ce qui m'a sauvé.

Tanya hocha la tête. Elle n'y avait pas réfléchi. Jusqu'à maintenant, elle avait surtout pensé aux projets que Peter et elle avaient faits pour l'été, avant qu'il ne tombe dans les bras d'Alice. Elle se demandait comment elle supporterait d'aller à Tahoe sans lui, après qu'ils auraient dit la vérité aux enfants. Elle s'imaginait en train de les conduire seule à l'université. Pendant les vacances, ils avaient appris que les jumelles étaient toutes les deux admises dans les facultés de leur choix. Malheureusement, Tanya n'avait pas pu s'en réjouir, tant son cœur était brisé. Au moins, les filles étaient ravies, et c'était le plus important. Megan irait à l'université de Santa Barbara, comme son frère, et Molly à l'université de Californie pour entamer des études de cinéma. Tanya ne savait absolument pas ce qu'elle ferait après leur départ. Elle avait pensé qu'elle pourrait profiter davantage de Peter, mais il serait avec Alice, dorénavant. Tanya avait l'impression d'être une bille, roulant de droite et de gauche sans pouvoir s'arrêter. Elle n'avait plus de points de repère et c'était une perspective terrifiante. Max avait raison : le travail était sa planche de salut. Mais elle prendrait tout de même des vacances avec les enfants.

Pendant toute la durée du montage, elle rentra à Ross chaque week-end, car l'emploi du temps était nettement moins chargé. Elle faisait son possible pour éviter Peter, qui passait le plus clair de son temps dans la maison voisine. Les filles ne posaient pas de questions, comme si le terrain était miné et qu'elles le savaient. Tanya se demandait ce qu'elles pensaient, mais elles apprendraient la vérité bien assez tôt. Elle redoutait le moment où elle devrait la leur révéler, ainsi qu'à Jason. Pour l'instant, elle gardait le silence et passait du temps avec elles. La nuit, elle rédigeait de courtes nouvelles, qui tournaient presque toutes autour de la mort. Son couple était mort, et c'était son seul moyen de faire son deuil. Un jour, Peter en lut une sur l'ordinateur et éprouva un choc. Tanya n'allait vraiment pas bien.

Lors de la dernière semaine de montage, elle rencontra Douglas, qui lui fit une proposition intéressante. A plusieurs reprises, ils avaient dîné ensemble pour discuter de travail. Il l'avait invitée à profiter de sa piscine, mais elle était retournée à Ross tous les week-ends, sauf un. Elle aurait pu alors accepter, mais elle avait décliné son invitation. Elle se sentait trop déprimée. Douglas envisageait de produire un film avec une réalisatrice connue qui avait remporté de nombreux oscars. L'histoire était sombre, puisqu'il s'agissait du suicide d'une femme. Il souhaitait que Tanya en écrive le scénario. Le thème correspondait parfaitement à son état d'esprit, mais elle n'avait aucune envie de revenir à Los Angeles. Au plus profond de son cœur, elle avait la conviction que cette décision de faire un film avait tué son couple et elle en gardait une certaine amertume. Désormais, elle ne voulait qu'une chose : retourner à Ross. Lorsqu'elle l'annonça à Douglas, au restaurant, il se mit à rire.

— Ne me dites pas ça, Tanya, pour l'amour du ciel ! Votre vie n'est plus là-bas. Retournez-y pour écrire des nouvelles, si vous voulez, mais revenez. Vous n'avez plus rien à faire à Ross. Votre scénario était sacrément bon et il vous vaudra peut-être un oscar. Si ce n'est pas le cas, ce sera sûrement pour la prochaine fois. Vous ne pouvez pas échapper à votre destin. Votre mari devra finir par l'accepter. Il a supporté la situation cette année, il le pourra une année de plus.

— En fait, il n'a pas tenu le coup, répondit doucement Tanya. Nous allons divorcer.

Pour une fois, Douglas sembla pris de court.

— Il vous quitte ? Vous, l'épouse parfaite ? Je n'arrive pas à y croire. Quand est-ce arrivé ? Vous aviez dit que vous aviez eu des problèmes, à Noël, mais je croyais que tout était rentré dans l'ordre. J'avoue que je n'en reviens pas.

Tanya semblait anéantie.

— Moi aussi. Il me l'a annoncé en mars. Il part avec ma meilleure amie.

— C'est d'une banalité à pleurer. Vous comprenez ce que je vous disais à l'instant, maintenant ? Vous n'avez rien en commun avec eux. Ils manquent totalement d'imagination. Je commencerai mon prochain film en octobre. Réfléchissez-y. J'appellerai votre agent pour lui faire une proposition.

Après cela, Douglas se montra plus attentif que jamais. Ainsi qu'il l'avait dit, il téléphona à Walt, qui la rappela le lendemain, stupéfié par l'offre que Douglas lui avait faite, très supérieure à la précédente. Douglas la voulait sur ce film, quel que soit le prix. Mais Tanya fut inflexible : elle en avait définitivement fini avec Hollywood. Elle ne renâclait pas devant le travail, mais les conséquences de sa décision lui avaient brisé le cœur. Elle avait besoin de rentrer chez elle pour soigner ses plaies.

— Tu ne peux pas refuser une telle offre, Tanya, protesta Walt.

— Bien sûr que si. Je retourne chez moi.

Le problème était qu'elle n'avait plus de foyer, désormais. Elle avait bien une maison, mais celle-ci était vide. Lorsqu'elle arriva à Ross, le week-end suivant, elle comprit que, sans les enfants, elle souffrirait le martyre. A la fin du mois d'août, quand les filles seraient à l'université, elle se retrouverait seule pour la première fois de sa vie.

Finalement, elle appela Walt le lundi, pour lui dire qu'elle acceptait la proposition de Douglas. Elle ne voyait pas ce qu'elle aurait pu faire d'autre. La semaine suivante, elle signa le contrat.

Lorsqu'elle le lui annonça, Peter triompha :

— Je te l'avais bien dit !

Il avait tort, pourtant. Jamais elle ne serait repartie pour Los Angeles s'il ne l'avait pas quittée pour Alice. C'était à cause de lui qu'elle avait accepté. Lorsqu'elle en parla à Max, il la félicita d'avoir pris la bonne décision. Et elle admit qu'il avait raison. Elle avait beau détester Hollywood, une fois que Peter et les enfants ne seraient plus là, elle savait que le travail constituerait sa seule planche de salut.

L'été fut un cauchemar. Tanya rentra à Ross à la fin du mois de mai. Au lycée, la remise des diplômes eut lieu la semaine suivante, avec la pompe et le faste habituels. Peter eut le bon goût de ne pas inviter Alice à la cérémonie. Le lendemain, ils annoncèrent aux enfants qu'ils allaient divorcer, et tous pleurèrent. Bien qu'elle plaignît sa mère, Megan se déclara contente qu'Alice devienne sa future belle-mère. Elle prit quand même sa mère dans ses bras et l'embrassa très fort. Molly était anéantie et Jason parut choqué, même si son amitié pour James, le fils d'Alice, le consolait un peu. La nouvelle bouleversa les enfants, mais moins que Tanya le pensait. Ils avaient tous beaucoup d'affection pour Alice et la nouvelle ne les surprit pas vraiment, malgré le chagrin qu'ils éprouvaient pour leur mère. En leur for intérieur, ils trouvaient qu'Alice et Peter étaient faits l'un pour l'autre.

Tanya leur annonça qu'elle allait faire un nouveau film en octobre, ce qui ne les étonna pas non plus. Comme ils s'inquiétaient à propos des vacances, Tanya leur dit qu'elle irait avec eux à Tahoe. Peter et Alice partaient pour le Maine, où Alice avait de la famille. Tout se passait sans heurts. Les enfants pourraient aller, à leur convenance, chez leur père ou chez leur mère. Le lendemain, Peter s'en alla pour s'installer dans la maison qu'Alice avait achetée à Mill Valley et où elle se trouvait déjà depuis un mois. Elle avait vendu son pavillon à une famille qui avait des enfants sensiblement du même âge que Jason et les jumelles. Tout semblait donc s'arranger pour le mieux, sauf pour Tanya, qui avait le sentiment que sa vie avait volé en éclats. Elle avait hâte de se remettre au travail, pour penser à autre chose. En dehors des enfants, son existence actuelle lui faisait horreur. Elle savait que sa compagnie n'était guère réjouissante, tant elle était déprimée. Lorsqu'ils furent à Tahoe, cependant, elle redevint elle-même. Malgré les récents événements, ils y passèrent de bons moments. La nuit, Tanya travaillait sur le nouveau scénario. Le thème en était assez déprimant, mais il convenait bien à son humeur sombre. De temps en temps, Douglas l'appelait pour savoir où elle en était. Quand elle lui envoya ce qu'elle avait fait, il apprécia son travail. S'ils ne remportaient pas un oscar pour le film précédent, pensait-il, celui-ci, intitulé *Partie,* leur vaudrait certainement une nomination.

A la fin du mois d'août, elle déposa Jason et Megan à Santa Barbara. Peter et Alice les y rejoignirent. C'était la première fois depuis des mois que Tanya revoyait son ex-meilleure amie. Elles ne s'adressèrent pas la parole. Peter semblait encore plus mal à l'aise que Tanya.

La semaine suivante, ils emmenèrent Molly à son université. Tanya réintégrait sa villa du Beverly Hills Hotel et était heureuse de penser que sa fille était également à Los Angeles. Le soir même, elles dînèrent ensemble. Riant comme des gamines, elles se firent servir leur repas dans la villa, devenue le véritable foyer de Tanya. Elle s'étonnait d'avoir survécu aux cinq derniers mois, certainement les plus pénibles de sa vie. Depuis que Peter lui avait annoncé qu'il la quittait, son existence avait été un calvaire. Mais, si impossible que cela lui eût paru sur le coup, elle n'en était pas morte. Et maintenant, elle plongeait dans un autre film. Comme Max le lui avait dit, le travail était sa planche de salut.

Le lendemain, elle se rendit au bureau de Douglas, où elle rencontra la réalisatrice, qui lui plut immédiatement. Elles avaient le même âge et beaucoup de points communs. Bien qu'elles ne se soient jamais rencontrées à cette époque, elles avaient toutes les deux fait leurs études à Berkeley. Tanya se réjouissait de travailler avec elle. Après cette première année, elle avait le sentiment de faire partie des « pros ». Le film qu'ils allaient préparer ne serait pas facile à réaliser, mais elle prenait du plaisir à en écrire le scénario.

Après la réunion, Douglas les invita toutes les deux au Spago. Ensuite, il raccompagna Tanya chez elle et en profita pour lui demander ce qu'elle pensait d'Adèle Michaels.

— Je la trouve très intéressante, assura Tanya. Elle est extrêmement brillante.

Elle se demandait s'il avait des vues sur sa nouvelle collaboratrice, mais elle n'osa pas lui poser directement la question. Cela ne la regardait pas. De plus, Douglas se montrait toujours discret sur ses liaisons. Elle savait qu'il aimait sortir avec des femmes en vue. Il appréciait aussi que ses compagnes soient intelligentes. C'était tout à fait le cas d'Adèle. Ils parlèrent d'elle pendant tout le trajet.

— Je suis content qu'elle vous plaise, dit Douglas. Sinon, comment se sont passées vos vacances ? Je ne vous l'ai pas demandé, jusqu'à maintenant.

— Elles ont été... intéressantes.

A présent, elle se sentait plus décontractée avec lui que l'année précédente. Tout était nouveau, alors, et il l'intimidait. Douglas restait un homme impressionnant, mais il ne l'effrayait plus. Ils étaient presque de vieux amis.

— Mon mari s'est installé avec sa nouvelle compagne, expliqua-t-elle, et les filles sont à l'université. La maison est vide, maintenant, puisque nous l'avons tous quittée.

Elle eut un sourire amer en songeant à toutes les épreuves qu'elle venait de subir. Aujourd'hui, elle était de retour à Los Angeles, et la villa n° 2 était devenue sa maison pour toute la durée de son nouveau contrat.

— Je crois que vous aviez raison, reprit-elle. J'ai tiré un trait sur Ross.

— C'est une bonne chose, assura-t-il. Je ne pouvais pas vous imaginer perdue dans ce trou.

Ce trou lui avait pourtant parfaitement convenu pendant vingt ans. Désormais, elle devait se construire une nouvelle vie, mais elle n'avait pas encore intégré cette réalité, qui la surprenait parfois.

— Que diriez-vous d'une journée au bord de la piscine, dimanche prochain ? suggéra-t-il. Les règles restent les mêmes, nous ne serons pas obligés de nous faire mutuellement la conversation. Nous pourrons nous détendre.

Sachant que sa vie allait bientôt prendre un tour frénétique, Tanya trouva la proposition plutôt tentante. La première fois, elle avait passé une très bonne journée, surtout lorsqu'il s'était mis au piano. Elle espérait qu'il recommencerait.

— Je m'efforcerai de ne pas ronfler, cette fois, dit-elle en riant. J'accepte bien volontiers.

— Alors, 11 heures, dimanche prochain. Et, un de ces soirs, nous irons manger des sushis. Eventuellement la semaine prochaine, avant que nous soyons pris dans le tourbillon.

Les premières réunions n'allaient pas tarder. Depuis qu'elle avait fait la connaissance d'Adèle, Tanya avait hâte de travailler avec elle. Ce serait sûrement passionnant.

Peu après, Douglas la laissa devant son hôtel et s'éloigna au volant de sa Bentley neuve. Elle travailla tout l'après-midi sur le scénario et jusque tard dans la nuit. Lorsqu'elle s'arrêta, elle s'efforça de ne pas penser à Peter. Elle avait du mal à réaliser qu'elle n'était plus sa femme. Entamée en juin, la procédure de divorce serait finalisée en décembre. Vingt ans de sa vie disparaîtraient en fumée, lui laissant les enfants et une maison qu'elle ne souhaitait plus habiter. La villa du Beverly Hills Hotel devenait son foyer. La façon dont la vie pouvait évoluer avait quelque chose de bizarre et de triste à la fois.

Le samedi après-midi, elle retrouva Molly, qu'elle invita au restaurant avant de la ramener à l'université. Elles passèrent un agréable moment ensemble. Tanya était réconfortée de savoir ses enfants tout près, surtout Molly, qui était très proche d'elle. Elles parlèrent du divorce pendant toute la soirée. La jeune fille était encore choquée que son père ait quitté sa mère pour Alice. Selon Molly, Tanya devait aller de l'avant, même si c'était dur. Elle lui demanda si elle envisageait de sortir avec d'autres hommes et Tanya lui répondit que pour l'instant, il n'en était pas question. Elle n'imaginait pas pouvoir fréquenter un homme et encore moins coucher avec lui. Elle avait aimé Peter pendant vingt ans et toute autre relation sentimentale lui paraissait inconcevable.

— Il faudra bien que tu te lances un de ces jours, maman, l'encouragea sa fille.

— Rien ne presse. Actuellement, je préfère me plonger dans le travail.

Ensuite, elles parlèrent des garçons que Molly voyait à l'université. Elle en avait déjà rencontré deux qui lui plaisaient.

Quand Tanya rentra à la villa, elle resta longtemps étendue sur son lit, repensant à sa conversation avec Molly. L'idée de sortir avec un autre homme que Peter l'horrifiait. Bien qu'il vécût avec Alice, elle avait encore le sentiment d'être sa femme. En fréquentant un autre homme, elle aurait eu l'impression de le tromper. Tout ce qu'elle voulait, c'était voir ses enfants et travailler. Un jour, peut-être, elle envisagerait la vie autrement, mais pas pour l'instant... Et il était probable que cela n'arriverait jamais.

Le lendemain matin, Tanya prit un taxi pour se rendre chez Douglas et y passer une journée paisible au bord de la piscine. Il se montra aussi accueillant que la première fois et elle se détendit tout autant. Le temps fut encore plus beau et, lorsqu'il lui apporta de quoi se restaurer, ils bavardèrent quelques minutes à propos du film, avant de passer à un autre sujet. Elle parvint à ne pas somnoler, préférant nager dans la piscine.

De nouveau, Douglas la surprit par sa gentillesse. Autant il pouvait être sec et désagréable pendant les réunions ou sur le plateau, autant il se révélait un hôte charmant, surtout par un beau dimanche, au bord de sa piscine. Ils étaient étendus côte à côte sur des chaises longues. Douglas l'avait même aidée à faire les mots croisés du *New York Times*. Il possédait une culture impressionnante.

— Comment vous en sortez-vous, avec tous ces changements dans votre vie ? lui demanda-t-il.

Il savait combien cela avait dû être difficile pour elle d'accepter l'idée du divorce et combien elle devait être déçue, étant donné la vigueur avec laquelle elle avait défendu son mariage. Il n'aurait jamais cru qu'elle aurait à subir une telle épreuve et se doutait qu'elle ne s'y était pas attendue. Il ne savait pas ce qui s'était passé, mais il était certain qu'elle en éprouvait un immense chagrin. Elle avait encore minci et elle semblait souvent triste, mais apparemment elle tenait le coup et il ne l'en admirait que plus. Ce jour-là, il l'avait invitée chez lui pour lui remonter le moral.

— Honnêtement, je n'en sais rien, répondit-elle. Je crois que je suis encore en état de choc. Il y a un an, je me croyais heureuse en ménage. Je vivais avec le plus merveilleux des maris, du moins c'est ce que je pensais. Il y a neuf mois, j'ai découvert qu'il me trompait. Il y en a six, il m'a annoncé qu'il souhaitait divorcer pour vivre avec une femme que je considérais jusqu'alors comme ma meilleure amie. Dans trois mois, enfin, le divorce sera prononcé. J'avoue que la tête me tourne.

Douglas hocha la tête. La vitesse et l'enchaînement des événements étaient stupéfiants et il y avait, en effet, de quoi donner le vertige. Il était rare de voir un couple se désintégrer aussi rapidement. Tanya devait souffrir le martyre.

— C'est assez surprenant, admit-il, mais vous semblez reprendre le dessus. Je me trompe ? demanda-t-il avec une réelle sollicitude.

Parfois, il était vraiment adorable, songea Tanya. Surtout quand il était chez lui. A l'extérieur, à une table de conférence ou sur un plateau de cinéma, il était horriblement dur.

— Je tiens le coup, reconnut-elle. J'ignore comment on est censé se comporter, dans ces cas-là. A certains moments, j'ai l'impression d'être complètement cinglée. Vous pensez que c'est normal ? En me réveillant, je m'imagine que j'ai rêvé et puis tout d'un coup, la douleur est là, dans mon ventre, pour me rappeler que tout cela est bien réel. Ce n'est pas une façon très drôle de se lever.

— Cela m'est arrivé, confessa Douglas. Cela nous arrive à tous. Le tout, c'est de s'en sortir avec le minimum d'amertume et le moins de dégâts possibles. Ce n'est pas aussi facile qu'il y paraît. Certains événements de ma vie m'ont laissé amer. Je suppose que vous devez ressentir à peu près la même chose. Si je comprends bien, vous ne vous y attendiez absolument pas ?

— C'est vrai. Très naïvement, je croyais avoir trouvé l'homme de ma vie. Et voyez ce qui s'est passé. Ne me demandez jamais mon avis sur des questions sentimentales ! Je pense encore que mon mari... c'est-à-dire mon ex-mari, précisa-t-elle au prix d'un certain effort, a eu un coup de folie. Sans parler de ma meilleure amie, qui s'est montrée en l'occurrence totalement infecte. Tout cela est plutôt décevant, comme vous pouvez le constater.

— Vous êtes sortie avec un autre homme, depuis que vous êtes séparée de votre mari ?

Tout ce qui la concernait intriguait Douglas, sans doute parce qu'il la trouvait extrêmement brillante et qu'il l'admirait en tant qu'écrivain.

Tanya se mit à rire.

— C'est un peu comme si vous demandiez à des survivants d'Hiroshima s'ils ont apprécié les derniers bombardements. Je ne suis pas vraiment pressée de recommencer. Cette expérience m'a peut-être même dégoûtée à vie de l'amour. Hier soir, ma fille me disait que j'avais besoin de rencontrer d'autres hommes, mais je ne suis pas d'accord.

Les yeux dans le vague, elle revoyait les événements des derniers mois. C'était hallucinant, quand on y réfléchissait. La plupart du temps, elle s'efforçait d'ailleurs de ne plus y penser.

— A mon âge, je ne vois pas la nécessité de me remarier. Je ne veux plus d'enfant et je ne suis pas tentée par une liaison. Pourquoi prendrais-je le risque d'avoir le cœur brisé pour la seconde fois ?

— Vous n'envisagez pas d'entrer dans les ordres, j'espère ? Moi non plus je n'imagine pas que vous souhaitiez rester seule toute votre vie, affirma Douglas en lui souriant gentiment. Ce serait un terrible gâchis. Il faudra vous montrer courageuse, un de ces jours.

— Pourquoi ?

— Pourquoi pas ?

Tanya fixa l'eau de la piscine sans répondre.

— Pour l'instant, répondit-elle finalement, je n'en vois pas l'utilité.

— Cela veut dire que vous n'êtes pas prête, tout simplement.

Elle hocha la tête. C'était une conversation étrange. Jamais elle n'aurait cru qu'un jour elle discuterait de sa vie amoureuse avec lui.

— Quand vous dites que je ne suis pas prête, conclut-elle, c'est un euphémisme. Vous êtes très au-dessous de la vérité.

Peter lui avait porté un coup terrible et elle ignorait si elle s'en remettrait jamais.

— De toute façon, la perspective de sortir avec un homme n'est pas si attirante que cela, reprit-elle. On s'apprête avec soin, on parle de tout et de n'importe quoi... Je n'ai jamais apprécié cette comédie, même quand j'étais étudiante. Les garçons ne respectaient jamais leurs promesses, ils annulaient les rendez-vous, posaient des lapins. Je détestais cela, jusqu'à ce que je rencontre Peter.

Mais pour finir, il s'était révélé le pire de tous. Et en piétinant la parole donnée, il lui avait piétiné le cœur.

— De temps à autre, il n'est pas mauvais de sortir avec quelqu'un avec qui vous vous sentez bien, l'encouragea-t-il.

Lui-même ne recherchait pas une relation stable, mais seulement la compagnie d'une femme intelligente. Parfois, il lui arrivait aussi de fréquenter de très jolies créatures, mais uniquement pour être vu avec elles. Depuis qu'elle le connaissait mieux, Tanya le considérait comme un solitaire. Elle aimait bien déguster avec lui les petits plats qu'ils achetaient chez le traiteur chinois ou japonais. Elle appréciait ces dîners, durant lesquels ils discutaient du scénario ou, plus généralement, de leur travail.

— Regardez Ned et Jane, reprit Tanya. Nous les avons vus tout excités, sur le plateau. Ils ont eu leur idylle passionnée, pour finalement régler leurs différends dans la presse. Vous trouvez que c'est drôle ?

Douglas se mit à rire. La liaison des deux acteurs s'était effectivement terminée de façon désastreuse, mais ils étaient tous les deux très jeunes et célèbres pour leurs excès.

— Je ne vous suggère pas de fréquenter des garçons de cet âge ! Ni d'ailleurs des acteurs, quel que soit leur âge. Ils sont tous un peu fous et incroyablement égocentriques. En outre, ce sont souvent des cœurs d'artichaut. Je pensais à quelqu'un de plus mûr, de plus raisonnable.

— Je commence à me demander s'il existe des hommes raisonnables, confia tristement Tanya. Je croyais que Peter l'était et regardez comment il s'est comporté. Vous trouvez cela raisonnable ?

— Les gens deviennent fous, quelquefois. Votre départ pour Los Angeles l'a probablement déstabilisé. Ce n'est pas une excuse pour autant.

— Alice était notre voisine et elle l'a aidé à s'occuper des enfants en mon absence. Il a fini par penser qu'il avait plus de points communs avec elle qu'avec moi, parce qu'elle était là et moi pas. Il craignait que je ne veuille plus rentrer à Ross. Il était même convaincu que je retournerais à Hollywood pour faire un autre film. Le plus bête, dans tout cela, c'est que je ne l'ai fait que parce qu'il m'avait quittée. Je n'ai accepté un nouveau contrat que parce que plus rien ne me retenait là-bas.

— Moi qui pensais que vous aviez été éblouie par mon nouveau projet ! la taquina Douglas.

Devant son air gêné, il se mit à rire et elle finit par l'imiter.

— Eh bien... pour cette raison aussi, lui avoua-t-elle. Mais je n'aurais pas travaillé sur un second film si j'étais restée mariée. Je voulais rentrer chez moi.

— Je le sais bien. A mon avis, votre mari vous a rendu service, Tanya. J'espère que vous vous en rendrez compte un jour. Vous n'êtes pas à votre place, là-bas, alors que vous l'êtes ici. Vous êtes bien trop raffinée pour rester confinée dans ce trou.

— Je m'y sentais bien quand j'y élevais mon fils et les jumelles, rétorqua-t-elle pensivement. J'admets aujourd'hui que je m'y suis ennuyée, parfois, mais c'est l'endroit idéal pour se marier et s'occuper de ses enfants.

— Puisque ce n'est plus le cas, vous êtes bien mieux ici. La vie y est nettement plus passionnante et nous remporterons un oscar, un de ces jours.

— Que Dieu vous entende, comme le dit Max, s'exclama-t-elle en riant. Si cela arrivait, ce serait vraiment amusant.

— Amusant ? C'est un euphémisme ! C'est fantastique ! Etre reconnu par ses pairs et désigné comme le meilleur dans son domaine, je peux vous assurer que cela flatte l'ego ! Vous méritez un oscar pour *Mantra*, mais la compétition risque d'être dure, cette année. En tout cas, je suis sûr que vous en obtiendrez un pour *Partie*. Je compte bien là-dessus.

— Merci de m'offrir toutes ces possibilités, Douglas, assura Tanya. Sachez que je l'apprécie. Je suis vraiment contente de travailler sur un nouveau film avec vous.

— J'ai hâte que le tournage commence et, moi aussi, je me réjouis de notre collaboration. Je suis convaincu que ce film sera extraordinaire, en grande partie grâce à votre scénario.

Le travail qu'elle avait déjà effectué était remarquable et la réalisatrice se montrait très enthousiaste, elle aussi. L'année précédente avait été enrichissante pour Tanya, qui était devenue une excellente scénariste.

Douglas lui jeta un regard admiratif.

— Nous formons une très bonne équipe, remarqua-t-il. En fait, continua-t-il si bas qu'elle l'entendit à peine, je pense que nous serions également bien assortis sur un autre plan... plus personnel.

L'espace de quelques secondes, elle ne comprit pas ce qu'il voulait dire. Le regard de Douglas ne la quittait pas. Elle se trouvait dans son univers intime, derrière les murs dont il se servait pour se protéger du reste du monde.

— Vous êtes une femme étonnante, Tanya. Je crois que nous pouvons beaucoup nous apporter mutuellement. Je me demandais si vous accepteriez de sortir parfois avec moi, pas simplement pour manger des sushis dans un restaurant. Il m'arrive d'aller à des soirées qui pourraient vous divertir. Me feriez-vous l'honneur de m'accompagner, de temps à autre ?

— Je... je ne sais que vous dire... Je n'avais jamais pensé à vous de cette façon. J'imagine que ce serait amusant, en effet, répondit-elle prudemment.

Mais elle craignait de se retrouver dans une situation embarrassante, si leurs relations devenaient un peu trop personnelles. Elle ne souhaitait pas tout gâcher entre eux, comme c'était arrivé entre Jane Amber et Ned Bright, qui avaient fait la une des journaux à scandale. Jamais elle n'aurait imaginé que Douglas pourrait la courtiser.

— Ça me plairait beaucoup, dit-elle calmement.

Mais elle restait légèrement choquée par la suggestion de Douglas. Il lui tapota gentiment le bras, puis se leva et gagna le salon de musique. Quelques secondes plus tard, il était assis devant son piano. Cette fois, il joua des morceaux de Chopin et de Debussy. Les yeux fermés, Tanya resta étendue près de la piscine, se laissant bercer par la musique. Douglas était un interprète exceptionnel. Le sourire aux lèvres, elle repassa dans son esprit ce qu'il venait de lui dire, avant de glisser dans le sommeil. Un peu plus tard, l'ayant retrouvée profondément endormie, il la contempla longuement.

Cela avait pris plus de temps qu'il ne se l'était imaginé, mais le moment qu'il attendait depuis leur première rencontre était enfin venu.

En fin d'après-midi, il la réveilla doucement. Ils bavardèrent encore un peu, puis il la raccompagna à l'hôtel. Ils se quittèrent, après qu'il lui eut promis de la rappeler quelques jours plus tard.

15

La première fois que Douglas invita Tanya, la soirée se révéla très agréable et plus raffinée qu'elle ne l'avait prévu. Elle portait une robe de cocktail noire, une petite veste de fourrure et des boucles d'oreilles en diamant. Elle était chaussée de sandales de satin noir et tenait à la main une pochette assortie. Elle avait réuni ses longs cheveux blonds en chignon et, lorsqu'elle monta dans la Bentley, elle parut très élégante et sophistiquée à Douglas. Lui-même était plus séduisant que jamais, en smoking, et à eux deux, ils formaient un couple éblouissant. Leur hôte était un acteur bien connu qui appartenait à la vieille garde d'Hollywood, un vétéran, célèbre pour ses soirées. Sa maison était aussi belle que celle de Douglas, mais recelait moins d'œuvres de prix. Les invités étaient tous des personnalités importantes du cinéma. Tanya rencontra des gens qu'elle ne connaissait que de nom. Douglas s'arrangea pour la présenter à tout le monde et vanta ses talents de scénariste. Toute la soirée, il fit en sorte qu'elle se sente à l'aise et ne cessa de veiller sur elle.

Le dîner fut délicieux. Elle dansa avec lui sur une piste installée près de la piscine. Un groupe de musiciens originaires de New York avait été engagé pour l'occasion. Ce fut une soirée fabuleuse. Ils y restèrent jusqu'à minuit passé. Quand Douglas la raccompagna à l'hôtel, ils burent un dernier verre au bar. Elle reconnut qu'elle avait passé un très bon moment. Elle paraissait détendue et heureuse. Douglas était content, lui aussi.

— On rencontre toujours des gens très intéressants, dans les soirées qu'il organise, remarqua-t-il. Des convives intelligents, qui ne sont pas seulement là pour épater la galerie.

Tanya acquiesça. Elle aussi avait eu le plaisir de participer à plusieurs conversations passionnantes. Douglas avait mis un point d'honneur à l'intégrer et à lui faire passer un bon moment. Grâce à lui, elle ne s'était pas ennuyée une seconde. Elle était d'ailleurs surprise de se sentir aussi à l'aise avec lui.

Il la remercia d'avoir accepté son invitation et se déclara lui-même ravi de la soirée. Tanya eut la conviction qu'il était sincère.

— Nous recommencerons bientôt, lui promit-il en souriant.

Après avoir déposé un baiser sur sa joue, il poursuivit :

— Merci, Tanya. Dormez bien et à demain.

Plusieurs réunions étaient en effet prévues dans son bureau le lendemain. Là, les choses sérieuses allaient commencer. Après avoir vécu un délicieux interlude, elle allait de nouveau être submergée de travail...

Il l'accompagna jusqu'à la porte de sa villa, puis la quitta, pensif et souriant. Cette sortie s'était beaucoup mieux déroulée qu'il ne l'avait espéré. Tandis qu'il s'éloignait au volant de sa Bentley, Tanya se déshabilla en pensant à lui. Douglas était un homme complexe, et même compliqué. Elle s'était toujours dit qu'il se cachait derrière la barrière qu'il avait érigée entre lui et le reste du monde. Elle était très tentée de la franchir afin de satisfaire sa curiosité, ou de trouver la clef. Elle appréciait avant tout son esprit, mais elle devait admettre qu'il était aussi très beau. L'année précédente, elle n'avait jamais imaginé qu'il pourrait l'attirer, mais elle découvrait maintenant que c'était le cas. Elle avait aimé parler et danser avec lui, puis commenter la soirée. Ils s'appréciaient mutuellement et cela lui faisait du bien. Après avoir fait sa toilette, elle se glissa entre les draps, songeant à la chance qu'elle avait qu'il l'ait invitée à cette réception. Ce n'était pas sa préoccupation majeure, pourtant elle n'ignorait pas qu'à

Hollywood certaines femmes auraient fait n'importe quoi pour être vues à son bras.

Pendant la réunion, le lendemain, il se montra tout autre, beaucoup plus réservé. Adèle avait rédigé un certain nombre de notes sur le scénario. Lorsqu'ils en discutèrent, Douglas s'en remit à plusieurs reprises au jugement de Tanya et se déclara d'accord avec elle la plupart du temps. Si ce n'était pas le cas, il exposait soigneusement ses raisons. Elle le trouva beaucoup plus respectueux de ses opinions qu'auparavant et particulièrement prévenant. Il veilla à ce qu'on lui servît régulièrement du thé et se joignit à elle pendant le déjeuner, qu'elle prit avec les autres. Elle eut le sentiment qu'il la courtisait avec beaucoup de discrétion et de subtilité. Quoi qu'il en fût, c'était très agréable... Bizarre, mais très agréable.

Après la réunion, il la raccompagna jusqu'à sa voiture et lui proposa de dîner le lendemain. Elle accepta l'invitation. Tout en conduisant, elle se demanda où tout cela allait les mener. Nulle part, sans doute, mais en comparaison des six derniers mois, qui avaient été véritablement cauchemardesques, elle trouvait leur relation tout à fait agréable.

Leur seconde sortie fut plus détendue que la précédente. Il l'emmena dans un petit restaurant italien à l'atmosphère intime, où ils restèrent des heures à bavarder. Il lui parla de son enfance dans le Missouri. Son père était banquier et sa mère venait d'une grande famille. A leur mort, il était parti en Californie, pour commencer une carrière d'acteur. Il lui avait fallu très peu de temps pour comprendre que c'était dans la production qu'il ferait fortune et s'épanouirait. Il y avait investi ses économies et gagné un peu d'argent. A partir de là, il avait réinvesti et continué à produire jusqu'à amasser des sommes extrêmement importantes.

Il avait remporté son premier oscar à vingt-sept ans. A trente, il était devenu une légende d'Hollywood. Aujourd'hui, il était plus qu'une légende... une institution. Des milliers d'histoires couraient à son propos. Il était envié, jalousé, admiré et respecté. Dur en affaires, il avait su rester intègre et ne s'avouait jamais vaincu. Devant Tanya, il convint volontiers qu'il n'avait aucune envie de changer et que si quelqu'un lui refusait quelque chose, il pouvait se montrer terriblement enfant gâté. Tanya était bien consciente qu'il ne lui montrait que ce qu'il désirait qu'elle voie, et qu'il n'avait pas baissé la garde. Les barrières étaient encore là. Peut-être le seraient-elles toujours. Elle n'avait aucune raison de les franchir ou de vouloir les faire disparaître, mais elle était curieuse de découvrir qui il était vraiment. Visiblement, Douglas était un homme très intelligent, quelque peu distant, à la fois prudent et brillant homme d'affaires. Il possédait une grande culture artistique, aimait la musique et prétendait croire dans les vertus familiales... tant qu'il s'agissait des autres. Il n'hésita pas à lui avouer que les enfants le mettaient mal à l'aise. Il était original et excentrique. En même temps, Tanya le devinait vulnérable ; il pouvait être compatissant et n'était nullement prétentieux, ce qui était plutôt étonnant. Depuis qu'ils se voyaient davantage et qu'elle avait appris à le connaître, son côté sardonique, froid et agaçant s'était considérablement atténué.

Il était tard lorsqu'il la raccompagna à l'hôtel. Il se montrait toujours extrêmement galant, mais Tanya ne s'en plaignait pas. Il lui avait confié qu'il avait cinquante-cinq ans et qu'il ne s'était pas remarié depuis vingt-cinq ans. De son côté, Tanya lui parlait fréquemment de ses enfants, mais il lui posait peu de questions à ce sujet. Cela ne l'intéressait pas beaucoup.

Tanya savait qu'il la respectait et qu'il ne s'imposerait pas à elle si elle ne le souhaitait pas. Respectueux des autres, il entendait qu'on agisse de même envers lui. Il détestait les courbettes, les serveurs trop onctueux, les restaurateurs prétentieux et les maîtres d'hôtel flagorneurs. Douglas aimait être bien servi, mais il ne supportait pas les importuns. Il préférait approcher les gens à son propre rythme plutôt que d'être entouré, envahi ou poursuivi. Cela convenait parfaitement à Tanya et elle n'éprouvait nullement le besoin de le piéger ou de le prendre en chasse. Leur relation lui plaisait telle qu'elle était et elle n'attendait rien de lui. Malgré les soirées agréables qu'ils avaient passées ensemble, ils étaient seulement amis.

Douglas l'invita à participer avec lui à plusieurs événements mondains, et pour commencer au vernissage d'une exposition au musée de Los Angeles. Ils assistèrent ensuite à la première d'une pièce de théâtre jouée par une troupe venue de New York, puis ils allèrent dîner en tête-à-tête. Il l'emmena à l'Orangerie, pour éviter de se retrouver au Spago, où Douglas n'aurait pas manqué d'être assailli toute la soirée. Il voulait être seul avec Tanya. Il commanda du caviar. Ensuite, ils dégustèrent un homard et prirent un soufflé pour le dessert. Le repas était délicieux, la soirée plaisante et Douglas un compagnon très agréable. Il n'avait plus rien à voir avec le producteur acide et cynique de l'année précédente. Il était compréhensif, gentil, intéressant et attentif. Il était inventif et trouvait des activités qui sortaient de l'ordinaire pour changer les idées de Tanya. Il se montrait respectueux, charmant et courtois, et elle avait constamment le sentiment qu'il la protégeait, y compris pendant les réunions ou sur le plateau.

Désormais, ils passaient tous les dimanches après-midi au bord de la piscine. Pendant qu'il jouait du piano, elle faisait des mots croisés ou somnolait au soleil. Ils se remettaient ainsi de leurs semaines chargées – surtout quand le tournage commença, au début du mois d'octobre. Le sujet du film était délicat et les acteurs devaient répondre à des exigences très précises. L'atmosphère était donc assez tendue, tant sur le plateau que pendant les réunions, et Tanya et Douglas avaient tous les deux besoin de se détendre le soir. Parfois, ils se faisaient servir un repas dans la villa n° 2 ou ils dînaient au restaurant de l'hôtel. Bien sûr, ils y étaient moins tranquilles que chez elle, mais ils aimaient aussi sortir et voir du monde.

Douglas et Tanya se ressemblaient à bien des égards : ils avaient les mêmes intérêts, le même besoin de fréquenter les gens ou de les fuir selon le moment, et ils étaient souvent sur la même longueur d'onde. Leur entente étonnait

Tanya, qui n'aurait jamais imaginé pouvoir trouver autant d'agrément en la compagnie de Douglas. Mais, lorsqu'elle se retrouvait seule, le soir, elle devait admettre que Peter lui manquait encore terriblement. Le contraire aurait été étonnant... On ne balaie pas vingt années de sa vie en une nuit. Peut-être Peter y était-il parvenu, mais elle trouvait toujours aussi bizarre de ne pas l'appeler en fin de journée ou pour lui souhaiter bonne nuit. Une fois ou deux, dans un moment d'atroce solitude et de manque, elle avait failli le faire. Leur intimité familière lui manquait. Pourtant, Douglas faisait tout pour la rendre heureuse. Il la distrayait, l'empêchait de penser aux épreuves qu'elle venait de subir. Mais elle avait du mal à intégrer l'idée que Peter était parti pour de bon. Elle se demandait s'il s'entendait bien avec Alice, s'ils étaient heureux ou s'ils avaient le sentiment d'avoir commis une erreur. Tanya avait du mal à croire qu'on pouvait trouver le bonheur en trompant sa femme, en trahissant une amie et en brisant des cœurs, mais c'était peut-être possible. Les enfants évitaient de parler de Peter et d'Alice devant elle et elle leur en était reconnaissante. Toute allusion les concernant lui était douloureuse. Dans deux mois, le divorce serait prononcé. Elle s'efforçait de ne pas y penser. Grâce à Douglas, elle ne ressassait pas sa peine.

Un dimanche après-midi, il l'interrogea sur son divorce. Ils venaient de terminer de déjeuner. Avec lui, Tanya se sentait à des années-lumière de Ross. Mais tout l'éloignait de son ancienne vie, désormais, depuis les dîners au Spago jusqu'aux gens qui la reconnaissaient dans la rue, en passant par sa vie luxueuse au Beverly Hills Hotel. Et Douglas en était en grande partie responsable, sinon totalement.

— Quand serez-vous définitivement divorcée, Tanya ? demanda-t-il incidemment.

Il dégustait tranquillement un verre d'un excellent vin blanc. Propriétaire d'une cave exceptionnelle, il avait fait goûter à Tanya des vins et des millésimes dont elle avait jusque-là seulement entendu parler. Il était aussi amateur de cigares dont Tanya adorait l'odeur, bien qu'il prît soin de toujours fumer dehors. Connaissant son tact et sa politesse, Tanya fut surprise qu'il lui posât une question aussi personnelle. Depuis qu'ils se connaissaient mieux, il évitait les sujets pénibles et se cantonnait le plus souvent dans un registre assez superficiel. Tanya savait qu'il appréciait sa compagnie, mais il détestait se livrer et ne lui demandait pas de le faire.

— A la fin du mois de décembre, répondit-elle.

Elle n'aimait pas y penser. Cela lui rappelait trop une période douloureuse qui n'était pas encore close et ne le serait peut-être pas avant longtemps. Elle ne parvenait pas à croire qu'elle pourrait un jour évoquer sans souffrir le souvenir de Peter et de sa trahison. Cela lui faisait toujours aussi mal. Pourtant Douglas l'aidait en la détournant de ses pensées noires. Il était très attentionné et elle lui était reconnaissante de tous les bons moments qu'ils passaient ensemble. Cela ajoutait une autre dimension à leur relation de travail.

— Vous avez réglé les questions financières ? lui demanda-t-il avec intérêt.

Quelle que soit la situation, il donnait toujours la priorité à l'aspect pécuniaire des choses. Les problèmes affectifs lui semblaient de moindre importance.

— Nous n'avons pas eu grand-chose à régler. Nous avons partagé équitablement les actions que nous possédions. Quant à la maison, elle nous appartient à tous les deux, mais il est d'accord pour que les enfants et moi continuions d'y vivre, du moins pour l'instant. Plus tard, nous la vendrons certainement. Quand Jason et les jumelles auront terminé leurs études, nous n'aurons plus aucune raison de la garder. En attendant, je pourrai les y retrouver pendant les vacances et en été. Je pense que j'irai entre deux films... du moins si je continue dans cette voie. Dans le cas contraire, ajouta Tanya avec un sourire, je retournerai à Ross et j'écrirai. Par bonheur, Peter n'a pas un besoin urgent d'argent et il m'a dit que la vente pouvait attendre. Il gagne très bien sa vie, mais les enfants coûtent cher et leur inscription dans trois universités différentes aussi. Tôt ou tard, vraisemblablement, nous la vendrons.

Elle avait investi tout l'argent qu'elle avait touché pour ses scénarios chez un courtier, car cela lui appartenait en propre. Mais, bien qu'ils soient mariés sous le régime de la communauté, Peter ne lui avait rien demandé. Il ne s'était montré ni cupide ni exigeant. Il voulait juste en finir le plus vite possible, pour vivre avec Alice. Elle ignorait s'ils avaient fixé la date du mariage, ou même s'ils avaient encore l'intention de se marier.

— Pourquoi cette question ? demanda-t-elle.

— Simple curiosité.

Très détendu, il but une gorgée de vin et alluma un cigare.

— Le divorce m'apparaît toujours comme un immense gâchis, reprit-il. Les gens se chamaillent comme des chiffonniers, ils se disputent, veulent couper en deux le canapé et le piano. J'ai vu des couples parfaitement civilisés se transformer en véritables vandales.

Lui-même avait connu ce genre de problème avec certaines de ses conquêtes qui entendaient lui soutirer de l'argent ou obtenir une pension alimentaire.

— Est-ce que vous pensez vous remarier un jour, Tanya ?

Elle hésita, réfléchissant. Etendus près de la piscine, ils avaient abordé tous les sujets imaginables. Parfois, ils restaient silencieux ou nageaient ensemble, s'amusant à synchroniser leurs mouvements. Elle ne s'était jamais sentie aussi à l'aise avec quelqu'un, excepté Peter. A sa grande surprise, elle s'habituait à lui. C'étaient ces dimanches après-midi passés ensemble qui les avaient rapprochés. Elle n'était pas amoureuse de lui, mais elle appréciait sa compagnie et les bons moments qu'ils partageaient.

— Je ne sais pas, avoua-t-elle franchement. J'en doute. Je ne vois pas ce qui pourrait me tenter dans le mariage. Je ne veux pas d'autre enfant. Je me sens trop vieille pour tout recommencer à zéro. D'ailleurs, mes trois enfants me suffisent amplement. De plus, je ne crois pas que je rencontrerai un homme avec qui je voudrais en avoir. Cela n'arrive qu'une fois. J'ai passé la moitié de ma vie avec Peter, je ne veux plus être déçue ou souffrir encore.

Les yeux de Tanya étaient tristes. Douglas faisait des ronds de fumée tout en l'écoutant.

— Si vos attentes étaient différentes, vous ne pourriez pas être déçue, Tanya. Vous avez cru en un conte de fées et quand le rêve s'est brisé, vous avez pensé avoir tout perdu. Certains font des mariages de raison, si je peux me permettre cette expression. Ils sont plus réalistes que vous, si bien qu'ils risquent moins d'être déçus ou d'avoir le cœur brisé. Personnellement, si je me remariais un jour, c'est ce que je ferais. Le grand amour, la passion... Ce n'est pas mon style. Je suis d'ailleurs convaincu que cela n'aboutit qu'à des désastres. Si je me mariais, ce serait avec une véritable amie, une femme avec qui je m'entendrais parfaitement bien. Elle m'offrirait son amitié, sa compréhension, son humour et sa joie de vivre, qui sont, à mes yeux, les seuls critères pour une union heureuse et durable.

Les propos de Douglas étaient sensés, mais ils étaient absolument dépourvus de romantisme. Il était sans doute incapable de tomber amoureux et Tanya comprenait très bien son point de vue. Elle l'imaginait parfaitement cohabitant avec une femme pour qui il aurait de l'affection et du respect. Douglas n'était pas régi par ses émotions, mais par sa raison. Mais Tanya se demandait pourquoi il aurait envisagé une telle solution, tant il semblait satisfait de vivre seul.

— Et vous, Douglas, vous envisageriez de vous remarier ? demanda-t-elle avec curiosité.

Douglas était le type même du célibataire heureux. Il ne semblait pas avoir souvent besoin de compagnie et quand c'était le cas, il savait comment s'y prendre. Bien sûr, il appréciait les moments qu'il passait avec elle, mais elle n'avait pas l'impression qu'il la courtisait ou était amoureux d'elle, et cela lui convenait. Dans la mesure où il ne la soumettait à aucune pression et ne semblait pas vouloir coucher avec elle, elle se sentait bien avec lui. Ils étaient des associés qui, par chance et grâce à quelques efforts de part et d'autre, étaient devenus amis. Après ce qu'elle venait de vivre, Tanya ne pouvait rêver mieux. Un homme trop entreprenant l'aurait effrayée et Douglas le savait. Il devinait qu'elle n'en avait pas encore fini avec Peter et que cela durerait encore un certain temps. Bien qu'il ne le méritât pas, elle avait sincèrement aimé son mari.

Douglas accorda à sa question la réflexion nécessaire. Il se l'était posée à plusieurs reprises, avec toujours la même réponse. Tout comme Tanya, il ne voyait pas de raison de retenter l'aventure. De temps à autre, il avait été séduit par cette idée, mais jamais très longtemps. Il considérait qu'il y avait trop de risques.

— Je ne sais pas, dit-il en regardant ses ronds de fumée se dissoudre dans l'air. Je crois que vous avez raison. C'est inutile, à notre âge, bien que vous soyez beaucoup plus jeune que moi. Nous avons douze ans de différence, si je ne me trompe pas. A mon âge, donc, on a un point de vue un peu différent. Parfois, je me dis que je finirai ma vie tout seul, ce que je ne souhaite pas vraiment. D'un autre côté, je n'ai pas envie de m'embarrasser d'une jeune femme qui me harcèlera pour que je lui paie un lifting, des implants, une voiture de sport, des diamants et des fourrures. Je ne vois aucune objection à lui offrir tout cela, mais je ne veux pas d'une compagne encombrante et exigeante que je devrai supporter pendant les trente prochaines années pour la seule raison qu'elle me servirait de bâton de vieillesse. A quoi bon, si je me fais renverser par un bus à soixante ans ? J'aurais supporté tout cela pour rien.

Il sourit à Tanya, avant de tirer sur son cigare avec nonchalance.

— En réalité, je ne me crois pas encore assez vieux pour me remarier. On verra quand j'aurai soixante-quinze ou quatre-vingts ans. Mais alors je risque de ne pas trouver la femme qu'il me faut. En fait, il n'y a pas de solution. Heureusement, cette question ne me fait pas perdre le sommeil. Et comme je n'ai pas rencontré celle avec laquelle j'aimerais passer le reste de ma vie, je reste célibataire. Dans votre cas, Tanya, c'est un peu différent. Vous craignez d'être à nouveau blessée et je vous comprends. Vous sortez d'une histoire qui vous a fait terriblement souffrir.

Il en était d'ailleurs désolé pour elle. Actuellement, elle semblait aller mieux et il espérait l'aider. Elle lui plaisait et il appréciait énormément sa compagnie, bien plus qu'il ne l'aurait cru au début, même s'il devait admettre qu'elle l'avait attiré dès la première seconde. Il se réjouissait de mieux la connaître. Elle ne le décevait jamais.

— Si vous deviez vous remarier, qu'est-ce que vous en attendriez ? demanda-t-il.

C'était une drôle de conversation entre deux êtres qui ne souhaitaient pas aliéner leur liberté.

Elle hésita un instant avant de répondre :

— Je voudrais avoir ce que j'avais, ou ce que j'ai cru avoir. Un homme en qui j'aurais confiance et que je pourrais aimer. Quelqu'un dont j'apprécierais la compagnie et qui aurait les mêmes centres d'intérêt que moi. Nous nous respecterions et nous nous admirerions mutuellement. Au fond, il serait mon meilleur ami, avec une alliance à l'annulaire.

Elle posa sur Douglas un regard triste. Ces propos lui rappelaient tout ce qu'elle avait perdu. Peter avait été son meilleur ami, en même temps que son époux. La perte était cruelle. Mais en réalité, elle ne l'avait pas perdu... On le lui avait volé.

— Ce n'est pas vraiment romantique, remarqua Douglas, mais j'aime cela. La passion dure cinq minutes et se termine par un désastre. J'ai horreur du désordre dans ma vie.

Elle sourit. Cette dernière affirmation reflétait exactement la personnalité de Douglas. Il était toujours bien coiffé et tiré à quatre épingles ; sa maison aurait pu figurer dans un magazine et on aurait pu croire que le décorateur avait terminé son travail le matin même. Cette obsession de l'ordre pouvait irriter, mais Tanya y trouvait de l'agrément, voire du réconfort. Si tout était à sa place, cela impliquait que rien d'inattendu ne pouvait se produire. Tout était sous contrôle. De toute manière, elle n'appréciait pas non plus le désordre. Quant à Douglas, il avait viscéralement besoin d'ordre, d'organisation et d'une existence parfaitement réglée. C'était l'une des raisons pour lesquelles il n'avait jamais voulu d'enfant, disait-il.

Selon lui, les parents vivaient dans un perpétuel chaos. Ils pouvaient toujours assurer qu'ils adoraient leurs enfants et qu'ils n'auraient pour rien au monde renoncé à ce bonheur, cela ne l'avait jamais tenté. Il aurait toujours craint une maladie ou un accident de voiture. Par ailleurs, il ne supportait pas les enfants braillards, ceux qui mettaient de la peinture, des gâteaux ou du beurre sur le canapé. Il admirait les gens qui se lançaient dans l'aventure, mais il n'en faisait pas partie. Il n'aurait jamais épousé une femme qui aurait voulu des enfants. Il ne serait pas resté avec elle plus d'une minute. Les acteurs lui donnaient suffisamment de migraines et de soucis pour qu'il n'aille pas de surcroît s'encombrer d'enfants.

— J'ai l'impression que nous ne sommes pas près de nous marier, tous les deux, remarqua-t-il.

Souriant, il déposa son cigare dans le cendrier.

— Je ne l'envisage même pas, répliqua-t-elle en riant. D'ailleurs, je ne suis pas encore divorcée.

Mais la perspective de l'être bientôt l'attristait.

En tout cas, Douglas ne semblait pas avoir envie non plus de mettre un terme à son célibat. L'un comme l'autre étaient ravis d'être ensemble et ne pouvaient rêver meilleure compagnie, surtout le dimanche. Amusée, Tanya songea que cela ressemblait au mariage sans le sexe et les instants de tendresse. Il ne l'avait jamais embrassée, jamais serrée contre lui ni même prise par les épaules. Ils se contentaient d'être ensemble, d'échanger des propos sur la vie et le monde. Ils étaient tous deux intelligents et observateurs et ils aimaient ce rôle de spectateurs. Pour l'instant, elle ne souhaitait rien de plus.

Après cette conversation, Douglas joua du piano pendant deux heures, comme il le faisait toujours. Tanya resta étendue au bord de la piscine, mais au lieu de s'endormir, elle l'écouta. La musique était belle, la journée tiède et parfaite. La vie paraissait facile, en la compagnie de Douglas. Pour une raison inconnue, elle se sentait en sécurité auprès de lui. La paix et la sécurité... Tout ce dont elle avait besoin. Le havre de paix que lui offrait Douglas n'avait pas de prix. De son côté, l'amitié intelligente qu'il trouvait auprès d'elle le comblait. C'était tout ce qu'il avait toujours désiré.

16

Le tournage dura jusqu'à la fin du mois de novembre. Le rythme était à la fois soutenu et régulier. La réalisatrice maintenait une pression constante et les acteurs donnaient le meilleur d'eux-mêmes. En fait, on n'avait pas vu de telles performances sur le plateau depuis bien longtemps. Douglas était enchanté. Le scénario de Tanya, qu'elle ne cessait d'améliorer, était fabuleux. Adèle et Douglas ne cessaient de chanter ses louanges.

Une semaine avant Thanksgiving, Douglas l'emmena à la première de leur film précédent, *Mantra*. Elle aurait souhaité que ses enfants viennent, mais ils avaient tous des examens et ne purent y assister. Jane Amber et Ned Bright ne se parlaient plus et étaient le parfait exemple des propos désabusés de Douglas sur les amours éphémères d'Hollywood. Tanya n'appréciait pas non plus ces liaisons fugaces, épuisantes et vaines.

La soirée, très réussie, fut suivie d'une réception. C'était l'un de ces événements cinématographiques qui réunissaient le gratin hollywoodien. Vêtue d'une magnifique robe du soir en satin noir, Tanya était éblouissante au bras de Douglas, fier d'elle. Les photographes les mitraillèrent. Max portait un smoking, visiblement de location. Il semblait très solitaire, sans son chien. Tanya et lui discutèrent amicalement. Max lui raconta qu'on disait le plus grand bien du film sur lequel elle travaillait actuellement. D'ailleurs, si Douglas espérait un oscar pour *Mantra*, il était presque certain de l'obtenir pour *Partie*.

— Vous en aurez peut-être un, vous aussi, lui dit gentiment Max.

Douglas, qui venait de poser pour les photographes avec les deux stars, les rejoignit.

— Seigneur ! Ces deux-là vont s'entretuer, un de ces jours !

Souriant largement aux photographes qui ne pouvaient entendre ce qu'ils disaient, Ned et Jane échangeaient des injures à mi-voix. Placé entre eux, Douglas avait essuyé leurs tirs haineux.

— Ah, l'amour ! s'écria Max.

— A propos, demanda Tanya, comment va Harry ?

— Il n'a pas pu venir parce que son habit était au pressing. De toute façon, il fait une partie de bowling, ce soir.

Max sembla content qu'elle s'en inquiète. Quiconque lui demandait des nouvelles de Harry et l'appréciait gagnait sa reconnaissance éternelle.

— Dites-lui bonjour de ma part. Dites-lui aussi qu'il me manque, affirma Tanya.

— Vous rentrez chez vous, pour Thanksgiving ? lui demanda-t-il.

Elle acquiesça d'un signe de tête. Elle n'avait pas vu ses enfants depuis plusieurs semaines, pas même Molly, tant elle avait été prise par son travail, y compris le samedi. Quant aux dimanches, elle les passait désormais avec Douglas. C'était devenu un rite que ni l'un ni l'autre ne souhaitaient sacrifier.

Tanya avait hâte de retrouver son fils et ses filles à Ross, bien qu'elle dût cette fois les partager avec Peter et Alice. Ils fêteraient Thanksgiving avec elle, mais, le vendredi soir, ils rejoindraient leur père dans la nouvelle maison d'Alice. Tanya avait prévu de prendre l'avion avec Molly le mercredi soir. Jason et Megan rentraient ensemble en voiture. Tanya était très heureuse à la perspective de ces retrouvailles, mais elle en avait à peine parlé à Douglas, car il lui jetait un regard glacé chaque fois qu'elle évoquait ses enfants.

— Et toi ? demanda Max à Douglas. Tu vas manger des petits enfants en guise de dinde, cette année ?

Douglas ne put s'empêcher de rire.

— Tu vas effrayer Tanya, si tu lui dévoiles tous mes secrets, plaisanta-t-il.

Max haussa les épaules.

— Mieux vaut qu'elle sache exactement pour qui elle travaille.

Quelques minutes plus tard, le réalisateur les quitta pour parler à quelqu'un d'autre. Tanya et Douglas continuèrent à discuter, s'accordant sur le fait qu'ils avaient tous deux beaucoup d'affection pour Max.

— Je le connais depuis son arrivée à Hollywood, dit Douglas. Il n'a pas changé. Jeune, il ressemblait déjà à ce qu'il est aujourd'hui. Il travaille de mieux en mieux, mais il est toujours le même brave type pragmatique.

— Il a été vraiment très gentil avec moi, quand j'ai commencé à avoir des problèmes avec Peter.

Un peu plus tard, Douglas proposa de partir et Tanya accepta. Il la raccompagna à l'hôtel dans sa Bentley et, comme ni l'un ni l'autre n'avaient envie de prolonger la soirée au bar de l'hôtel, elle lui proposa de venir boire un dernier verre à la villa. Elle s'y sentait comme chez elle, désormais. Parfois, Douglas la taquinait à ce sujet, prétendant qu'elle devrait l'acheter puisqu'il était évident qu'elle ne la quitterait jamais. Elle avait déplacé les meubles à sa convenance, apporté une de ses couettes pour la chambre des enfants, mis leurs photos un peu partout et disposé des orchidées dans chaque pièce. Grâce à ses soins, il régnait dans la villa une atmosphère plus douillette et intime.

— J'accepte très volontiers, répondit Douglas.

Il tendit les clefs de sa voiture au portier, puis ils empruntèrent le sentier qui menait à la villa. Tanya avait toujours une bouteille de son vin préféré au réfrigérateur. Ils n'y prêtaient pas attention, mais ils se voyaient souvent, que ce fût sur le plateau ou le soir. Une ou deux fois par semaine, ils dînaient ensemble, se contentant généralement de plats achetés chez le traiteur. En outre, Douglas emmenait Tanya à des réceptions au moins deux fois par semaine. En dehors de cela, ils se téléphonaient chaque soir, le plus souvent pour parler du scénario. Enfin, il y avait leur rituel du dimanche, au bord de la piscine. En bref, ils ne se quittaient pratiquement plus.

Tanya servit à Douglas un verre de vin. Il s'installa dans un fauteuil confortable, étendit ses longues jambes et la regarda avec admiration.

— Vous êtes ravissante, ce soir, dit-il simplement.

— Merci, Douglas. Vous n'êtes pas mal non plus.

Tanya était toujours fière d'être à son bras et flattée par ses invitations. Elle se faisait toujours l'effet d'être provinciale, au milieu de toutes ces femmes qui avaient subi des interventions esthétiques ou étaient traitées au Botox ou au collagène. Elles avaient des silhouettes de rêve et arboraient des tenues que Tanya n'aurait jamais osé porter. Mais Douglas préférait de loin son élégance naturelle, à la Grace Kelly. Il avait rencontré suffisamment de ces femmes, à Hollywood, pour n'éprouver à leur égard qu'une grande indifférence. Les implants, les cheveux décolorés et les nez refaits ne lui faisaient plus tourner la tête depuis longtemps.

— Quels sont vos projets, pour Thanksgiving ? lui demanda-t-elle.

Sachant qu'il n'avait plus de famille, elle s'inquiétait pour lui. Elle n'envisageait pourtant pas de l'inviter à Ross en même temps que ses enfants. Cela risquerait fort de tourner au cauchemar, tant pour lui que pour eux.

— Je vais à Palm Springs, avec quelques amis. Rien d'extraordinaire, mais ce sera sûrement très tranquille. En ce moment, c'est exactement ce qu'il me faut.

Ils avaient tellement travaillé sur le film qu'ils étaient épuisés. Ce soir-là, pourtant, tous deux paraissaient en forme. Tanya rayonnait et Douglas était visiblement de très bonne humeur.

— Je vous aurais bien invité à Ross, mais je me suis dit que ce serait vous infliger un supplice pire que la mort, confia-t-elle en souriant.

Douglas se mit à rire.

— Vous avez raison, bien que vos enfants soient certainement très sympathiques.

Il lui fit alors une proposition qui lui trottait dans la tête depuis quelque temps. Il ne savait pas très bien comment elle l'accueillerait ni si elle avait d'autres projets.

— Est-ce que vous aimeriez passer quelque temps à bord de mon bateau, vous et vos enfants ? A Noël, je serai aux Antilles. Vous pourriez tous me retrouver à Saint-Barthélemy. Vous pensez que cela pourrait leur plaire ?

Il avait l'air sincère. Tanya écarquilla les yeux.

— Vous êtes sérieux ?

— Je crois, oui. Sauf si vous me dites qu'ils ont tous le mal de mer et détestent les bateaux. Le mien est très confortable et nous n'irions pas très loin. S'ils le souhaitent, nous pourrions rentrer au port chaque soir.

Tanya continuait de le fixer avec stupéfaction. Elle avait envisagé d'emmener les enfants faire du ski à Tahoe mais, en l'invitant avec eux, Douglas lui faisait un cadeau incroyable.

— Ce serait merveilleux, Douglas ! Je vous remercie, mais... vous êtes sûr que nous ne vous dérangerions pas ?

— Evidemment. Je serais ravi de vous avoir tous les quatre sur mon bateau et je pense que cette petite croisière devrait leur plaire.

Les enfants se croiraient au paradis, songea Tanya. Elle ignorait les projets de Peter en ce qui les concernait, mais cela pourrait certainement s'arranger.

— Je partirai un peu avant Noël, précisa Douglas. Vous serez sans doute avec vos enfants pendant les vacances. Mon avion passera vous prendre à la date de votre choix.

Douglas possédait son propre jet et ne recourait jamais aux compagnies aériennes.

— Je serais absolument ravie, dit-elle franchement. Il faut que j'en parle aux enfants et qu'ils me disent ce qu'ils comptent faire. J'ignore s'ils ont pris des dispositions avec leur père.

— Rien ne presse, répondit Douglas en posant son verre sur la table. De toute façon, je n'inviterai personne d'autre. Je suppose que nous serons complètement épuisés, à cette époque. Nous discuterons un peu du film et passerons le reste du temps à nous détendre.

— Ce programme me convient tout à fait.

Elle lui adressa un sourire radieux, ravie de l'occasion unique qu'il offrait à ses enfants. Douglas dévorait peut-être les petits enfants à Thanksgiving, mais il s'était toujours montré très généreux avec elle et maintenant il l'était avec ses enfants.

Ils bavardèrent quelques minutes, puis il se leva pour partir. Après l'avoir raccompagné jusqu'à la porte, elle le remercia encore pour sa proposition. Souriant, il la regarda en baissant les yeux. Auprès de lui, elle paraissait toute petite, mais il la connaissait suffisamment pour savoir que sous cette apparence gracile se cachait une forte personnalité.

— J'aimerais vraiment vous avoir à bord avec moi, affirma-t-il. J'ai vécu de merveilleux moments sur ce bateau, et j'espère que vous vous y plairez. Ensemble, nous pourrions faire des voyages magnifiques.

Ses paroles la surprirent un peu. Durant les derniers mois, leur amitié n'avait fait que croître et s'épanouir, surtout depuis qu'elle était revenue à Los Angeles pour faire un second film avec lui. Mais voyager ensemble, c'était autre chose... Cette invitation, ce désir de partager avec eux son bateau l'étonnaient et la touchaient à la fois.

— J'en serais ravie, murmura-t-elle.

Face à lui, elle éprouvait une timidité nouvelle. Il se montrait tellement gentil qu'elle ne voyait pas comment elle aurait pu le payer de retour ou même le remercier. A cet instant, leurs regards se rencontrèrent. Il se pencha lentement vers elle et l'embrassa doucement sur les lèvres. C'était la première fois qu'il se comportait ainsi. Prise au dépourvu, Tanya ne réagit pas tout de suite. Sans lui laisser le temps de recouvrer ses esprits, il l'attira dans ses bras et l'embrassa de nouveau, plus passionnément. Ebahie, elle n'éprouvait cependant aucun désir de le repousser. Au contraire, elle se surprit en train de lui rendre son baiser avec ardeur. Ce qui se passait la stupéfiait et la bouleversait. Jusqu'à présent, elle n'avait jamais imaginé Douglas sous cet angle.

Lorsqu'il cessa finalement de l'embrasser, elle leva vers lui des yeux immenses, cherchant à comprendre la signification de son acte.

— J'en avais envie depuis longtemps, murmura-t-il. Je ne voulais pas vous effrayer ou aller trop vite, mais je vous aime, Tanya.

Ses paroles lui firent l'effet d'une bombe, car elle ne s'y attendait pas. Elle-même ne savait pas ce qu'elle éprouvait pour lui. Tout était trop nouveau. Mais elle était consciente qu'elle l'aimait beaucoup et qu'elle se sentait mieux avec lui qu'avec n'importe qui, hormis Peter. Elle le respectait, elle l'admirait et elle avait de l'affection pour lui, mais elle ignorait si elle pouvait l'aimer ou si elle l'aimait déjà.

Comme elle hésitait à parler, il posa un doigt sur ses lèvres.

— Ne dites rien, c'est inutile. Faites-vous d'abord à cette idée, nous en discuterons plus tard.

Lorsqu'il l'embrassa une nouvelle fois, elle se sentit fondre dans ses bras. Tout cela était tellement surprenant qu'elle avait du mal à y croire. S'agissait-il d'une idylle hollywoodienne, ou était-ce plus sérieux ? Elle n'arrivait pas à définir la nature exacte de ses sentiments pour lui. Il l'avait prise totalement au dépourvu.

— Bonne nuit, lui dit-il alors.

Et sans lui laisser le temps de parler, il franchit le seuil de la villa et s'éloigna. Le cœur battant la chamade, Tanya le suivit des yeux. Elle n'aurait su dire si ce qu'elle ressentait était de la crainte, du désir ou de l'amour.

17

Le mercredi après-midi, Molly et Tanya se retrouvèrent à l'aéroport. Tanya avait quitté le plateau au dernier moment, si bien qu'elle avait dû courir pour ne pas manquer l'avion. Obligée d'être partout à la fois, ce jour-là, elle avait à peine entrevu Douglas. Entouré de plusieurs personnes, il lui avait adressé un lent sourire, qu'elle lui avait timidement rendu. Brusquement, tout avait changé entre eux. Ils ne s'étaient pas parlé depuis la veille. Elle avait pensé à lui toute la nuit, en cherchant à y voir clair dans ses sentiments. Douglas était un homme fascinant et elle l'aimait beaucoup, mais elle ne l'avait jamais considéré autrement. Et il n'en allait pas différemment maintenant. Pourtant, en lui déclarant son amour, il avait bouleversé les règles qui régissaient leur relation. C'était à la fois agréable, excitant et effrayant.

Comme convenu, Molly l'attendait dans un café, à l'aéroport. Elles montèrent les dernières dans l'avion. Au moment où Tanya s'asseyait, la sonnerie de son téléphone portable retentit. Lorsqu'elle décrocha, elle eut la surprise d'entendre Douglas. Il lui sembla que sa voix douce et familière avait des intonations différentes et chargées de sens.

— Je suis désolé que nous n'ayons pas eu l'occasion de nous parler, aujourd'hui, lui dit-il. N'oubliez pas ce que je vous ai dit hier et n'allez pas croire que j'avais bu. Je vous aime, Tanya. Je vous ai aimée dès notre première rencontre, mais je savais que vous n'étiez pas prête à l'entendre.

Je croyais que cette chance ne me serait jamais offerte, mais ce jour est enfin venu.

— Je... Je ne sais pas quoi vous dire... Je suis tellement surprise...

Et aussi effrayée. Elle ne savait pas si elle l'aimait, mais elle se sentait très proche de lui. L'idée qu'ils pourraient être autre chose que des amis ne l'avait jamais effleurée, d'autant qu'elle n'imaginait pas que les sentiments de Douglas pouvaient être différents. En fait, elle n'avait jamais pensé à lui de cette façon.

— N'ayez pas peur, Tanya, la rassura-t-il.

Il émanait de lui une assurance qui l'apaisait.

— Je pense que nous pourrions nous diriger vers l'alliance que nous recherchons tous les deux, continua-t-il. L'union de deux personnes qui se respectent et s'apprécient. Un mariage d'amis, comme vous le disiez quand nous avons abordé ce sujet. C'est ce que je voudrais. Avant de vous rencontrer, je n'avais jamais éprouvé l'envie de me remarier. Prenez le temps d'examiner ma proposition et de vous habituer à cette idée.

— C'est ce que je vais faire.

La présence de sa fille sur le siège voisin la mettait mal à l'aise. Elle ne voulait pas que Molly se doute de quelque chose. Avant d'en parler à ses enfants, elle devait réfléchir. Et surtout, Peter n'était pas encore sorti de sa tête et de son cœur. Pourtant, Douglas l'attirait bien plus qu'elle ne l'aurait cru possible. Ses paroles l'effrayaient et la charmaient à la fois, tout en adoucissant la peine que lui avait causée Peter.

— Je vous appellerai ce week-end, promit-il. N'oubliez pas de transmettre ma proposition à vos enfants.

— Je n'y manquerai pas... Et Douglas... Merci pour tout... J'ai juste besoin d'un peu de temps.

A cet instant, une hôtesse demanda aux passagers d'éteindre leurs portables.

— Prenez votre temps, Tanya.

— Merci. Au revoir, Douglas.

En raccrochant, elle se demanda par quel incroyable coup du sort Douglas et elle avaient pu se rapprocher de cette façon. Pour l'instant, elle ne savait pas si c'était la chance de sa vie, mais elle se prit brusquement à l'espérer. Pourquoi une fin tragique ne se transformerait-elle pas en dénouement heureux ? On ne pouvait rêver mieux...

A cet instant, elle s'aperçut que Molly l'observait avec curiosité.

— Qui était-ce, maman ? lui demanda-t-elle en la regardant.

— Mon patron, répliqua Tanya en riant. Douglas Wayne. Il m'appelait au sujet du scénario.

— Tu avais l'air bizarre. Il te plaît ? En tant qu'homme, je veux dire.

Comme d'habitude, la vérité sortait de la bouche des enfants, songea Tanya. Pourtant, elle ne révéla pas à sa fille la nature exacte de ses relations avec Douglas.

— Ne dis pas de bêtises ! Nous sommes juste amis.

Posant sa nuque sur le dossier de son siège, elle ferma les yeux. La main dans celle de Molly, elle s'endormit en pensant à Douglas et à son extraordinaire déclaration d'amour. Il lui semblait rêver.

Arrivées à San Francisco, elles prirent un taxi qui les conduisit à Ross. La maison parut poussiéreuse et vieille à Tanya. Inhabitée depuis le mois de septembre, on sentait que plus personne n'était là pour l'aimer et s'en occuper. Attristée, Tanya alluma toutes les lampes et tapota les coussins pour les faire gonfler. Elle se rendit ensuite au supermarché, pendant que Molly téléphonait à ses amis. Lorsqu'elle revint, Megan et Jason étaient arrivés. Un joyeux brouhaha régnait dans la cuisine, car une demi-douzaine de leurs amis avaient sonné à la porte dès qu'ils avaient appris leur retour. Ils discutaient de leurs études, de leurs flirts et de leurs soirées. Le bruit était assourdissant, d'autant qu'ils avaient mis la musique à fond. Les voir ainsi fit plaisir à Tanya. Cela faisait partie des choses qui lui manquaient à Los Angeles. Elle aurait pu inviter ses enfants à l'hôtel, mais ils avaient préféré fêter Thanksgiving et Noël à Ross, chez eux, ce dont elle se réjouissait.

Elle prépara des hamburgers et des pizzas, avec une grosse salade composée et des frites. A minuit, les amis étaient partis, la cuisine rangée et ses enfants étaient montés dans leurs chambres. Tanya mit la table pour Thanksgiving, à la fois heureuse d'être chez elle et triste que leurs vies aient tellement changé. Les enfants étaient presque des adultes. Ils passaient les trois quarts de leur temps à l'université. Peter vivait avec Alice. Leur divorce serait bientôt prononcé et elle habitait à l'hôtel... Ce séjour à Ross constituait une sorte de parenthèse, mais elle ne regrettait pas d'être venue. Les vingt ans qu'elle avait passés dans cette maison étaient à jamais gravés dans son cœur et elle les chérirait toujours. Elle aimait encore Peter, pensa-t-elle tristement. Elle n'en avait pas terminé avec lui et elle se demandait si elle y parviendrait un jour. Dans cette maison où ils avaient vécu ensemble, il lui manquait encore plus.

Comme chaque année, elle se leva à 5 heures du matin pour préparer la dinde. Elle avait eu du mal à dormir seule dans le lit conjugal. L'année précédente à la même époque, elle soupçonnait une liaison entre Peter et Alice, avant même qu'elle ait commencé. Désormais, le courant les avait emportés sur des rivages différents. En remplissant la dinde de farce, elle se demanda si Douglas aurait apprécié cette fête familiale. Elle en doutait. Il trouverait certainement cela banal. Les perspectives qu'il lui offrait étaient bien différentes. Elle avait hâte de faire part aux enfants de son invitation. Elle serait ravie de faire cette croisière avec lui tout en ayant ses enfants auprès d'elle. Ce serait une expérience inoubliable pour eux tous.

Quand la dinde fut au four, elle retourna se coucher. Dans l'espoir d'oublier Peter, elle tenta d'imaginer ce que serait sa vie si elle la partageait avec Douglas, dans sa merveilleuse maison de Los Angeles. Elle l'écouterait, pendant qu'il jouerait du piano... C'était à la fois enthousiasmant et inattendu. En tout cas, elle se sentait en sécurité avec lui et cela voulait certainement dire quelque chose. Il n'y avait pas de passion entre eux, mais de l'amitié et avec le temps peut-être y aurait-il de l'amour. Cette éventualité la troublait, mais elle n'était pas déplaisante. Tout était si soudain. La déclaration d'amour de Douglas lui avait causé une immense surprise.

Comme toujours, les enfants s'habillèrent pour le repas de Thanksgiving. A l'exemple de leur mère, les jumelles portaient des robes et Jason avait mis un costume.

Ils prirent place à table. Tanya prononça le bénédicité, remerciant Dieu pour le repas ainsi que pour les bienfaits qu'Il leur avait accordés l'année précédente et ceux qu'Il allait encore leur prodiguer. Elle Le remercia aussi d'avoir réuni la famille et de leur permettre de partager autant d'amour. Lorsqu'elle prononça ces paroles, sa voix se brisa et ses yeux s'emplirent de larmes. Elle pensait aux bouleversements qui les avaient affectés durant l'année, ainsi qu'à son prochain divorce. Lorsqu'elle se mit à pleurer, Molly posa sa main sur la sienne. Adressant un tendre sourire à ses trois enfants, Tanya termina la prière. En vérité, il leur restait bien des raisons de se réjouir et de remercier Dieu. Le lien qui les unissait était le plus beau des cadeaux.

C'est Jason qui découpa la dinde à la place de son père et il s'en sortit très bien. Le repas fut délicieux, à l'exception des patates douces, que Tanya avait légèrement laissées brûler.

— J'ai perdu la main, s'excusa-t-elle. Je n'ai pas cuisiné depuis l'été dernier.

Elle avait du mal à croire qu'elle vivait à l'hôtel depuis si longtemps.

— Alice, elle, prépare de la purée de châtaignes dans laquelle elle met du bourbon, fit remarquer Megan.

Cette précision sonnait comme un reproche. Tanya ne répondit rien, mais Jason lança un regard noir à sa sœur. Invités chez leur père le lendemain, les enfants avaient bien conscience que les relations entre leurs parents étaient tendues. Ils s'efforçaient de ne pas parler de Peter à Tanya et inversement. Bien entendu, ils ne faisaient pas non plus allusion à Alice devant leur mère. C'était trop tôt et la situation était embarrassante pour eux tous. Malgré tous les bouleversements, Megan était restée très proche d'Alice. Molly, au contraire, s'était écartée d'elle, gênée qu'elle ait été à l'origine du divorce de ses parents. Jason restait à l'écart en attendant que tout se calme. S'il voulait continuer à voir tranquillement ses deux parents, mieux valait ne pas choisir son camp.

Bien entendu, Tanya aurait préféré ne rien savoir du menu d'Alice et elle souffrit d'entendre sa fille vanter les talents culinaires de sa rivale. Mais elle savait que Megan lui en voulait encore d'être partie pour Los Angeles. Quelques mois auparavant, elle lui avait asséné que, quoi que son père et Alice aient fait, elle était la seule responsable du divorce. Ces propos étaient durs à entendre et ils avaient renforcé la culpabilité de Tanya.

— J'ai quelque chose à vous dire, annonça-t-elle pour changer de sujet. Nous sommes invités à faire une croisière dans les Caraïbes pendant les vacances de Noël.

— Par qui ? Par une vedette de cinéma ? demanda Megan avec espoir.

— Par le producteur pour qui je travaille, Douglas Wayne. Il possède un yacht magnifique. Nous irions le retrouver à Saint-Barth, dans son avion privé.

Cette offre mirobolante éveilla aussitôt les soupçons de Megan.

— C'est parce que tu sors avec lui ?

— Pas du tout. Nous sommes seulement amis, même s'il est possible que nos relations évoluent dans ce sens.

Il était trop tôt pour leur révéler que Douglas parlait mariage et lui avait déclaré son amour. Il fallait auparavant que ses enfants fassent sa connaissance et qu'elle-même s'habitue à cette idée.

— Nous pourrions partir après Noël et passer le Nouvel An sur son bateau, suggéra-t-elle.

Immédiatement, Megan prit la défense de son père.

— Et papa ?

Après avoir hésité un instant, Jason se décida rapidement. Il avait toujours adoré les bateaux et la perspective d'une croisière dans les Caraïbes était trop tentante pour y résister.

— Je devais aller à Squaw Valley, avec des amis... mais je crois que j'aimerais bien venir.

— Je resterai avec papa ! déclara aussitôt Megan.

Son esprit de contradiction prenait le dessus, même si « cela devait lui exploser au nez », comme le disait souvent son frère lorsqu'elle allait trop loin pour le seul plaisir d'avoir le dernier mot.

— Tu pourras toujours changer d'avis plus tard, lui assura gentiment sa mère avant de se tourner vers sa sœur. Et toi, Molly ? Qu'est-ce que tu en penses ?

La jeune fille adressa un doux sourire à sa mère.

— Je vais avec toi. Je trouve cette idée super cool. On peut amener des amis ?

— Cela me paraît difficile. Une autre fois, peut-être, s'il nous invite encore.

Les enfants devaient réveillonner avec leur père le 24 décembre et passer la journée de Noël avec elle. Elle leur proposa de partir pour Saint-Barthélemy le 26 et de revenir pour le Nouvel An, puisqu'ils reprenaient les cours le 2 janvier. Ils passeraient donc cinq jours sur le yacht, ce qui serait sans doute suffisant pour Douglas. Cela constituait pour eux un merveilleux cadeau et tout le monde parut content, même Megan, censée ne pas venir.

Finalement, ils passèrent une bonne fête de Thanksgiving. Le lendemain, une fois que les enfants furent partis chez leur père, la maison sembla bien vide à Tanya. Elle se sentit mieux lorsqu'ils revinrent le samedi. A son grand soulagement, ils ne dirent pas un mot de Peter. Quand Douglas l'avait appelée, le vendredi, elle lui avait répondu qu'ils acceptaient son invitation.

— Nous ne reprendrons le film que le 8 janvier, lui déclara-t-il. Les enfants pourraient repartir seuls en avion, et nous resterions sur le yacht quelques jours de plus. Cela nous laisserait un peu de temps pour nous.

Il s'exprimait comme s'ils étaient déjà amants. Tanya se demanda s'ils le seraient, à la fin de la croisière. Comme toujours, il organisait et planifiait tout.

— Vous êtes très généreux avec nous, Douglas, lui dit-elle avec reconnaissance. C'est un cadeau fantastique, pour mes enfants. Vous êtes sûr que cela ne vous dérangera pas ?

— Ils n'ont pas quatre ans, répliqua-t-il gaiement. Tout ira bien. Je me réjouis de faire leur connaissance et de passer du temps avec vous.

Jusqu'alors, il était toujours un peu crispé, lorsqu'elle faisait allusion à ses enfants. C'était la première fois qu'il en parlait avec autant d'aisance. L'espace d'un instant, Tanya se demanda s'il était bien conscient de ce qui l'attendait avec des adolescents. Ne connaissant rien aux enfants, il témoignait à leur égard d'une profonde aversion et elle espérait qu'il s'habituerait facilement aux siens. Tout cela semblait trop beau pour être vrai.

— Moi aussi, je serai heureuse de passer un peu de temps avec vous, assura-t-elle avec chaleur.

— Quand revenez-vous de Ross ?

— Molly et moi prendrons l'avion à 16 heures dimanche. Je devrais être à l'hôtel à 18 heures.

— Je pourrais peut-être venir avec le dîner et apporter quelque chose d'un peu plus original que les plats chinois. Un curry, ou du thaïlandais. Ça vous dirait ?

— Des hot-dogs me suffiraient, vous savez.

Subitement, la perspective de le revoir la remplit de joie. Sa vie changeait... Il l'avait embrassée, il lui avait dit qu'il l'aimait, avait parlé de mariage et, pour finir, il l'avait invitée sur son bateau avec ses enfants. Et tout cela en quelques jours... Prise de vertige, elle hésitait à se lancer.

— Je serai chez vous à 19 heures, dit-il. Et... Tanya...

— Oui ?

— Je vous aime, murmura-t-il doucement avant de raccrocher, tandis que Tanya regardait autour d'elle, s'étonnant presque que sa chambre ne reflétât rien des bouleversements qui avaient mis son existence sens dessus dessous.

18

Le dimanche soir, Douglas frappa à la porte de la villa, vêtu d'un jean et d'une veste de cachemire noir. Détendu et heureux, il apportait plusieurs plats indiens qui répandirent un parfum délicieux dans la cuisine. Dès qu'il franchit le seuil, il embrassa Tanya avant de lui raconter son week-end. De son côté, elle lui parla de Ross, des enfants, de la maison triste et déserte depuis qu'elle avait perdu son âme. Le séjour l'avait déprimée, mais elle avait été heureuse de retrouver ses enfants. C'était encore leur maison, malgré tout ce qui s'était passé. Officiellement, Tanya y vivait toujours, mais elle avoua à Douglas qu'elle avait le sentiment de ne plus avoir de foyer. Elle ne savait plus très bien où elle en était. D'une certaine façon, elle se sentait davantage chez elle dans la villa, qu'aucun souvenir pénible ne ternissait puisque Peter n'y avait passé que deux jours.

Après le dîner, Douglas s'assit près d'elle sur le canapé et, tout en bavardant, il passa un bras autour de ses épaules. Il se montrait plus chaleureux à son égard qu'il ne l'avait jamais été. En son for intérieur, elle devait admettre qu'il lui plaisait énormément et qu'elle se sentait bien avec lui. Elle éprouvait d'ailleurs une curieuse impression de bien-être, alors qu'il ne s'était rien passé entre eux.

Douglas la tint ainsi serrée contre lui un long moment, puis ils s'embrassèrent. Lorsqu'il se montra plus pressant, Tanya se surprit à répondre à ses baisers avec une ardeur égale à la sienne. Quand Peter l'avait quittée, elle avait cru ne plus jamais connaître le désir, mais elle s'était trompée... Lentement, elle découvrait combien Douglas l'attirait. Il émanait de lui une sensualité virile qui lui coupait le souffle, maintenant qu'il y laissait libre cours.

Ils gagnèrent alors la chambre. Douglas éteignit les lumières et ils se déshabillèrent. Ils se connaissaient si bien qu'ils n'avaient l'impression ni l'un ni l'autre d'entamer une liaison. Ils se comportaient plutôt comme un homme et une femme à l'aise l'un avec l'autre, qui enrichissent leur relation par un nouvel aspect encore inexploré. Tanya découvrit avec étonnement qu'elle n'éprouvait aucune gêne avec lui. Au contraire, elle avait faim de son amour et de sa passion. Le plaisir qu'ils se donnèrent fut extraordinaire et ils refirent l'amour avant qu'il ne la quitte, vers 2 heures du matin. Cette liaison qui commençait n'effrayait plus Tanya. Leur entente sexuelle était parfaite et Douglas se révélait un amant attentif, dont le premier souci était de la satisfaire. Il avait quelque chose de très cérébral, car il semblait à Tanya que Douglas planifiait et réfléchissait sans cesse, mais c'était uniquement pour la rendre heureuse.

Avant de partir, il l'embrassa encore.

— Si j'avais su que ce serait aussi bien, murmura-t-il, je n'aurais pas attendu si longtemps.

Tout en riant, elle déposa un baiser dans son cou. Mais tous deux étaient conscients qu'il aurait commis une erreur s'il s'était déclaré plus tôt. Il avait eu l'intelligence de patienter jusqu'à ce qu'elle soit prête à se lancer dans une relation amoureuse. Car même maintenant, elle avait encore du mal à ne pas penser à Peter et aux années qu'ils avaient passées ensemble. Il lui semblait bizarre de se retrouver au lit avec quelqu'un d'autre. Pourtant, au fil de la nuit, le lien qui l'unissait à Douglas était devenu très fort. Ils avaient franchi une nouvelle étape.

Avant de la quitter, il l'embrassa passionnément. Lorsqu'il fut chez lui, il l'appela pour lui dire qu'il l'aimait et qu'elle lui manquait déjà. Une fois de plus, Tanya se répéta qu'elle avait beaucoup de chance mais, seule dans son lit, elle s'aperçut, les larmes aux yeux, que c'était toujours à Peter qu'elle pensait. L'amour était fabuleux avec Douglas. C'était un amant merveilleux et attentif. Pourtant, l'espace de brefs instants, le corps, la peau et l'odeur de Peter lui avaient manqué. Il était difficile de balayer vingt années d'une vie, même si elle savait qu'elle venait d'en ouvrir un nouveau chapitre. Après ce qui s'était passé cette nuit, elle avait l'impression d'être emportée par un puissant courant.

Après cela, Douglas et Tanya ne se quittèrent pratiquement plus. Il la rejoignait presque toutes les nuits. Ils faisaient l'amour, lisaient leurs notes ensemble, discutaient du film, se faisaient servir des repas à la villa ou allaient au restaurant. En compagnie de Douglas, Tanya se sentait parfaitement bien. Sur le plateau, le travail était démentiel. Ils s'efforçaient de rester discrets, mais il aurait fallu être aveugle pour ne pas remarquer que leurs yeux se cherchaient sans cesse. Peu à peu, Tanya tombait amoureuse de Douglas, qui ne cessait de répéter combien il avait de chance. La seule partie de sa vie qu'il ne connût pas encore, c'était ses enfants. Chaque fois que l'un d'eux appelait Tanya, il semblait nerveux. Cela l'inquiétait, mais elle espérait qu'ils apprendraient à se connaître sur le bateau et que tout se passerait bien. Pour ce qui concernait le couple qu'ils commençaient à former, tout était parfait. Douglas lui redonnait une confiance en elle qui avait été sévèrement mise à mal.

Pendant un mois, tout fut frénétique sur le plateau et Tanya ne put rentrer à Ross que le 23 décembre, le même jour que les enfants.

Ce jour-là, Douglas s'envola pour Saint-Barthélemy.

Pour Tanya, la soirée fut chargée, car dès que les enfants arrivèrent, leurs amis pointèrent le bout de leur nez. Le lendemain, la maison retrouva son calme quand Jason et les jumelles partirent chez Peter et Alice, pour réveillonner avec eux. Tanya avait du mal à accepter cela, mais elle n'avait pas le choix. Elle se rendit seule à la messe de minuit, puis elle rentra tristement chez elle. Il était trop tard pour appeler Douglas sur son bateau. Elle resta longtemps assise dans la salle de séjour, se rappelant le temps où les enfants étaient petits et les moments heureux qu'ils avaient vécus tous ensemble. L'espace d'un instant, elle fut tentée d'appeler Peter pour lui souhaiter un joyeux Noël, mais elle s'en abstint, sachant que c'était une mauvaise idée. Pour l'instant, la rupture était trop récente et les blessures n'étaient pas encore cicatrisées.

Elle fut soulagée quand les enfants rentrèrent le lendemain. Ils échangèrent les cadeaux, déjeunèrent, firent leurs valises puisqu'ils partaient le jour suivant de très bonne heure. Megan retournait chez son père, mais son frère et sa sœur étaient fous de joie à l'idée de faire cette croisière avec Douglas.

— Tu es certaine de ne pas changer d'avis ? lui demanda sa mère.

Megan secoua la tête. Jamais elle n'avouerait qu'elle pouvait s'être trompée. Elle n'éprouvait aucune rancune envers Alice, mais elle en voulait toujours à sa mère d'avoir, selon elle, poussé son père au divorce.

Tanya, Jason et Molly partirent pour l'aéroport à 6 heures du matin. L'avion de Douglas décolla à 8 heures, fit escale à Miami et atterrit à Saint-Barthélemy à 21 heures. Trois membres de l'équipage les attendaient. Leur voyage avait duré onze heures, mais s'ils n'avaient pas disposé d'un jet privé, ils n'auraient jamais pu faire le trajet en un seul jour. Les enfants furent impressionnés par les uniformes impeccables portant le nom du bateau, *Rêve*. Tanya avait l'impression d'en vivre un, justement. Bien qu'elle l'ait vu en photo, elle ignorait à quoi ressemblait un yacht de soixante mètres. En réalité, il avait tout d'un paquebot et c'était la première fois qu'ils en découvraient un aussi grand. C'était d'ailleurs le plus imposant de tout le port, animé et scintillant de mille feux avec ses petites boutiques qui bordaient le quai. Lorsqu'ils descendirent du taxi, Douglas se tenait sur le pont et leur adressait des signes. Vêtu d'un jean blanc et d'un tee-shirt, il était pieds nus et très bronzé. Il les attendait avec un large sourire et le cœur de Tanya cessa de battre pendant quelques secondes. Les enfants fixaient le navire avec admiration. Tanya en aurait fait autant si Douglas n'avait attiré irrésistiblement son regard. Ils étaient visiblement tous les deux très heureux de se retrouver et Tanya était ravie à l'idée de passer ces quelques jours avec lui. Peu à peu, ils commençaient à former un couple.

Les membres de l'équipage leur souhaitèrent la bienvenue. Une hôtesse conduisit Jason et Molly dans leurs cabines, qui se trouvaient sur le pont inférieur. Ils disparurent pendant que Tanya gravissait les marches qui la séparaient de Douglas. Il la prit immédiatement dans ses bras pour l'embrasser. Heureuse, elle se serra contre lui. Elle sentait que ses sentiments pour lui devenaient plus profonds et elle était particulièrement contente de le voir dans ce décor romantique. Elle n'aurait pu rêver endroit plus approprié pour qu'il fasse connaissance avec ses enfants.

— Tu dois être épuisée, après un si long voyage ! lui dit-il en lui tendant un cocktail.

La nuit embaumait, le temps était parfait. Au même instant, on servait à Jason et Molly une collation dans la salle à manger. Ils ne savaient où regarder, éberlués par le luxe qui les entourait. Les quinze membres de l'équipage s'empressaient autour d'eux, visiblement soucieux de bien les accueillir.

— Je ne suis presque pas fatiguée, assura Tanya. Ton avion est tellement confortable et tu nous as tellement gâtés que nous nous sommes crus au paradis. Ton bateau est magnifique.

Le compliment fit plaisir à Douglas. Il n'arrêtait pas de penser à elle depuis plusieurs jours et attendait son arrivée avec impatience. Tanya savait qu'il était content de la voir, mais elle sentait entre eux une tension invisible. Quelque chose semblait le tourmenter, pourtant il lui souriait comme s'il voulait lui prouver que tout allait bien. L'espace d'un instant, elle craignit que la présence de ses enfants ne le gêne, puis elle se reprocha d'être paranoïaque. A leur arrivée, il s'était montré chaleureux et accueillant. Elle savait aussi combien il était fier de lui montrer son bateau.

— Il est beau, n'est-ce pas ? Je l'ai depuis dix ans. J'envisage d'en faire construire un nouveau un peu plus grand, mais je ne me résous pas à me séparer de celui-ci.

Un bateau de dix ans pouvait paraître vieux mais, aux yeux de Tanya, celui de Douglas était flambant neuf. Comme tout ce qu'il possédait, il était en parfait état. Douglas voulait toujours ce qu'il y avait de mieux et *Rêve* ne faisait pas exception.

Assise sur le pont, Tanya bavarda longtemps avec lui, le visage caressé par une brise tropicale. Peu à peu, Douglas parut se détendre. Enveloppée dans un châle de cachemire apporté par une hôtesse, Tanya mangeait des sushis quand Molly et Jason firent leur apparition, visiblement impressionnés par Douglas. C'était la première fois qu'ils le rencontraient. Dès qu'ils furent là, Tanya sentit que Douglas était de nouveau tendu. C'était presque imperceptible, mais il poursuivit sa discussion avec Tanya comme s'ils n'étaient pas là. On aurait dit qu'il préférait les ignorer, parce qu'il n'était pas prêt à les affronter ou qu'il ne savait pas comment parler à des jeunes de leur âge. Tanya crut même discerner de la peur dans ses yeux. Ses enfants étaient trop fatigués pour le remarquer et elle espéra que le malaise s'atténuerait au bout de quelques jours, lorsqu'ils se connaîtraient mieux. Elle était fière de Jason et de Molly, qui étaient ouverts et faciles à vivre. Mais Douglas semblait terrifié.

Vers minuit, ils regagnèrent tous leurs cabines. Molly et Jason se glissèrent hors de la leur pour rejoindre des membres de l'équipage dans la cambuse. Ces derniers étaient ravis d'avoir des jeunes à bord. Tanya prit une douche dans la cabine de Douglas. Lorsqu'elle en sortit, il l'attendait avec des coupes de champagne et des fraises. Dès qu'ils se couchèrent, ils firent l'amour et ne s'endormirent qu'aux lueurs de l'aube, après avoir passé des moments de folle passion. Tanya n'avait pas vérifié que ses enfants étaient bien installés, mais elle était certaine qu'on veillait sur eux et qu'ils étaient en sécurité. Elle était sûre qu'ils étaient parfaitement heureux de leur sort.

Lorsqu'elle s'éveilla, Douglas était déjà debout. Elle le trouva sur le pont, en maillot de bain. Il avait l'air fatigué, mais il sourit dès qu'il la vit. Le bateau sortait du port afin de jeter l'ancre dans un endroit où ils pourraient nager ou faire du scooter des mers. Molly et Jason étaient assis près de Douglas. L'air mal à l'aise, ils n'échangeaient pas un mot et semblaient s'ennuyer ferme. Elle discerna de la panique dans les yeux de Douglas. Dès qu'elle prit place auprès d'eux, Molly et Jason lui lancèrent des regards significatifs. Un peu plus tard, elle regagna sa cabine pour enfiler un maillot. Ses enfants l'y suivirent de près, pour lui dire combien ils trouvaient Douglas bizarre.

— J'ai essayé de lui parler plusieurs fois, se plaignit Jason, mais il n'a pas daigné me répondre et a continué de lire son journal.

— Je crois que vous lui faites peur, leur confia Tanya. Il n'a jamais fréquenté de jeunes et, à mon avis, cela le rend nerveux.

— Je lui ai posé des questions sur le bateau, se plaignit à son tour Molly. Il m'a répondu qu'on devait voir les enfants, pas les entendre. Ensuite, il a demandé à Annie, l'hôtesse, de nous emmener dans la cambuse et de nous donner à manger. Il a précisé que nous ne devions pas salir la salle à manger. On dirait qu'il nous prend pour des mômes de six ans.

Tanya regarda sa fille, qui ne portait qu'un minuscule deux-pièces et qui était absolument superbe.

— Pas avec ce corps, ma chérie, lui dit-elle en souriant. Donne-lui un peu de temps. Il a eu la gentillesse de nous inviter tous les trois et vous venez tout juste de faire sa connaissance. Ce n'est sans doute pas facile pour lui.

Tout en parlant, elle réalisait combien elle désirait que Douglas et les enfants puissent s'entendre.

— Je crois qu'il te veut ici toi, mais pas nous. Nous ferions peut-être mieux de rentrer à la maison, constata Molly d'un air blessé.

— Ne dis pas de bêtises. Nous sommes là pour passer un agréable séjour tous ensemble et c'est ce que nous allons faire. Vous pourrez faire du scooter après le petit déjeuner.

Mais, au moment de leur donner son autorisation, Douglas parut dans tous ses états. Il prétendit d'abord qu'il ne voulait pas que les enfants se blessent, puis qu'ils risquaient de lui faire un procès si cela arrivait, et qu'ils allaient certainement casser son matériel. Pour finir, il accepta de leur prêter le scooter, à condition qu'un membre de l'équipage le conduise. Tanya eut beau lui assurer que Jason en avait un identique à Tahoe, Douglas se montra très nerveux quand le jeune homme fit une démonstration.

— J'ai été poursuivi plusieurs fois en justice par des invités, expliqua-t-il. Et tu ne me pardonnerais jamais si l'un de tes enfants se blessait ou pire encore.

Soit il protégeait les enfants de façon excessive, soit il ne leur adressait pas la parole, mais il paraissait incapable de trouver le juste milieu. Tantôt il était terrifié à l'idée qu'ils se fassent mal, tantôt leur présence le contrariait. Il était clair que Tanya avait commis une erreur en acceptant de les amener avec elle. Douglas ne les supportait pas.

Il leur imposait de manger avec le personnel, dans la cambuse, leur interdisait d'utiliser le jacuzzi sans avoir pris une douche au préalable ou d'utiliser sa salle de gymnastique, prétendant que le matériel était fragile et adapté pour lui uniquement. Molly et Jason avaient le droit de se baigner dans la mer si un membre de l'équipage les surveillait. En revanche, ils ne pouvaient pas s'étendre sur les chaises longues, à cause de la lotion solaire qu'ils s'appliquaient sur la peau à la demande de leur mère. Douglas se montrait d'une extrême galanterie avec Tanya, mais restait très tendu en présence des enfants.

— Cesse de t'inquiéter, lui répétait-elle.

C'était plus fort que lui. S'il ne les voyait pas, il était soucieux. S'ils étaient dans les parages, il devenait nerveux. En fait, Molly et Jason n'avaient strictement le droit de rien faire, hormis manger et dormir. Les quinze membres de l'équipage avaient été réquisitionnés pour les distraire et les tenir à l'écart de Tanya et de Douglas. Ce dernier souhaitait visiblement avoir leur mère pour lui tout seul et elle comprit rapidement qu'il était jaloux d'eux. Dès le second jour, Molly et Jason, déçus et malheureux, eurent envie de rentrer chez eux. Ne voulant pas se montrer grossière vis-à-vis de leur hôte, Tanya essaya d'obtenir de Douglas qu'il se détende un peu. Elle tenta de lui expliquer que ses enfants étaient de jeunes adultes, qui devaient être traités en tant que tels. Mais rien n'y fit. Il voulait être seul avec elle et ils le détestaient.

Un soir, après le dîner, deux membres de l'équipage voulurent réconforter Molly et Jason en les emmenant dans plusieurs bars, puis dans une discothèque. A 4 heures du matin, les deux jeunes gens rentrèrent heureux comme des rois, titubant et complètement ivres. Ils firent irruption dans la cabine de Douglas et de Tanya pour leur dire à quel point ils s'étaient bien amusés. Ce fut le moment que Molly choisit pour vomir. Tanya se précipita pour nettoyer la moquette. Horrifié, Douglas s'était réfugié sur le lit et réprimait un haut-le-cœur.

— Salut, Doug ! s'exclama Jason en vacillant. Magnifique bateau ! On s'est éclatés, ce soir.

Douglas les fixait, sans voix, pendant que Tanya aggravait les choses en voulant réparer les dégâts. Dans cet espace confiné, l'odeur était épouvantable. Douglas finit par se lever et quitter la cabine. De son côté, Tanya emmena Jason et Molly dans leurs cabines. Douglas passa la nuit sur le pont et, le lendemain, l'équipage nettoya la moquette.

— Cette petite escapade était plutôt déplaisante, non ? commenta Douglas pendant le petit déjeuner. Tu penses que des enfants de cet âge peuvent être autorisés à boire ? ajouta-t-il avec une réprobation visible.

— Je suis vraiment désolée. Tu sais ce que c'est, avec les jeunes.

— Non, je ne sais pas ce que c'est. Cela leur arrive souvent ?

— Quelquefois, sans doute, comme à tous les étudiants. Molly boit rarement, c'est d'ailleurs pour cette raison qu'elle a été malade. Jason tient mieux l'alcool, j'imagine.

— Ne devrais-tu pas envisager une cure de désintoxication ?

Interloquée, elle constata qu'il était sérieux. Il était maintenant clair qu'il ne s'était pas rendu compte de ce qu'il faisait en les invitant sur son bateau. Il avait eu de bonnes intentions, mais les jeunes constituaient pour lui une espèce étrangère et terrifiante.

— Bien sûr que non, répliqua-t-elle calmement. Ils vont très bien et n'ont aucun besoin d'être désintoxiqués. Ils ne boivent que très rarement, et toujours pendant les vacances. Je pense qu'ils sont aussi mal à l'aise que toi.

Pour la première fois, Tanya n'hésitait pas à parler et à lui faire prendre conscience de son incapacité à supporter les enfants, même les siens. Ils avaient tous les deux espéré que cela pourrait marcher, mais ils se trompaient.

— Je suis désolé, Tanya. Je croyais pouvoir assumer la situation, mais ce n'est pas le cas.

Visiblement nerveux, il s'exprimait de façon un peu sèche. Comprenant qu'il s'en voulait surtout à lui-même, Tanya le plaignit.

— L'important, c'est que tu as essayé, et c'était vraiment gentil de ta part, dit-elle tristement.

Ne sachant que répondre, il hocha la tête.

Jason et Molly eurent un réveil difficile. Molly vomit pour la seconde fois, cette fois dans sa propre cabine, salissant la moquette au grand dam de sa mère. L'équipage réussit à cacher cette catastrophe à Douglas mais, consciente de la tension qui existait entre sa mère et Douglas et sachant que son frère et elle en étaient la cause, Molly éprouva une grande culpabilité. Elle ne comprenait pas pourquoi Douglas les avait invités, puisque leur présence sur le bateau lui était insupportable. Sans doute avait-il voulu plaire à leur mère. Cette dernière était très nerveuse. Elle s'efforçait de leur faire passer un bon séjour tout en les éloignant de Douglas. Il était de plus en plus évident qu'il ne les avait invités que par courtoisie envers elle. Il n'avait aucune envie de les connaître et n'essayait pas le moins du monde de discuter avec eux.

Ce soir-là, Douglas invita Tanya une nouvelle fois au restaurant, mais il ne proposa pas à Jason et Molly de les accompagner. Il s'en sentait incapable. Il ne savait que dire en leur présence. De toute façon, il était encore bien trop furieux contre eux et, après le fiasco de la veille, Tanya n'essaya pas d'intervenir. Heureusement, ses enfants s'entendaient très bien avec l'équipage. Mais pour elle, ce n'étaient pas des vacances, car elle devait constamment gérer la tension entre Douglas et eux. Elle n'avait pas imaginé que la croisière se passerait ainsi, et Douglas non plus.

Le pire se produisit le soir du Nouvel An, quand Jason et Molly allèrent à terre avec plusieurs membres de l'équipage et s'enivrèrent tant qu'ils furent ramenés à bord par la police. Après avoir couché ses enfants, Tanya s'excusa de nouveau auprès de Douglas.

— C'est le Nouvel An, après tout.

Douglas et elle avaient bu du champagne et ils s'embrassaient sur le pont quand la fourgonnette de la police était arrivée, ramenant Jason et Molly qui chantaient à tue-tête.

Douglas n'avait pas trouvé cela drôle. Surtout que les membres de l'équipage étaient encore plus ivres que Molly et Jason.

— Tes enfants corrompent mes hommes, accusa-t-il.

— Je crois qu'ils étaient tous d'accord pour boire, répliqua-t-elle calmement.

Elle n'était pas contente non plus, mais le séjour tournait tellement au désastre qu'elle ne voyait pas ce qu'elle aurait pu faire pour arranger les choses. Douglas n'avait pas pris un seul repas avec ses enfants, il leur parlait à peine et regrettait visiblement de les avoir invités. Il était fou d'elle, mais pas de ses enfants. Tout était gâché. Elle avait rêvé que tous s'entendent, mais elle savait que Jason et Molly avaient détesté chaque seconde passée sur ce bateau. Douglas aussi.

Le départ de Jason et Molly ne se passa pas mieux. Ils avaient la gueule de bois et semblaient abattus lorsqu'ils quittèrent le bateau pour reprendre l'avion. L'air ennuyé, Douglas marmonna qu'il ne savait pas s'y prendre avec les enfants, mais que leur prochain séjour se passerait mieux, du moins l'espérait-il. Ils le remercièrent poliment, puis partirent. Aussitôt, Douglas afficha un immense soulagement. En revanche, Tanya semblait avoir le cœur brisé. Il la prit dans ses bras et lui adressa un sourire d'excuse.

— Je suis désolé, ma chérie, dit-il en l'embrassant. Je ne sais pas quoi te dire. Je pense que j'ai été pris de panique. Leur présence à bord s'est révélée beaucoup plus éprouvante que je ne le pensais.

Elle leva vers lui des yeux tristes. Elle était d'accord avec lui, mais elle ne voyait pas comment les choses pourraient s'arranger. Les enfants terrifiaient Douglas, qui éprouvait à leur égard une véritable aversion. Il l'avait prévenue dès le début, mais cela n'empêchait pas Tanya d'être profondément déçue, tout comme Jason et Molly devaient l'être aussi. Leurs vacances avaient tourné au cauchemar et elle était vraiment navrée de les avoir entraînés dans ce fiasco. Désormais, elle aurait sûrement beaucoup de mal à les convaincre que Douglas était l'homme qu'il lui fallait. Elle-même commençait d'ailleurs à sérieusement en douter. A ses yeux, il était fondamental que l'homme qu'elle aimait s'entende avec ses enfants, et ce n'était pas le cas de Douglas.

— Pourras-tu jamais me pardonner d'avoir aussi mal géré la situation ? lui demanda-t-il.

— Bien sûr. Je souhaite seulement que vous appreniez à vous connaître et deveniez amis.

— Peut-être cela se passera-t-il mieux chez moi ? J'avais vraiment très peur qu'ils se fassent mal sur le bateau.

— Je comprends.

Elle voulait laisser cet épisode fâcheux derrière elle, mais elle savait que Jason et Molly lui en parleraient encore longtemps. Ils étaient aussi déçus qu'elle.

Après leur départ, elle s'efforça de se détendre, mais il lui fallut deux jours pour cesser d'être tourmentée par l'abîme qui existait maintenant entre Douglas et ses enfants. Elle savait qu'il faudrait énormément de temps pour le combler.

Les quatre jours qui suivirent furent idylliques. Ils les passèrent à aller d'île en île, à nager, à manger sur le pont, à se détendre et à faire l'amour. Ce furent les vacances parfaites qu'il avait voulues. Les enfants n'avaient pas leur place dans leur histoire et elle ne savait pas si cela pourrait changer un jour. Pour cela, il faudrait que Douglas apprenne à les aimer et rien ne laissait présager que ce fût possible. Au téléphone, elle s'était excusée à plusieurs reprises auprès de Molly et de Jason. Ils lui avaient dit de ne pas s'inquiéter, mais Tanya avait elle-même beaucoup de mal à comprendre Douglas, qui était un homme compliqué.

Le reste de la croisière se passa bien. Pour finir, l'avion de Douglas les ramena tous les deux à Los Angeles. Durant le trajet, Tanya travailla sur le scénario, pendant que Douglas dormait. A l'arrivée, il la raccompagna chez elle. Bien qu'ils aient passé de bons moments ensemble, après le départ de Jason et de Molly Tanya s'était sentie triste. Ses enfants étaient ce qui lui importait le plus au monde et, désormais, elle avait du mal à imaginer un avenir avec Douglas. Les lui faire rencontrer avait abouti à un véritable désastre. L'incapacité de Douglas à les accepter, sa rigidité avaient sérieusement diminué leurs chances de bâtir une relation sérieuse.

Avant de la quitter, il l'embrassa tendrement.

— Tu vas me manquer, ce soir.

Il ne semblait pas se rendre compte à quel point elle était contrariée. Contrairement à elle, il avait cessé de penser aux enfants à la seconde où ils avaient quitté le bateau.

— Tu vas me manquer aussi, répondit-elle doucement.

Mais, dès qu'il fut parti, elle éclata en sanglots. Il y avait beaucoup d'aspects qui lui plaisaient en Douglas, mais qu'il aime ses enfants était fondamental pour elle. Pour une raison qu'elle ne comprenait pas, il s'était montré détestable avec Jason et Molly. Même s'il lui avait dit dès le début qu'il n'aimait pas les enfants, il n'avait fait aucun effort avec les siens. Et elle avait même l'impression qu'il s'était montré particulièrement désagréable avec eux. Il voulait rester seul avec elle, alors que pour Tanya c'était impossible : il la prenait avec ses enfants ou pas du tout. Ils n'étaient pas dissociables d'elle, et elle craignait fort que Douglas ne soit incapable de l'accepter. Et pour elle, cela changeait tout.

19

Pendant le reste du mois de janvier, Tanya tenta d'oublier ce qui s'était passé sur le bateau. Elle s'en était excusée auprès de ses enfants chaque fois qu'ils lui en avaient reparlé. Elle leur avait demandé d'accorder à Douglas une seconde chance, elle en avait discuté avec lui et s'était efforcée d'arranger les choses.

Car, en dehors de cela, ils s'entendaient parfaitement. Douglas était merveilleux. Il la gâtait, était attentif, prévenant et adorable. Il lui faisait des cadeaux, l'invitait au restaurant et appréciait son travail. En revanche, il avait tendance à prendre des décisions à sa place, ce qui contrariait Tanya. Par exemple, il avait fait installer l'air conditionné dans la villa sans lui demander son avis. Elle savait qu'il pensait bien faire, mais le bourdonnement la gênait pendant qu'elle travaillait. Pour Pâques, il prévoyait de l'emmener sur le bateau. Il ne l'avait pas consultée, se contentant seulement de lui annoncer sa décision. Elle lui expliqua qu'elle avait prévu de passer les vacances à Hawaï avec ses enfants. Douglas lui répondit qu'ils pouvaient s'y rendre seuls. Pour lui, ils n'existaient pas. Et lorsqu'elle souffrit d'une vilaine sinusite, en février, il appela aussitôt son médecin, qui prescrivit un antibiotique, mais sans avoir auparavant demandé son avis à Tanya. Ses intentions étaient bonnes, mais il voulait tout diriger et surtout il avait déclaré la guerre aux enfants. Ce n'était pas un mince problème pour Tanya, qui désormais était constamment stressée. Il y avait pourtant de nombreux aspects de leur liaison qui lui plaisaient. Douglas était un homme intelligent et cultivé. Elle aimait sa sensibilité lorsqu'il jouait du piano, et aussi la façon dont ils faisaient l'amour. Douglas était un amant attentif, plus encore que Peter, et leur entente sexuelle était fabuleuse. Entre les mains de Douglas, le corps de Tanya vibrait comme une harpe. Mais leur liaison excluait les enfants.

Il devenait de plus en plus évident pour Tanya que cela ne changerait jamais. Il voulait qu'elle vende sa maison de Ross pour s'installer avec lui à Los Angeles. Il avait fixé leur mariage à l'été et décidé qu'ils passeraient leur lune de miel sur son bateau, en France. Elle lui avait demandé ce qu'elle ferait de ses enfants pendant cette période. Le regard vide, il avait suggéré qu'elle les envoie chez leur père. Il ne comprenait pas qu'elle puisse aimer être avec eux, et pas seulement avec lui. Mais elle n'avait pas l'intention de les abandonner pour lui.

Le tournage de *Partie* s'acheva à la fin du mois de février. Comme prévu, Tanya resta deux mois de plus à Los Angeles, pour participer au montage, qui fut bouclé la semaine des Oscars. Leur film précédent, *Mantra*, était nommé dans cinq catégories, incluant le meilleur film, mais Tanya ne l'était pas pour son scénario.

Douglas lui affirma qu'elle remporterait un oscar pour *Partie*.

Elle avait promis d'assister à la cérémonie avec lui et elle était très enthousiaste à cette idée. Elle s'était acheté une robe chez Valentino et s'était fait coiffer et maquiller par des esthéticiennes du studio. Lorsqu'ils sortirent de la limousine, elle était sublime dans sa robe aux reflets chatoyants, d'un argent pâle. Au bras de Douglas, elle ressemblait à une déesse grecque. Elle savait que ses enfants la regardaient à la télévision, aussi leur adressa-t-elle un signe de la main. La nuit fut longue, fatigante et décevante pour Douglas, car son film n'obtint pas l'oscar. Assise à ses côtés, Tanya vit les muscles de sa mâchoire se crisper quand le prix fut attribué à un autre film. Mauvais perdant, il resta sombre tout le reste de la soirée.

Tanya prenait conscience de ce que Max lui avait dit : Douglas avait un besoin vital de pouvoir et de contrôle. C'étaient ses moteurs. Si elle vivait avec lui, il chercherait toujours à contrôler ses faits et gestes, prendrait les décisions à sa place et exclurait ses enfants de leur existence. Elle savait qu'elle ne pourrait pas accepter cela, quels que soient les aspects positifs de leur relation. Tête basse, elle y réfléchissait tandis qu'ils foulaient le tapis rouge en direction de la sortie.

Ce soir-là, ils étaient invités à diverses réceptions. Mais, déçu de ne pas avoir remporté l'oscar, Douglas n'avait pas le cœur à s'y rendre. Il n'acceptait que la victoire et le succès. La défaite constituait pour lui une blessure insupportable. Douglas *devait* vaincre, il devait disposer du pouvoir à tout moment, même lorsqu'il s'agissait de Tanya. Ce trait de caractère l'attristait, car il y avait bien d'autres choses qu'elle appréciait en lui. Mais cela ne suffisait pas. Même si leur entente sexuelle était parfaite, même s'il l'aimait et souhaitait l'épouser, il ne pouvait pas lui offrir l'existence dont elle avait besoin et qui incluait ses enfants. Ils n'avaient aucune place dans la vie de Douglas et n'en auraient jamais. Elle le comprenait clairement, désormais, et les sentiments qu'elle éprouvait pour lui fondaient comme neige au soleil.

— C'est déprimant, hein ? lui demanda-t-il sur le chemin de l'hôtel.

Au départ, ils devaient terminer la soirée chez lui, mais il avait changé d'avis. N'ayant pas eu d'oscar, il voulait être seul.

— Je déteste perdre, siffla-t-il, dents serrées.

Ils étaient arrivés devant le Beverly Hills Hotel et descendaient de voiture. Il s'apprêtait à la raccompagner jusqu'à sa porte avant de retourner chez lui. Il était incroyablement mauvais joueur, songea Tanya.

Lorsqu'il l'embrassa, elle leva vers lui des yeux tristes. Elle aurait pu attendre... Il était sans doute cruel d'ajouter encore à son affliction. Mais elle savait maintenant ce qu'était leur relation et ce qu'elle n'était pas. Douglas la voulait comme un trophée. Il voyait en elle la scénariste de renom qui allait remporter un oscar l'année suivante. Que se passerait-il si ce n'était pas le cas ? Tout s'effondrerait ? Pour Douglas, seule la victoire comptait.

— Je ne peux pas continuer ainsi, Douglas, dit-elle d'une petite voix désolée.

Il avait l'air si fâché qu'il lui fit presque peur. Cette défaite le contrariait au plus haut point. Elle avait vu Max, pendant la cérémonie. Lui aussi était déçu, bien entendu, mais il avait haussé les épaules et l'avait serrée amicalement dans ses bras. Pour lui, il y avait une vie après le film. Mais pas pour Douglas. Et là était le problème.

— Tu ne peux pas continuer quoi ?

Il la regardait sans comprendre. Pendant quelque temps, elle avait cru qu'ils pouvaient être heureux ensemble, mais désormais elle souhaitait seulement partir, retourner à Ross pour y mener une vie normale, une vie réelle.

— Tu ne veux plus perdre aux Oscars, c'est ça ? Moi non plus ! Ne t'inquiète pas, Tanya. Je suis certain que nous gagnerons l'an prochain.

— Ce n'est pas ce que je voulais dire, répliqua-t-elle tristement. Je veux que l'homme avec qui je vivrai accepte mes enfants, et ce n'est pas ton cas.

Le temps sembla s'arrêter pendant une longue minute.

— Tu es sérieuse ? Ils sont adultes maintenant.

— Ils ont dix-huit et dix-neuf ans, mais je ne suis pas prête à les abandonner aussi tôt. Ils auront encore besoin de moi pendant quelques années, ne serait-ce que pour les vacances. Et je veux que cela continue, parce qu'ils ont toujours été une part importante de ma vie. Je ne peux pas les en chasser pour toi.

— Que dois-je en conclure, exactement ?

Il était comme assommé. Jamais il n'avait imaginé qu'elle prendrait une telle décision. Lui aurait-elle parlé ainsi s'il avait remporté un oscar ? Vraisemblablement pas, décida-t-il. Rien n'était pire que la défaite, pour un homme.

— Je dis que je ne peux plus continuer ainsi, dit-elle à haute et intelligible voix.

Il ne vit pas qu'elle tremblait, tant ce qu'elle avait à lui dire était douloureux.

— Ça ne peut pas marcher entre nous, ni avec moi ni avec mes enfants, poursuivit-elle.

Hochant la tête, il recula un peu, s'inclina légèrement et tourna les talons, pour s'en aller sans un mot. Tanya le regarda s'éloigner, triste pour lui et encore plus triste pour elle-même. Elle savait qu'il ne comprenait pas vraiment le sens de cette rupture. Peut-être l'avait-il aimée, dans la mesure où il était capable d'amour. Mais il était incapable d'aimer ses enfants. Et ils étaient trop importants à ses yeux pour qu'elle accepte de les abandonner.

Elle entra alors dans la villa. Ses valises étaient faites. Le film était terminé. Elle n'était restée que pour assister à la cérémonie des Oscars et pour faire plaisir à Douglas. Ses enfants rentraient à la maison dans deux semaines, au début des vacances d'été. Pour la seconde fois en un an, elle quittait la villa n° 2.

Il était temps pour elle de retourner à Ross.

20

La maison lui parut encore plus sinistre qu'auparavant. Le canapé était vraiment fatigué, la moquette, usée, et, pendant les pluies de l'hiver, les fenêtres avaient laissé passer l'eau à deux endroits. Elle établit la liste de tout ce qu'elle devait remplacer ou réparer. Elle voulait que la maison soit accueillante pour l'arrivée des enfants.

Douglas n'avait pas tenté de la joindre et elle savait qu'il ne le ferait jamais. D'une part, parce qu'il était incapable de répondre aux exigences de Tanya et, d'autre part, parce que son échec aux Oscars allait le paralyser pendant longtemps. De toute façon, leur histoire était vouée à l'échec. Leurs vies et leurs valeurs étaient trop différentes et cela ne changerait sans doute jamais. Cette fois, elle rentrait chez elle pour de bon. Elle était certaine qu'il ne lui demanderait pas de refaire un film avec lui. Elle ne le souhaitait pas non plus. Elle voulait écrire des nouvelles, retrouver sa vie paisible et passer du temps avec ses enfants quand ils seraient à la maison. Elle avait d'ailleurs un nouveau livre en tête et comptait s'y mettre rapidement. Elle resterait chez elle, en jeans et baskets, et cette perspective la comblait d'aise. Elle avait quitté sa maison pendant près de deux ans pour vivre dans la folie d'Hollywood. Il était temps de poser son sac. Elle en avait terminé avec Los Angeles.

Comme prévu, les enfants arrivèrent deux semaines plus tard, allant et venant, sortant avec leurs amis, organisant des barbecues. Tanya se levait de bonne heure pour écrire, puis elle passait du temps avec eux lorsqu'ils étaient là. Megan et elle se retrouvèrent. Alice avait tenté de l'éloigner de son père et Megan s'était sentie trahie. Tanya connaissait bien la façon de procéder d'Alice.

Cet été-là, Peter et Alice se marièrent. La cérémonie eut lieu au mont Tamalpais. Tanya passa la journée seule à Stinson. Tout en contemplant la mer, elle se rappela ses propres noces et les années qu'elle avait passées avec Peter. Il lui semblait qu'une partie de sa vie s'achevait. Avec ce mariage, elle avait l'impression qu'elle pouvait enfin enterrer ce qui était mort depuis longtemps. D'une certaine manière, c'était un soulagement.

En août, elle partit pour Tahoe avec les enfants et, à la fin de l'été, ils retournèrent à leurs universités respectives. Elle se remit alors sérieusement au travail. Une semaine plus tard, elle reçut un appel de son agent. Lorsqu'il lui annonça qu'il avait une proposition fantastique à lui faire, elle se mit à rire.

— C'est non ! s'exclama-t-elle.

Quoi qu'il ait à lui dire, cela ne l'intéressait pas. Elle en avait terminé avec Los Angeles. Elle avait fait deux films, découvert la vie à Hollywood, eu une liaison avec le plus célèbre des producteurs puis était rentrée chez elle. Elle ne quitterait plus sa maison, pour rien au monde, et surtout pas pour un film. Elle avait déjà donné. Tout cela était loin derrière elle. Elle le dit à Walt sans équivoque.

— Ne réagis pas comme ça, Tanya. Laisse-moi au moins te dire de quoi il s'agit.

— Non. Je ne suis pas intéressée. Je ne travaillerai plus sur un film. J'ai accepté d'en faire un de plus que ce que j'avais prévu et j'en ai soupé. Je reste chez moi pour écrire un livre.

Elle semblait paisible et heureuse.

— Parfait. C'est merveilleux et je suis content pour toi. Maintenant, oublie un peu tout cela et écoute ce que j'ai à te dire. Gordon Hawkins. Maxwell Ernst. Sharon Upton. Shalom Kurtz. Happy Winkler. Tippy Green. Zoe Flane.

Et Arnold Wine. Mets-toi ça dans le crâne et cogite deux secondes, ma petite.

Il avait réussi à capter son attention, mais elle ne voyait pas où il voulait en venir. Les noms qu'il venait de citer étaient ceux des plus grandes vedettes d'Hollywood.

— Et alors ? demanda-t-elle.

— Et alors ! Ce n'est pas le casting le plus prestigieux de tous les temps ? Ce sont les acteurs qui vont jouer dans le film pour lequel on te réclame. Un barjo est tombé amoureux de ton travail, tu n'as plus qu'à dire ton prix. De plus, il s'agit d'une comédie, genre où tu excelles. Je pense que cela va t'amuser. Ils comptent aller vite et ont l'intention de boucler le film en deux mois. Cela commencera en décembre. Il y aura deux semaines de préparation, un mois pour le tournage et en février ce sera terminé. Tu auras pris du bon temps, tu auras gagné beaucoup d'argent, et moi aussi par la même occasion, ce dont je te remercie à l'avance. Evidemment, tes frais sont payés et je leur ai dit que la villa n° 2 faisait partie du contrat. Tu n'es pas contente ?

— Non, Walt ! Je ne veux pas retourner à Los Angeles. Je suis très bien ici.

— Foutaises ! Tu es déprimée, je l'entends à ta voix. Ton nid est vide, ton mari est parti et ta maison est trop grande pour toi. Pour autant que je le sache, tu n'as pas non plus de petit ami. Tu écris des histoires déprimantes qui me font déprimer rien que d'y penser. Cette comédie te permettrait de remonter la pente et de retrouver la pêche. D'ailleurs, personne ne sait être drôle comme toi.

Tanya hésitait... Elle serait stupide d'accepter... La vraie vie était à Ross, pas à Hollywood.

— Ecoute, reprit Walt, j'ai besoin de cet argent et toi aussi.

Elle ne put s'empêcher de rire. Ce qui la tentait réellement, c'était le casting, qui était absolument incroyable. Sans compter que la perspective d'écrire une comédie était amusante. En revanche, elle n'avait pas la moindre envie de repartir, même si le tournage devait être bref. Bien sûr, la villa n° 2 était devenue son second foyer et elle avait plus d'amis à Los Angeles qu'à Ross. Ici, tout le monde se comportait comme si elle était une extraterrestre, ainsi que Douglas le lui avait prédit. Les gens s'étaient habitués à son absence et personne ne l'invitait plus nulle part. On faisait des commentaires sur ses « grands airs », on la trouvait prétentieuse. Alice et Peter l'avaient complètement coupée de ses anciens amis. Désormais, elle était totalement isolée, bien plus qu'elle ne l'était à Los Angeles, surtout si elle travaillait sur un film.

— Tu es impossible, Walt ! s'exclama-t-elle en riant. Je n'arrive pas à croire que tu me fasses un coup pareil. Je t'avais dit que je ne ferais plus de films.

— Ouais, je sais. Et moi, j'avais dit que je n'aimais plus les blondes, pourtant j'en ai encore épousé une l'an dernier. Maintenant, elle attend des jumeaux. Certaines choses ne changent jamais.

— Je te déteste.

— Splendide ! Moi aussi, je te déteste. Alors, fais ce film. Tu vas prendre ton pied, tu verras. L'expérience vaut le coup d'être tentée, ne serait-ce que pour faire la connaissance des acteurs. Cette fois, je viendrai te voir sur le plateau.

— Qu'est-ce qui te fait croire que je vais accepter ?

— J'ai retenu la villa n° 2 pour toi, aujourd'hui. Juste au cas où. Alors ?

— D'accord, d'accord, j'accepte... Quand aurai-je les premiers éléments du scénario ?

— Demain. Je dois me le procurer aujourd'hui.

— Ne leur dis rien jusqu'à ce que je l'aie lu.

Elle était une professionnelle et prenait toujours ses précautions. Aussitôt, Walt adopta un ton grave.

— Bien entendu ! Quel genre d'agent crois-tu que je sois ?

— Du genre qui cherche à se faire mousser. Mais je te préviens, Walt, c'est mon dernier film. Ensuite, j'écrirai des livres.

— D'accord, d'accord. Au moins, tu vas bien t'amuser avec celui-ci.
— Merci, répondit Tanya.
Elle n'arrivait pas à croire qu'elle venait d'accepter de s'engager une nouvelle fois dans une telle aventure. Mais, en regardant autour d'elle, elle ne vit qu'une maison vide et silencieuse. Elle comprit alors qu'elle avait pris la bonne décision, puisque plus rien ne la retenait à Ross. Ce qui y faisait l'essence et le but de son existence n'existait plus. Peter était avec Alice, et ses enfants étaient partis.
Le lendemain, elle prit connaissance du scénario. L'histoire était hilarante et elle éclata plusieurs fois de rire, assise toute seule dans sa cuisine. Quant au casting, il était absolument époustouflant. Dès qu'elle eut terminé sa lecture, elle appela Walt.
— D'accord, je le fais. Mais c'est le dernier, tu as bien compris ?
— Très bien, très bien, c'est le dernier. Eclate-toi avec lui.
Deux semaines plus tard, Tanya était de retour au Beverly Hills Hotel. Elle avait l'impression d'y être irrésistiblement attirée. Une fois dans la villa, elle réorganisa l'arrangement des pièces selon son goût, disposa les photos de ses enfants, se fit couler un bain et brancha le jacuzzi avant de se laisser aller, un sourire aux lèvres. Elle se sentait bien, comme si elle venait de rentrer chez elle.
Le lendemain, elle arriva au studio à 9 heures. Ce fut tout de suite la frénésie. Apparemment, tous les acteurs étaient complètement cinglés. Il suffisait de leur adresser la parole pour avoir envie de rire. Aucun d'eux n'était capable de se concentrer plus de cinq minutes. Ils n'arrêtaient pas de faire les clowns et elle se demandait s'ils pourraient apprendre les textes qu'elle allait écrire pour eux. Il lui semblait avoir accepté une mission dans un asile de fous, mais ils étaient si drôles qu'elle n'arrêta pas de rire de toute la journée. Cela ne lui était pas arrivé depuis des années. Toutes les vedettes étaient passées la voir, à l'exception d'une seule, qui revenait d'Europe en avion le

soir même. Il s'agissait de l'acteur principal, dont elle devait faire la connaissance le lendemain. Il était aussi beau que désopilant. Elle l'avait rencontré une fois, avec Douglas, et il lui avait paru très sympathique.

Maintenant qu'elle était de retour à Los Angeles, elle trouvait étrange de ne pas voir Douglas. Elle n'avait pas eu de ses nouvelles depuis cinq mois. Leur liaison s'était terminée tristement et sans qu'ils aient pu en parler.

Ce soir-là, en travaillant sur le scénario, elle découvrit que l'histoire lui venait facilement et qu'elle prenait du plaisir à rédiger les répliques. Les acteurs correspondaient parfaitement à leurs personnages. Ce serait sans doute le film le plus drôle produit depuis des années. Et elle se moquait bien de remporter ou non un oscar, le principal était qu'elle allait bien s'amuser. C'était déjà le cas, d'ailleurs. Elle avait hâte d'être au lendemain, pour voir ce que ses textes donneraient. En principe, elle devait faire la connaissance de Gordon Hawkins, l'acteur principal, à 10 heures du matin.

Elle était assise dans la salle de réunion et buvait une tasse de thé, les pieds sur la table, lorsqu'il entra. Elle venait de parler et de s'amuser avec une autre vedette. Hawkins s'approcha et s'assit auprès d'elle.

— Je suis content de constater que vous ne vous tuez pas au travail, dit-il avec une apparente sincérité.

Sur ces mots, il prit la tasse de thé de Tanya, en but une gorgée et fit la grimace.

— Ça manque de sucre ! Bon. J'arrive tout juste de Paris, je suis fatigué et malade, j'ai les cheveux en bataille et je ne me sens pas drôle du tout. Je ne suis pas payé pour me rendre à des réunions dès ma descente d'avion, aussi je rentre à mon hôtel. Demain, vous constaterez que je suis amusant quand j'ai bien dormi. Je vous donnerai mes notes.

Là-dessus, il se leva, but une autre gorgée de thé, secoua la tête, vida la tasse et sortit de la pièce.

Tanya fit la grimace.

— C'est sûrement notre super-vedette. Où est-il descendu ?

— Au Beverly Hills, villa n° 6. Il y a son nom sur la porte, parce qu'il retient toujours la même.

— Nous sommes voisins, alors. J'occupe la n° 2.

— Faites gaffe ! Il peut être un peu lourd.

Tout le monde se demandait quelle serait la prochaine actrice qu'il mettrait dans son lit, et les paris étaient lancés. Quel que soit le film, il couchait toujours avec sa partenaire. Il n'était pas difficile de comprendre pourquoi, d'ailleurs. Gordon Hawkins était l'un des plus beaux hommes que Tanya ait jamais vus. A quarante-cinq ans, il avait des cheveux d'un noir de jais, des yeux bleus, un corps splendide et un sourire à damner une sainte.

— Je crois qu'il ne s'attaquera pas à moi, confia-t-elle à d'autres membres de la troupe. D'après ce que j'ai lu, sa dernière conquête avait vingt-deux ans.

— Aucune femme n'est en sécurité avec Gordon. Chacun de ses films est l'occasion de nouvelles fiançailles. En réalité, il ne les épouse jamais, mais il fait la une des journaux et il leur offre à toutes des bagues magnifiques.

— Elles doivent les lui rendre ?

— Probablement. Je crois qu'il ne fait que les emprunter, il ne les achète pas.

— Et moi qui espérais gagner un beau bijou, dans cette affaire ! s'écria Tanya en riant.

Regardant autour d'elle, elle ajouta :

— Je crois bien qu'il a vidé ma tasse !

Quelqu'un lui en donna une autre, et la réunion se poursuivit. A la fin de cette journée, ponctuée de rires et de plaisanteries qui lui permirent de mieux connaître les membres de l'équipe, Tanya regagna sa villa et se mit au travail. Vers minuit, elle écrivait encore et riait toute seule, lorsqu'on frappa à la porte. Un crayon planté dans les cheveux et un autre à la main, elle alla ouvrir. C'était Gordon Hawkins, qui lui tendait une tasse de thé.

— Essayez ça. C'est ma marque favorite. Je me le procure à Paris. Vous verrez, cela ne vous énervera pas. C'est autre chose que ce que vous buviez ce matin.

Prenant la tasse, elle en but une gorgée et lui sourit. Il entra dans la pièce.

— Pourquoi votre villa est-elle plus grande que la mienne ? demanda-t-il en regardant autour de lui. Je suis bien plus célèbre que vous.

— C'est vrai, mais j'ai sûrement un meilleur agent.

S'affalant sur le canapé, il alluma la télévision. Il était visiblement complètement fou, mais il lui plaisait. Avec ses yeux bleus et ses cheveux noirs, on aurait dit un pirate sans foi ni loi. Avec un culot insensé, il ôta ses chaussures, posa ses pieds sur le canapé et choisit sa chaîne pour regarder son émission favorite. Tanya ne put s'empêcher de rire. Il lui plaisait bien, malgré son sans-gêne. Très pince-sans-rire, il gardait un visage impassible, mais ses yeux pétillaient de malice. Il suffisait à Tanya de le regarder pour avoir envie de rire.

— Dorénavant, déclara-t-il avec aplomb, je viendrai chez vous pour regarder mes émissions. Vous êtes beaucoup mieux installée que moi. Je crois que je vais virer mon agent. Comment s'appelle le vôtre ?

— Walt Drucker.

Gordon hocha la tête d'un air approbateur.

— C'est un bon. J'ai vu une de vos séries à l'eau de rose, une fois. C'était nul, mais j'ai quand même pleuré. Je ne veux pas pleurer, dans ce film.

Il paraissait trente-cinq ans, et il s'exprimait comme s'il en avait quatorze.

— Ce ne sera pas le cas, je vous le promets. Je travaillais sur le scénario, quand vous avez frappé. A propos, merci pour le thé.

Elle en but une autre gorgée et le trouva bon. Il était parfumé à la vanille.

— Vous avez dîné ? demanda-t-il.

Elle secoua la tête.

— Moi non plus, enchaîna-t-il. Je souffre du décalage horaire et, pour moi, ce doit être l'heure du petit déjeuner, ajouta-t-il en jetant un coup d'œil à sa montre. Ouh ! A Paris, il est 9 heures et demie du matin. J'ai une faim de loup. Vous voulez bien prendre le petit déjeuner avec moi ? On pourrait se faire servir ici.

Sans attendre sa réponse, il décrocha le téléphone et appela le service en chambre. Après avoir commandé des pancakes, il proposa à Tanya de prendre des toasts et une omelette qu'ils pourraient partager. Sans savoir pourquoi, elle acquiesça. Il était si fou qu'il vous donnait envie de jouer avec lui. Mais elle savait qu'il était un très bon acteur et elle était ravie de travailler avec lui.

Peu après, on leur apporta des pancakes, des toasts, des gâteaux, de la salade de fruits et du jus d'orange. Ce fut le repas le plus original que Tanya ait jamais pris. Tout en mangeant, ils comparèrent les atouts respectifs de Burger King et de McDonald's.

— Je vais souvent au McDonald's, à Paris, dit-il. Là-bas, je descends toujours au Ritz.

— Je ne suis pas allée à Paris depuis des années.

— Vous devriez, cela vous ferait le plus grand bien.

De nouveau, il s'étendit sur le canapé, comme épuisé par leur festin. Relevant la tête, il l'observa avec intérêt.

— Vous avez un petit ami ?

Tanya se demanda s'il tâtait le terrain.

— Non, répondit-elle sans développer.

— Pourquoi ?

— Je suis divorcée et j'ai trois enfants.

— Je suis aussi divorcé et j'en ai cinq, tous de femmes différentes. Au bout d'un certain temps, je me lasse.

— C'est ce qu'on m'a dit.

— Ah ? Donc, ils vous ont mise en garde. Qu'est-ce qu'ils vous ont raconté, exactement ? Sans doute que je me fiance à chaque film. Généralement, c'est seulement pour me faire un peu de publicité. Vous savez ce que c'est.

Elle hocha la tête, tout en se demandant jusqu'à quel point il était fou. Elle commençait à avoir sommeil. Il était près de 2 heures du matin, mais Gordon, encore à l'heure française, était en pleine forme. La voyant bâiller, il se redressa.

— Vous êtes fatiguée ?

— Un peu. La réunion est prévue de très bonne heure, demain matin, lui rappela-t-elle.

Il se leva. Une fois debout, il ressemblait à un grand adolescent dégingandé. Il avait perdu une chaussure, mais il finit par la retrouver.

— Dormez bien.

Sur ces mots, il la quitta après lui avoir adressé un dernier signe de la main. Tanya demeura un instant immobile, un sourire amusé aux lèvres. Le téléphone sonna presque immédiatement. C'était encore Gordon.

— Merci pour le petit déjeuner, lui dit-il gentiment. Il était délicieux et j'ai eu beaucoup de plaisir à discuter avec vous.

— Moi aussi.

— La prochaine fois, nous mangerons chez moi, suggéra-t-il.

— Vous êtes moins bien installé que moi, rétorqua-t-elle en riant.

— Bon sang, vous avez raison ! Dès demain, je vais appeler mon agent pour me plaindre. Faites-moi une faveur, s'il vous plaît, réveillez-moi demain matin. A quelle heure vous levez-vous ?

— A 7 heures.

— Téléphonez-moi avant de partir.

— Bonne nuit, Gordon, dit-elle fermement.

Il aurait très bien pu demander à être réveillé par le standard, mais elle s'abstint de le lui faire remarquer. Il était tellement charmant et drôle qu'il était difficile de lui résister. Elle eut soudain le sentiment qu'elle venait d'adopter un enfant.

— Bonne nuit, Tanya, dormez bien. A demain.

Tanya raccrocha. Peu après, lorsqu'elle éteignit les lumières et se coucha, elle souriait encore. Elle s'endormit en pensant à Gordon. Pour une fois, Walt avait raison. Elle allait certainement s'amuser pendant le tournage de ce film.

21

Le plus souvent, le plateau sur lequel Tanya travaillait ressemblait à un asile de fous. L'histoire était tellement drôle, le scénario tellement comique que les douze acteurs avaient le plus grand mal à garder leur sérieux. Sans compter que le réalisateur, le producteur et les caméramans n'étaient pas en reste. Quant à Tanya, elle éprouvait de plus en plus de plaisir à écrire le scénario. En fait, il s'écrivait quasiment tout seul. Chaque jour, elle était heureuse de partir au travail, comme elle le confia aux enfants. Venue lui rendre visite, Molly adora l'ambiance qui régnait dans le studio. Comme tout le monde, elle trouva Gordon Hawkins très beau. Dès la deuxième semaine du tournage, Tanya et lui étaient les meilleurs amis du monde. Elle le vit observer toutes les femmes présentes, se demandant laquelle il choisirait. Cette fois, le casting ne comportait pas de grandes beautés, mais il y avait quelques femmes sympathiques et intelligentes, trop avisées toutefois pour s'engager dans une liaison avec lui. Il risquait fort de ne pas trouver chaussure à son pied, ce qui ne lui était jamais arrivé.

Un soir qu'il était étendu sur le canapé de Tanya, regardant la télévision pendant qu'elle modifiait le scénario, il lui demanda avec inquiétude :

— Est-ce que je te parais plus vieux ?

— Plus vieux que quoi ?

Occupée par son travail, elle ne lui prêtait guère attention. Gordon parlait beaucoup et il traînait constamment sur son canapé pour trois raisons : il s'ennuyait, il était seul et il l'aimait bien.

— Plus vieux que d'habitude.

Pour la cinquantième fois en une heure, il changea de chaîne. Il zappait constamment. Parfois, elle entrevoyait une émission qu'elle aurait aimé voir, mais celle-ci disparaissait immédiatement de l'écran. C'était presque comme s'ils avaient été mariés.

— Je n'en sais rien, puisque je viens tout juste de faire ta connaissance. J'ignore comment tu étais avant.

— C'est vrai. Il n'y a pas une seule femme potable, dans ce film. C'est très déprimant. Ils auraient pu en engager une bien, pour moi.

— D'après ce qu'on m'a dit, tu es tout à fait capable de la trouver tout seul.

— Faux ! Je couche toujours avec mes partenaires. Je n'ai jamais l'occasion de rencontrer une femme en dehors du plateau.

— Cette fois, il faudra peut-être t'y résoudre.

Elle éteignit son ordinateur. Gordon l'empêchait de travailler, mais elle aimait bien parler avec lui.

— Ça me gave, répondit-il. Et si je te faisais la cour ? Tu es sacrément jolie.

Elle accueillit ses paroles avec une pointe de scepticisme. Elle lui répétait souvent qu'il disait des bêtises, ce qu'il reconnaissait aussitôt.

— Je te plais ? demanda-t-il avec une innocence feinte.

Tanya lui rit au nez. Gordon et elle étaient rapidement devenus amis et elle espérait que leur amitié continuerait après le film. Elle avait vraiment de l'affection pour lui. C'était quelqu'un de bien et sa compagnie était divertissante, même lorsqu'il disait n'importe quoi. Il était inoffensif et, sous sa folie, elle avait découvert un homme extrêmement gentil. En outre, il aimait ses enfants, ainsi que ses anciennes épouses et ses ex-petites amies. Plus important encore, toutes et tous l'aimaient aussi.

— J'ai beaucoup d'affection pour toi, répliqua-t-elle franchement. Tu traverses une période de doute ? Tu veux que j'appelle ton psy ?

— Non. Il est en vacances au Mexique. Probablement grâce à l'argent que je lui verse. Moi aussi, je t'aime bien. On pourrait peut-être sortir ensemble, pendant ce tournage.

— Tu es cinglé ? Je suis deux fois plus vieille que les filles avec lesquelles tu sors. Et je ne veux pas me fiancer, sauf si je garde la bague.

— C'est embêtant... Nous pourrions peut-être sortir ensemble, sans pour autant nous fiancer. Cela me conviendrait assez.

— Nous pourrions dire aux autres que nous sortons ensemble, sans que ce soit vrai, le taquina-t-elle.

Gordon se redressa, comme frappé par la foudre.

— Bon sang, Tanya, je crois que j'en pince pour toi ! Je viens seulement de le comprendre.

— Je crois plutôt que tu as faim. Appelle le service en chambre.

— Je suis sérieux. Tu m'excites... Tu es très drôle, intelligente et terriblement sexy.

— C'est faux.

— Bien sûr que si. Je trouve les femmes intelligentes très sexy.

Cette révélation n'impressionna pas Tanya. Gordon exagérait toujours, mais il l'amusait et elle l'aimait bien. Pour ne rien gâter, il était vraiment beau.

— Je ne suis pas ton genre, lui rappela-t-elle.

— C'est vrai, admit-il. D'ordinaire, je drague plutôt des filles stupides avec de gros nichons. Et moi, demanda-t-il avec intérêt, est-ce que je suis ton genre ?

— Pas du tout, le rassura-t-elle. Je les aime plus âgés et plus sérieux. Bon chic bon genre, si tu vois ce que je veux dire. Mon mari était avocat.

Mi-abasourdi, mi-ravi, Gordon constata :

— Dans ce cas, je ne suis vraiment pas ton genre. Tu comprends ce que cela implique ? demanda-t-il, visiblement aux anges.

— Oui. Cela implique que nous ne sortirons pas ensemble, répliqua-t-elle en riant. C'est assez clair, je pense.

— Pas du tout ! C'est justement quand quelqu'un n'est pas ton genre que tu finis par l'épouser. Dans le cas contraire, c'est l'affaire d'une nuit. Aucune de mes épouses n'était mon genre.

— C'est bien pour cela que tu as divorcé ! C'est lumineux !

— Sans doute, mais je les aime et elles m'aiment. Ce sont toutes des femmes exceptionnelles.

— Tu viens de me convaincre que tu es vraiment cinglé, Gordon.

— Tu ne comprends pas... Je veux sincèrement sortir avec toi. Nous ne sommes pas obligés de nous fiancer ou de nous marier, si tu n'en as pas envie. Mais essayons, on verra bien ce que cela donnera.

— Mes enfants me tueraient, si je t'épousais, assura-t-elle en riant.

En réalité, Molly trouvait Gordon fantastique. Elle prétendait qu'il était l'homme le plus drôle qu'elle ait jamais rencontré. Sur ce point, Tanya était d'accord avec sa fille, mais elle ne parvenait pas à voir en lui un amant.

— Les miens t'adoreraient, dit-il gravement. Alors ? Qu'en penses-tu ?

— J'en pense qu'il est temps pour toi de regagner ta chambre. Tu as sûrement des médicaments à prendre, ou alors c'est moi qui vais devoir me soigner, si tu continues à débiter des sottises.

Gordon se leva, s'approcha d'elle et l'embrassa sur la bouche. D'abord estomaquée par son toupet, elle le fixa avec un étonnement sans bornes. Mais il était si insistant, si follement séduisant qu'elle se surprit à lui rendre son baiser, tout en se demandant pourquoi elle se conduisait ainsi. Encouragé, il continua. Elle dut convenir qu'il embrassait vraiment très bien.

— Tu vois ce que je voulais dire ? Tu n'es pas mon genre, mais je suis dingue de toi, Tanya.

— Je reconnais que tu me fais un certain effet... Mais je persiste à penser que ce n'est pas une bonne idée. Nous ferions mieux de rester amis.

— Tombons plutôt amoureux, c'est bien plus amusant.

— On va tout gâcher.

— Tu te trompes. Tu verras que nous finirons par nous marier.

— Sûrement pas !

— D'accord, d'accord. Pardonne-moi, je ne parlerai plus de mariage. Contentons-nous de coucher ensemble.

Sur ces mots, il la prit dans ses bras et se remit à l'embrasser. Elle voulut protester, mais c'était bien trop agréable et ils y prenaient tous les deux beaucoup de plaisir. Gordon était à la fois extrêmement drôle et très séduisant, une combinaison irrésistible.

— Il n'est pas question que je couche avec toi ! s'insurgea-t-elle.

Il ne se donna pas la peine de la contredire mais, une demi-heure plus tard, ils faisaient l'amour. Ensuite, Tanya se demanda avec horreur comment elle avait pu se laisser faire.

— Tu es vraiment cinglé, Gordon.

Ils étaient étendus dans le lit, enlacés. Gordon était un amant fabuleux et attentif. Ils s'étaient donné mutuellement beaucoup de plaisir.

— J'adore ton corps, lui dit-il. Tu es superbe, ajouta-t-il en se blottissant contre elle comme un immense bébé.

Il était adorable, songea-t-elle.

— Va dans ta chambre, Gordon, dit-elle le plus fermement possible.

Elle ne devait pas être très convaincante, puisqu'il ne bougea pas d'un pouce. Il resta dans son lit toute la nuit, la tenant étroitement serrée contre lui. Ils firent encore l'amour deux fois avant de s'endormir. Au matin, ils furent réveillés par les rayons du soleil. Ils prirent leur douche ensemble, se firent servir le petit déjeuner dans la chambre de Tanya, puis il retourna chez lui pour s'habiller. Lorsqu'ils partirent ensemble pour le studio, Tanya le fixa avec étonnement, ne comprenant pas comment elle avait pu coucher avec lui. Mais elle ne le regrettait pas, même si elle continuait de penser que c'était une erreur.

— Alors ça y est ? lui dit-elle en chemin. Tu as ta maîtresse pour la durée du film ? Tu ne trouves pas que c'est dingue ?

— Cela durera peut-être toujours, répliqua-t-il avec espoir. On ne sait jamais... Ça me plairait bien, en tout cas. Je t'aime beaucoup, Tanya.

— C'est réciproque, dit-elle doucement.

Mais elle se demandait où tout cela allait la mener. Elle n'en avait aucune idée, mais cela ne faisait de mal à personne et c'était agréable. En quoi était-ce répréhensible ?

22

Sa liaison avec Gordon Hawkins fut sans doute l'un des actes les plus insensés que Tanya ait jamais commis. Cela ressemblait à de la folie, cela avait le goût de la folie et c'était de la folie, mais jamais elle ne s'était autant amusée. Et le scénario s'écrivait tout seul.

Le soir, il regardait la télévision chez elle, pendant qu'elle lui soumettait ses idées. Parfois il les trouvait drôles, parfois non, mais il lui faisait toujours des suggestions extraordinaires. La tournure que prenait le scénario la ravissait, mais plus encore la tournure que prenait sa relation avec lui. Désormais, elle comprenait pourquoi il s'était marié si souvent et avait eu de si nombreuses maîtresses. Gordon était merveilleux avec les femmes et il les aimait sincèrement. Il n'en voulait à personne, n'avait aucun compte à régler. C'était tout simplement un homme bien, qui aimait être avec elle. Quand Megan et Jason vinrent de Santa Barbara pour voir leur mère, il fut tellement charmant avec eux qu'ils tombèrent immédiatement sous son charme et la supplièrent de l'inviter à Ross pendant leur congé.

— Je suis certaine qu'il a mieux à faire, répondit-elle.

Sachant qu'il ne pouvait rien y avoir de sérieux entre Gordon et elle, Tanya préférait les décourager et surtout éviter qu'ils ne s'attachent trop à lui. Mais lorsqu'elle lui fit part de leur invitation, il accepta avec enthousiasme. Il proposa même qu'ils aillent skier tous ensemble, après avoir passé quelques jours à Ross. A l'entendre, rien ne pouvait lui faire davantage plaisir que de passer une semaine avec ses enfants et elle.

Lorsqu'il arriva à Ross, elle n'en crut pas ses yeux. Les cheveux dressés sur la tête grâce au gel, il portait un jean, un pull à col roulé et il avait quatre énormes valises contenant toute sa garde-robe. Détendu et heureux, il la fit valser dans la cuisine sous le regard amusé des enfants. On aurait pu croire qu'il emménageait chez eux, ce qui les aurait comblés d'aise.

Ce soir-là, il les invita tous au restaurant, ainsi qu'une demi-douzaine de leurs copains. En rentrant à la maison, il prépara du pop-corn pour tout le monde, après quoi il aida Tanya à nettoyer, avant de monter avec elle dans sa chambre.

— J'adore ta maison, dit-il gaiement, et tes enfants sont vraiment super.

Elle commençait à se demander si la chance avait fini par tourner, si elle avait trouvé l'homme de ses rêves ou s'il venait d'une autre planète.

Le lendemain, ils allèrent au supermarché faire des courses et ne purent s'empêcher de rire quand, autour d'eux, les gens s'immobilisaient pour le regarder fixement, chaque fois qu'ils le reconnaissaient.

— Seigneur, je crois que c'est Gordon Hawkins, souffla une femme à une autre, tout près de la caisse.

Impassible, Gordon fit comme si de rien n'était. Quoi qu'il fasse et quelle que soit la personne avec qui il se trouvait, il était toujours content. C'était l'homme le plus facile à vivre qu'elle ait jamais rencontré. Lorsqu'ils partirent pour Tahoe, elle commençait à se demander si elle était en train de tomber amoureuse. Le contraire eût été impossible. Tout en lui était sympathique et il était incroyablement gentil avec ses enfants et avec elle.

C'était aussi un excellent skieur. Jason et lui empruntèrent les pistes noires et s'entendirent à merveille. Il montra de nouvelles techniques aux filles et descendit des pistes plus faciles avec Tanya. Il semblait pouvoir tout faire. Un soir, ils allèrent au restaurant et il fit sensation. Tout le monde le reconnut, lui réclama un autographe et discuta un instant avec lui. Il donnait à chacun le sentiment qu'il venait de se faire un nouvel ami. Tanya savait qu'il était célèbre, mais elle n'avait pas réalisé à quel point, jusqu'à ce qu'elle voie les gens le supplier de poser à leur côté pour une photo.

— Seigneur, Gordon ! On dirait que tu es connu de toute la planète !

— Je l'espère bien ! répondit-il en lui adressant un sourire heureux.

Tanya et les enfants semblaient nager dans le bonheur, eux aussi.

— Si ce n'était pas le cas, continua-t-il, je perdrais mon boulot. On ne m'aurait jamais engagé pour ce film et je ne vous aurais jamais rencontrés, les enfants et toi. Alors, je suis rudement content qu'ils me reconnaissent.

Ils furent très tristes de quitter Tahoe, surtout les enfants. Ce séjour n'avait vraiment aucun rapport avec ce qu'ils avaient vécu sur le bateau de Douglas. Autant ils avaient été malheureux alors, autant ils débordaient de joie à présent ! Si le séjour avait été si gai, c'était en grande partie grâce à Gordon. Il était toujours de bonne humeur, adorait tous ceux qu'il rencontrait et appréciait tout ce qu'il faisait. Il était difficile de lui résister et Tanya n'essayait pas. Elle ne s'interrogeait plus sur la nature de leur relation, pas plus qu'elle ne se demandait où tout cela la mènerait. Elle s'abandonnait au bonheur qu'ils éprouvaient à être ensemble. Gordon en faisait d'ailleurs autant. Il avait même cessé de dire qu'elle n'était pas son genre. Malgré leur tristesse de voir les vacances se terminer, il leur fallut repartir pour Los Angeles.

Ce soir-là, en franchissant le seuil de la villa, Gordon et Tanya étaient moroses.

— Tes enfants me manquent, soupira-t-il d'une voix malheureuse. Ils sont tellement fantastiques.

— Ils me manquent aussi.

Ils les appelèrent, puis Gordon téléphona aux siens. Elle n'en avait rencontré aucun, jusqu'alors, mais il avait promis de les lui présenter. Agés de cinq à treize ans, ils étaient plus jeunes que ceux de Tanya.

Le tournage se termina en février, comme prévu. N'ayant aucun projet, Gordon resta avec Tanya dans la villa jusqu'à la fin du mois de mars. Pendant que Tanya travaillait sur le montage, il se prélassait ou allait voir ses amis.

Au début du mois d'avril, elle conserva la villa une semaine de plus, afin d'assister aux Oscars avec lui. Ainsi que Douglas l'avait prédit, elle était nommée pour le scénario de *Partie*. Le film était nommé dans neuf catégories différentes. Gordon n'avait jamais eu d'oscar, mais il était ravi pour elle et très heureux à l'idée d'assister à la cérémonie avec elle. Elle retint des places pour les enfants, si bien qu'ils s'y rendirent tous ensemble. C'était un événement majeur pour elle. Gordon, qui l'avait accompagnée chez les couturiers, lui fit acheter une tenue incroyablement sexy. C'était une robe d'un rose pâle dans laquelle elle se sentait presque nue. Ainsi vêtue, elle avait l'air d'une star de cinéma. Les jumelles vinrent tout exprès à Los Angeles afin d'acheter leurs robes.

Le soir des Oscars, Tanya revêtit sa robe rose. Elle avait été maquillée, coiffée, et elle portait des sandales à talons argentées. De leur côté, les filles étaient ravissantes dans leurs robes de princesses. Gordon et Jason étaient très beaux en smoking. Ils formaient un groupe extraordinaire lorsqu'ils avancèrent sur le tapis rouge. Une main glissée sous le bras de Gordon, Tanya marchait lentement, quand une armée de photographes leur barra le chemin. Pour la première fois de sa vie, elle avait le sentiment d'être une vedette. Se retournant, elle adressa un sourire espiègle à ses enfants qui rayonnaient, visiblement très fiers de leur mère, y compris Megan. Elle en avait terminé avec Alice et s'était rangée au côté de sa mère. Alice ne s'était pas révélée l'amie et l'alliée que les enfants avaient cru trouver en elle. Ils avaient compris qu'elle s'était servie d'eux pour atteindre son but et leur bonne entente s'était détériorée. Par ailleurs, Molly avait confié à Tanya que son père ne paraissait pas particulièrement heureux. Tanya s'était demandé s'il avait des regrets, mais il était trop tard maintenant.

L'avancée sur le tapis rouge lui parut sans fin. Les photographes les arrêtaient, les flashes les éblouissaient et les journalistes n'arrêtaient pas de leur poser des questions indiscrètes.

— Vous croyez avoir vos chances ? lui demanda-t-on fréquemment.

— Comment réagirez-vous, si vous gagnez... ou si vous perdez ?

— Est-ce que vous regrettez de ne pas avoir été nommé ?

Cette dernière question s'adressait à Gordon. Cela dura longtemps, jusqu'à ce qu'ils parviennent dans la grande salle et s'assoient. Ensuite, ce fut encore plus long. Pour alléger l'atmosphère, Gordon embrassa souvent Tanya et plaisanta avec les enfants. Puis il applaudit chaque fois qu'on appelait un oscarisé sur scène. Enfin, le grand moment arriva. Les cinq scénaristes apparurent sur un écran géant. Tendus, ils s'agitèrent sur leurs sièges en s'efforçant, sans y parvenir, d'avoir l'air décontracté. On projeta des extraits des films, puis Sharon Stone et Steve Martin vinrent pour ouvrir l'enveloppe qui contenait le nom du vainqueur. Assise sur son siège, Tanya serrait la main de Gordon. Elle se trouvait stupide, mais soudain, cet Oscar prenait de l'importance à ses yeux. Elle n'avait jamais tant voulu quelque chose de toute sa vie. Douglas était assis plusieurs rangs devant elle. Il n'avait pas remarqué sa présence. Cela faisait exactement un an qu'elle ne l'avait pas vu, puisqu'ils avaient rompu le soir de la remise des oscars. Gordon était au courant de leur liaison, mais il n'y attachait aucune importance, ayant lui-même couché avec la moitié des actrices d'Hollywood.

Steve tendit l'enveloppe à Sharon. Vêtue d'une robe haute couture, la star était d'une beauté époustouflante. Lorsqu'elle lut le nom du vainqueur à haute voix, il ne parut pas familier à Tanya. Ce n'était qu'un brouillard de mots dont elle ne percevait pas le sens. Soudain, elle entendit Megan hurler.

— Maman ! Tu as gagné !

Gordon la regardait en souriant, pourtant elle ne comprenait toujours pas. Lorsqu'il lui prit la main pour l'aider à se lever, elle réalisa enfin ce qui se passait. Les mots qui avaient été prononcés formaient son nom, Tanya Harris. Elle avait remporté l'oscar du meilleur scénario pour le film *Partie*. Prise de vertige, elle réussit à se lever, soutenue par Gordon, puis elle passa devant lui, s'engagea sur l'allée centrale et monta sur la scène. Arrivée là, elle parvint à monter sur le podium et à affronter les projecteurs. Elle aurait voulu voir ses enfants et Gordon, mais elle était trop aveuglée pour distinguer quoi que ce soit. Elle resta donc là, tremblant de la tête aux pieds, les doigts serrés autour de la statue d'or que tant de personnes dans la salle désiraient si fort. Elle régla le micro, pendant que Sharon et Steve s'éclipsaient discrètement.

— Je... Je ne sais pas quoi dire... Je ne pensais pas gagner... Il y a tant de personnes que je voudrais remercier... mon agent, Walt Drucker, qui m'a convaincue de faire ce film... Douglas Wayne, qui m'a donné cette chance... Adèle Michaels, l'extraordinaire réalisatrice qui a fait de ce film ce qu'il est... Et tous les autres... Tous ceux qui ont tant travaillé et se sont accommodés des changements quotidiens que j'apportais au scénario... Merci d'avoir travaillé avec moi et de m'avoir tant appris. Et, par-dessus tout, je voudrais remercier mes merveilleux enfants pour leur soutien...

Quand Tanya prononça ces mots, les larmes jaillirent de ses yeux, mais elle continua :

— Je les remercie de m'avoir laissée partir, dit-elle, le visage ruisselant. Ils ont dû faire de gros sacrifices, pour que je puisse venir à Los Angeles. Merci, je vous aime tellement ! Et merci aussi à toi, Gordon, je t'aime aussi.

Sur ces mots, elle quitta la scène en brandissant son oscar. Un instant plus tard, elle regagnait sa place. Lorsqu'elle passa devant Douglas, il se leva. Il l'embrassa sur la joue et lui serra la main.

— Toutes mes félicitations, Tanya, dit-il avec un sourire.

— Merci, Douglas, répondit-elle.

Elle était sincère. Douglas lui avait fait confiance à deux reprises. Se dressant sur la pointe des pieds, elle déposa un baiser sur sa joue, puis elle rejoignit Gordon et les enfants. Les jumelles pleuraient. Ils se levèrent tous les trois et Gordon l'embrassa passionnément. On aurait dit qu'il allait exploser de fierté.

— Je suis si fier de toi... Je t'aime, dit-il en l'embrassant encore.

Ensuite, d'autres personnes furent appelées sur scène. Désormais, le temps ne leur parut plus aussi long. *Partie* rafla tous les prix. Meilleur acteur, meilleure actrice, meilleur film, meilleur scénario et meilleure réalisation. Tanya sourit en voyant Douglas se lever, l'air ravi. Elle se rappela combien il était malheureux l'année précédente. Ces oscars compensaient largement sa déception passée. Elle aurait juré qu'il avait préparé le très émouvant discours qu'il prononça.

Ensuite, il y eut des dizaines d'interviews. Tanya serrait précieusement sa statuette contre son cœur. Quand ce fut fini, ils se rendirent à plusieurs réceptions avant de rentrer à la villa, vers 3 heures du matin. Pour tous, la soirée avait été phénoménale. On avait installé un lit d'appoint pour Jason dans la chambre des filles et Gordon dormit avec Tanya.

Songeant qu'ils formaient une belle et grande famille, elle souriait encore lorsqu'ils allèrent de coucher. Elle posa l'oscar sur la table de chevet.

— Quelle soirée ! murmura Gordon en l'attirant dans ses bras.

Elle se réjouissait que cette récompense lui ait été attribuée cette année, et non la précédente. Elle préférait partager cette joie avec Gordon et ses enfants plutôt qu'avec Douglas.

Elle s'endormit en quelques minutes. Souriant, Gordon déposa un baiser dans son cou, avant d'éteindre la lumière.

23

Le lendemain de la cérémonie, tout le monde se sentit déphasé. Les enfants devaient reprendre leurs études, quant à Gordon et Tanya, ils n'avaient rien à faire de particulier. Gordon proposa donc à Tanya d'aller passer quelques jours à Paris.

Ils descendirent au Ritz et s'offrirent un merveilleux séjour, passant du temps au restaurant, faisant les magasins et s'amusant. Le temps était splendide et la capitale française ne leur avait jamais paru aussi belle. Ensuite, ils allèrent quelques jours à Londres. Sur le chemin du retour, ils s'arrêtèrent à New York. Tanya n'avait pas de projets particuliers et Gordon ne devait recommencer à tourner qu'en août. Elle lui proposa de rentrer à Ross avec elle. S'il en avait envie, il pouvait même y rester jusqu'à la fin juillet. Elle craignait qu'il ne s'y ennuie, mais l'idée l'enchanta. Il possédait un petit appartement à New York, mais il répugnait à y habiter seul. Il fut ravi de vivre avec Tanya jusqu'au prochain tournage.

En rentrant de l'université, les enfants furent heureux de le voir à la maison. Tanya écrivait pendant que Gordon s'entraînait au golf dans le jardin. Ils louèrent une maison à Stinson pour les week-ends, pour le plus grand bonheur de Gordon.

Un soir qu'il était étendu sur le canapé, il déclara :

— Tu sais, je crois que je pourrais m'habituer à ce genre de vie.

Tanya lui caressait les cheveux, trouvant qu'il avait l'air content et détendu. Elle-même était heureuse comme elle ne l'avait pas été depuis des années.

— Je crois que tu finirais par t'ennuyer, répondit-elle, essayant de ne pas être triste.

Depuis le début de leur liaison, elle s'efforçait de vivre au jour le jour. Ils étaient ensemble depuis sept mois, maintenant. Un véritable record, en ce qui le concernait. Lorsqu'il retournerait à Los Angeles, en août, cela ferait presque un an.

Il réfléchit un instant.

— Je crois que cela pourrait marcher. La vie est agréable ici, et je t'aime, Tanya. Ton abruti de mari n'aurait pas dû te quitter pour une autre, mais je suis bien content qu'il l'ait fait.

Il avait rencontré Peter et Alice une fois, mais il ne les avait trouvés intéressants ni l'un ni l'autre.

— Moi aussi, répondit-elle.

Elle était sincère. Il avait beau être un peu fou parfois, Gordon était quelqu'un d'attachant et d'aimant. Elle était heureuse d'être avec lui.

Ils passèrent les mois de juin et de juillet à Ross, puis Gordon les accompagna une semaine à Tahoe. Ensuite, il dut retourner à Los Angeles pour travailler. Il était la vedette d'un nouveau film qui réunissait un casting aussi formidable que le précédent. La vedette féminine était éblouissante, mais Gordon prétendit que pour une fois il ne s'en souciait guère. Après toutes ces années, il avait enfin trouvé ce qu'il cherchait et menait avec Tanya la vie dont il rêvait.

Tanya resta à Tahoe avec ses enfants jusqu'à la fin du mois d'août. Ils retournèrent ensuite à Ross et Tanya organisa leur départ pour l'université. Plusieurs producteurs lui avaient demandé de collaborer à des films importants, mais rien ne l'intéressait vraiment. Elle n'était d'ailleurs pas sûre de vouloir recommencer un jour. Elle avait écrit trois scénarios, c'était peut-être suffisant. Lorsqu'elle aurait terminé son recueil de nouvelles, elle envisageait d'écrire un roman. En attendant, elle trouvait très agréable de ne rien faire. Dès que les enfants seraient repartis, elle irait rejoindre Gordon à Los Angeles, comme elle le lui avait promis. Il s'était installé à la villa n° 2 au Beverly Hills Hotel et elle y vivrait avec lui.

Le dimanche, après le départ de Jason et de Megan, elle prit l'avion avec Molly. Elle la laissa devant son université et partit pour l'hôtel. Elle comptait faire une surprise à Gordon, qui ne l'attendait que le lendemain. N'ayant plus rien à faire à Ross, elle avait préféré avancer son départ d'un jour.

En arrivant à l'hôtel, elle passa prendre la clef à l'accueil où on l'accueillit chaleureusement, comme d'habitude. Elle emprunta ensuite l'allée familière qui menait à la villa. En franchissant le seuil de l'appartement, elle sourit. Gordon était sorti, laissant derrière lui un désordre incroyable. Il avait visiblement commandé un petit déjeuner pantagruélique, mais le service en chambre n'avait pas encore emporté les plateaux. Le panneau indiquant « Ne pas déranger » était accroché à la porte. Il détestait être importuné par la femme de chambre ou le personnel, d'autant qu'il n'y avait pas de tournage le dimanche.

Elle posa doucement sa valise dans l'entrée, puis alla dans la chambre pour prendre une douche. Sa première réaction fut de sourire lorsqu'elle aperçut Gordon profondément endormi, ressemblant comme toujours à un grand gamin. Elle fut alors frappée en plein cœur... Une superbe jeune femme aux longs cheveux blonds était étendue à côté de lui, au milieu d'un fouillis de draps. Tanya laissa échapper une exclamation qui les réveilla tous les deux en même temps. La jeune femme se redressa la première, ne sachant que dire, puis Gordon se retourna et vit Tanya au milieu de la chambre, les yeux fixés sur eux.

— Mon Dieu ! fit-elle. Je suis désolée...

Gordon se leva d'un bond, consterné. Pour une fois, il ne trouvait rien de drôle à dire. La fille disparut dans la salle de bains, d'où elle ressortit enveloppée dans un peignoir. Ses vêtements se trouvaient dans la salle de séjour et elle s'éclipsa discrètement. Tanya reconnut immédiatement en elle la vedette du nouveau film de Gordon.

— Certaines choses ne changent jamais, je suppose, constata-t-elle tristement.

Gordon se hâta d'enfiler son jean.

— Ecoute, Tanya... Cette fille ne compte pas... C'était stupide... Nous avons trop bu, hier, et nous avons un peu perdu la raison.

— Tu le fais toujours... Coucher avec la vedette, je veux dire. Si elles avaient été davantage à ton goût, dans notre film, tu aurais jeté ton dévolu sur elles et non sur moi.

Ils entendirent la porte de la villa se refermer derrière l'actrice, peu désireuse de participer à une scène de ménage.

— C'est faux ! Je t'aime.

Il ne savait pas quoi dire d'autre. Ils étaient ensemble depuis un an. Une éternité pour lui, et juste assez pour qu'ils croient tous les deux que c'était pour de bon. Juste assez pour que Tanya envisage le mariage, et même qu'elle le souhaite.

— Je t'aime aussi, répliqua-t-elle tristement.

Elle dut s'asseoir. Elle aurait voulu s'enfuir, mais cela lui était impossible. Elle ne pouvait plus bouger. Elle resta assise à le regarder, se sentant stupide, tandis que les larmes coulaient le long de ses joues.

— Tu te comporteras toujours ainsi, Gordon. Chaque fois que tu tourneras un film.

— Tu te trompes ! J'ai changé. J'aime être avec toi à Ross, je t'aime... et j'aime tes enfants.

— Nous t'aimons tous aussi.

Se levant, elle regarda autour d'elle. Elle savait qu'elle ne reverrait plus jamais cette villa. Trop d'événements s'y étaient déroulés, elle y avait rencontré trop d'hommes. Peter, Douglas et maintenant Gordon.

La voyant marcher vers la porte, il fut pris de panique.

— Où vas-tu ?

— A la maison. Je ne suis pas chez moi, ici. Je ne l'ai jamais été. Je veux une vraie vie, auprès d'un homme qui l'envisage comme moi, pas de quelqu'un qui couche avec toutes les actrices avec qui il travaille.

Gordon la regardait sans rien dire. Dès la seconde semaine du tournage, il avait couché avec sa partenaire. Il était inutile de mentir à Tanya, puisqu'ils savaient tous les deux qu'il recommencerait. C'était plus fort que lui.

Sans rien dire, Tanya sortit de la chambre, prit sa valise et quitta la villa. Il ne chercha pas à l'en empêcher. Lorsqu'elle se tourna une dernière fois vers lui, il n'ouvrit pas la bouche. Il ne lui dit pas qu'il l'aimait. Elle en était convaincue, mais cela ne changeait rien. Gordon resterait ce qu'il était.

Elle quitta la villa et referma doucement la porte derrière elle.

24

Molly téléphona à sa mère deux jours plus tard. Elle l'avait appelée à l'hôtel et avait été surprise lorsque Gordon lui avait dit que Tanya était rentrée à Ross.
— Il y a quelque chose qui ne va pas ? demanda la jeune fille. Gordon avait une drôle de voix, au téléphone. Ou plutôt, elle n'était pas drôle mais triste. Vous vous êtes disputés ?

Tanya ne voulut pas révéler à sa fille la cause de leur séparation, pas plus qu'elle n'avait parlé à ses enfants de la liaison de Peter avec Alice.
— Plus ou moins... En réalité, dit-elle en butant sur les mots, c'est... fini.

Il ne l'avait pas appelée. Il faisait ce qu'il avait toujours fait et poursuivait son idylle avec sa nouvelle partenaire. Elle, au moins, était son genre. A l'inverse de Tanya qui ne l'était pas. Peut-être était-ce pour cette raison que leur liaison avait duré aussi longtemps. Avec une certaine philosophie, Tanya pensait qu'ils en avaient bien profité, mais cela ne l'empêchait pas d'être triste.
— Je suis désolée, maman. Peut-être reviendra-t-il.
— Non. Ce n'est pas le genre d'homme à se fixer, voilà tout. Mais je vais bien, ne t'inquiète pas.
— Au moins, vous avez vécu ensemble neuf mois fantastiques, affirma Molly pour essayer de lui remonter le moral.

Tanya trouvait pathétique que deux adultes qui s'aimaient ne puissent pas tenir ensemble plus de neuf mois. Même les vingt ans qu'elle avait vécus avec Peter ne signifiaient plus rien, depuis qu'il était avec Alice. Il n'en restait rien. Les promesses n'étaient jamais tenues, elles étaient toujours trahies. C'était la triste constatation de Tanya. Les gens ne savaient pas ce qu'ils voulaient et, lorsqu'ils prétendaient le savoir, ils gâchaient tout quand même.

Elle discuta avec Molly, puis raccrocha. Un peu plus tard, Jason et Megan l'appelèrent à leur tour, ayant appris la nouvelle par Molly. Cette rupture les peinait tous les trois, mais Tanya ne leur en donna pas la raison.

Elle passa une semaine à pleurer, puis se remit à écrire des nouvelles. La maison lui semblait bien vide, maintenant que les enfants n'étaient plus là.

Pendant des mois, elle travailla sans relâche, ne vit personne et sortit rarement. Pour elle, l'automne fut long et solitaire. Elle termina son livre juste avant Thanksgiving. Elle attendait l'arrivée des enfants, quand Walt l'appela. Il fut heureux d'apprendre qu'elle avait fini son livre, il allait pouvoir le donner à son éditeur. Il prit ensuite une profonde inspiration pour lui annoncer qu'il avait un film pour elle. Il connaissait déjà sa réponse, puisqu'elle lui avait très clairement dit plusieurs mois auparavant qu'il était inutile de la contacter pour un scénario. Elle en avait définitivement terminé avec Hollywood, ayant collaboré à trois films, remporté un oscar et passé deux ans de sa vie là-bas. C'était largement suffisant. Dorénavant, elle se consacrait à l'écriture et ne quitterait plus Ross.

— Dis-leur que je ne suis pas intéressée, assura-t-elle.

Jamais elle ne retournerait à Los Angeles. Elle n'appréciait pas les gens qui y vivaient, ou plutôt qui croyaient y vivre, et elle appréciait encore moins la façon dont ils se comportaient. Elle n'avait aucune vie sociale à Ross, mais elle s'en moquait. Elle ne voyait plus ses anciens amis, qui fréquentaient maintenant Peter et Alice. Tout ce qui l'intéressait, c'étaient ses livres et ses enfants. Son agent réprouvait son mode d'existence, mais il devait admettre que ses derniers écrits étaient remarquables. Plus riches, plus forts, plus profonds. A travers eux, on comprenait aisément à quel point elle avait souffert. Mais, à quarante-quatre ans, Walt estimait qu'elle pouvait attendre davantage de la vie.

— Permets-moi au moins de te dire de quoi ça parle ! s'écria-t-il d'une voix exaspérée.

Il savait combien elle pouvait être têtue. Depuis qu'elle avait fermé sa porte au cinéma, elle ne voulait plus l'écouter. Jamais. Depuis son oscar, il lui avait téléphoné au moins une dizaine de fois.

— Non ! trancha-t-elle. Cela ne m'intéresse absolument pas. Je ne ferai plus de films et je ne remettrai plus les pieds à Los Angeles.

— Tu n'auras pas à le faire. Le producteur, qui est aussi le réalisateur, est un indépendant. Il veut tourner son film à San Francisco. Tu n'auras pour ainsi dire qu'à traverser la rue.

— C'est non. Dis-lui de trouver quelqu'un d'autre. J'ai l'intention d'écrire un roman.

— Pour l'amour du ciel, Tanya ! Tu as gagné un oscar et tout le monde te réclame. Le projet de ce type est formidable et il a remporté toutes sortes de prix, sauf un oscar. Tu pourrais écrire son scénario les yeux fermés.

— Je ne veux pas écrire de nouveau scénario, affirma-t-elle avec entêtement. Je déteste les gens qui font des films. Ils sont malhonnêtes et immoraux. Ça me casse les pieds de travailler avec eux. Chaque fois que je les approche, ils fichent ma vie en l'air.

— Et ta vie est formidable, maintenant ? Tu deviens un véritable ermite et ce que tu écris est tellement déprimant que j'ai besoin de remontants chaque fois que je te lis.

Ses paroles firent sourire Tanya. Elles n'étaient pas dénuées de vérité, mais elle faisait du bon travail et il le savait aussi bien qu'elle.

— Eh bien, fais-en provision, parce que mon futur roman ne sera pas non plus très gai.

— Arrête d'écrire toutes ces choses tristes. D'ailleurs, le film que je te propose est grave, lui aussi. Tu pourrais même gagner un autre oscar.

Ce type d'arguments ne la touchait absolument pas.

— J'en ai déjà eu un, je n'en veux pas d'autre.

— Bien sûr que si. Tu pourrais les utiliser pour faire tenir tous les livres déprimants que tu écris, terrée dans ta solitude.

Elle se mit à rire.

— Je te déteste.

— J'adore quand tu dis ça, rétorqua-t-il, ça veut dire que j'ai touché un point sensible. Mon producteur est anglais et il veut faire ta connaissance. Il sera à San Francisco cette semaine.

— Pour l'amour de Dieu, Walt ! Je ne sais même pas pourquoi je t'écoute.

— Parce que j'ai raison et que tu le sais. Je ne t'appelle que pour la bonne cause. En l'occurrence, je suis certain que c'en est une. Je l'ai rencontré à New York, c'est un type sympathique et il produit de bons films. Il est très respecté en Angleterre.

— D'accord, d'accord, je vais le rencontrer.

— Merci. N'oublie pas de lui faire bonne figure.

Elle raccrocha en riant. Philip Cornwall l'appela en fin d'après-midi. Il lui était très reconnaissant, lui dit-il, de bien vouloir l'écouter. Il ne précisa pas que son agent avait déclaré que ses chances de la rencontrer étaient presque nulles.

Ils firent connaissance dans un café de Mill Valley. Elle ne s'était pas maquillée depuis six mois et ses cheveux avaient poussé. L'année qu'elle avait passée avec Gordon lui avait donné beaucoup de bonheur et de joie, mais leur rupture l'avait marquée. Ces dernières années, elle avait connu trop de désillusions et perdu trop d'hommes. Elle n'avait aucune envie de faire une nouvelle tentative. Dès qu'il la vit, Philip devina qu'elle avait subi beaucoup d'épreuves, tant son regard était triste. Il l'avait d'ailleurs compris en lisant ses livres.

Tout en buvant, elle un thé et lui un cappuccino, il lui raconta son histoire. Elle trouva son accent anglais très doux. Elle apprécia aussi le fait qu'il veuille faire son film à San Francisco. Le personnage principal était une femme qui mourait pendant un voyage. Le récit remontait aux origines du drame et retraçait les événements qui l'avaient conduite à la mort. Elle avait contracté le sida par la faute de son dernier mari, qui lui avait caché sa bisexualité. C'était une histoire compliquée, malgré la simplicité du thème. Tout ce que Philip lui disait intriguait et charmait à la fois Tanya. Elle ne prêtait aucune attention à son physique, mais sa créativité lui plaisait, ainsi que la complexité de sa pensée. Bien qu'il fût jeune et beau, il ne l'intéressait pas. Elle n'avait plus envie de plaire. Cette part d'elle-même était morte, pensait-elle.

— Pourquoi moi ? lui demanda-t-elle en sirotant son thé.

Elle savait qu'il avait quarante et un ans, avait produit une demi-douzaine de films et remporté un grand nombre de prix. Il s'exprimait avec une franchise qui lui plut. Il n'essayait pas de la flatter ou de la convaincre, sachant que cela ne servirait à rien. Si elle consentait à travailler avec lui, il ne voulait pas que ce soit parce qu'il l'aurait séduite, mais parce que l'histoire l'intéresserait. Cela plut à Tanya. Depuis longtemps, elle ne tenait plus à être séduite. Si elle refusait, il souhaitait seulement avoir son avis, lui dit-il.

— J'ai vu le film qui vous a valu un oscar, précisa-t-il. J'ai su aussitôt que vous étiez celle avec qui je voulais travailler. *Partie* est un film remarquable.

Et son scénario était fort, tout comme celui qu'il lui demandait d'écrire.

— Merci, répondit-elle simplement. Qu'est-ce que vous allez faire, maintenant ?

Il lui sourit et elle se rendit compte qu'il était fatigué. Il avait l'air jeune et vieux à la fois. Blessé, semblait-il, et pourtant capable de sourire. D'une certaine façon, ils étaient pareils. La vie les avait usés, pourtant ils n'étaient âgés ni l'un ni l'autre.

— Je vais retourner en Angleterre et rassembler toutes mes économies. Ensuite je viendrai vivre ici pendant un an, avec mes enfants. Avec un peu de chance, je ferai mon film... En tout cas, j'en aurai beaucoup, si vous acceptez d'être ma scénariste.

Ce fut le seul compliment qu'il se permit de lui faire. Tanya ne put s'empêcher de sourire. Ses yeux bruns et chaleureux lui disaient qu'il avait beaucoup vécu et souffert.

— Je ne veux plus écrire de scénarios, confessa-t-elle franchement.

Elle ne lui dit pas pourquoi et il ne le lui demanda pas. Il respectait son choix. Il l'admirait énormément et considérait qu'elle avait un immense talent. La froideur qu'elle lui témoignait ne le gênait pas. Il l'acceptait telle qu'elle était.

— C'est ce que votre agent m'a dit. J'espérais réussir à vous convaincre d'écrire le mien.

Bien qu'elle aimât son histoire, elle secoua la tête.

— Je crains que ce ne soit impossible.

— C'est ce qu'il m'a dit... Mais cela valait le coup d'essayer.

— Pourquoi amenez-vous vos enfants ici ? Ce n'était pas plus facile de les laisser en Angleterre ?

Ce n'était qu'un détail, mais elle avait envie d'en savoir plus sur lui. Il l'intriguait, avec ses cheveux châtains, sa peau claire et ses yeux bruns et interrogateurs qui plongeaient dans les siens. Il semblait vouloir lui poser mille questions, mais n'osait pas le faire.

Il répondit très simplement à sa question :

— Parce que ma femme est morte en tombant de cheval, il y a deux ans. Elle adorait l'équitation et pouvait se montrer intrépide. En poussant sa monture à sauter par-dessus un obstacle, elle s'est brisé la nuque. C'est la raison pour laquelle je n'ai personne pour garder mes enfants, alors je les emmène avec moi.

Il parlait sans s'apitoyer sur son sort, ce qui toucha profondément Tanya, bien qu'elle n'en montrât rien.

— De toute façon, poursuivit-il, je serais très malheureux, sans eux. Depuis que leur mère est morte, je ne les avais jamais quittés. Mais je ne suis ici que pour quelques jours, et uniquement pour vous rencontrer.

Il était difficile de ne pas être émue et flattée par ce qu'il lui disait. Elle comprenait, maintenant, pourquoi ses yeux exprimaient à la fois tant de tristesse et de force. Cette combinaison séduisait Tanya, ainsi que ce qu'il venait de lui dire sur ses enfants. Il ne ressemblait en rien à la faune hollywoodienne. Tout était vrai, chez lui.

— Quel âge ont-ils ? s'enquit-elle avec intérêt.

— Sept et neuf ans. Un garçon et une fille. Isabelle et Rupert.

— Très britannique, commenta-t-elle.

Il lui sourit.

— Je dois trouver un logement ici. Si jamais vous entendez parler de quelque chose de pas trop cher.

Elle jeta un coup d'œil à sa montre. Ses enfants rentraient aujourd'hui à la maison pour Thanksgiving, mais il était encore tôt. Elle hésita un instant, puis se décida à lui faire une proposition. Elle ne savait pas très bien ce qui la poussait à le faire, hormis qu'elle le plaignait sincèrement. Il ne pleurait pas sur son sort, alors qu'il avait eu son lot de malheurs. Malgré cela, il s'efforçait de faire son travail tout en gardant ses enfants avec lui. Cela forçait l'admiration.

— Vous pourriez habiter chez moi, en attendant de trouver une location, proposa-t-elle. J'ai une maison confortable et j'y vis seule le plus souvent. Mes enfants sont à l'université. Ils rentrent ce soir pour Thanksgiving, mais sinon ils ne sont là qu'à Noël et en été. Vous seriez tranquilles un bon moment et les écoles sont bonnes, dans le coin.

Touché par sa proposition, il réfléchit quelques instants.

— Merci. J'accepte volontiers. Mes enfants sont gentils, vous verrez. Comme je les ai habitués à voyager avec moi, ils sont plutôt bien élevés.

Tous les parents faisaient ce genre de déclarations mais, dans la mesure où ils étaient anglais, il y avait de bonnes chances pour que ce soit vrai. En tout cas, leur présence remettrait un peu de vie dans la maison, en attendant qu'il ait trouvé quelque chose. Elle voulait l'aider, même si elle refusait d'écrire son scénario. Sur ce point, elle était formelle : il lui faudrait trouver quelqu'un d'autre. En revanche, elle ne voyait aucun inconvénient à les héberger quelque temps.

— Quand comptez-vous revenir ? lui demanda-t-elle.

— Vers le 10 janvier, lorsqu'ils auront fini leur trimestre.

— C'est parfait. Mes enfants seront repartis pour l'université, à cette date, et ils ne reviendront pas avant les vacances de printemps. Quand quittez-vous les Etats-Unis ?

— Ce soir.

Il avait laissé ses documents sur la table. Lorsqu'elle les prit, il retint son souffle. L'espace d'un interminable moment, elle tint le dossier dans ses mains. Enfin, leurs regards se croisèrent.

— Je vous dirai ce que j'en pense quand j'aurai lu vos notes. Mais même si vous logez chez moi, ne vous faites pas d'illusions. Je n'ai pas l'intention d'écrire un autre scénario.

Jusque-là, il lui faisait bonne impression. Tout ce qu'il lui avait dit de son projet était très intéressant. Elle se leva, en tenant le dossier serré contre elle.

— Je vous appellerai dès que j'aurai terminé mais, encore une fois, n'espérez rien. Il en faudrait beaucoup pour me convaincre de travailler sur un autre film. J'ai l'intention d'écrire un roman et j'en ai fini avec le cinéma, même si je suis persuadée que votre histoire est excellente.

— J'espère tout de même que vous changerez d'avis, dit-il en se levant à son tour.

Il était très grand et mince. Ce fut à peine s'ils échangèrent un sourire. Il lui avait donné son numéro de portable et celui de son fixe se trouvait sur ses documents. Elle le remercia d'être venu d'Angleterre pour la voir. Il lui répondit qu'il ne le regrettait pas, même si elle refusait sa proposition. Ils se serrèrent la main, puis il la quitta.

Un instant plus tard, il s'éloignait au volant de sa voiture de location. De retour chez elle, Tanya posa le dossier sur son bureau. Elle ne savait pas quand elle s'en occuperait, mais elle respecterait sa promesse. Deux heures plus tard, les enfants arrivèrent, remettant de la vie dans la maison. Elle était tellement heureuse de les avoir avec elle qu'elle en oublia le dossier jusqu'à la fin du week-end. En le voyant sur son bureau, elle laissa échapper un soupir. Même si elle n'avait pas envie de le lire, elle devait au moins cela à Philip.

Le dimanche soir, après le départ des enfants, elle ouvrit la chemise cartonnée. Elle termina la lecture à minuit. En Angleterre, il était 8 heures du matin et il devait être en train de préparer le petit déjeuner pour ses enfants. Elle aurait voulu le détester, mais elle en était incapable. Elle savait qu'elle devait écrire ce scénario. Cette fois, ce serait le dernier. Soudain, elle avait hâte de se mettre au travail. Tout en lisant, elle avait pris de nombreuses notes et elle avait déjà une foule d'idées. L'histoire dont il avait tracé les grandes lignes était excellente. La trame était nette, claire, simple et puissante. Les faits s'imbriquaient impeccablement.

Lorsqu'elle l'appela, il décrocha aussitôt. Elle entendit les voix des enfants en arrière-fond. C'était le vacarme habituel d'un petit déjeuner en famille. Un bruit qui lui manquait terriblement. Même si ce n'était que pour quelques jours, elle se réjouissait de les héberger. Peut-être cela durerait-il un peu plus, s'il ne trouvait pas tout de suite une location.

— Je vais le faire, annonça-t-elle.

— Excusez-moi... Qu'est-ce que vous avez dit ?

Au moment où elle parlait, Rupert avait crié sur le chien, qui d'ailleurs aboyait encore.

— Je ne vous ai pas entendue, expliqua-t-il. C'est un peu bruyant, ici.

Elle sourit en l'écoutant.

— J'ai dit que j'allais le faire.

Elle avait parlé assez bas, mais cette fois il l'entendit. Il y eut un silence, pendant que le chien aboyait et que les enfants poussaient des cris stridents.

— C'est vrai ! s'exclama-t-il soudain. Vous ne plaisantez pas ?

— Non. Mais je jure que cette fois, ce sera le dernier. Je crois que ce sera un très beau film. Je suis tombée amoureuse de votre histoire et j'ai même pleuré rien qu'en en découvrant les grandes lignes.

— C'est ma femme qui m'a inspiré, expliqua-t-il. Elle était médecin. C'était quelqu'un d'exceptionnel.

Tanya s'en était doutée, bien qu'il ait modifié certaines situations puisque son épouse était morte en tombant de cheval, et non du sida.

— J'avais deviné qu'il s'agissait d'elle. Je vais tout de suite me mettre au travail. J'avais l'intention d'écrire un roman, mais il attendra. Dès que cela prendra tournure, je vous enverrai ce que j'aurai fait.

— Merci, Tanya, dit-il d'une voix tremblante.

— C'est moi qui vous remercie.

Tanya et Philip, qui avaient eu si peu l'occasion de se réjouir, ces derniers temps, sentirent la joie envahir leurs cœurs. Pour eux, il n'y avait aucun doute : ce film allait être excellent.

Elle se mit au travail le lendemain de Thanksgiving. Il lui fallut trois semaines pour ébaucher les scènes et concevoir le déroulement du film dans son ensemble. Elle envoya le fruit de sa réflexion à Philip pendant la semaine de Noël. Il le lut dans la nuit et l'appela au matin. Aux Etats-Unis, il était minuit et elle était à son bureau.

— J'adore ce que vous avez fait, s'écria-t-il avec jubilation. C'est absolument parfait !

C'était même mieux que ce qu'il avait espéré. Elle réalisait son rêve le plus cher.

Souriante, Tanya se tourna vers la fenêtre pour fixer l'obscurité.

— Je ne suis pas mécontente, en effet. Cela devrait marcher.

En écrivant, elle avait pleuré plusieurs fois, ce qui était plutôt bon signe. Lorsqu'il avait lu son travail, Philip avait lui aussi cédé à l'émotion.

— C'est génial, vous voulez dire !

Ils parlèrent pendant près de deux heures, discutant des points qui restaient à régler dans la trame qu'il lui avait remise. Elle ne savait pas encore comment traiter certains passages délicats, mais ils n'en étaient qu'à la phase préparatoire. Ensemble, ils trouvèrent bon nombre de solutions.

La date de l'arrivée de Philip était fixée au 10 janvier. Il avait l'intention d'engager des acteurs sur place. Par ailleurs, il connaissait un très bon caméraman, à San Francisco, un Sud-Africain avec qui il avait fait ses études. Le budget dont il disposait était très réduit et il avait offert le maximum à Tanya pour qu'elle accepte d'écrire son scénario. Après mûre réflexion, elle le rappela pour lui dire qu'elle se contenterait d'un pourcentage sur les bénéfices, mais qu'elle ne voulait pas être payée pour l'instant. A ses yeux, le projet valait bien quelques sacrifices. Ce qui l'intéressait, c'était de travailler avec lui, pas de gagner de l'argent.

Elle maîtrisait maintenant parfaitement le scénario, qui s'écrivait quasiment tout seul, comme si une force qui la dépassait était à l'œuvre. Elle réussissait à transcrire tout ce que Philip souhaitait et il en était ravi.

Elle passa avec ses enfants de merveilleuses vacances de Noël. Ensuite, Jason devait partir skier avec des amis. Megan avait un nouveau petit ami qu'elle avait rencontré à la faculté. Quant à Molly, elle envisageait de poursuivre ses études pendant un an à Florence. Tanya leur raconta sa participation à un nouveau film et cela les intrigua. Elle leur parla peu de Philip Cornwall. Ce n'était pas lui qui la fascinait, c'était son histoire qui la captivait. Philip n'en était que le catalyseur. Elle ne s'intéressait qu'à l'intrigue, qui avait acquis une vie propre, comme toutes les bonnes intrigues.

Philip et ses enfants arrivèrent à la date prévue. Il s'était déjà mis en quête d'un appartement et lui promit qu'ils ne l'encombreraient pas longtemps. Elle l'installa dans la chambre de Molly, tandis qu'Isabelle et Rupert prenaient celle de Megan. Elle y avait mis un lit d'appoint, pour qu'ils puissent rester ensemble. Les enfants étaient adorables et incroyablement anglais. Rupert avait neuf ans et sa sœur en avait sept. Extrêmement polis et bien élevés, on les aurait très bien vus dans un film. Avec leurs cheveux blonds et leurs yeux bleus, ils étaient tous les deux très beaux. Philip lui confia qu'ils étaient le portrait de leur mère. Il les couvait du regard, visiblement très fier d'eux. Tanya comprit immédiatement qu'il était un très bon père. Ses enfants l'adoraient et c'était réciproque. Les liens qui les unissaient étaient visiblement très forts.

Epuisés par leur long voyage, ils arrivèrent à ce qui correspondait à l'heure du thé en Angleterre. Tanya leur avait préparé des petits sandwiches, ainsi que du chocolat chaud. Elle s'était rendue à l'épicerie anglaise pour acheter des scones. Elle y avait ajouté des fraises, de la crème Chantilly et de la confiture. En voyant ce festin, les enfants poussèrent des cris de joie. Ils adoraient les petits pains et la chantilly, et Isabelle se jeta dessus avec tant d'appétit qu'elle se mit de la crème sur le nez. Philip le lui essuya en riant.

— Tu es un petit cochon, miss Izzy. Nous allons devoir te plonger dans le bain.

Entendre les enfants rire dans leur chambre et discuter avec leur père réjouit Tanya. Le soir, au moment du coucher, il leur lut une histoire et ne la rejoignit dans la cuisine qu'une heure plus tard. Tanya était en train de travailler sur le scénario.

— Ça y est. Ils dorment, lui dit-il. Le voyage les a épuisés.

Levant les yeux, elle lui sourit.

— Vous devez être très fatigué, vous aussi.

Il avait les traits tirés, mais il semblait content et avait hâte de se mettre au travail.

— Pas vraiment, répliqua-t-il avec un sourire. Je suis tellement ravi d'être ici.

Le lendemain, il devait inscrire les enfants à l'école. Plus tard, dans la semaine, il rencontrerait le caméraman. Tanya et lui avaient de nombreuses de choses à se dire concernant le scénario. D'une certaine façon, son installation chez elle leur facilitait la vie. Ils parlèrent pendant des heures tout en buvant du thé. Enfin, quand le décalage horaire eut raison de Philip, ils allèrent se coucher.

Le lendemain matin, elle leur prépara le petit déjeuner, puis elle lui indiqua le chemin de l'école et lui prêta sa voiture. Deux heures plus tard, il était de retour. Ils travaillèrent toute la semaine. Désormais, ils maîtrisaient parfaitement l'histoire et avançaient plus vite et mieux qu'ils ne l'avaient espéré. Ils échangeaient leurs idées, les comparaient, enrichissant le scénario jour après jour. Plus le temps passait, plus l'équipe qu'ils formaient s'avérait efficace.

Elle passa le week-end à leur faire visiter les environs et s'occupa des enfants pendant qu'il cherchait un appartement. Elle leur apprit à préparer des petits gâteaux, à fabriquer des objets en papier mâché, comme elle l'avait fait avec ses propres enfants. Quand Philip rentra, la cuisine était un vrai champ de bataille, mais ses enfants étaient radieux. Ils avaient fabriqué des petits animaux, des marionnettes et un masque pour Isabelle.

— Seigneur ! Qu'est-ce que vous avez fait, tous les trois ? C'est un véritable carnage ! s'exclama-t-il en riant.

Remarquant un morceau de papier collé au menton de Tanya, il le lui ôta d'un geste.

— On s'est bien amusés, confirma-t-elle.

— Je l'espère, parce qu'il va vous falloir une semaine pour tout nettoyer.

Après avoir mis les créations des enfants à sécher, il l'aida à tout ranger. Dehors, Rupert et Isabelle jouaient sur les balançoires qui étaient toujours là, après toutes ces années.

— Je suis vraiment contente que vos enfants s'en servent, remarqua Tanya. Grâce à eux, la maison revit.

Et grâce à lui, aussi. Il ajoutait une autre dimension à son travail. Ils s'enrichissaient mutuellement.

Lorsqu'il lui annonça qu'il avait trouvé un appartement à Mill Valley, elle en fut attristée, car elle s'était habituée à leur présence.

— L'appartement ne sera libre que dans une semaine, s'excusa-t-il. Vous allez devoir nous supporter encore un peu.

— Il n'y a pas de problème. En réalité, je serai désolée de vous voir partir. C'est si bon d'avoir des enfants dans la maison !

Elle leur aurait bien demandé de rester, mais Philip avait besoin d'avoir une vie et un appartement à lui. Ses enfants et lui ne pouvaient pas vivre pendant six mois dans les chambres des jumelles, même si c'était très agréable pour elle.

— J'espère que vous viendrez souvent me voir, lui dit-elle. Vos enfants sont vraiment adorables.

Le visage grave, ils lui avaient parlé une fois de leur mère. Rupert lui avait expliqué qu'elle était morte à la suite d'une chute de cheval.

« Je le sais, avait-elle répondu. J'ai été très triste de l'apprendre.

— Elle était très belle, précisa Isabelle.

— J'en suis certaine. »

Ensuite, elle les avait distraits avec du papier et des crayons de couleur, leur proposant de dessiner leur père. Lorsqu'ils lui avaient donné les différents portraits qu'ils avaient faits de lui, Philip avait été ravi. La sollicitude de Tanya envers ses enfants le touchait profondément. Un soir, elle les invita au restaurant. Le choix des enfants se porta évidemment sur les hamburgers et les frites. Tanya et Philip commandèrent des steaks. Lorsqu'ils rentrèrent à la maison, Tanya avait le sentiment qu'ils formaient une famille. Philip était au volant et les deux enfants bavardaient sur la banquette arrière. Ils confièrent à Tanya qu'ils aimaient bien leur nouvelle école, mais qu'en été ils rentreraient en Angleterre, quand leur père aurait terminé son film.

— Je le sais, répondit-elle en ouvrant la porte de la maison. Je vais travailler avec lui.
— Tu es actrice ? s'enquit Rupert avec intérêt.
— Non, je suis écrivain, expliqua Tanya en aidant Isabelle à retirer son manteau.

La petite fille lui adressa un sourire qui la fit fondre.

Toute la semaine, Tanya et Philip continuèrent de travailler de façon à être fin prêts pour le tournage. La semaine suivante, il emménagea avec ses enfants dans son appartement. Elle leur fit promettre de lui rendre souvent visite. De fait, Philip vint régulièrement avec les enfants, après l'école. Pendant qu'il travaillait avec Tanya, Isabelle et Rupert jouaient dans la cuisine ou faisaient leurs devoirs.

Philip engagea plusieurs acteurs qui vivaient dans la région, ainsi qu'une jeune actrice de Los Angeles. Le tournage débuta en février et se termina à la fin du mois d'avril. Ensuite, Philip et Tanya travaillèrent d'arrache-pied au montage pendant six semaines. Isabelle et Rupert étaient désormais tout à fait à l'aise avec elle. Elle invitait souvent la petite famille à dîner et s'approvisionnait à l'épicerie anglaise de San Francisco. Elle adorait être avec eux. Un dimanche, elle les emmena au zoo. En rentrant, ils s'arrêtèrent à un manège et, lorsqu'elle les ramena à leur père, leurs petites frimousses étaient toutes barbouillées de barbe à papa. En été, Philip et elle les conduisirent à la plage. Pour Tanya, c'était un véritable bonheur, une bénédiction. Elle disait que ses enfants étaient trop grands pour qu'elle puisse encore s'occuper d'eux.

La proximité de Tanya soulageait énormément Philip. Il lui confiait les enfants plus souvent qu'il n'en avait eu l'intention, mais elle insistait pour les avoir. De leur côté, Isabelle et Rupert le suppliaient de les emmener chez elle. Comme ses enfants avant eux, ils adoraient sa vieille maison toute en coins et en recoins. Après tous ces mois de travail acharné, Philip et elle étaient devenus amis. Ils s'étaient raconté leur passé, leurs enfants, leurs conjoints et même leur enfance.

Ils bouclèrent définitivement le film un week-end le dernier jour du mois de juin. Les petits étaient avec elle quand ses enfants rentrèrent de l'université. Molly et Megan trouvèrent Isabelle et Rupert absolument adorables et elles les emmenèrent parfois avec elles lorsqu'elles avaient des courses à faire. Isabelle était une petite fille très grave et Rupert possédait un grand sens de l'humour. Tanya s'était énormément attachée à eux. Quand Philip lui annonça qu'ils allaient repartir en juillet, elle faillit le supplier de n'en rien faire. L'idée qu'après leur départ la maison serait de nouveau silencieuse lui était insupportable. Lorsqu'elle le lui avoua, un soir, après le dîner, il en fut très ému. Ils continuaient de travailler sur le film, le peaufinant dans les moindres détails. Philip en était très fier et Tanya était très fière de lui. Il avait accompli un travail extraordinaire, et lui trouvait le scénario fantastique.

Jusque-là, leur relation avait été purement professionnelle. Philip était quelqu'un d'un peu froid et très britannique. Il ne laissait voir ses sentiments que lorsqu'il la regardait s'occuper de ses enfants. Alors, elle le touchait droit au cœur.

— Je pense que vous devriez rester un an de plus, plaisanta-t-elle un soir pendant le dîner.

— Seulement si tu fais un autre film avec moi, répliqua-t-il du tac au tac.

— Impossible ! s'exclama-t-elle en levant les yeux au ciel.

Elle continuait de jurer que celui-ci était le dernier. Le film avait exigé une immense somme de travail de leur part, bien plus importante qu'ils ne l'avaient prévu. Mais ils étaient convaincus que le résultat en valait la peine. Philip devait le produire lui-même en Angleterre. Il avait d'ailleurs loué un studio à un ami dans ce but.

A la fin du mois de juillet, tout fut terminé. Il devait rester encore deux semaines pour visiter la Californie avec ses enfants et surprit beaucoup Tanya lorsqu'il lui demanda de les accompagner. Isabelle et Rupert la convainquirent d'accepter. Elle en avait juste le temps, avant d'emmener ses propres enfants à Tahoe, ce qui lui donna une idée.

— Vous pourriez venir avec nous à Tahoe, après votre voyage. Ensuite, vous rentrerez en Angleterre.

Comme Philip avait déjà résilié son bail, elle lui proposa de revenir s'installer chez elle. De cette façon, l'été serait plus gai. Molly et Megan furent ravies lorsque Tanya leur fit part de ses projets de vacances. Elles trouvaient qu'elle travaillait trop et qu'elle était triste, depuis sa rupture avec Gordon. La façon dont il l'avait trompée l'avait profondément blessée. Les jumelles se réjouissaient de la voir rire de nouveau et elles étaient heureuses de son amitié pour Philip.

Tanya, Philip et les enfants commencèrent leur visite de la région par l'aquarium de Monterey, puis ils s'arrêtèrent à Carmel, avant de se rendre à Santa Barbara. Ils y retrouvèrent Jason, qui s'était inscrit à l'université d'été, et partirent pour Los Angeles. Ils passèrent ensuite deux jours à Disneyland, ce qui enchanta les deux petits. Tanya grimpa avec eux dans les manèges, pendant que Philip prenait des photos. Le dernier soir, épuisés mais heureux, ils assistèrent à la parade et au spectacle son et lumière. La petite main d'Isabelle glissée dans la sienne, Tanya se tourna vers Philip et vit qu'il lui souriait. Il aurait voulu la remercier, mais il ne savait pas comment s'y prendre. Après le spectacle, ils prirent le train qui les ramenait à leur hôtel. En entrant dans le hall, Philip passa un bras autour des épaules de Tanya. Isabelle devait dormir avec elle, tandis que Rupert partageait la chambre de son père. Philip vint border sa fille et l'embrasser, puis il regarda Tanya avec tendresse.

— Merci d'être aussi gentille avec mes enfants, murmura-t-il.

Isabelle s'était endormie, un sourire heureux aux lèvres, serrant dans ses bras la poupée Minnie que Tanya lui avait achetée.

— Je les aime, dit-elle simplement. Je ne sais pas ce que je ferai, quand vous serez partis.

Elle leva vers lui des yeux emplis de tristesse.

— Moi non plus, répondit-il très bas.

Il s'apprêtait à quitter la pièce, lorsqu'il se retourna, comme s'il hésitait à dire quelque chose.

— Tanya... Ces derniers mois ont été les plus heureux de ma vie, depuis... tu sais.

Cette période avait été tout aussi fantastique pour ses enfants, qui n'avaient pas connu un tel bonheur depuis la mort de leur mère.

— Pour moi aussi, murmura-t-elle.

Les enfants avaient été un merveilleux cadeau pour elle. Ils s'étaient emparés de son cœur. Le scénario avait été la cerise sur le gâteau. Hochant la tête, il fit un pas dans sa direction, puis, sans même y penser, il lui caressa les cheveux. Elle ne s'était pas regardée dans la glace depuis le matin. Totalement concentrée sur les enfants, elle n'avait pas songé à son apparence de toute la journée. Elle avait couru d'une attraction à l'autre, avait fait la queue, assisté à la parade, donné à manger à Mickey et Dingo... Elle ne s'était pas autant amusée depuis des années, mais surtout, elle avait aimé partager ces instants avec Philip, tout comme elle avait aimé travailler avec lui. Elle concevait difficilement la vie sans lui, désormais. Quant à l'envisager sans les enfants, c'était un véritable supplice. Leur présence à tous les trois lui était devenue nécessaire. Leur départ pour l'Angleterre, dans quelques semaines, constituerait une perte majeure. Pendant qu'elle réfléchissait à tout cela, Philip l'observait. Il voyait le chagrin qui voilait son regard. C'était la même souffrance qu'il éprouvait à l'idée de la quitter. Il y avait si longtemps qu'il n'avait rien ressenti de tel qu'il ne trouva pas les mots pour le lui dire. Alors, il l'attira dans ses bras et l'embrassa. L'espace de quelques instants, le temps suspendit son vol. Lorsqu'il s'écarta d'elle, il ne savait toujours que faire ou que dire. Il craignait seulement d'avoir commis une terrible erreur.

— Tu me détestes ? demanda-t-il très bas.

Il en avait souvent eu envie, auparavant, mais il s'était traité de fou. Tant qu'ils travaillaient ensemble, il avait eu peur de tout gâcher, et maintenant qu'il allait partir, il était sans doute trop tard. Il était heureux d'avoir pu mener à bien, avec elle, ce projet qui lui tenait tant à cœur et qu'ils soient devenus amis. Il ne voulait pas que tout soit gâché par un baiser.

Elle secoua lentement la tête.

— C'est le contraire. Tu me manques déjà, alors que tu n'es pas encore parti.

L'existence est étrange, parfois. Les gens entrent et sortent de votre vie. Qu'elle soit douce ou cruelle, la séparation est toujours teintée de regrets. Ils allaient horriblement lui manquer. Se demandant ce que signifiait ce baiser, elle leva vers lui un regard interrogateur.

— Je ne veux pas partir, dit-il doucement.

Maintenant qu'il avait osé l'embrasser, les émotions qu'il refoulait depuis des mois le submergeaient.

— Alors ne pars pas, murmura-t-elle.
— Viens avec nous, supplia-t-il.

Elle secoua la tête.

— Je ne peux pas. Qu'est-ce que je ferais, là-bas ?
— La même chose qu'ici. Nous pourrions travailler sur un autre film.
— Et quand ce sera terminé ? Il faudra bien que je rentre. Mes enfants habitent ici, Philip.
— Ce sont presque des adultes. On a besoin de toi, Tanya... J'ai besoin de toi.

Il ne savait comment la convaincre, mais il ne voulait pas voir s'arrêter l'existence qu'il avait menée auprès d'elle.

— Tu es sérieux ?

Pour toute réponse, il hocha la tête et l'embrassa de nouveau.

— Qu'est-ce que nous allons faire ? demanda-t-elle, en plein désarroi.

Pourquoi fallait-il que cela arrive maintenant, alors qu'ils allaient se quitter ? C'était trop tard ! Il devait partir et elle était obligée de rester ici. La vie allait lui sembler bien vide, sans eux.

— Je suis très sérieux, murmura-t-il en la serrant plus fort contre lui. Je suis tombé amoureux de toi dès le premier jour, mais je ne voulais pas tout gâcher en t'en parlant, alors que nous travaillions ensemble.

Philip avait fait preuve de beaucoup de retenue. Peut-être trop, malheureusement. Ils avaient perdu des mois qu'ils auraient pu passer ensemble. Elle aussi avait été attirée par lui, mais elle avait préféré l'ignorer. Elle s'était concentrée sur le film, sur Isabelle et Rupert. Désormais, elle ne pouvait plus se méprendre sur les sentiments qu'elle éprouvait pour Philip. Tout ce qu'elle souhaitait, c'était qu'il la prenne dans ses bras et arrête le cours du temps. Ils allaient vivre ensemble ces derniers jours, puis leurs chemins se sépareraient à jamais.

— On en reparlera demain, chuchota-t-elle.

Il hocha la tête. Elle discerna dans ses yeux une joie qui n'y était pas auparavant, comme si une part de lui-même reprenait vie.

— Sommes-nous complètement fous ? demanda-t-elle avec inquiétude.

— Sans doute, mais il est trop tard pour revenir en arrière. Je ne peux plus retenir mes sentiments pour toi.

Il en allait de même pour Tanya. L'aveu qu'il venait de lui faire et leur amour mutuel les emportaient tel un courant puissant. Tout avait changé entre eux. Elle aurait voulu tout arrêter, se montrer sensée, prendre des décisions raisonnables... Mais les décisions paraissaient se prendre d'elles-mêmes. Il lui semblait qu'elle n'était plus maîtresse de son destin.

Avant de la quitter, il l'embrassa une dernière fois. Etendue auprès d'Isabelle, elle resta éveillée toute la nuit. Serrant la petite fille contre son cœur, elle pensait à Philip. Par quel étrange coup du sort s'étaient-ils rencontrés ? Et dans quel but, s'ils devaient se séparer ? Elle ne voulait plus aimer un homme qu'elle ne pouvait pas avoir, quelqu'un qui, une fois de plus, la laisserait seule. Mais le départ de

Philip et des enfants ne changeait rien à ce qu'elle éprouvait... Elle était tombée amoureuse de lui. Non seulement de lui, mais de ses enfants. Pourtant elle ne voyait pas comment elle pourrait le suivre en Angleterre. Il y avait sûrement une autre solution ! S'ils devaient rester ensemble, songea-t-elle, ils la trouveraient forcément. Dans le cas contraire, c'était qu'ils n'étaient pas destinés l'un à l'autre. Il leur fallait seulement être assez courageux pour chercher cette solution, et se montrer encore plus courageux pour oser avoir, une nouvelle fois, confiance en la vie.

25

Le reste du voyage se passa bizarrement. Tanya et Philip ne cessaient de se regarder et de se sourire par-dessus la tête des enfants. Ils venaient de redécouvrir la magie de l'amour, qu'ils avaient toujours eue à portée de main sans le savoir. Mais maintenant qu'ils s'étaient dévoilés, il leur était impossible de résister et ils ne le voulaient d'ailleurs ni l'un ni l'autre. Il n'était pas question de le nier ou de le dissimuler. Leur bonheur éclatait au grand jour, si étincelant qu'il les aveuglait.

Ils firent de longues marches sur la plage de San Diego. Se tenant quelques pas derrière les enfants, ils les regardaient se mouiller les pieds ou bien ils ramassaient des coquillages pour les leur donner.

— Je t'aime, Tanya, dit-il avec cet accent qui lui était devenu si familier.

Un an auparavant, elle était absolument convaincue qu'elle n'entendrait plus jamais ces mots et, d'ailleurs, elle ne le souhaitait pas.

— Je t'aime aussi.

Mais elle ignorait comment résoudre leur problème. Pendant le long trajet du retour, ils y réfléchirent sereinement.

A leur arrivée, les jumelles ne semblèrent pas remarquer que quelque chose avait changé. Dès que Jason fut là, ils partirent tous pour Tahoe. Ce ne fut qu'une fois qu'ils furent installés que les trois grands s'aperçurent que la relation de leur mère et de Philip avait changé de nature.

Jusqu'alors, ils avaient été persuadés qu'il ne s'agissait entre eux que de travail. Ils appréciaient Philip, mais la situation leur paraissait compliquée, à eux aussi, puisque Philip repartait pour l'Angleterre dans deux semaines... Un soir, il demanda une fois de plus à Tanya si elle accepterait d'y vivre avec lui. Et une fois de plus, elle lui répondit que c'était impossible. Ses enfants et sa vie étaient aux Etats-Unis.

— Je ne peux pas quitter mes enfants, répéta-t-elle.

Philip n'avait obtenu son permis de séjour que pour la durée du tournage. Ensuite, il devait rentrer chez lui. Ils allaient être séparés par près de dix mille kilomètres. Le sort se montrait cruel avec eux.

Et puis un soir, au dîner, Molly parla de passer un semestre à Florence. Tanya et Philip échangèrent un regard, pensant à la même chose. Il attendit que les enfants soient couchés pour lui poser la question.

— Accepterais-tu de vivre avec moi en Italie pendant un an, le temps que nous trouvions une solution ?

Il était évident que l'un d'eux devrait déménager, mais il était encore trop tôt pour prendre une décision définitive. Depuis six mois qu'ils travaillaient ensemble, ils avaient appris à se connaître, mais il leur restait beaucoup à découvrir.

— Mes enfants ne reviendront pas à la maison avant Thanksgiving, confia Tanya. Après leur départ, en septembre, je pourrais te rejoindre en Angleterre et y rester deux mois, ce qui nous donnerait le temps de chercher une maison près de Florence. Si Molly y poursuit ses études pendant un semestre, après Noël, nous serions tout près d'elle. Eventuellement, elle pourrait même habiter avec nous. Et il est possible que Megan souhaite venir, elle aussi.

Jason ne souhaitait pas poursuivre son cursus en Europe, mais rien ne l'empêcherait de leur rendre visite pendant les vacances. Cela ne troublerait en rien la poursuite de ses études.

— Est-ce que tu pourrais t'installer en Italie avec les enfants après Noël ? demanda-t-elle à Philip.

— Pourquoi pas ?

Ses yeux pétillaient. Ils étaient en train de trouver des solutions. C'était comme de rassembler les pièces d'un puzzle. Quelques jours auparavant, cela semblait impossible, et maintenant des morceaux de ciel et d'arbres commençaient à s'emboîter.

— Si tu viens en Angleterre et que tu y restes jusqu'à Thanksgiving... Si nous trouvons une maison en Italie... Je pourrai alors revenir ici avec toi pour Thanksgiving et Noël... Ensuite, nous nous installerons en Italie quand Molly commencera son semestre et nous y resterons jusqu'au printemps, ou même jusqu'à la fin de l'année scolaire, si nous nous y plaisons. C'est un peu compliqué, mais ça pourrait marcher, tu ne crois pas ? Et cela nous donnerait un an pour réfléchir. Nous saurons alors ce que nous voulons faire, n'est-ce pas ?

Il lui jeta un regard circonspect qui la fit rire.

— Je crois que l'année qui vient est programmée à la minute près, reconnut-elle. Peut-être travaillerons-nous ensemble sur un autre film. Une foule de choses peuvent se produire, l'an prochain. Ce qui vient de nous arriver est merveilleux, Philip. Nous sommes tombés amoureux, ou plutôt nous sommes amoureux depuis des mois, mais nous étions trop absorbés par notre travail pour nous en apercevoir. Maintenant, nous venons de nous organiser de façon à passer une année ensemble, peut-être même une année et demie. Je dirais que c'est une façon très originale de contourner l'obstacle.

Il restait quelques questions à régler, comme de trouver une maison en Italie. Il faudrait aussi prévoir de retourner voir Megan à Santa Barbara, si elle ne souhaitait pas venir passer un semestre en Europe avec Molly. L'arrangement n'était pas parfait, mais il pouvait fonctionner. Il y avait des risques, certes, mais la vie elle-même en était remplie. Et puis, tout se déroulerait peut-être au mieux. On ne pouvait pas prévoir l'avenir, être sûr qu'aucun désastre, qu'aucune tragédie n'arriverait. Mais, main dans la main, ils réussiraient peut-être à surmonter les épreuves. Avec du courage et de la patience, rien ne leur serait impossible, surtout s'ils en avaient la volonté, ce qui était le cas. Philip l'attira contre lui et la serra très fort. Dans ses bras, elle se sentait toujours en sécurité.

— Je n'arrive pas à croire que ça nous arrive, Tanya. Je ne pensais pas pouvoir encore tomber amoureux.

— Moi non plus, murmura-t-elle. Je pense que je ne le voulais pas, ajouta-t-elle franchement. J'avais peur de souffrir une nouvelle fois.

Il baissa vers elle un regard tendre.

— Et maintenant ? demanda-t-il avec une pointe d'inquiétude.

— Je n'ai pas le choix. Je crois que la décision nous a échappé. Tout ce que nous pouvons faire, c'est nous en remettre au destin et lui faire confiance.

Ils étaient prêts à courir ce risque et à traiter les problèmes les uns après les autres en trouvant les solutions et en relevant les défis.

— Je suis certain que tout va bien se passer, assura-t-il.

Elle partageait cet avis, sans savoir très bien pourquoi. Mais pour la première fois depuis des années, elle avait le sentiment de s'engager dans la bonne direction. Les décisions qu'ils venaient de prendre leur paraissaient les meilleures.

Bien sûr, rien ne leur garantissait le succès. Ils ne pouvaient que se fier à leur instinct. Ils avaient eu la même idée au même moment. Cela leur paraissait miraculeux... Ils avaient maintenant une solution. Le reste viendrait en son temps. Désormais, ils devaient s'engager dans la voie qu'ils avaient tracée. Avec un peu de chance, tout se passerait bien. Rien n'était impossible, quand on voulait vraiment quelque chose. Le film qu'ils venaient de terminer en était la preuve, ainsi que toutes les épreuves qu'ils avaient surmontées. Ils avaient survécu aux tragédies et aux désillusions. Pour Tanya, cela avait été l'échec de son couple ; pour Philip, le décès de sa femme. Ils en étaient sortis vivants. Comparé à cela, tout le reste était facile.

Le lendemain, ils firent part de leurs projets aux enfants, qui se montrèrent enthousiastes. L'idée d'aller en Italie avec Molly plut à Megan. Mieux encore, si Tanya et Philip trouvaient une maison aux environs de Florence, Jason irait passer les vacances de printemps et d'été avec eux, leur dit-il. Depuis longtemps, il souhaitait se rendre avec des amis en Europe. L'amour naissant entre Tanya et Philip les étonnait et les ravissait à la fois. Mais plus ils y pensaient, plus ils s'en réjouissaient. Les trois enfants de Tanya trouvaient que Philip était « génial ».

Lorsqu'elle apprit que Tanya les accompagnait en Angleterre et vivrait avec eux jusqu'à Thanksgiving, Isabelle résuma la situation :

— C'est super, dit-elle avec beaucoup de bon sens. Comme ça, tu pourras bien me coiffer pour l'école, comme faisait ma maman. Mon papa ne sait pas du tout comment s'y prendre.

— Je ferai de mon mieux, promit Tanya.

Ensuite, ils se mirent tous à parler à la fois. Tout en dînant, ils discutèrent de leurs projets, de la maison qu'ils espéraient trouver en Italie, des études des jumelles, des cheveux d'Isabelle et du prochain film de Tanya et de Philip. Tout sourire, Rupert se glissa près de Jason. Le jeune homme correspondait à l'idée qu'il se faisait d'un grand frère et il se réjouissait de passer plus de temps avec lui.

— Tout cela paraît un peu fou, non ? déclara avec philosophie le petit garçon.

Regardant autour de lui, il arbora un sourire satisfait et conclut :

— Mais je crois que ça peut marcher.

— Moi aussi, répliqua Jason en souriant également.

Il n'y avait aucune raison pour que cela ne marche pas. En fait, avec suffisamment d'amour et de chance, il y avait même toutes les raisons pour que cela marche.

26

Finalement, Philip et Tanya ne partirent pour l'Italie qu'à la fin du mois de janvier, car le semestre des jumelles ne débutait qu'à cette date. En octobre, ils avaient trouvé une maison aux environs de Florence. Elle était meublée, assez grande pour les accueillir tous et en parfait état. Il ne leur restait plus qu'à s'installer. Philip, Rupert et Isabelle passèrent les vacances de Noël à Ross, avec Tanya et ses enfants. Comme Isabelle et Rupert croyaient encore au père Noël, la fête reprit tout son sens pour eux tous. Les jumelles aidèrent les deux petits à confectionner des gâteaux et leur montrèrent où placer, sous la cheminée, un verre de lait, des carottes et du sel pour le renne. Au dernier moment, Rupert décida d'y ajouter de la bière pour le père Noël.

En janvier, Jason retourna à l'université. Les filles restèrent à la maison pour préparer leur rentrée à Florence. Tanya leur fit suivre des cours d'italien pour qu'elles ne soient pas trop perdues. Elle prit quelques leçons elle aussi.

S'ils avaient différé leur départ, c'était surtout pour assister à la cérémonie des Golden Globes, les trophées remis chaque année par la presse étrangère pour récompenser les meilleurs films de cinéma et de télévision. Bien que cela ne soit pas automatique, le film qui remportait un Golden Globe était souvent récompensé par un oscar trois mois plus tard. Sorti en décembre, celui de Philip avait été nommé dans la catégorie du meilleur film. Tanya et Philip souhaitaient donc être présents, ainsi que leurs cinq enfants.

La cérémonie était organisée comme une grande soirée où les gens étaient assis à des tables d'une douzaine de personnes. C'était un événement très recherché où l'on côtoyait de nombreuses personnalités. Philip et Tanya, qui n'y avaient jamais participé, avaient été très émus lorsqu'ils avaient appris que leur film était nommé. Dans la carrière de Philip, cela représentait une sorte d'apogée. Ravie de le voir à l'honneur, Tanya était tout aussi excitée que lui.

Le matin de la cérémonie, ils prirent tous les six l'avion pour Los Angeles. Jason venait en voiture de Santa Barbara et devait les y rejoindre. Comme toujours, ils avaient réservé au Beverly Hills Hotel. Ils étaient tous très impatients. Tanya et les filles avaient acheté des robes à San Francisco et Philip un smoking. Tanya avait trouvé un costume pour Rupert et une robe de velours noire pour Isabelle. La petite fille adorait sa tenue et l'avait essayée une bonne dizaine de fois.

Tanya avait retenu deux villas, une pour les enfants et une autre pour Philip et elle. Elle avait spécifié qu'elle ne souhaitait pas avoir la villa n° 2, mais il y avait eu une erreur dans les réservations. On avait attribué la plus belle suite de l'hôtel aux enfants, tandis que Tanya et Philip se retrouvaient dans la villa n° 2. On ne pouvait plus modifier les réservations, car l'hôtel était complet et les enfants ne pouvaient pas s'installer dans la villa n° 2, car il n'y avait pas assez de place pour eux tous. Elle voulait qu'ils disposent de trois chambres, une pour les jumelles, une pour Isabelle et Rupert et la dernière pour Jason.

Quand elle franchit la porte de la villa n° 2, Tanya avait le cœur qui battait la chamade. La dernière fois qu'elle y avait pénétré, elle avait trouvé Gordon au lit avec sa partenaire. Auparavant, elle avait rompu avec Douglas sur le seuil de cette même villa et c'était là aussi que son couple avait commencé à se déliter, quand Peter était venu la voir. Elle se rappelait encore son expression malheureuse, lorsqu'il avait regardé autour de lui. Il lui avait alors prédit qu'elle ne rentrerait jamais chez eux, après avoir connu tout ce luxe. Finalement, il avait eu tort, puisque c'était lui qui était parti. Tanya, elle, était retournée à Ross, ainsi qu'elle l'avait promis. Aujourd'hui, elle quittait à nouveau sa maison, peut-être pour toujours. Mais elle entamait une nouvelle vie, celle qu'elle espérait partager avec Philip en Italie, puis éventuellement en Angleterre. Ils ne savaient pas encore où ils voulaient vivre. Quoi qu'il en soit, ils avaient vécu deux mois ensemble en Angleterre, puis trois mois à Ross, et tout s'était très bien passé. Et maintenant, ils avaient loué une maison à Florence... C'était parti pour la grande aventure.

Tanya aurait préféré ne pas séjourner avec Philip dans cette villa où elle s'était déjà trouvée à de trop nombreuses reprises. C'est ici qu'elle avait écrit trois films, pleuré à cause de Peter, rompu avec Douglas et vécu avec Gordon. Répugnant à dormir avec Philip dans une chambre qu'elle avait partagée avec trois autres hommes, elle y pénétra à contrecœur. Immédiatement, elle fut assaillie par des fantômes. Trop d'événements s'étaient déroulés dans cette pièce, mais que faire si la direction n'avait rien d'autre à leur proposer ? Elle n'avait pas le choix. Philip remarqua aussitôt que quelque chose n'allait pas. Quand le chasseur avait déposé leurs bagages dans l'entrée, elle avait paru d'abord mélancolique, puis agitée.

— Tu es déjà venue ici ? lui demanda-t-il.

Quelques minutes plus tôt, elle se réjouissait de la soirée qui les attendait, souhaitant ardemment le voir gagner un prix. Et maintenant, elle aurait visiblement voulu être ailleurs. Philip ne pouvait pas manquer de remarquer le changement.

— Oui, répondit-elle doucement. J'y ai vécu pendant deux ans, par périodes. J'y ai écrit mes trois premiers scénarios.

Cette fois, elle n'éprouvait pas l'envie de réaménager les lieux. Elle n'avait plus le sentiment que la villa lui appartenait, elle ne s'y sentait plus comme chez elle.

— Seule ? lui demanda Philip avec circonspection.

Il distinguait des ombres, dans ses yeux... les ombres d'anciens fantômes.

— La plupart du temps. J'étais encore mariée, quand je suis arrivée ici pour la première fois. C'est dans cette chambre que j'ai pleuré la mort de mon couple.

— Il y a eu d'autres hommes ?

Elle hocha la tête. Elle ne lui avait pas fourni beaucoup de détails sur les hommes qui étaient passés dans sa vie. Il n'avait pas besoin de le savoir. Il était juste au courant qu'elle était sortie avec un producteur et un acteur, mais que ces liaisons étaient terminées lorsqu'il était arrivé dans sa vie. Philip eut soudain l'impression qu'une foule de gens se pressaient dans la pièce, leur laissant peu de place.

— Cela t'ennuie de te retrouver ici ?

Elle haussa les épaules et l'embrassa.

— Ils n'ont rien d'autre à nous proposer. Ce sont des chapitres de ma vie qui appartiennent à une autre époque. Il est temps de laisser tout cela derrière moi.

Elle l'avait déjà fait, d'ailleurs. Et finalement être ici avec lui avait un côté positif. Cela allait lui permettre d'exorciser définitivement le passé. Son avenir avec Philip était radieux, une longue route s'ouvrait devant eux. Son ancienne vie disparaissait à jamais, emportant les jours de désillusions, les promesses trahies et les rêves perdus. Philip et elle étaient à l'aube d'un nouvel espoir. Soudain, elle se trouva stupide de s'être laissé troubler pour si peu. L'important, désormais, était qu'ils soient ensemble. Le passé ne comptait plus.

En fin d'après-midi, les jumelles se préparèrent dans leur chambre, puis elles allèrent aider Isabelle et Rupert à s'habiller. Ensuite, les cinq enfants gagnèrent la villa. Philip enfilait ses chaussures et Tanya était presque prête. En sous-vêtements, perchée sur ses hauts talons, elle s'était maquillée et coiffée. Elle enfila sa robe juste à temps pour que les filles l'aident à remonter la fermeture éclair.

—Waouh, maman, tu es sublime ! s'exclama Megan avec admiration.

Se retournant vers elle, Philip fut ébloui. Elle portait une robe longue, rouge et sexy, absolument éblouissante, qui mettait en valeur sa silhouette.

— Je vous trouve tous très « waouh » aussi, rétorqua Tanya en leur souriant.

Se tournant vers Philip, elle l'embrassa tendrement. Ils échangèrent un long regard et il lut dans ses yeux tout l'amour qu'elle éprouvait pour lui. Elle avait enfin atteint son havre de paix. Autour d'eux, tout semblait à sa juste place.

Peu après, ils s'installèrent tous les sept dans la limousine. Lorsqu'ils arrivèrent au Beverly Hilton, où devait avoir lieu la cérémonie des Golden Globes, ils durent emprunter le fameux tapis rouge. Des centaines de photographes leur barrèrent le chemin, les éblouirent de leurs flashes et les apostrophèrent en agitant des micros devant leurs visages. C'était exactement la même chose que pour les Oscars. Philip, qui n'avait rien vu de tel auparavant, semblait un peu abasourdi lorsqu'ils parvinrent enfin de l'autre côté. A cet instant, Tanya fut arrêtée une dernière fois. Elle sourit et prononça quelques paroles dénuées de sens, avant de rejoindre les autres.

A l'entrée, on leur remit les cartons à leur nom et ils se mirent en quête de leur table. Il leur fallut une demi-heure pour se frayer un chemin parmi la foule. De nombreux invités qui connaissaient Tanya la saluaient avec chaleur. Enfin, ils purent s'asseoir. Une autre heure passa avant que le dîner fût servi. Puis la cérémonie commença avec les prix dédiés aux meilleures œuvres télévisées.

La vue de tant de vedettes fascinait les enfants. Ceux de Tanya arboraient un air légèrement blasé, mais Isabelle et Rupert ne savaient plus où donner de la tête. Tanya posa une serviette sur les genoux d'Isabelle, puis elle l'aida à découper son poulet tout en discutant avec Philip. A voix basse, elle lui disait qui étaient les personnes qui passaient de table en table, pour échanger quelques mots avec l'un ou avec l'autre. Elle le présenta à tous ceux qui s'arrêtaient pour lui dire bonjour. Max en faisait partie et elle l'embrassa affectueusement. Il était accompagné d'une très belle femme plus âgée que Tanya.

Au bout d'une éternité, sembla-t-il, on en vint aux longs métrages. Tanya était nommée pour son scénario et Philip en tant que producteur dans la catégorie « meilleur film dramatique. » Quand on lut la liste des producteurs susceptibles de recevoir le prix, Tanya retint son souffle et serra très fort la main de Philip. Comme toujours, on projeta un bref passage de chaque film. Celui de Philip cloua les spectateurs sur leurs sièges. Ensuite, Gwyneth Paltrow ouvrit l'enveloppe, sourit et se tut pendant quelques secondes horriblement éprouvantes, avant de prononcer le nom de Philip. L'espace d'un instant, Tanya fut aussi abasourdie qu'elle l'avait été l'année précédente lorsqu'elle avait remporté un oscar. Mais cette fois, la réalité s'imposa plus vite à elle. Ravie, elle regarda Philip qui la fixait, incapable de croire ce qu'il venait d'entendre. Les jambes tremblantes, il se leva, se pencha pour embrasser Tanya et les enfants, puis il se hâta de gagner la scène.

— Je crains de vous paraître très incohérent, commença-t-il avec son inimitable accent anglais. Je n'imagine même pas ce que j'ai fait pour mériter une telle récompense, sinon que j'ai produit un film très important pour moi.

Tout en essuyant ses larmes, Tanya l'entendit remercier son caméraman, les acteurs, l'équipe de production et ses enfants. Il fit alors une pause et, lorsqu'il reprit la parole, sa voix se brisa.

— Je veux aussi remercier la femme qui a inspiré ce film et à qui il est consacré... Une personne extraordinaire... Ma défunte femme, Laura. Je remercie aussi la femme qui m'a aimé et soutenu, Tanya Harris, qui a écrit ce magnifique scénario. C'est elle qui mériterait de recevoir ce trophée, et non moi... Tanya, je t'aime... Merci...

Brandissant le Golden Globe, il descendit de la scène et courut vers la table. Tout le monde s'embrassa, tandis qu'Isabelle et Rupert passaient de bras en bras. Tanya embrassa une nouvelle fois Philip, dès qu'il fut assis.

— Je suis si fière de toi... Toutes mes félicitations !

— C'est grâce à toi, insista-t-il.
Elle secoua la tête en souriant.
— Non. Tu m'as convaincue d'écrire le scénario, mais c'est toi qui as fait ce film. Tu possèdes un immense talent... Et maintenant, tu vas remporter un oscar.
Elle en était absolument convaincue. Ils reviendraient de Florence en avril pour assister à la cérémonie. Très ému, Philip semblait au comble du bonheur.
A la fin de la soirée, tous les journalistes se pressèrent autour de lui. Il fut interviewé, photographié, bousculé et félicité. Légèrement en retrait, Tanya marchait auprès de lui, très fière.
En rentrant à l'hôtel, ils accompagnèrent les enfants jusqu'à leurs chambres. Ils étaient fiers de Philip, eux aussi. Jason portait Isabelle, complètement endormie. Quant à Rupert, il marchait comme un somnambule. Ils le conduisirent dans sa chambre, le déshabillèrent et le mirent au lit pendant que Tanya couchait Isabelle. Ensuite, les trois grands embrassèrent encore Philip.
— Toutes nos félicitations, dirent-ils d'une seule voix.
Après qu'ils se furent tous souhaité une bonne nuit, Tanya et Philip regagnèrent enfin leur bungalow. Philip s'affala sur le canapé, pendant que Tanya lui servait une coupe de champagne.
— Je n'y croyais pas du tout, avoua-t-il. Quand nous avons été nommés, je me suis dit qu'ils étaient devenus fous. Je ne m'attendais vraiment pas à remporter un prix, ce soir.
Il défit sa cravate et ôta ses chaussures en lui souriant. Tanya s'assit près de lui, puis elle l'embrassa.
— C'est ta victoire, mon chéri. Savoure-la, profite de cette soirée. Tu dois être très fier de toi. Moi, en tout cas, je le suis.
— Et moi, je le suis de toi, répondit-il doucement. Pour ce que tu as réussi à faire de ce film et parce que je t'aime. Tu es extraordinaire.
Ils passèrent encore une demi-heure à parler de la soirée, puis ils se déshabillèrent et allèrent se coucher.

Cette nuit-là, lorsqu'ils firent l'amour, Tanya oublia qu'elle avait déjà été dans ce lit auparavant. Tout était nouveau, désormais. Le passé avait disparu, donnant naissance à une nouvelle vie.

A leur réveil, Tanya commanda un petit déjeuner au service en chambre. Le visage du serveur lui parut familier, mais il ne lui fit aucune remarque et, d'ailleurs, elle avait l'impression de n'avoir jamais mis les pieds ici auparavant. Ce n'était plus sa maison ni sa chambre. Elle n'avait plus rien de commun avec celle qui avait vécu là pendant le tournage de *Mantra* ni avec celle qui était sortie avec Douglas Wayne en écrivant le scénario de *Partie*. Le temps qu'elle avait passé avec Gordon était loin derrière elle. Il poursuivait sa carrière, enchaînait les films et couchait avec toutes ses nouvelles partenaires. Quant à Peter, il vivait avec Alice. Tous avaient leur propre vie, tout comme elle désormais. Il était temps.

La villa n° 2 n'était qu'une chambre d'hôtel, pas son foyer. D'autres y séjourneraient, y seraient heureux ou malheureux. Certains seraient broyés sous le poids de la désillusion, comme cela lui était arrivé avec Gordon. D'autres verraient leurs rêves se réaliser, comme elle et Philip aujourd'hui.

A midi, ils quittèrent la villa et retrouvèrent les enfants dans le hall. Tout le monde reprenait l'avion pour San Francisco, sauf Jason. Dans deux jours, ils seraient à Florence, où ils entameraient leur nouvelle vie.

Philip se tenait près de Tanya et lui souriait avec fierté. Il lui était profondément reconnaissant de tout ce qu'elle avait fait pour lui. Elle lui rendit son sourire, puis elle se tourna vers la réception. Après avoir fixé un instant la clef qu'elle tenait dans sa main, elle la tendit à l'employé.

— Nous quittons la villa n° 2, annonça-t-elle.

Elle y était venue trop souvent et pour trop longtemps, mais elle ne regrettait rien. Elle prit la main de Philip et ils sortirent de l'hôtel. Ils firent leurs adieux à Jason et montèrent dans la limousine. Jason les rejoindrait à Florence pour les vacances d'été, mais les autres enfants allaient vivre avec eux. Un jour, quand le moment serait venu, ils s'installeraient quelque part dans le monde. Tanya sourit à Philip en prenant place à ses côtés sur la banquette. Ce dont elle était absolument certaine, c'était qu'elle ne reverrait jamais plus la villa n° 2.

A certains moments de sa vie, elle lui avait été utile, elle lui avait même tenu lieu de maison plus longtemps qu'elle ne s'y attendait. Mais c'était terminé, elle n'en avait plus besoin. Dorénavant, son foyer se trouvait là où étaient Philip et ses enfants, quel que soit l'endroit, en Angleterre, en Italie ou à Ross. Ils ne savaient ni l'un ni l'autre à quoi leur vie ressemblerait, ni où elle les mènerait. Du moment qu'ils seraient ensemble, cela n'aurait pas d'importance. Tandis que les points de repère familiers disparaissaient dans le lointain, un nouvel univers les attendait. Le soleil californien darda ses rayons sur la voiture qui s'éloignait, comme une bénédiction. Pour Tanya et Philip, c'était le début de l'histoire, pas la fin.

Vous avez aimé ce livre ?
Vous souhaitez en savoir plus sur Danielle STEEL ?
Devenez, gratuitement et sans engagement, membre du
CLUB DES AMIS DE DANIELLE STEEL
et recevez une photo en couleurs dédicacée.

Il vous suffit de renvoyer ce bon accompagné d'une enveloppe timbrée à vos nom et adresse au *CLUB DES AMIS DE DANIELLE STEEL – 12, avenue d'Italie –* 75627 PARIS CEDEX 13 ou de vous inscrire sur le site www.danielle-steel.fr

CLUB DES AMIS DE DANiELLE STEEL
12, avenue d'Italie – 75627 Paris Cedex 13
Monsieur – Madame – Mademoiselle

NOM :
PRENOM :
ADRESSE :

CODE POSTAL :
VILLE :
Pays :

E-mail :
Téléphone :
Age :
Profession :

La liste de tous les romans de Danielle Steel publiés aux Presses de la Cité se trouve au début de cet ouvrage. Si un ou plusieurs titres vous manquent, commandez-les à votre libraire. Au cas où celui-ci ne pourrait obtenir le ou les livres que vous désirez, si vous résidez en France métropolitaine, écrivez-nous pour le ou les acquérir par l'intermédiaire du Club.

Achevé d'imprimer au Canada
sur les presses de Imprimerie Lebonfon Inc.